김노 창작집

# 중국여자
# 한국남자

신세림출판사

# 작가의 말

중국교포, 조선족, 중국거지…

그동안 나는 내가 누구인지 말을 못했다. 가정에서는 함구령이 내려졌고, 사회에서는 차별대우 때문에 어쩔 수 없었다. 나는 상황에 따라 카멜레온처럼 자신을 숨기기에 바빴다. 그래서 꼭 필요한 인간관계를 제외하고는 거의 두문불출하다시피 생활해서 우물 안 개구리나 다를 바 없었다.

태양이 쉬고 있을 때에도 나는 하찮은 일로 평가절하된 가사노동에 가치가 적은 시간들을 보내야했고, 그동안 김치를 담그지 못하면 한국인의 온전한 아내가 될 수 없다고 해서 주변에서 인정해 줄 정도로 김치를 정성껏 담아 먹었다. 무엇보다 한국주부들도 꺼려하는 고추장과 된장까지도 나는 손수 재료를 사서 만들어 먹기에 이르렀다. 한국인 아내로 인정받기 위해서 십여 년을 거의 부엌에서만 살다시피 했다.

한국에서의 결혼은 결코 더불어 행복하게 살수가 없었고 가사노동과 성적 서비스를 제공할 순종적인 여성이 필요할 뿐인듯 했다. 과거의 남편은 절대 기댈 언덕이 되지 못했고, 믿고 의지해야 했던 것은 오로지 내 자신의 등뼈밖에 없었다. 그는 가정을 사랑의 대화나 소통이 아닌 힘으로 다스리려 했고, 가장이란 권위를 마음껏 휘둘렀다. 약자로서 일방적으로 희생해야하는 삶이 가정의 평화일 수는 없지만 그렇게 유지되었었다.

어쩌다 부당한 대우에 맞서기라도 했다간 정신적인 상처는 물론 육체적으로도 파괴적이어서 그야말로, 곡예를 하듯 아슬아슬한 삶을 살아야만 했었다.

고통따위도 한낱 고민처럼 익숙해져서 마치 내 그림자처럼 일상사가 돼 버린 어느 날, 내 자유에 대한 갈망이 조금씩 꿈틀거리기 시작했고, 순종과 복종만이 미덕이 아님을 깨닫게 되었다. 기본적인 일상적 권리마저 주장하지 못한다면 감옥이나 다를 바 없다고 여겼다. 실제로 삶에 대한 자유는 나이가 들어갈수록 더 강렬해졌고, 더 이상 인권이 무시된 어둠의 사각지대에서 살기 싫었을 뿐 아니라 살아갈 자신조차도 없었다.

그동안 나에게 재혼은 미친 짓이었다는 결론이 내려졌다. 그 무렵, 자유만큼 인간의 참된 삶의 권리를 보장받는 일도 없다는 확신이 들었기 때문이다. 나는 20여 년을 필사적으로 붙들고 있었던 '가정'이라는 울타리를 그야말로 용기를 내어 포기했다. 가정이란, 어쩌면 나의 무모한 욕심이었는지도 모른다. 그 욕심을 내려놓으니 모든 게 그렇게 홀가분할 수가 없었다.

지난날의 '진수성찬'보다 자유를 곁들인 라면이 훨씬 더 맛있었고, 그 시절 아파트보다 두 다리 쭉 뻗고 쉴 수 있는 나만의 지하셋방이 훨씬 더 안온했다. 자유가 주는 이 편안한 마음 때문인지 사방벽지에 얼룩진 곰팡이조차도 내겐 불편함이 아닌 수놓은 꽃처럼 화사하게 보였다. 그럼에도 발작하듯 아직도 사슬에 매인 개처럼 끙끙 앓으며 집안을 서성거렸던 지난날의 모습들이 떠오르면 가슴이 먹먹해지면서 눈시울이 붉어지곤 한다.

　그러나 나는 더 큰 용기를 내어 6개월 전부터 오래전에 발표했던 작품들을 다시 읽으며 약간의 수정작업을 거쳐 20년 만에 첫 창작집으로 묶게 되었다. 그토록 소망해왔던 나의 창작집이 나오기까지 시인이자 문학평론가이신 이시환선생님의 아낌없는 관심과 진심어린 도움이 컸다. 이 자리를 빌려 진심으로 감사드리고 싶다. 아울러, 알게 모르게 저를 응원해 주신 여러 분들께도 머리 숙여 감사드린다.

　이 책은 사회적 약자들의 문신처럼 지워지지 않는 고통의 기록이다. '약자들의 눈물을 통해서 그들의 슬픔을 조금이나마 이해할 수 있지 않을까?'하는 다소 생뚱맞은 기대를 하면서 변변치 않은 이 책을 독자분들께 삼가 바친다.

2016. 01. 12.

김노 쏨.

# 차 례

# 꼭두각시

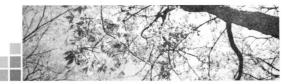

# 꼭두각시

　남편은 나를 맞이한 첫날부터 나를 아주 흡족히 여기는 눈치였다.
나를 바라보는 눈빛이 그렇게 부드러울 수가 없었으며 마냥 신기한 듯
자꾸만 쳐다보았다. 우리는 처녀총각이 아닌 홀 애비 과부로 만났지만
만난 그 순간부터 전생에 어떤 인연의 관계라도 있는 것처럼 서로가
아니, 남편이 일방적으로 나를 몹시도 마음에 들어 했다. 나 역시 처음
부터 남편의 그런 태도가 싫지가 않았고 운명의 만남쯤으로 생각되기
도 했다.

　그날 나는 식당주인의 심부름으로 천호동 시장 입구에서 한창 수박
을 골라잡고 있었다. 그런데 난데없이 한쪽으로부터 따가운 시선이 느
껴져 자신도 모르게 그쪽으로 고개를 돌려보니 웬 남자 한분이 나를
뚫어져라 쳐다보는 것이었다. 누굴까? 어디서 많이 본 듯한 얼굴 같기
도 했지만 딱히 생각나는 사람은 아니었고 그저 오는 손님들 가운데
한 사람이겠거니 생각하고 대수롭잖게 수박 한 통을 사서 바로 그곳을

빠져나왔다. 곧 점심시간이 다가오므로 꾸물거릴 여유도 사실 없었다. 수박을 안은 채 서둘러 식당을 향하는데 누군가 바짝 뒤쫓아 오는 느낌이었다. 우회전으로 꺾어들면 바로 식당이기 때문에 그쯤에서 가만히 뒤돌아보니 조금 전에 봤던 바로 그 사람이었다. 무언가 용건이 있는 사람처럼 그는 그 길로 내 뒤를 계속 쫓아온 모양이었다.

일순, 그 사람과 시선이 다시 마주쳤다. 넥타이까지 맨 깔끔한 차림의 신사가 불량스러워보이지는 않았지만 그래도 뭔가 수상쩍고 왠지 모를 두려움에 나는 재빨리 식당 쪽으로 뛰어갔다. 주인여자는 그새 어디를 갔는지 카운터를 비우고 없었다.

나는 숨어들 듯 주방으로 들어가 숨을 죽이고 바깥 동정을 살폈다. 아닌 게 아니라 식당으로 바로 뒤따라온 그 남자는 카운터 옆 식탁으로 가서 익숙한 듯 척 앉더니 홀과 주방 쪽을 훔쳐보듯 계속 힐끔거렸다. 나는 다른 사람이 눈치 채지 않도록 태연을 가장했지만 심장이 튀어나올 듯 마냥 쿵쾅거렸다.

점심 식사손님들이 들이닥쳐 한창 바쁜 가운데도 나는 그 사람이 식사를 주문했으며 간간이 카운터의 주인 여자와 웃고 이야기하는 모습을 몰래 훔쳐보기도 했다. 식당주인과 잘 아는 사이 같기도 하고 전혀 아닌 것 같기도 했다. 사실, 이 식당으로 옮겨 온 지가 불과 한 달 남짓이라 그것도 주로 칸막이가 설치된 주방에서 일하다보니 단골손님들의 얼굴을 나는 일일이 알지는 못했다.

무엇보다 당초 내가 긴장했던 건 비록 그 무렵 단속기간은 아니지만 그 사람이 혹 내 신분을 눈치 챈 법무부 직원이 아닐까 하는 걱정 때문이었다. 소문이 아니라 식당에서 일하다보면 심심찮게 누군가에 의해 신고당해 법무부로부터 추방당하는 일이 많아 한시도 자유로울 수가 없는 몸이었다. 식사를 마친 후 신사의 남자는 주방 쪽을 다시 한 번

힐끗 쳐다보더니 다행히도 식당 문을 나가는 것이었다. 안도의 한숨이 절로 나왔다.

어쩌면 내가 너무 예민한 것인지도 몰랐다. 실제 그 사람은 단순히 내가 일하고 있는 식당으로 식사를 하러 온 것일 뿐, 그리고 시장에서 나를 식당종업원으로 미리 알아보고 단지 반가운 마음에 아는 체를 하려 했을 뿐일지도 모를 일이었다. 그러나 저녁 늦게 퇴근하고 식당 문을 벗어나 셋방으로 돌아가기 위해 지하철역으로 가던 나는 이번에는 멈칫 놀라지 않을 수 없었다. 낮에 본 그 사람이 조용히 다가와 내게 속삭이듯 중저음의 낮은 목소리로

"놀라지 말아요. 저 나쁜 사람 아니에요. 저기 저 높은 건물 보이지요?" 그가 손가락으로 높이 솟은 한 건물을 가리키며

"제가 거기 다니는 사람인데 식당주인과도 잘 아는 사이입니다. 못 믿겠다면 당장 제 신분증을 보여드릴 수도 있어요. 괜찮다면 근처 찻집에라도 들어가 잠깐 얘기라도 나눴으면 해서…."

이렇게 말하는 것이 아닌가!

한사람을 외관상으로 평가할 순 없지만 전체적으로 나쁜 인상은 아닌데다 식당주인과도 어느 정도 아는 사이라니 별로 머뭇거림 없이 낯선 남자를 따라 나서긴 했지만, 내가 겁없이 무작정 따라 나서게 된 데는 어쩌면 그가 취한 일련의 행동들에 대한 궁금증이 더 큰 역할을 했다.

찻집으로 들어가 마주앉은 내게 그는 단도직입으로 그러나 특유의 중저음의 매력적인 목소리로 조용조용 용건을 말하기 시작했다.

그는 우선 내가 중국조선족인 것을 잘 알고 있었으며, 그리고 미망인으로서 혼자 산다는 것도 알고 있었다. 비록 주인을 통해 안 사실이지만 의심이 없도록 적당히 둘러서 물었기 때문에 어떠한 것도 주인이

눈치 채지는 못할 거라고 했다.

중요한 것은 어느 날 우연히 나를 근처 길거리에서 보게 되었는데 당시 주차가 불편해 타고 있던 승용차를 급히 주변에다 세워놓고 다시 나를 찾으니 안 보이더라고 했다. 그날 하루 종일 뭔가 잃어버린 실망스런 기분이었지만, 그러나 인연이 닿으면 반드시 만나게 되리라 확신하며 기다려 오던 중 오늘아침 기적같이 다시 나를 보게 됐다는 것이다.

사실 그동안 내가 일하는 식당에도 여러 번 식사하러왔었지만 어쩐 일로 한 번도 보지 못했는지에 대해선 운명의 장난이라고밖에 말할 수 없다면서, 그는 순간적으로 아이처럼 웃기도 했다.

뒤이어 그는 내가 궁금해 하는 것들을 말해주었다. 그는 나와 같은 처지로서 혼자이며 일 년 전에 아내를 교통사고로 잃었다는 것, 무엇보다 재혼할 의향이 없었지만 그날 나를 본 순간에 마음을 달리하게 됐다면서 가능하다면 나와 곧 재혼하고 싶다는 말까지 했다. 그가 늘 생각하고 원하는 아내 모습이 바로 나라며 그는 내게 서슴없었다. 물론 한국에 상대가 되는 여자들이 없는 건 아니지만 마음에 드는 여자를 이제껏 나를 제외한 한 사람도 보지 못했다면서 한번 깊이 생각해 보라는 것이었다. 사실 황당한 감이 없잖아 있었지만 그동안 혼자 살다보니 외롭고 힘든 것만은 사실이어서 마음이 조금씩 동하기 시작했다. 어쩌면 지친 몸을 누군가에게 기대고 싶었는지도 모른다.

여하튼 거짓이든 장난이든 그가 일방적으로 원하는 결혼이니만큼 이참에 더없는 기회라 여기고 한국에서 재혼하고 싶은 생각이 불쑥 들었던 것이다.

나는 그의 뜻대로 이튿날에도 만나주었고 그 뒤로도 계속 만났다. 만날 때마다 그는 더할 나위 없이 친절했고 매번 맛있는 식사와 더불어 분위기 있는 찻집에서 차를 마시며 남은 여생에 함께 보내게 될 아름다운 우리만의 멋진 인생그림을 그렸다.

일주일이 되는 날, 그는 결심한 듯 나를 자기 집으로 데려 갔다. 서울변두리지만 한강을 조망할 수 있는 그 이름도 특이한 한강사슴아파트에 그가 살고 있었다. 차에서 내려 사슴아파트 주변을 둘러보니 이름 그대로 사슴들이 뛰어놀 만큼 공원 같은 녹지가 곳곳에 잘 돼 있었다. 한강을 정면으로 볼 수 있는 어느 아파트에 들어가 엘리베이터를 타고 곧장 19층 높이까지 올라갔을 때 나는 나도 모르게 가슴이 두근거려졌다. 심호흡을 크게 한번 하고 그이가 살고 있는 집으로 들어섰다. 그는 먼저 나를 바로 거실 베란다로 데려가 한강부터 보게 했다. 그가 스카이라운지가 따로 없다며 앞으로 매일 여기서 간식 먹고 차를 마시며 같이 한강을 보면 좋겠다고 했다. 나는 그보다도 여기서 뛰어내리면 바로 한강에 빠질 만큼 한강이 이렇게 가깝게 지척에 있다는 사실 하나만으로도 조금 전보다 더 가슴이 뛰었다. 나는 한강을 내려다보면서 문득 중국에 계시는 어머니 생각이 났다. 이담에 죽거들랑 화장해서 당신의 뼛가루를 고향의 한강에 뿌려주면 여한이 없겠노라고 했었는데 어쩌면 그 마지막 소원을 내가 이뤄 드릴 수 있을 것 같았다.

곧이어 집안 여기저기 구경시킨 다음 나를 안방으로 데려가더니 여기가 곧 내가 있을 곳이라며 어떤가? 자상히 물었다.

"좋아요!" 다른 말이 필요 없었다.

방이 3개에 거실 하나, 베란다와 다용도실 그리고 화장실과 부엌, 이 모두가 내겐 운동장이나 다를 바 없이 넓고도 시원스러웠다. 중국의 단칸방 셋집에 비한다면 천당이나 마찬가지인 이 집은 그저 내게 현실이 아닌 꿈만 같았다. '여기서 가끔 그이와 술래잡기 놀이를 하면 어떨까? 여기 이중으로 쳐진 커튼 뒤에 숨으면… 저기 저 자개장농속에 숨어들어도 쉽게 찾을 수 없을 거야! 이런 저런 생각들을 하며 혼자 웃다가 베란다에선 조심해야지! 어머니 소원 들어주기 전에 내가 실수로 한강에 빠지면 안 되겠지?….' 이런 방정맞은 생각들도 떠올랐다.

나는 이상하게도 그때부터 최면술에 걸린 것마냥 모든 것에 그가 하자는 대로 이끌렸다. 결국 열흘 만에 혼인신고를 한 후 아내로서 나는 거짓말처럼 그와 한집에 살게 되었다. 남편은 그동안 객지에서 혼자 고생이 얼마나 많았겠냐며 당분간 집안일과 부엌일에 일체 나서지 말 것을 부탁했다. 종전처럼 일체 다 자기가 알아서 할 테니 그저 푹 쉬라고만 했다. 미안한 마음에 설거지라도 할라치면 남편은 화를 내며 나를 안방으로 사정없이 떠밀었다.

그래서 내가 하는 일이란 아침에 일어나 세수하고 밥 먹고 양치가 끝나면 바로 화장을 한 다음 베란다로 나가 하염없이 한강을 바라보았다. 그러다가 배가 고프다 싶으면 다시 그이가 식탁에 준비해둔 간식을 찾아 먹고, 때맞춰 잠을 자고, 그동안 먹고 자고 한강을 보는 일 외에 달리 한 것이 없었다. 그래서인지 얼굴이 서서히 좋아지기 시작하면서 그동안 타향살이에서 누적된 피곤기도 말끔히 사라지는 기분이었다.

이렇게 편히 쉬는 동안 남편은 틈틈이 백화점으로 돌아다니며 내가 사용할 화장품과 옷가지들을 사다 날랐다. 사가지고 온 옷들을 남편은 일일이 자기가 보는 앞에서 입어보게 했다. 하나하나 갈아입고 남편 앞에 나설 때마다 남편은 패션모델 같다며 상당히 만족스러워했다.

내가 봐도 옷이 날개였다. 당초의 초라한 모습은 온데간데없고 멋지고 보기 좋은 한 여자가 거울 앞에 서 있었다. 그가 사온 옷들은 신기하게도 하나같이 내 몸에 맞춰 지은 옷같이 너무도 잘 어울렸다. 속옷이나 신발도 마찬가지였다. 모두 다 안성맞춤이었다. 하지만 나 때문에 짧은 시간 안에 돈을 너무 과용한 것 같아 남편에게 미안한 마음이 들어 진심으로 미안하다고 말하자 그런 쓸데없는 걱정은 하지 말라고 했다. 오히려 사온 옷들이 생각대로 너무나 잘 어울려서 기대한 만큼 돈 쓰는 보람이 있다며 이참에 기존에 걸쳤던 옷가지들을 내 의사와 상관없이 몽땅 다 버리게 했다. 이제부터 새 인생을 사는 만큼 옷뿐만 아니라 지난날의 모든 것 또한 될수록 잊으라고 했다. 내가 아깝다고 몰래 비닐봉지에 간수해놓은 몇 가지 옷들과 소지품도 그가 어느 날 찾아내어 나 몰래 가차 없이 재활용 쓰레기통에 버려버렸다. 처음에는 못내 서운했지만 그것도 잠시 나는 그가 말한 대로 구질구질한 과거와 모두 다 안녕하기로 했다. 이미 머리부터 발끝까지 다 남편의 취향에 맞게 새롭게 변신한 만큼 현재의 삶에 스스로도 만족했다.

남편은 보통 오전 10시쯤 나갔다가 오후 3시 30분쯤에 집에 돌아왔다. 월요일부터 금요일까지 매일 내가 일했던 식당 근처의 그 회사에 나가지만 매인 몸이 아니라 자영업이라고 했다. 처음 만났을 때 그가 자기소개로 금융권에서 일한다고 했을 때 나는 일반 은행쯤으로 생각했다. 그러나 나중에 누군가와 자주 통화하는 과정에서 눈치코치로 알게 된 것이 은행이 아니라 증권투자 회사였다. 개인 투자자로 일주일에 5일간을 장내 시세를 알아보기 위해 증권회사 객장으로 출근하는 것이었다. 그래서 일간지로 보는 신문도 경제신문뿐이었다.

그러던 어느 날 남편은 화장품 카운셀러라며 젊은 여자를 데려와 화장법을 가르치게 했다. 아내로서 화장법도 익혀야 한다는 것이다.

젊은 여자는 크고 작은 화장품을 꺼내놓고 하나하나 설명하기 시작했다.

이것은 클렌징크림, 클렌징 폼, 유연 화장수, 수렴 화장수, 로션, 엣

센스, 영양크림, 베이스크림, 파운데이션 또 이것은 한방 팩, 영양 팩, 마사지 크림 등 이루다 기억할 수가 없었다. 용도는커녕 그 순서조차 헷갈려서 사흘째 되는 날에야 나는 겨우 기본 몇 가지만 사용할 줄 알게 되었다.

그 후 모르는 것들은 일일이 전화로 연락해서 담당자의 지도를 받아야만 했다.

한 달이 지난 어느 금요일 날 아침 그날따라 남편은 출근뽀뽀를 격하게 한 뒤 웃으면서 내게 오후 2시까지 외출할 준비를 잘 하고 얌전히 기다리라고 했다. 결혼한 후 처음으로 함께하는 외출이어서 어디를 가는지 궁금해서 묻고 싶었지만 참았다. 당초 많은 것을 묻지 말아달라고 한 남편의 신신당부가 아니더라도 남편과의 그동안이 너무나 행복해서 그리고 나쁜 사람이 아니니 절대 믿고 살아달라고 한 남편의 그 말을 전적으로 믿고 따르기로 한 때문이었다.

한낮은 아직 여름햇살처럼 따사롭고 조금은 더웠다. 나는 남편이 골라준 연한 밤색의 원피스를 입고 남편 따라 아파트계단을 내려오자 이웃 주민인지 50대로 보이는 두 여자가 기다렸다는 듯 호기심 가득한 눈길로 나를 쳐다본다. 그러곤 뭐라고 자기네끼리 쑤군덕거리는 것 같았다.

"신경 쓸 것 없어"

남편이 시동을 걸면서 말했다.

그들로부터 서서히 멀어지는 차속에서 나는 후처라는 거부감 때문일 거라고 가볍게 생각했다. 달리는 차속에서 남편은 잠시 말이 없다가 어머님께 인사드리러 간다고 했다. 드디어 시댁에 인사를 시키는구나!

나는 괜히 반갑고 한편으로는 긴장되기도 했다. 어떻게 행동해야 하는지 걱정하는 내게 남편은 그때그때 묻는 말에만 짧게 대답만 하면 된다고 했다.

평일인데도 차가 밀려 가다서다를 반복해서 겨우 도착한 곳은 어느 아파트였다. 남편이 사전에 전화로 연락을 드렸는지 엘리베이터를 타고 6층에 올라가자 식구들이 기다린 듯 모여 있었다. 그런데 어쩐 일로 나를 보는 순간 다들 놀라는 눈치였다. 곧 시어머니 되시는 분이 내 손을 마주잡고

"세상에! 세상에, 이런 일이! 얼마나 고생이 많았겠느냐? 널 보니 마치 애미가 살아 돌아온 것 같구나! 여보! 우리 새 며느리 좀 봐요. 더할 나위 없이 참하지요?"

하며 몹시 수다스럽게 반기는 것이었다.

반면에 시아버지 되시는 분은 "이제 우리 식구가 됐으니 앞으로 그 저 잘 살기만 하면 된다."고 짧게 말씀하셨다.

눈길이 어딘가 모르게 어색하고 부자연스러웠다. 시어머니를 비롯해서 온 식구들이 나를 반겼지만 뭔가 허전한 듯 애매한 분위기가 느껴졌다.

맏동서와 시아주버님 되시는 분도 아까부터 나를 슬쩍슬쩍 눈여겨 살피는 눈치인데다 몇 번이고 서로 눈길이 마주쳐서 불편스러웠다. 중국조선족이라고 다르게 생긴 것도 아닌데… 다들 왜 저러지? 기분이 언짢을 정도로 좀 그랬다. 때맞춰 차린 점심 밥상에서도 밥을 먹는지 마는지 나는 앉아 있는 동안 너무나 불편해서 한시가 급하게 돌아가고 싶은 마음뿐이었다. 내 마음을 헤아린 듯 식사가 끝나고 차 한 잔 마시고는 시어머님의 만류에도 남편은 바쁘다는 핑계로 우리는 시댁을 빠져 나왔다.

집으로 돌아오는 길에 남편이 불쑥 기분이 어떠냐고 물었다. 사실

뭔가 말로 표현할 수 없는 어떤 감정 때문에 떨떠름했지만 "좋아요"라고 대답하는 수밖에 없었다.

남편은 내일 또 한 군데 갈 곳이 있다고 하였다. 나는 이제 뭔가 알고 싶었지만 그러나 여전히 아무것도 묻지 못했다.

이튿날 나는 전날과 다른 정장 차림으로 남편과 집을 나섰다. 어제보다 더 빨리 일어난 남편은 아침부터 나의 외모에 대해 특별히 더 신경을 쓰는 것 같았다. 시집가는 새색시도 아닌데 옷차림은 물론 얼굴 화장 그리고 머리모양까지 일일이 나를 세워놓고 돌아가며 살피고 마음에 안 드는 부분은 다시 손보고 다듬었다. 마지막으로 옷매무새를 바로 잡아보고는

"이제 됐어요. 마음에 쏙 드네."

그는 다소 격정에 찬 소리로 이렇게 말하곤 나를 힘껏 안아주었다.

우리는 서둘러 집을 나섰다.

나는 괜히 이웃사람들이 눈에 띌까 신경이 쓰였지만 마침 아무도 없어 재빨리 승용차에 올랐다. 남편 옆자리에 앉아 나는 이번에 목적지는 어딜까? 점을 치듯 생각하였다. 그러다가 불현듯 남편의 전 처갓집이 아닐까 하는 생각이 불시에 떠오르는 것이었다.

기가 막히게도 내 생각은 정확히 맞아 떨어졌다. 경기도 지역 내 어느 건물 앞에 차를 세워놓은 뒤 준비한 선물박스를 꺼내들고 남편이 앞장서 들어간 집은 다름 아닌 전 처갓집이었다. 현관입구에서 남편이 알려주는 것이었다. 시댁에서 불편해한 점을 생각한 듯 불편하겠지만 참으라고 내손을 꼭 잡아주었다. 나는 알았다는 표시로 고개를 끄덕거렸다. 여기서도 남편이 미리 연락을 취했는지 현관 벨을 누르자 "알았어요." 하는 여자의 목소리가 흘러나왔다. 곧이어 문이 열렸고 나는 저도 모르게 어색한 몸짓이 되어 남편 뒤를 따라 들어갔다. 남편이 어머

님 어쩌고저쩌고 인사를 하는데 식구들의 시선이 모두다 내게로 쏠리는 느낌이었다. 그때 예닐곱 살쯤 돼 보이는 여자아이가 갑작스레 나를 손가락질하며 "죽은 고모 왔다! 고모 왔어!"라고 소리치며 엄마 품으로 막 달려갔다. 내가 죽은 고모라니? 어리둥절 정신을 가다듬고 있노라니 남편의 전 장모님이 어느새 다가와 내 손을 붙잡고 울먹이듯 말하였다.

"잘 왔어요. 내 딸을 보는 듯해서 정말 잘 왔어요. 전혀 남 같지가 않아요. 꼭 마치 내 딸이 돌아온 것 같아서….."

감정이 북받치는지 더 이상 말을 못하고 소리 내어 울었다. 나도 어쩐 일로 덩달아 눈물이 나왔다. 식구들도 눈물을 훔치고 있었다. 마음속의 의문점이 풀리고 있었다. 나는 그러니까 남편의 죽은 전처와 너무나 똑같게 생겼던 것이다. 그 와중에 누군가 남이라고 여겨지지 않는다면서 어느새 사진책자를 가져와서 내 눈앞에 펼쳐 보이는 바람에 나는 하는 수 없이 사진들을 들여다보았다. 그런데 맙소사! 전처의 눈코 입은 물론이고 웃을 때 한쪽에 드러나는 덧니조차도 나와 빼닮아 있었다. 며느리 되는 사람이 혹시 아버님이 중국 만주 땅에 다녀오신 적이 없냐고 물어야 할 정도로 우리는 일란성 쌍둥이처럼 너무나 닮아 있었다. 단발머리모양의 어릴 적 사진을 보니 더욱더 닮았다. 꼭 내가 찍은 사진을 내가 보는 기분이었다. 기분이 아주 묘했다. 사실 산사람도 아닌 죽은 전처와 닮았다는 게 나로서는 좋을 리 만무했다.

"정말 남 같지가 않구나." 남편의 전 장모님이 중얼거리듯 말하는데 여자아이마저 뒤질세라 다시 고모라 불러도 되냐고 자기 엄마 옆에서 조르고 있었다. 가만히 앉아있는 데도 현기증이 일었다. 뒤이어 두통이 오는 듯 머리도 화끈거리고 가슴이 조여 오는 듯 속이 갑갑하고 답답해졌다. 어쩐지 첫눈에 반한 것처럼 나를 일방적으로 따르고 좋아한다 했더니 다 남편의 의도적인 행동이었다. 어찌해야 하나? 이따금 내 눈치를 살피는 남편과 시선이 마주치게 되면 나는 나도 모르게 외면하였다. 앉은 자리가 마냥 바늘방석 같은데 남편이 드디어 앉은 자리에서 일어나 내게 눈짓했다. 이제 일어나면 여길 떠나겠지! 후우! 한숨이 절로 나오는데 그게 다가 아니었다. 또 다른 볼일이 남아 있었다. 남편 전 장모님이 서둘러 어느 방으로 들어가는데 남편이 그 뒤를 쫓아 들어가는 바람에 나도 어쩔 수 없이 따라 들어가 보니 침대에 환자 한분이 누워 계셨는데 남편의 전 장인어르신이라고 했다. 남편이 통역사처럼 내 귀에다 소곤소곤 알려주었다. 불편했지만 마지못해 인사를 드렸더니 환자분이 갑자기 일어나 앉으려고 발버둥을 친다.

"누워 계세요. 딸처럼 닮았지요?…"

그러면서 내 진작 이럴 줄 알았다며 남편 전 장모님이 노인을 진정시키느라 애썼다. 나는 나도 모르게 침대로 다가가 환자의 손을 꼭 잡아드렸다. 침대에서 나날을 보내는 노인이 그 순간 괜히 불쌍하고 그래서 눈물마저 나오려했다.

노인은 반갑다는 뜻인지 그저 어! 어! 하며 같은 소리만 내질렀다. 수개월 전에 고혈압으로 쓰러져 반신불수가 됐다는 남편의 전 장인은 그때부터 말을 못한다는 것이다. 평상시 지병은 있었지만 딸의 갑작스런 죽음이 큰 충격이 됐다는 것이었다. 애지중지 키운 하나밖에 없는 외동딸을 어르신께서 분신처럼 아끼고 사랑했었다면서 남편의 전 장모님은 말하다 또 눈물을 흘렸다.

이제 여기에 같이 오자고 한 남편의 뜻을 나는 비로소 이해할 수 있었다. 그렇다면 지금부터 잠시라도 나는 내가 아닌 이집의 딸로 돼 있어야 했다.

남편의 전 장모님이 발작하듯 이번에도 내 앞에 바짝 다가앉아 나를 한번 쳐다보고는 반기고 그러다 울고 또 말하다 또 쳐다보고는 하느님께서 나를 딸로 보내준 것이 틀림없다며 흐느끼듯 또 울었다. 아무리 애써 봐도 양쪽의 부모들은 전혀 닮은 구석이 없는데 우리는 왜 이처럼 똑같게 생겼을까? 보통 인연이 아니라는 생각이 들었다.

딸같이 생긴 죄로 나는 어루만져지고 쓰다듬기고 한참을 정신이 없는 듯했다.

그러는 동안 점심상이 차려졌다. 남편의 전 처남과 그 부인이 차린 밥상을 마주 들고 내 앞으로 가까이 가져다 놓았다. 얼핏 보니 신경을 쓴 듯 모양과 가짓수가 의외로 많았다.

남편의 전 장모님은 남편을 밀어내고 바싹 내 곁에 앉아 이것저것 음식을 집어주며 "친정이 중국이라 했지?" 그러면서 중국은 멀리 떨어져 있으니 이제부터 이곳을 친정으로 알고 자주 다니면 어떻겠냐고 했다. 아들 내외간도 그러면 좋겠다고 옆에서 맞장구를 쳤다.

동기야 어떻든 공주처럼 떠받들리는 기분이 나쁘지만은 않아 나는 가볍게 "그럴게요." 라고 대답했다.

남편은 바랐다는 듯이 흡족해했다.

상이 치워지고 가져 온 과일을 먹고 있는데

"어! 어!"

안방에서 환자분이 아까 같은 소리를 내질렀다.

"저 양반이…"

남편 전 장모님이 과일을 먹다말고 급히 뛰어 들어갔다.

조금 있으려니 방문이 열리면서 남편의 전 장모님이 내게 손짓했다.

무슨 일로 나만 부를까?

괜히 긴장되어 들어갔다.

남편의 전 장모님의 손에 흰 봉투가 들려 있었는데 환자분이 급하다는 듯 연신 나를 향해 어! 어! 하며 손을 뻗쳐 허우적댄다. 눈빛이 어서 빨리 받으라는 눈치 같았다.

"이거 얼마 되지는 않지만 노인의 성의니 어서 받아요. 이 양반이 딸 같다고 한사코 돈을 주라 그러지 뭐예요."

"고마워요!"

나는 이내 고개를 숙여 노인께 인사를 드리고 돈 봉투를 받아들었다.

바로 그때 노인의 한쪽 입 꼬리가 한쪽 눈가로 확 기울이는 모습이 눈에 들어왔다. 아마 기쁘다는 표현을 한 것 같았다.

"거 봐요. 저토록 좋아하시니 아버지라고 생각하고 자주 들러서 얼굴이나 보여줘요."

남편의 전 장모님도 노인의 기뻐하는 모습을 보고는 안심이 되는지 웃으며 이렇게 말했다.

"알았어요."

나는 제법 두툼한 돈 봉투를 가방 속에다 넣으며 확실하게 대답했다.

실은 돈을 받아서가 아니라 노인의 그 절절한 모습이 내 마음을 흔들었다. 마음이 짠하다 못해 아팠다. 누가 봐도 안쓰러울 지경이었다. 나는 당초의 불편스러움은 눈 녹듯이 사라지고 정말 친정에 온 듯한 기분이 되어갔다. 솔직히 그동안 불법체류자로 일하면서 차별대우를 받아온 나로서는 이 같은 친절에 마음이 녹여지는 건 어쩌면 당연한 것인지도 모른다.

뒤늦게 남편으로부터 듣게 되었지만 남편의 전 처갓집은 자식이라곤 죽은 처 하나뿐이며 지금 근처에 살고 있는 아들자식은 실은 뒤늦게 양자로 들인 한집안의 친척자식으로 친자식이 아니라고 했다. 귀한 딸자식을 잃은 그 부모의 마음이 오죽 아팠으면 그리고 오죽 그리우면 딸을 닮은 나를 같이 살아온 친딸로 착각하려 하겠는가!

그때부터 나는 괜히 남편의 전 처가댁 쪽에 신경이 쓰이고 하루 종일 그쪽 생각으로 멍하니 있을 때도 있었다. 그런 날이면 나는 남편 몰래 스파이처럼 사진책자를 뒤져내 남편의 전처 사진들을 하나하나 들여다보았다. 남편과 같이 찍은 것도 있었고 혼자인 것도 있었다. 옆모습이고 앞모습이고 어디를 보나 모두 다 나 같았다. 한 마디로 사진 속에 타인이 아닌 내가 있었다. 마냥 시간 가는 줄도 모르고 사진들을 보다가 전화벨소리라도 울리게 되면 나는 마치 죽은 자가 나타나기라도 한 듯 소스라치게 놀라곤 했다.

가끔 남편이 아닌 남편의 전 장모님일 때도 있었다. 처음과 달리 허물없이 딸한테 전화하듯 꼭 밥은 먹었나, 박 서방은 출근 갔냐. 그리고 이번 일요일에도 오는 거 꼭 잊지 마라. 아버지가 기다리신다. 맛있는 거 해놓겠다는 말도 남편의 전 장모님이 빠지지 않고 하는 말 중에 하나다. 그러면 나는 나도 모르게 닮은 얼굴값을 하느라고 괜히 전화에다 시큰둥한 태도를 보인다. 물론 처음과 달리 어머니라고 부르면서 투정부리듯 요즘 사는 게 통 재미가 없다는 둥 남편이 전처럼 잘 대해주지 않는다는 둥 이번에는 찰밥을 할 때 대추는 빼고 밤을 좀 더 넣어달라든지… 그러면 "알았어, 알았어, 오기나 해!" 하며 흐뭇한 목소리로 전화를 끊는다. 스스로 생각해도 우스꽝스러웠다.

그 뒤 나는 하루가 다르게 변해갔다. 자신도 모르는 사이에 남편의 전처가 좋아했던 색깔과 모양을 좋아하게 되었고 행동거지도 전처가 생전에 취한 행동 그대로 거부김 없이 따라하게 되었다. 머리모양도 죽기 바로 직전에 찍은 사진 그대로 파마를 했으며 음성도 될수록 부드럽게 톤을 낮췄다. 꼭두각시처럼 나는 내 삶이 아닌 죽은 자의 삶을 은연중에 이어가고 있었다. 날이 갈수록 주위 사람들의 시선도 두렵지 않게 되었다. 이렇게 되기까지는 남편의 역할이 무엇보다 컸다. 남편은 늘 전처에 관한 얘기라면 말을 아끼지 않는다. 이를테면, 좋아하는 음식들이 무엇이며 즐겨 입는 옷 스타일은 어떤 것인지 성격은 어떠하고 취향은 무엇이며 심지어 잠자리에서의 행동까지도 스스럼없이 낱낱이 내게 얘기를 했다. 특히, 전처가 처갓집에서의 취한 일련의 행동과 짓거리 말투 등을 이야기할 때면 듣는 나로 하여금 질투를 느끼게 할 정도로 행복감에 젖어 있었다. 그때가 또 기분이 최상이고 제일 신나할 때다. 어쩐 일로 전처에 대한 말이 나오기 시작하면 그때부터 우리의 사랑도 함께 시작이 되는 것이다. 시작의 행동은 거실에서부터 침대로까지 곧잘 이어진다. 물론 처음엔 가벼운 포옹이라든지… 그런 식이다가 나중엔 놀랄 지경으로 갑자기 나를 이끌고 침대로 데려가 알몸으로 나를 꼼짝 못하도록 짓누른다. 심장이 터질 듯 연신 숨에 겨워 헉헉대다가 남편의 끈질긴 강요에 마지못해 "사랑해요" 라고 신음하듯 내뱉으면 그때서야 만족이 되는 듯 나를 사랑의 족쇄로부터 풀어준다. 나는 내가 아닌 남편의 전처가 되어갈수록 남편은 물론 남편의 전 처갓집이 더 나를 좋아하고 사랑하였다. 갈 때마다 더 많은 용돈과 더 많은 선물을 안겨 줬다. 나는 당연하듯 마다하지 않고 남편의 전처가 사용했던 패물까지도 보란 듯이 내 몸 여기저기에 걸치고 다녔다. 주위의 시선이 두렵다거나 피할 생각도 없었다. 저도 모르게 점점 뻔뻔스러워져 갔다. 아닌 말로 내막을 모르는 사람들은 우리의 재혼을 전혀 눈치 채지 못할 정도였다. 그 얼굴이 그 얼굴이니까. 변한 게 없으니까. 그러나 일 년 뒤 어느 날 남편의 전 장인어르신이 소유한 시가 2억 상당의 그린벨트 땅이 소리 소문 없이 감쪽같이 내 남편의 명의로 돼 있을 때 나는 남편의 끝없는 전처 사랑이 한낱 거짓일 수도 있으며 재산을 노린 계산된 연기일지도 모른다는 생각을 하게 되었다. 물론 나는 그의 계획된 꼭두각시놀음에 동참한, 이른바 희생양이라고나 할까? 당초의 횡재한 것 같은 기분은 사라지고 날이 갈수록 남편의 운명적인 만남이니 사랑이니 하는 것들이 듣기 싫고 귀찮아졌다.

계속 꼭두각시로 살아가야 하나… 얼마를 더 살아야 끝이 날까? 아무튼 정신적인 갈등과 혼란으로 서서히 미쳐갈 무렵 우리에 대한 기사가 신문지상에 손바닥만큼 실렸다. 누가 제보를 했고 내가 어떻게 그 내용을 읽게 된 것인지는 전혀 알 수가 없었다.

모일간지 신문의 한쪽 구석에 〈우리가 사는 세상〉 코너가 있는데 거기엔 이렇게 씌어있었다.

### 죽은 아내 닮은 사람과 재혼

지난 1998년 사랑하는 아내를 갑작스런 교통사고로 잃고 그 아내를 시종 잊지 못한 어느 자영업자가 그 뒤 기적처럼 죽은 아내와 쌍둥이처럼 닮은 중국조선족 신모 여인을 만나 결혼해서 주위에 신선한 충격을 주고 있다. 특히, 조선족 신모 여인은 남편의 전 처가댁을 방문해 자식 잃은 후유증으로 병상에 누워있는 그 부모의 심정을 헤아려 똑같이 생긴 자신의 외모로 그들에게 끊임없는 위로와 아낌없는 배려를 해주고 있어 진한 감동과 함께 주위를 다시 한 번 놀라게 하고 있다.

밀항자

# 밀항자

무너진 몸을 애써 가누며 한쪽 구석에 처박혀 있었다. 허벅지 사이로부터 뭔가 새 나오는 느낌이다. 정액인가? 숨이 자꾸만 차오른다. 아까부터 누가 동아줄로 가슴팍을 바짝 졸라매는 것 같다. 아무리 큰 숨을 내쉬어도 속이 터질 듯 답답하다.

닫힌 공간에 사람들이 가득 차 있다. 서로가 밀착된 채 빽빽이 앉아 있다. 다리를 뻗을 수도 없고 운신조차 마음대로 할 수가 없다. 사람들의 열기로 좁은 공간이 시루 속같이 찐다. 이제 조금만 더 참으면 한국 부두에 도착이 될 것이다.

어서 빨리 도착이 됐으면….

"아줌마! 살고 싶거든 입 다물고 잠자코 있어. 이 배에 오른 젊은 년 치고 우리와 배 안 맞춘 사람 없어, 운명이라고 생각해!"

그 자의 목소리가 다시 귓가를 때린다. 맨 처음 돌진했던 그 사내가 옷 뭉치를 던져주며 내뱉었다. 남편 또래로 보이는 그 남자는 가정이 있는 사람일까? 그렇다면 그 마누라는 자기 남편이 해상에서 이 같은 일을 저지르는 걸 짐작이나 해볼까? 아마 상상도 못할 테지….

숨이 자꾸만 차오른다. 한여름도 아닌데 왜 이렇게 더운 걸까? 끈적 끈적 입은 옷이 거추장스럽다.

이제 머잖아 한국부두에 도착이 될 것이다.

"내숭 떨 거 없어, 고깃배에 오른 년이 그래, 고기밥이 될 줄 몰랐단 말이야! 답답한 밑창에 갇혀 있기보다 우리와 함께 즐기는 게 훨씬 나을 텐데. 이보다 더 좋은 신선놀음이 어딨어! 하하하하…."

"미친 년 같으니라구, 콧댈 세울 때 세워야지. 지 년이 춘향이라고 이몽룡 만나러 가나. 돈 벌러 가는 주제에…."

"아프다는 소리 작작 내질러! 바닷물에 처넣기 전에…."

그 자들의 지껄임과 음탕한 웃음소리들이 들리는 듯 아직도 귓가에 쟁쟁하다.

인간이 적응하지 못하는 환경이 있을까? 인간이 감당해내지 못하는 고통이 있을까? 그녀는 가까스로 눈을 뜬다. 아지랑이가 낀 듯 두 눈이 잘 보이지 않는다.

지금이 몇 시일까? 물어볼 기운조차도 없다. 떨어진 고개를 다시 힘 주어 들어본다. 천정에 매달린 등불이 꺼질 듯 희미하게 보인다. 정확히 알 수는 없지만 그 자들의 말에 의하면 이제 얼마 후면 이 배가 한국부두에 도착이 된단다. 어서 빨리 도착이 됐으면….

눈꺼풀이 다시 맥없이 내려앉는다. 자신을 완력으로 엎드려 놓고 엉덩이를 치켜세운 후 성난 짐승처럼 달려들던 그 자의 모습이 다시금 떠오른다.

말 타듯 자신의 잔등을 타고 씩씩거리던 그 사내의 성기가 흉기처럼 예리하게 그려진다.

어제 몇 시쯤일까? 일행 중 누군가 굶주림을 견디다 못해 처음처럼 다시 배고프다고 소리 질렀다. 그러자 기다렸다는 듯 너도나도 외쳐댔고 그 소리들은 곧 함성이 되어 급기야 갑판 뚜껑을 두드리기 시작했다.

바깥에서 목소리들을 감지했는지 발자국소리가 탕탕거리며 들려오더니 이윽고 배 밑창 뚜껑이 활짝 열렸다. 숨통이 트이는 시원한 바람과 함께 몇 사람의 다리들이 눈에 보였다. 한사람이 아래를 굽어보며 험상궂은 얼굴로

"이 새끼들 무슨 일이야? 죽고 싶어서 떠들어!"

깡패처럼 소리쳤다.

"더 이상 참을 수가 없어요…."

"배고파 죽겠어요…."

"제발 먹을 것 좀 줘요…."

"우린 며칠 동안 죽 한 끼 먹은 거밖에 없단 말이에요…."

"아무 거라도 좋으니 먹을 거 좀 줘요…."

너도나도 간절한 목소리로 애원했다.

"지금 먹을 거 아무것도 없어. 물밖에는… 이 상태로 무사하다면 내일 저녁 안으로 도착이 될 텐데 다들 그때까지 참는 게 어때? 자꾸 떠들면 우리도 곤란해!…."

사실, 먹을 것들이 선상에 어느 정도 남아있지만 한 두 사람도 아닌 그 많은 사람들이 먹다보면 심한 멀미에, 먹은 만큼 또한 번거로운 배설문제가 뒤따르니 안전상의 이유로 의도적으로 음식들을 제공하지 않는 것이다.

그들이 이 사실을 알 리 만무했다.

"그럼 물이라도 좋으니…."

"제발 마시게 좀 줘요…."

기회를 놓칠세라 다들 지친 가운데 힘을 모아 구걸하였다. 잠시 뜸을 들이더니

"좋아, 그럼 물이라도 줄 테니, 아줌마를 올려 보내 가져가라구!"

그리곤 사다리가 내려졌다.

물, 물 때문에 밖에 나갔다가 불시에 붙잡혀 돌이킬 수 없는 봉변을 당한 것이다.

그자들은 물이 있다는 간이 부엌으로 그녀를 데려가 강제로 옷을 벗기고 그 다음 엎드려 엉덩이를 치켜들게 한 후 성난 짐승처럼 마구 그 짓을 저질렀던 것이다.

그동안 허기진 성욕들을 채워대느라 여럿이 차례대로 그 송곳 같은 성기들을 휘둘러 댔다. 그리곤 또다시 한 차례였다. 일을 끝낸 그 자들은 그때서야 그녀에게 물통을 가져가게 했다.

다들 기진맥진 머리를 떨어뜨리고 움직임이 없지만 그 자들의 짓거리를 모를 리 없을 것이다.

당초 물 가지러 여자를 올려 보내라고 말할 때, 어떤 원인 모를 두려움이 온몸을 휩쌌다. 여자라면 나밖에 없질 않는가! 마음만 있다면 저들이 직접 물을 내려다 주면 그만인 것을….

"아주머니, 우리를 살려줘요. 제발 물이라도 좀 먹게 올라 가세요…."

애원하듯 다들 간절히 부탁하는 가운데 옆의 사람이 뚜껑이 닫힐까 봐 연신 떠밀었다.

먹고 싶다는 동물적 본능이 사람들을 한없이 나약하게 만들었다. 그동안 모두 생사고락을 함께한 사이들이다.

그래! 이 기회에 물이라도 실컷 마시고 보자!

그러나 실컷 마실 물은 없었다. 굶주린 배를 채우기에는 물은 턱없이 부족했다. 겨우 밥공기 하나의 분량이어서 목을 축이는 것으로 만족해야 했다.

운명의 배를 타기 전까지 서로가 꿈에도 본적이 없는 낯선 사람들이지만 동일한 목적지를 향하여 며칠몇날을 이렇게 함께 가고 있는 것이다.

이제 머잖아 한국부두에 도착이 될 것이다.

오줌이 마려워 온다. 거푸거푸 심하게 밀려온다. 그러나 힘을 주어봐도 오줌은 별로 없다. 순간순간 통증만 느낄 뿐이다. 실제 오줌기만 있을 뿐이지 몇 방울에 지나지 않는다.

생각하면 몇 년 전에 있었던 증상과 똑같다. 그 때가 신혼 초였으니 한 6년 전 일이다. 그때 어머니는 오줌소태라고 말했다. 이 모든 것은 그러나 참아내야 한다. 이제 조금만 더 참으면 꿈의 나라 한국에 도착이 될 것이다.

다른 칸의 그 여자도 나처럼 당했을까? 아마, 당했을 테지. 옷을 마구 벗기고 그리고 몇이서 달려들어 그 짓거리를 해댔을 것이다.

그 자들은 똑같이 그동안의 욕정을 풀어낸 뒤 아무 일도 없었다는 듯 갑판에 나와 앉아 개운한 얼굴로 담배를 피워 물었을 것이고, 그리고 끼니때에 맞춰 예사롭게 밥도 지어 먹었을 것이다. 목적지에 도착해서는 태연스레 떠나가면 그만일 것이다.

어쩌면, 다시 새로운 밀항자들을 태우기 위해 계획하고 실행할지도 모른다.

그 자들의 인중에 밀항자들이란 두당 돈이 얼마라는 경제적인 계산과 그리고 나 같은 여자는 한낱 욕정의 찌꺼기를 발산하는 도구로 인식될 뿐이다.

이제 와서 후회한들 무슨 소용이 있겠는가!

그녀를 태운 버스가 밤길을 달리고 있었다. 일행 수십 명도 그녀와 함께 타고 있었다. 깊은 밤이었다. 어둠속에서 누구도 말이 없었다. 다들 긴장한 채 앞만 응시할 뿐이다. 가끔 마주 달려오는 자동차들이 불빛을 발하며 지나칠 뿐 사방은 짙은 어둠에 잠겨 있었다.

밤의 속도는 한마디로 질주였다. 어쩌다 자동차들이 지나칠 때면 쓩 ~ 쓩~ 무섭도록 바람소리를 냈다.

모든 것을 감추어준다는 밤, 그러나 이 밤은 모두에게 두렵기만 하다.

장장 몇 시간을 달렸을까. 갑자기 버스가 흔들거리기 시작했다. 도로사정이 안 좋은 걸 보면 목적지에 거의 다 도착한 모양 같았는데 아니나 다를까, 버스가 덜커덩거리면서 얼마를 달리다가 뚝 멈추어 섰다. 운전수가 급히 어디론가 무선 전화기로 연락을 하자 조금 뒤 인기척이 들리더니 한 남자가 버스 입구로 다가섰다. 어디서 나타났는지 행동거지가 간첩 같았다.

모든 것은 비밀리에 진행되었다. 버스 문이 열리자마자 사람들이 하나 둘 신속히 내렸고 버스는 이들을 부려놓기 바쁘게 임무를 다한 듯 재빨리 현장을 떠나가 버렸다.

그녀는 느낌으로 이곳이 아주 으슥한 곳임을 알았다. 차고 음습한 기운이 주위를 감돌았다. 무서움에 그녀는 또 다시 가슴이 벌렁거리기 시작했다.

간첩 같은 남자는 말하자면, 이들의 안내 요원이었다. 일행들 틈에서 그녀는 숨을 죽이고 조심조심 안내자의 뒤를 따랐다. 불빛은 금기 사항이었다. 물론 말도 삼가야 했고 모든 것은 그때그때 안내자의 지시에 눈치껏 따르는 것뿐이었다.

당초부터 모든 일정은 비밀이었다. 해변으로 내려가는 길은 아주 울퉁불퉁하였다. 여기저기 엎어지는 소리가 들렸다. 그녀도 하마터면 돌부리에 걸려 넘어질 뻔했다. 주위는 어두웠다. 조직책이 안전을 위하여 일부러 달 없는 월초로 날짜를 정한 것이리라.

이윽고 약속장소에 다다른 듯 앞선 사람들이 발걸음을 멈추었다. 그녀도 따라 섰다. 어느 정도 어둠에 눈이 익자 바로 코앞에 커다란 바위가 있음을 알 수 있었다. 누구랄 것 없이 바위를 엄폐물로 삼아 다들 쭈그리고 앉아 몸을 숨겼다.

어둠속에서 그녀는 대낮에 먹이를 찾아 나선 토끼마냥 한시도 긴장을 풀지 못하고 주위의 반응을 예민하게 살폈다. 때는 바야흐로 한창 봄이지만 바다의 밤기운은 예상외로 차가웠다. 간간이 불어치는 눅눅한 바람이 바닷물의 소금기를 한결 느끼게 했다.

초조히 얼마를 기다렸을까. 드디어 통통거리며 배의 모터소리가 났다. 다들 촉각을 곤두세운 채 숨죽이고 그대로 가만있었다.

뒤이어 철버덕거리는 물소리를 내며 한 사람이 급히 바위 쪽으로 오는 것이 보였다. 사전 연락이 이루어졌는지 안내자가 재빨리 그를 맞았다. 뱃사람은 바닷가 물이 얕아 배가 가까이 올 수 없으니 다들 저만치 걸어가서 타야 한다고 했다.

지시가 내려지기 바쁘게 모두 배가 있는 방향으로 움직이기 시작했다. 그녀를 포함해서 몇 사람은 그 와중에도 신을 벗어 들었지만 대부분 신을 신은 채로 바지가랑이만 걷어 올리고 싸늘한 물속을 걸어갔다. 너나할 것 없이 배까지 걸어가는데 걷어 올린 부위까지 바지가 푹젖어 들었다.

배는 의외로 작았다. 노 젓는 배에다 발동기를 단 그야말로 통통배였다. 두 척이 기다리고 있었다.

이 작은 배로 밀항하다니! 다들 주춤하고 섰으려니 조금가다 큰 배로 갈아타니 염려 말고 어서 빨리 올라타라고 재촉한다. 이 많은 사람들이 다 탈까 싶었는데 두 척에 나눠 타니 용케도 다 올라갔다. 모두가 움직이는 행동들이 중국 유명 곡예단의 자전거 묘기를 연상케 하였다. 자그마치 통통배에 20여 명이 매달리듯 서로잡고 쥐며 바짝 올라 타 있었다.

그런데 이번에는 사람들의 무게 때문인지 그녀가 탄 배가 모터소리만 요란할 뿐 움직이질 않았다. 뱃사공이 급히 몇몇이 내려가서 밀어야한다고 했다. 그러나 차디찬 바닷물에 선뜻 내려가는 사람은 없었다.

"다 망하고 싶어서 그래! 빨리 내려들 가서 떠밀어!"

안내자가 소리쳤다.

일부가 뛰어내려 합심해서 배를 힘껏 떠밀어내었다. 배는 곧 움직이기 시작했다.

일행을 태운 배는 해변을 벗어나 서서히 앞으로 달려가기 시작했다.

이윽고 속력을 내며 달리자 배는 위험천만하게도 작은 파도에도 넘어질 듯 휘청거렸다. 사람들은 그때마다 심한 두려움과 공포감을 느끼면서 떨어지지 않으려는 본능으로 서로가 필사적으로 움켜잡았다.

그녀는 늦게 배에 오른 탓으로 뒤쪽에 타고 있었는데 다행히 더 뒤에 오른 사람들이 있어 직접 떨어질 염려는 없었으나 배가 한 번 심하게 휘청거릴 때 누군가 급한 나머지 그녀의 어깻죽지를 꽉 잡는 바람에 꼬집힌 듯 심하게 아렸다. 서로가 호흡은 물론 심장 박동소리까지 느낄 만큼 다들 바짝 붙어 서 있었다. 앉기엔 공간이 턱없이 비좁았다.

축축하고 찝찝한 바람이 그녀 얼굴을 사정없이 후려쳤다. 밤바람이 시리도록 차가웠다. 바닷바람이 불어칠 때마다 그녀는 으스스 몸을 떨었다. 젖은 바지에 스며있던 물기가 그녀 몸 전체를 축축하게 만들었다. 모두가 젖어 있기는 마찬가지였다.

약 20분쯤 달렸을까. 커다란 어선 한 척이 그녀 일행을 기다리고 있었다. 선원인 듯 여러 사람들이 갑판에 나와 있었는데 그들은 배가 가까이 다가가자 어선에 올라오게끔 좁은 판자 하나를 내밀었다. 그러자 판자나무를 다리삼아 사람들은 하나 둘 건너가기 시작했다. 중심을 잡느라 기우뚱거리면서도 다들 잽싸게 어선위에 올라갔다. 어지러워 주춤하는 사람들은 옆에서 잡아주기도 하였다.

올라간 사람들은 선원들이 뚜껑이 열린 여러 생선창고에 차례대로 재빨리 밀어 넣었다. 물건 집어넣듯 한 공간이 다 차면 그 즉시로 뚜껑을 콱콱 닫아버렸다.

다들 그동안 계속 추위 떨었던지라 우선 찬바람을 맞지 않아서 추위는 덜했으나 통통배에서 느낄 수 없는 또 다른 두려움이 그들을 불안하게 만들었다.

닫힌 공간, 바로 외부와의 단절이었다. 15촉쯤으로 보이는 전등이 그나마 위안이라고 할까.

소금기를 머금은 어창은 바다 특유의 비릿한 생선냄새를 풍기였다. 저마다 비좁지 않은 바닥에서 휴대한 가방들을 뒤져 소지품을 살피거나 간단히 준비한 음식들을 먹었다.

손에 관절을 딱딱 끊는 소리도 심심찮게 들렸다. 두려움을 떨치려는 듯한 남자가 마주 앉은 사람에게 말을 걸었다.

"사는 고향이 어디요? 흑룡강? 나는 길림 장춘 사람이요."

말문을 트기 시작하자 서로 고향들을 물었다. 길림사람, 흑룡강사람, 심양사람, 그야말로 동북삼성이 다 모였다. 그들은 말하기 편한 말은 중국어로 하였다. 서로 주거니 받거니 하다가 긴장이 어느 정도 풀린 듯 누군가 우스갯소리도 했다.

"거 좋겠소, 젊은 아주머니 앞에 앉아 가게 돼서…."

"좋기는 한데 여자 분이라 내 마음대로 움직거리기가 불편하네요. 재간 있으면 우리 바꿔 앉읍시다."

그녀를 쳐다보며 다들 웃었다. 그녀는 통통배를 탈 때부터 속이 조금 메슥거렸는데 지금은 참기 곤란할 정도로 속이 울렁거렸다. 그들의 우스갯소리를 받아줄 기분이 못 되었다.

사람들은 서로 사기당한 일들과 빚이 얼마인가? 중국에서 무슨 일들을 했는가? 식구들은? 한국에 누가 나가 있는가? 그리고 돈벌이에 대해 이야기를 나누었다.

누군가 지금 형은 미국에, 동생은 일본에, 어머니는 한국에, 현재 늙은 아버지만 집에 계신다고 말하자 옆의 사람이 놀리듯

"국제 가족이구만"했다.

"아니요, 이산가족이지요."

듣는 것 모두가 어쩌면 자신과 비슷한 처지 같았다. 남편은 지금쯤 집에 도착했을 것 같다. 그녀는 혼자 되돌아간 남편을 생각했다.

당초부터 밀항에 대해 남편은 내키지 않는 태도를 보였다. 집을 출발해 대련으로 가는 기차에서 남편은 이맛살을 찡그리며 내내 말이 없었다. 그녀라고 왜 두렵고 무섭지 않겠는가! 하지만 달리 택할 길이 없었다.

그녀가 사는 마을 전체가 '코리아 드림'으로 몇 년째 몸살을 앓고 있었다. 많은 집들에서 일찍부터 부모나 그 자식들이 하나 둘 친지 방문이다, 해외 연수다, 하며 한국엘 다녀왔다. 그런데 다녀온 사람치고 부자가 안 된 사람은 없었다.

그때부터 빈부의 차이로 삶의 균형이 깨지기 시작한 것이다. 그녀가 열심히 일하고 아무리 노력해도 그들의 삶을 쫓아간다는 것은 거북이 걸음에도 못 미쳤다.

한국에 나가기만 하면 단기간에 거액을 벌 수 있다는데… 마치 한국에 나가지 못하면 그만한 돈을 잃어버린 것 같아 그녀는 이상한 상실감에 시달렸다. 삶의 의욕이 점점 시들어져 갔다. 한때 동네 사람들의 부러움을 샀던 남편의 월급이 별안간 눈에 안찼고 돈 아껴 쓰는 일이 피곤하고 짜증스러워졌다. 지난날 결혼해서 알뜰히 장만한 살림세간들이 하찮고 보잘것없이 초라해 보여 도무지 닦고 쓸며 살림할 맛이 나지 않았다. 그러던 차 뒤늦게 한동네 잘 아는 사람으로부터 한국행 수속제의를 받았던 것이다. 그러나 어처구니없게도 사기당하고 말았다. 그 한 번에 거액 2만 원이라는 돈이 바람처럼 날아가 버렸다. 돈만 날린 게 아니라 몇 달을 괴로움에 그녀는 아무 일도 할 수 없었다. 그러나 진 빚을 갚기 위해서라도 다시 새로운 희망을 찾지 않을 수 없었다. 길은 역시 한국 가는 길밖에 없었다.

그러나 운 나쁘게도 두 번째 다시 사기를 당하고 말았다. 이번에는 믿는 도끼에 발등 찍히는 꼴이었다. 시집 쪽으로 믿을 수 있는 친척인데, 그 당시 그가 소개시킨 사람들이 적잖이 이미 한국 땅에 건너가 일을 하고 있었던 것이어서 철석같이 믿을 수밖에 없었다. 그 믿음이 다시 3만원을 날리게 했던 것이다.

나중에 알고 보니 친척은 단지 중간 소개자일 뿐이고 총 책임자는 한국사람인데 계획적으로 돈을 챙기고 잠적해 버린 것이었다. 그러니까 확실한 믿음을 주기 위해 사전에 총 책임자가 여러 마을을 돌며 한국행 모집을 대량 선전해놓고 우선 한 마을당 서너 명만 일을 성사시켰는데 그것이 곧 대어를 낚는 큰 미끼였던 것이다. 어리석게도 누구도 눈치 채지 못했던 것이다. 사기당한 사람이 무려 100여 명은 더 된다고 했다.

그동안 그녀는 생활의 어려움은 말할 것도 없지만 날마다 빚 성화에 시달려 죽을 지경이었다. 남편의 월급은 더 이상 만져볼 수가 없게 되었고 돈이 될 만한 물건들은 중국인 채권자들이 와서 진작 싣고 가 버렸다.

눈물로 애써 지은 쌀농사도 가을 추수가 끝나기 바쁘게 채권자들이 몽땅 실어가 버렸다. 현실은 냉정하기만 했다. 친정으로부터 쌀을 얻어다 겨우 끼니를 이어가고 있었다. 돈을 꾼 일가친척들을 볼 면목도 없어지고 그때부터 하루하루 죄인 같은 삶을 살고 있었다.

화병으로 그녀는 늘 가슴이 두근거리고 밤의 절반을 쫓기는 꿈으로 보내었다.

그녀는 고민 끝에 남편과 밀항하기로 했다. 고생은 막심하겠지만 우선 한국에 도착해서 소개비를 주기로 한 조건이 마음에 들었고 무엇보다 이대로 지내다가는 빚에 눌려 식구 모두가 죽는 수밖에 없다고 생각한 때문이었다. 이번 길은 그녀에게 있어 그야말로 목숨을 건 최후의 도박인 셈이었다.


그녀는 곧 구토를 느끼고 재빨리 식품을 싼 비닐을 가방에서 끄집어내 그 속에 토하기 시작했다. 누구랄 것 없이 난생 처음 타보는 배여서 얼마 지나지 않아 하나 둘 구역질을 시작하더니 여기저기서 왝왝거렸다. 눅눅한 공기 속에서 퀴퀴한 냄새가 진동을 쳤다. 누군가 구토 끝에 아! 아! 소리 내며 왜 이 고생인지 모르겠다고 말하자 다들 깊은 한숨으로 공감을 표했다.

바닷바람엔 커다란 배도 견디기 힘든지 이리저리 흔들렸다. 뱃전으로 부딪혀오는 파도를 그녀는 보지 않아도 느낄 수 있었다. 배가 한 번씩 기우뚱할 때면 사람들도 따라 좌우로 혹은 앞뒤로 서로 부딪혔다. 그때마다 견디기 힘든 고통스런 표정을 지었다.

이젠 아무도 말이 없었다. 멍한 시선들로 맥을 놓고 웅크리고 있거나 담배들을 피워 물었다.

바닷물이 스며들기 시작했다. 처음엔 그것도 모르고 입고 있던 바지가 젖어있어 척척한가 했다. 하지만 바닥에 물이 계속 스며들자 여기저기서 일어섰다.

그러나 누구도 고개를 바로 할 수가 없었다. 어창 높이가 이들의 키보다 많이 낮기 때문에 이들은 자라는 콩나물처럼 고개를 푹 수그리고 서 있어야 했다. 키가 비교적 큰 사람은 허리를 펼 수가 없어서 다시 주저앉았다.

지친 몸으로 누구도 오래 서 있을 수가 없었다. 사람들은 윗옷들을 벗거나 가방들을 말아서 엉덩이 밑을 깔고 다시 비좁게 앉았다. 첫날은 누구도 잠을 자지 않았으나 이튿날이 되자 토막잠을 자는 사람들이 생겼다. 다들 세운 무릎에 머리를 올려놓거나 아니면 고개를 뒤로 젖히고 눈을 감았다. 자다가 흔들리면 깨나고 다시 잠에 빠져들었다. 그 와중에 누군가 잠꼬대를 하는 사람도 있었다.

그녀는 집을 출발해 그동안 한 번도 깊은 잠을 자본 적이 없었고 계속 긴장의 연속이었기 때문에 이미 지칠 대로 지친 몸이지만 잠은 쉬 오지 않았다. 눈을 감고 잠을 청하려 해도 머리만 멍해 오고 눈알만 아파왔다.

떠나기 전부터 부르튼 아랫입술이 더욱 부어올라 윗입술까지 번져버려 가만있어도 절로 후끈거렸다. 하품하다 부르튼 부분이 터졌는지 앞의 남자가 입가에 피가 흐른다고 알려 주었다. 그녀는 손으로 입가를 닦아내었다. 거울이 없는 상태에서 서로가 서로의 거울이 되었다.

철썩철썩 파도가 뱃전을 때렸다. 순간순간 원인모를 두려움과 슬픈 감정이 그녀를 목메게 하였다. 불확실성에 대한 공포가 그녀를 한없이 사로잡았다.

새로 사 신은 구두는 물에 불어서 모양이 커졌고 변형돼 있었다. 과자 등 먹을 것들이 건사를 잘못해서 물에 젖어 버렸다. 여기저기 쓰레기들이 바닥위에 떠 있었다. 누군가 소변을 보고 싶어서 갑판 뚜껑을 두드려 대다가 인기척이 없자 급한 김에 비닐주머니에 대고 내보냈다. 그러나 나중에는 그것마저 건사한다는 게 힘들고 귀찮아 사람들은 아예 되는대로 그곳만 가리고 그 자리에서 배설을 했다. 오줌줄기 소리가 또렷이 들렸다. 앞의 남자와 눈이 마주쳤을 때 그는 난감한 듯 말라붙은 입술로 애매하게 웃었다. 그녀는 바지를 내릴 수가 없어서 옷 입은 그 채로 볼일을 봤다. 자존심도 수치심도 모두모두 사라져 버렸다.

바닥은 오염물로 눈에 띄게 지저분했고 냄새는 시간이 지날수록 고약해졌다. 어인 일로 스며들던 바닷물이 발등 이상을 넘기지 않고 멈추었다.

이처럼 원시적이고 불결한 곳에 갇혀 밀항하리라곤 꿈에도 생각지 못했다. 그녀는 원시의 인간들이 자연을 이겨내듯 버티는 수밖에 딴 도리가 없다고 생각했다.

그동안 행동반경이 좁은데다 주위가 모두 남자들이므로 그녀는 몸움직임이 시종 자유스럽지 못했다. 고정된 상태에서 오래 쭈그리고 앉아있다 보니 어깨가 마비된 듯 저렸고 두 다리도 뻣뻣해졌다. 시시각각 고통스러웠다. 조급한 심정과 달리 시간은 침착함을 잃지 않고 천천히 조용히 흘러갔다.

차고 있던 손목시계가 언제 어디서 없어졌는지 그때그때 시간을 알 수 없는 그녀는 옆 사람에게 자주 물어보는 것도 점차 눈치가 보였다. 다들 배멀미를 하고 구토들을 했으나 오래도록 먹지 못한 배고픔에 참을 수가 없어서 소리 지르고 갑판 뚜껑을 연신 두드렸다.

그 사이 그녀는 불은 과자라도 먹으려고 살폈으나 비눗물처럼 이미 다 풀어지고 없었다.

먹고 싶다는 갈망이 배고픈 그녀의 육신에 목마름을 더해 줄 뿐 노력만으로 도저히 생리적인 본능을 이겨낼 수 없었다.

생전에 먹고 싶은 생각이 이토록 절실한 적이 있었던가!

속수무책으로 계속 이렇게 갇혀 가다가는 굶어 죽을 것만 같았다. 평균수명까지 살다죽는다 하더라도 아직 많은 세월이 남아 있지만 생의 미련보다 빚 갚는 일이 무엇보다 중요했다.

어쨌든, 살아 한국땅에 도착해야 한다는 일념으로 그녀는 간신히 배고픔을 이겨내고 있었다. 이제 그녀에게 배고픔이란 더 이상 감각이 아니라 일종의 지속적인 공복감이 되었다. 기진맥진 세운 두 무릎 사이에 얼굴을 묻고 있노라면 저도 모르게 깜빡 잠이 들 때도 있었는데 그 순간만은 평화였으나 눈만 뜨면 배 밑이라는 차가운 현실이었다.

지속적인 두드림에 갑판뚜껑이 드디어 열렸다. 다들 배고파 죽겠다고 손짓을 하며 소리를 질러댔다. 우리에 갇힌 짐승마냥 다들 소리 끝에 끙끙거렸다.

안내자가 마지못해 밥은 없고 죽 정도는 끓여 줄 수 있다고 대답했다.

당초의 안내자를 제외하곤 선원 모두가 중국인이었다.

뒤늦게 중국 선원들이 죽을 끓여 한 사람 한 사람 나누어 주었다. 끓인 죽은 그야말로 희멀건 미음 같은 물이라고 해야 옳을 것이다. 그나마 몇 번 들이키니 죽그릇이 금방 바닥이 났다.

사람들은 안면 체면 없이 개처럼 혀를 내밀어 죽그릇 둘레를 핥았다. 간에 기별도 가지 않았지만 조금이나마 마셨다고 다들 기운이 도는 듯 조금은 표정들이 나아졌다.

파도가 세차졌는지 배가 다시 심하게 기우뚱거렸다. 또 다시 밤이 온 것이다.

낮보다 밤이 항상 견디기 어려웠다. 구역질을 하고 토하는 사람들이 다시 이어졌다. 먹은 것 이상으로 구토를 해서 그녀는 나올 쓴물도 없었다. 헛구역질을 너무해서 목구멍이 따갑고 위속이 참을 수 없이 쓰라렸다. 더 이상 견딜 수가 없었던지 누군가 돈이고 뭐고 때려치우고 집으로 돌아가는 게 소원이라고 말했다. 그러자 다른 한사람이 뚜껑만 열리면 바로 바닷물에 빠져 죽고 싶다고 절망스런 말을 토했다.

긴 시간이 느릿느릿 흐르는 가운데 드디어

"어서 나와!"

하는 소리와 함께 어창뚜껑이 열렸다. 사닥다리가 내려지자 사람들은 순서대로 갑판 위를 엉기적거리며 기어 올라갔다. 그들에게 당초의 민첩함은 사라지고 없었다. 퀭한 눈빛에 씻지 못한 얼굴들로 다들 몰골이 말이 아니었다. 실성해 보였다. 저마다 쓰러질 듯 걸음을 내디딜 때마다 비칠거렸다.

그녀 역시 쪽박만 들면 동냥을 나가도 어울릴 정도로 초라한 모습이 되어 기어 나왔다. 아닌 말로 거기다 웃기만 하면 미친 여자나 다를 바 없었다.

얼마 만에 보는 햇빛인가!

그녀는 두 눈을 바로 뜨지 못했다. 푸른 바닷물이 시야에 들어오는 순간 아찔한 현기증이 일어 그 자리에 푹 쓰러지고 말았다. 세상이 빙빙 도는 것 같고 이대로 바다에 빨려들 것도 같았다. 바다가 무섭게 다가왔다.

갑판위에 고기 그물들이 어지럽게 널려 있었다. 그 위에 사람들이 아무렇게나 널브러져 편할 대로 누워 있었다. 여기가 안전한 공해라고 했다. 이곳에서 한국어선을 기다린다는 것이었다. 누군가 날짜를 짚더니 오늘이 5일째라고 말했다.

그들은 잠깐이나마 그렇게 누워 그동안 답답함을 일시에 몰아내듯 콧구멍을 연신 벌름거리며 신선한 공기를 맘껏 취했다. 다들 그렇게 한숨을 돌리느라 정작 저 멀리 수평선에 아름답게 지는 붉은 노을을 바라보지도 느끼지도 못했다.

눅눅한 바람이 한없이 얼굴들을 훑고 지나갔다. 파도의 골을 타고 배가 쉴 새 없이 흔들렸다.

어두워질 무렵, 검푸른 물결이 배 주위에서 일렁이다가 무서운 파도에 밀려 어선을 사정없이 덮쳤다. 흔들거리는 배로부터 흰 포말을 내뿜으며 파도는 다시 밀려가고 그리고 다시 덮치는 꼴이었다.

큰 어선이라곤 하지만 망망한 바다에서는 작기로 가랑잎에 지나지 않았다. 어쩐 일로 그동안 오가는 배는 한 척도 볼 수 없었다. 절망처럼 망망한 바다엔 오직 검푸른 파도만 넘실거리고 있었다.

초조히 몇 시간을 기다린 끝에 드디어 긴장의 순간이 다가왔다. 접선할 한국어선이 도착한 것이다. 망망한 바다에 한 점의 불빛이 희망처럼 반짝거렸다. 다들 한국배라는 소리를 듣는 순간 한국에 도착이된 것마냥 기뻐하면서 그 와중에 가벼운 환호성을 질렀다.

이윽고 규칙적인 엔진소리를 쉴 새 없이 내뿜으며 두 어선 간에 서로 접근하려고 가깝게 다가갔다. 그러나 밀려오는 파도 때문에 번번이 서로 멀어졌다. 그때마다 육중한 배가 휘청 기울어졌다가 오뚝기처럼 바로섰다. 어쩐 영문인지 팽이처럼 몇 번 돌기도 했다.

여러 번의 시도 끝에 겨우 한국 배와 맞닿을 수 있었다. 그러나 배 사이의 깊고 푸른 물결을 의식하고 사람들은 겁에 질려 감히 넘어갈 엄두를 못 냈다.

"개자식들 뭐하고 있어! 빨랑빨랑 움직여!"

"거지같은 새끼들 뭐하고 섰어! 시간 없다구!"

한국어선에 타고 있던 사람들이 고함을 질렀다. 대놓고 반말에다 거침없이 쌍소리를 뱉어내는 그 자들은 목소리도 크고 말투도 강하고 단호한 몸짓이었다.

곧 이쪽 선원들이 재빨리 물건 넘기듯 양쪽 팔을 잡고 한사람씩 떠넘겼다.

그 자들 역시 물건 건네받듯 잽싸게 받아내는 식으로 사람들이 하나 둘 건네졌다. 누구라도 만에 하나 손을 놓을 경우 바로 바닷물에 떨어져 죽는다는 걸 모르지 않았다. 다들 공포감에 몸을 떨었다.


지난 모든 일들이 영화 속의 장면처럼 하나하나 또렷이 이어진다.

숨이 자꾸만 가빠온다. 호흡이 점점 시원치가 않다. 더위 탓일까. 물 밖에 나온 물고기마냥 큰 숨을 내쉬어도 헐떡거려진다.

가슴이 막힌 듯 답답하다. 아! 아! 소리라도 내지르면 속이 후련할 것 같다.

허벅지 사이로부터 뭔가가 확실히 흐른다. 생리 올 때는 아직 아닌데… 가까스로 손을 넣어본다. 끈적이는 액체가 손끝을 푹 적신다. 피 같다. 힘겹게 눈을 뜬다. 희미한 불빛에 손가락이 빨갛게 보인다. 피다. 어찌할 것인가!

엎친 데 덮친다고 생리대조차 없는데… 손수건을 찾아 간신히 그곳에 밀어 넣는다. 고개가 자꾸만 꺾어진다. 입에서 단내가 확확 끼치고 정신이 몽롱해진다.

한국길이 이다지도 먼가? 이 시각 영원처럼 멀게만 느껴짐은 왜일까? 저승길보다 더 먼 것만 같다.

머리위로부터 발자국 소리가 난다 싶었는데 다시 잠잠해진다.

오늘의 이 고생을 어머니께서 예감했던 것일까? 배는 아무나 타는 게 아니다! 어머니는 내내 말리셨다. 다시 못 볼 것처럼 침통한 얼굴로 대문 밖에 서 있는 어머니의 모습이 자꾸만 떠오른다. 몸이 아파 병원에 가는 줄 알고

"엄마, 올 때 맛있는 거 많이 사와야 돼…."

하는 아들애의 간절한 목소리도 들리는 듯하다. 빚 독촉하러 온 마을 사람들의 냉정한 눈초리들도 떠오르고 남편의 기죽은 모습도 떠오른다.

대련까지 함께 왔다가 결국 두려움을 이기지 못하고 밀항을 포기한 남편, 매정스레 혼자 돌아간 것이 한없이 미웠는데 차라리 잘됐다. 나와 달리 도시에서 곱게 자란 그가 이런 고생을 감당하기는 벅찰 것이다. 모험은 나 혼자로 족하다. 만약의 경우, 최악의 경우를 이 시각 생각하지 않을 수 없다. 애초부터 죽기 살기로 결심하고 나선 길이다. 빚 갚고 돈 버는 길은 오직 한국길밖에 없다.

이제 조금만 더 참으면 한국 땅에 도착이 될 것이다.

"빨리 빨리 나왓!"

비몽사몽간에 누군가의 소리가 들린다. 동시에 어창 뚜껑이 확 열리는 느낌이다.

웅성웅성 주위가 시끄럽다. 사닥다리가 쿵하고 내려지고 옆의 남자가 엉기적엉기적 위로 올라가는 게 보인다. 눈앞의 광경이 현실이 아닌 꿈같이 느껴진다.

"아줌마! 한국 다 왔어요, 어서 빨리 나가요!"

뒤의 남자가 재촉하고 있었다. 꿈이 아니었다. 분명 생시였다. 용을 써서 일어나려 했지만 어쩐 일로 몸이 움직여지질 않는다. 일어서야 한다. 반드시 일행을 따라 나서야 한다. 지금 나가지 않으면 영원히 못 나가고 말 것 같다.

급한 누군가가 나를 짓밟고 기어오르는 것 같다. 심한 통증이 휑하니 가슴팍을 뚫고 지나간다.

"왜 이렇게 굼떠? 똥뙤놈들 다 닮았구먼, 빨랑빨랑 기어 나와!"

내 앞의 남자한테 늦는다고 뺨 후려치는 소리가 철썩 들린다.

"에이, 씨팔년 일어서라구. 이 꼴로 걷기나 하겠어?…."

나를 덮친 바로 깡패 같은 그 자들이다. 한 놈이 엎드려 양 어깨를 움켜잡고 나를 어창으로부터 거칠게 끌어 올린다. 숨이 가빠 죽을 것만 같다. 전신에 힘이 없다.

밖은 어두웠다. 그자들은 억센 손아귀로 양팔을 붙잡고 질질 끌다시피 나를 어디론가 데려간다. 두 발이 거의 땅에 닿지를 않았다.

그곳에 후줄근한 모습의 일행들이 화물차 위에 타고 있었다. 그동안 허기와 멀미로 반 주검이 된 그들이지만 용케도 잘 버티고 서 있었다.

그들이 하나같이 유령처럼 보인다. 그 자들은 짐 올리듯 나를 훌쩍 쳐들어 차위로 던져 올린다. 그녀는 쓰러지려다 일행들의 부축에 간신이 기대선다.

일행들을 다 태우자 운전수가 신속히 딱딱한 천막을 그들 머리위로 씌웠다. 그리고 짐을 고정하듯 단단한 밧줄로 이쪽저쪽 지그재그로 바짝 동여맨다. 짐을 가장한 만큼 검문 시에 들통 날 것에 대비해 불쑥불쑥 솟아 오른 머리통들을 향해 몽둥이로 후려치듯 사정없이 내리 누른다.

아! 아! 여기저기 비명소리들이 들리자

"조용히들 못해! 다들 죽고 싶어!"

낮으나 아주 위압적인 목소리로 다시 일일이 내리 누른다.

화물차는 으슥한 해변을 재빨리 빠져나와 빠른 속도로 내달리기 시작했다.

그녀는 사람들 틈에 압축된 듯 바짝 붙어 서 있었다. 숨이 넘어갈 듯 콱콱 막힌다. 어창보다 어쩐지 더 답답하다. 죽을 것만 같다. 공기를 틔우려고 사람들이 손을 휘저어 보지만 끄떡없다.

엄마! 아들아! 여보!… 한국에 도착했어!

한국 땅을 아직 밟지 못했지만 이제 곧 밟게 될 것이다. 한국 땅에 내려지면 중국에다 전화해 동생한테 맡겨둔 담보금을 암호를 통해 알선 조직책에게 지불하면 그만이다. 모든 것은 곧 끝나는 것이다.

이제 곧 차에서 내려질 것이다. 이제 자유의 몸이 되면 이곳 한국 땅에서 열심히 일하리라. 돈 많이 벌어 빚 갚고 저축해서 금의환향 집에 돌아가리라!

가물가물 잠이 온다. 배고픔도 고통도 더불어 사라져 간다. 전신이 무너져 내린다. 쓰러져서는 안 된다, 지금 잠들어 버리면 그 자들이 나를 또 어떡할지 모른다. 몽롱한 의식 속에서도 그녀는 위태로움을 느끼며 어떻게든 버티려고 안간힘을 쓴다.

한차례 발작 끝에 그녀는 깨어날 수 없는 깊은 수렁에 빠져 들었다.

화물차는 숨이 막혀 아우성치는 사람들을 싣고서 빠르게 어디론가 달려갔다.

# 개팔자 상팔자

# 개팔자 상팔자

"가만 있어봐, 아직 안 됐어."

남편이 다소 미안한 말투로 그녀에게 나직이 말한다.

그녀는 마냥 누워 있기가 불편해 남편을 밀치며 윗몸을 일으킨다. 차갑다고 말하려다가 그녀는 그만 둔다.

골판지로 깐 시멘트 바닥은 냉기로 싸늘하다. 벗은 엉덩이가 점점 시려온다. 한낮은 여름처럼 더웠는데 밤공기가 제법 차다. 백로가 지났으니까 계절로는 가을이다.

어둠속에서 그들 부부는 잠시 가만히 있다.

이윽고 그녀는 남편이 손잡아 이끄는 대로 배꼽 밑의 '그곳'에 손을 가져다댄다. 어쩐 일로 일을 치를 '도구'가 아직도 말랑하다.

그녀는 남편의 '그것'을 달래듯이 살살 어루만진다.

이렇게까지 해서 성교를 해야 하나 싶어 그녀는 갑자기 서글퍼진다. 앞으로는 돈을 쓰더라도 여관 같은 델 가야 하나? 그녀는 생각한다.

어쨌거나 빚만 다 갚으면 방부터 먼저 얻어야겠다고 마음먹는다.

월례행사처럼 그녀는 한 달에 한 번 꼴로 남편과 만난다. 남편은 다른 일꾼들과 함께 공사장 함바집에서 지낸다. 철새처럼 여기저기 일자리를 따라 옮기지만 그것조차 지금은 하던 일이 끊긴 상태다. 담당 오야지가 IMF를 핑계 대며 일당을 턱없이 깎더니 그나마 한 달에 보름은 일거리가 없어 멍청히 놀아야 한다.

일찍 나온 조선족들은 서울에다 방 얻어놓고 출퇴근하며 맘 편히 지내지만 남편처럼 한국에 나온 지 얼마 되지 않은 사람들은 방 얻을 엄두도 못 내고 여럿이 함께 공사장에서 합숙한다. 게다가, 일할 때는 식사 제공이 되어 먹는 걱정이 없지만 일이 없을 때는 다들 스스로 삼시 세끼에 신경써야하니 귀찮은 나머지 거의 모두가 라면이나 식빵 등으로 간단히 해결한다.

이처럼 먹는 게 부실하다보니 차라리 일이라도 하고 싶은 마음이고 그래서 노는 게 이들에겐 더 고역이다.

이곳은 서울 외곽의 어느 아파트 신축 공사장이다. 남편이 일하는 곳으로 세워놓은 건물마다 겨우 외양만 갖춰져 있을 뿐 완공되기까지는 내년 이맘때가 돼야 한단다.

창문도 없는 어느 후미진 건물 2층에 그들 부부가 남몰래 들어와 있다. 남편이 1층엔 먼지가 많다고 해서 2층으로 올라와 미리 준비해둔 깨끗한 라면 박스와 신문으로 그들만의 사랑공간을 만들었다.

대낮에는 괜찮을지 모르지만 밤이 되니 이곳은 을씨년스럽다 못해 스산하다. 가끔씩 알 수 없는 소리들로 음산한 분위기마저 자아낸다.

오늘따라 모든 소리들에 그녀는 몹시도 예민해진다.

사방 뚫린 공간으로부터 바람들이 수시로 들락거린다. 어쩌다 회오리치듯 세찬 바람이 불어 닥칠 때면 포장된 건축자재들에서 찢긴 비닐들이 마구 나부끼며 아우성을 친다. 그때마다 그녀는 시커먼 물체로 한쪽 벽에 버티고 서 있는 건축자재들 틈에 숨은 귀신이라도 있어 금방이라도 뛰쳐나올 것 같아 온몸이 경직되며 움츠러들었다.

그녀는 뒤늦게 그 소리들의 실체를 알면서도 무서웠다.

"오늘은 점심 먹자마자 시내에 볼 일 보러 간다고 말하고 나와 이곳에서 몰래 볼일 보고… 그리고 같이 시간도 보낼 겸 시내 구경하다가 때맞춰 일하는 집으로 돌아가면 되는데… 그랬으면 좋았을 텐데… 오늘따라 썰렁하기도 하고 괜히 좀 무섭기도 하고…."

그녀가 중얼거리듯 나직이 말하자

"새삼스럽게… 뭐가 무서워… 아마 지금쯤 함바 친구들이 재미있게 지켜보고 있을 걸… 추워 못 견디겠으면 당장 내 배위로 올라와! 내가 안아줄게…."

남편이 그녀를 당기면서 능글맞게 웃기까지 한다.

모처럼 남편의 농담에 그녀는 다소 무서움이 가셔지며 마음이 한결 진정되는 듯했다.

그녀는 아내가 있는 함바 친구들 모두다 자신처럼 아내들이 만나러 오는 날이면 이런 빈 건물들을 찾아 적당히 부부애를 나눈다는 사실을 알고 있다.

이곳으로부터 100m 떨어진 곳에 남편의 숙소가 있다. 모처럼 만난 이들 부부지만 지출이 두려워 즐겁게 시내구경할 엄두도 못 내고 한낮에도 죽 비좁은 숙소에 죽치고 있다가 밤이 어둡기를 기다려 그들은 나왔다.

점심엔 그녀가 사간 만두로 만둣국을 끓여 숙소에 있는 사람들과 함께 즐겁게 먹었다. 그들은 재미로 밤새 마작을 놀았다며 그녀 보는 앞에 내내 졸린 눈으로 이야기를 하며 앉았다가 누웠다가 자유스레 TV

를 보다가 저녁을 먹기 바쁘게 하나 둘 쓰러져 잤다.

남편은 아내의 손놀림에 서서히 아랫도리에 힘이 모아지자 거칠고 찬 손으로 그녀 젖가슴을 마구 애무하기 시작한다.

"아파! 좀 살살 만져. 현관문 손잡이도 아닌데 그렇게 잡아당기면 어떡해!"

그녀는 웃었지만 정작 얼굴은 일그러져 있었다.

드디어 남편의 '그것'이 일어나기 시작한다. 그녀는 손을 빼고 기회를 놓칠세라 얼른 바지를 내려 찬 골판지 바닥에 다시 드러눕는다. 그리고 머리는 쳐들고 양쪽 팔로 바닥을 짚은 채 남편이 들어오기 좋게끔 허벅지도 양쪽으로 조금 벌려준다.

이윽고 남편이 무릎을 꿇어 그녀 하반신에 몸을 바짝 밀착시키더니 바로 찌르듯이 돌진한다.

그러나 시작이 반이라는데 어쩐 일로 남편의 시작은 곧 끝이 되고 말았다. 전에 없던 일이었다. 사랑의 행위가 뜻밖에 너무나 빨리 끝나 버렸다.

솔직히 괜찮았다. 차가운 냉기 때문인지 그녀는 전과 달리 아랫도리가 자꾸 움츠려들면서 사랑을 빨리 끝냈으면 바랬었다. 이 같은 초조함이 어쩌면 그를 다급하게 만들지 않았나 싶어 오히려 그녀가 살짝 미안한 마음이다.

그녀는 못내 아쉬워하는 남편의 마음을 느끼며 서둘러 바지를 올려 입는다.

그녀는 남편 뒤를 쫓아 건물 속에서 재빨리 빠져 나온다. 들어갈 땐 조심조심 들어갔으나 나올 땐 어둠이 눈에 익어서인지 발걸음이 한결 쉽다. 들어갈 때와 달리 장애물들이 쉽게 눈에 띄었다. 안도의 한숨이 절로 나온다.

바깥 공기가 웬일인지 산소 같은 느낌이다.

*

그들의 사랑 장소는 늘 건축현장 건물속이었다.

그러나 한번은 그녀가 현재 가정부로 일하는 아파트집 옥상에서 이뤄졌다. 혼자 사는 36살의 주인여자가 늙은 애인과 함께 2박3일 예정으로 어디론가 여행을 떠났을 때였다.

나뭇잎이 무성한 7월의 그날 밤은 지금처럼 춥지 않고 훈훈했다.

어두워질 무렵 그녀는 임무를 부여받은 첩보원처럼 가슴을 두근거리며 아파트 문을 나갔다.

남편과 '접선'을 하기 위해 근처 약속장소인 버스정류장에 도착해 그녀는 주위를 살피며 전혀 모르는 사람 대하듯 승객으로 가장해 한쪽에 멀뚱히 서있는 남편에게로 다가가 빠른 속도로 나직이 속삭였다.

20미터 사이를 두고 따라 오되 엘리베이터는 절대 타지 말고 조용히 계단을 걸어서 꼭대기 층까지 올라오라고 했다. 계단 끝까지 올라오면 옥상 문이 나타나는데 문이 열려있어 바로 밀고 들어오면 된다고 했다. 엘리베이터 천장에 감시용 CCTV가 설치돼 있어 뜻밖의 사고가 생길 경우 의심의 대상이 될까봐서였다.

이 같은 신변보안대책은 사전에 철저히 계획된 것은 아니고 긴장 속에 문득 떠오른 그녀만의 지혜였다.

무엇보다 주인여자한테 남편이 없다고 말한 부담감 때문이다. 남편이 있는 사람은 절대 가정부로 쓰지 않겠다는 주인여자의 말에 어쩔 수 없이 그녀가 거짓말을 하게 된 것이다. 들키면 일이 크게 번질 우려가 있는 만큼 조심하지 않을 수 없었다.

옥상 어둠이 짙은 환풍구 뒤쪽에 그녀가 일회용으로 비밀스런 보금자리를 만들어 놓았다. 그곳에서 외간 남자와 밀회하듯 그녀는 두근거리며 남편을 맞아들였다.

그날 밤 수많은 별들이 호기심을 가진 듯 깜빡깜빡 대며 그들의 사랑행위를 지켜보았다.

*

그녀가 탄 엘리베이터가 멀미 같은 현기증을 일으키며 붕 뜬다. 그 사이 오르고 내리는 사람이 없어서 단숨에 15층 꼭대기에 오른 엘리베이터는 '땡'하는 음향을 울리며 흔들리듯 멈추어 섰다.

쇼핑백을 놓칠세라 다시 한 번 움켜쥐며 그녀는 서둘러 벌어진 엘리베이터 문으로부터 빠져나온다.

조금 전 어디선가 웃음소리가 난다싶었는데 올라와보니 바로 주인여자다. 넘어갈 듯 간드러진 그 웃음소리가 현관문 밖으로까지 흘러나왔다. 또 누군가와 쉐리 이야기를 하고 있는 모양이다.

전생에 쉐리와 어떤 인연의 관계라도 있는지 주인여자는 쉐리 말만 나오면 저렇게 웃고 난리다.

지갑에서 열쇠를 꺼내는데 어느새 쉐리가 나와 캉캉 짖는다. 인간의 4배나 먼 거리의 소리를 들을 수 있는 게 개라더니 발걸음소리를 아무리 조용히 해도 쉐리는 귀신같이 알아듣고 쫓아 나왔다.

현관문을 열자 아닌 게 아니라 쉐리가 기다렸다는 듯 엉덩이를 대고 흔든다.

'호들갑은, 잠깐 슈퍼에 다녀온 걸 가지고'

그녀는 마음과 달리 정작 입으로는

"그래 반갑다 쉐리야! 그동안 잘 있었어?"

라며 주인여자를 의식해서 반겨준다.

그녀는 평상시 쉐리가 싫지만 이럴 땐 자신도 모르는 사이에 덩달아 반가운 마음이 들기도 한다. 그래서 가끔 안아주고 싶어 손이라도 내밀면 쉐리가 물 듯하며 날렵히 몸을 빼 달아난다. 그래놓곤 날 잡아봐라 하는 식으로 멈춰 서서 놀리듯 그녀를 쳐다본다.

주인여자를 닮았는지 개조차도 그녀를 하인 취급하듯 깔보는 것 같다. 하녀살이하는 주제에 감히 지체 높은 나를 건드려? 하는 듯 지금도 마찬가지로 언제 너랑 반겼나싶게 새침 떼며 안방으로 쪼르르 달려간다. 그래서 그녀가 더 미워하는지도 모른다.

서운한 마음에 괜히 화가 동해

'개새끼!'

그녀는 주인여자 못 듣게 잇새로 나직이 내뱉는다.

당초 멋모르고 주인여자 보는 앞에서 개새끼라 욕했다가 혼이 났었다.

"아줌마! 개새끼가 뭐예요? 몰상식하게. 쟤는 개가 아니라 쉐리라구요. 자식 같고 내 식군데… 함부로 대하지 마세요! 쉐리가 얼마나 영리한데, 아이큐가 웬만한 초등학생 이상 수준인 거 모르죠? 개로 알고 무시했다간 쟤한테 큰 코 다쳐요. 앞으로 조심하세요!"

'쳇! 개는 어디까지나 개지. 지 놈이 아무리 영리하고 뭐하대도 사람만 하겠어!'

무엇보다 불쾌한 것은 아무리 부리는 입장이라도 무시 못 할 나이차가 있는데(7년차) 무슨 큰 잘못이라도 저지른 것처럼 어린아이 취급하듯 막 대하는 태도라니, 아닌 말로 개를 개새끼라고 욕 좀 했기로서니 그렇게까지 화를 낼 수 있을까, 도무지 이해가 되지 않았다.

다행히 가볍게 욕했으니 망정이지 주인여자 보는 앞에서 때리기라도 했다간 왜 '보물'같은 내 새끼를 때렸느냐며 게거품을 물고 달려들 것이 뻔했다. 충분히 그럴 기세였다.

조금만 젊었어도, 아니 허리병만 아니라면, 그녀는 진즉에 이집을 떠나갔을 것이다.

그녀의 짐작대로 주인여자는 쉐리 이야기로 한창 전화중이었다.

"글쎄 TV속에 전화벨이 울리니까 요것이 고개를 갸우뚱하더니 금방 아니라는 듯 잠자코 있지 뭐야. 진짜와 가짜를 딱딱 구별한다니까. 신기해 죽겠어…. 그럼 귀엽구말구, 요놈 재롱마저 없다면 삭막해서 이 세상을 어떻게 살아. 참으로 늦둥이 하나 잘 둔거지 뭐…. 여하튼 그날 우리 팀 다 모이는 거 알지…. 미쉘한테도 안부 전해 주고. 아니 옆에서 기다려? 얼른 바꿔 줘. 오, 미쉘 잘 있었어? 오야 오야, 엄마 말 잘 듣고 잘 놀아, 다음에 보자, 안녕, 그래 알았다. 잠깐만, 쉐리야! 어서 와 전화 받아, 미쉘이 널 찾는다. 안부 전해!"

주인여자는 쉐리가 잘 듣게끔 쉐리 귓가에 전화기를 바짝 가져다 대주며

"어여 인사 해, 안녕하시냐고 인사해봐…."

그리고 한손으로 쉐리가 딴전부릴까봐 부드러운 쉐리 목덜미를 연신 쓰다듬어 준다.

곧 이어 뭔가 알아들었다는 듯 쉐리가 캉캉 짖는다.

그녀로서는 개들의 세상을 이해할 순 없지만 저쪽에서 개가 짖으니까 본능적으로 쉐리가 따라서 짖는 것 같은데 주인여자는 쉐리가 미쉘의 목소리를 알아듣고 반갑다는 반응을 한다고 했다. 나름대로 키우면서 파악이 되겠지만 그녀가 보기에는 대부분 황당하고 매사에 자기 멋대로 판단하며 쉐리의 대변인 노릇을 즐겼다.

주인여자는 다시 쉐리 애기로 약 30분간 더 통화하고 나서야 전화를 끊었다.

이처럼 하루에 개 때문만도 오가는 전화가 그녀가 알기로도 십여 통은 되는 것 같다. 누구네 집 개가 아프다거나 또 누구네 집 개가 어쨌다든지….

심지어 선거 때 후보들의 정책 방향이나 비전은 고려않고 무려 5마리의 개를 키운다는 모 애견 정치인에게 한 표를 던졌다고 했다. 웃기는 일이 아닐 수 없었다.

또한, 자랑하기를 근처 '멍멍이 슈퍼' 집에 기르던 개를 잃어버렸을 때도 별반 왕래가 없으면서 단지 슈퍼집의 상호가 마음에 들어 일손이 바쁜 그 집식구들을 대신해 손수 전단지를 만들어 며칠씩을 동네 전신주에다 붙이는 수고도 마다하지 않았다고.

한 마디로 개팔자가 상팔자라더니 주인여자야말로 완전 개팔자였다.

개를 위해서 사는 삶처럼 주인여자의 일상은 늘 개와 함께다. 다니는 친구들도 전부 개가 딸린 친구들뿐이다.

조금 전 전화에서 우리 팀 어쩌고저쩌고 한 말도 단순한 친목계 모임이 아닌 완전 개모임이다. 개를 미친 듯이 좋아하는 이른바 개 마니아들로 친목팀이 이루어졌으며 서로를 부를 때도 사람이 아닌 개 이름들로 호칭하였다.

그 이름들도 들어보면 국제결혼을 해서 마치 외국자식이라도 낳은 것처럼 댄디, 샤니, 다니엘, 쥬비, 영국 왕세자비의 이름 다이애나라 부르는 깃도 있었다.

그들은 하나같이 품안에 개를 안고 있거나 캥거루처럼 주머니 속에 담고 다닌다.

"아줌마!"

안방에서 주인여자가 부른다. 그녀는 쇼핑한 물건들을 정리하다말고 안방 문지방으로 가 선다. 한낮이 다 됐는데도 주인여자는 아직 잠옷차림이다. 게으름이 뚝뚝 떨어지는 몸짓으로 연신 하품을 해댄다.

"점심은 있다 먹을 테니 우선 녹차나 한 잔 주세요. 이틀 있으면 무슨 날인지 알죠? 할 일들 끝내고 그릇들 좀 챙겨야겠어요. 그날 친목회원들 말고도 친정식구들도 온댔으니까. 내일은 장봐 음식거리 준비해야 되고… 미리미리 해놔야 그날 덜 바쁠 거 아니에요?"

"알았어요."

그녀는 한숨 쉬듯 대답하고 부엌으로 간다. 가스 불을 당겨 물주전자를 올려놓는다.

주인여자는 녹차가 여러모로 좋다고 방송에서 떠드니까 요즘은 계속 녹차만 마시지만 어느 때는 둥글레차 또는 뽕뿌리차, 산마차, 칡차… 무릇 건강에 좋다는 것은 뭐든 마다않고 다 마신다. 본인만 마시는 게 아니라 한결같이 그녀에게도 권한다.

물론, 오리지널 진한 것은 본인이 마시고, 이른바 재탕한 끝물이 그녀의 몫이다. 늘 버리면 아깝다는 태도여서 그녀는 어쩔 수 없이 주인여자 보는 앞에서 생수 마시듯 마셔버린다.

물이 끓자 그녀는 도자기로 된 주전자에 녹차를 탄다. 녹차가 우러나기를 잠깐 기다려 그녀는 쟁반에 받쳐서 안방으로 가져간다.

쉐리와 공 구르기 놀이를 하다가 멈추고

"우리 애기 것두 갖다 주세요. 우유 말고 요구르트로."

주인여자가 지시하듯 말한다.

그녀는 다시 냉장고로 가서 요구르트 하나를 꺼낸다. 그것을 젖꼭지가 달린 젖병에다 부어 다시 안방의 주인여자한테 건넨다.

촐싹대던 쉐리가 얼씨구나 하고 덥석 주인여자 품에 안긴다. 머리를 쳐들고 젖꼭지를 쪽쪽 빠는 모습은 누가 봐도 애기 같다.

주인여자는 주인답게 가만히 앉아서 그녀의 시중을 받길 좋아한다. 그래서 그녀는 하루 종일 수도 없이 주인이 시키는 대로 집안을 왔다 갔다 해야 한다.

그녀는 서둘러 다용도실로 내려간다. 거기엔 꽃무늬가 놓인 담요가 댓자 다라에 핑크빛을 띠고 담겨 있다. 아침에 쉐리가 오줌을 배설해서 빨랫감으로 내놓은 것인데 담요마저 주인여자는 손세탁할 것을 원했다.

그러잖아도 세탁기에 넣으면 빨래가 상하고 망가진다고 해서 그녀는 모든 세탁물을 거의 손세탁하고 있었다. 그러나 이번 담요만큼은 세탁기에 넣길 바랐지만 순모라 안 된다면서 주인여자는 찬물에 울 샴푸 풀어 살살 씻어야 한다고 주의를 주었다.

그녀는 다라에 두 손을 담그고 담요를 주물럭주물럭 비볐다. 미끈한 게 비눗기가 넉넉하다. 어떻게 씻으면 좋을지 잠시 생각하다가 그녀는 양손으로 담요를 집어 올렸다. 세제 물을 흠뻑 먹은 담요는 전체가 들리지도 않았는데 몹시 처지고 무거웠다. 그대로 내려놓기 바쁘게 철썩 소리를 내며 비누물이 사방으로 튄다.

이처럼 부피가 큰 담요는 세탁기에 넣어서 돌리면 쉬울 텐데….

따지고 보면 항상 개 때문에 바빠지고 집안 또한 분주하다. 쉐리 때문에 하루 대부분의 시간을 허비할 때가 있었다. 그렇지만 당초 쉐리 때문에 안 써도 될 가정부를 쓴다는 데는 그녀로서도 할 말이 없다.

그녀는 갑자기 슬리퍼를 벗고 다라 속에 발을 담근다. 문득 옛날 시골에서 흙 반죽할 때 발로 밟던 기억이 떠오른 것이다. 이쪽저쪽 돌며 담요를 밟아보니 이런 식으로 씻어도 괜찮을 것 같다. 두 팔로는 도저히 힘이 부치니 말이다. 주인여자가 알면 질겁할 테지만 그녀는 눈치껏 해치우기로 한다.

사실 찌든 때도 아닌 쉐리의 오줌기만 씻어내면 되는 것이다.

쉐리는 다 큰 아이처럼 꼭 화장실에 가서 대소변을 보지만 뭔가 기분이 뒤틀린다거나 주인여자가 집을 오래 비울 경우, 반항하듯 아무데나 대소변을 내지른다. 오늘도 침대위에서 주인여자와 까불다가 핸드폰을 바닥에 떨어뜨려 주인여자로부터 조금 꾸지람을 듣자 바로 깔고 있던 담요 위에 오줌을 싸버린 것이다. 고약한 버릇이었다.

짝짝 소리 나게 비눗물 속에서 발장난 치듯 담요를 밟던 그녀는 어떤 기척에 재빨리 다라로부터 발을 뺀다. 주인인 줄 알았는데 나지막한 쉐리다. 항상 염탐꾼처럼 살피는 듯한 눈초리로 그녀에게 다가온다.

"이놈의 개새끼! 놀랐잖아."

그녀는 쉐리를 향해 주먹을 흔들며 나직이 속삭인다.

이어 숨죽인 목소리로

"누구 때문에 이 고생인 줄 알아? 다 너 때문이야. 왜 쉬했어?"

그녀는 담요를 밟다말고 손에 물을 묻혀 장난치듯 쉐리를 향해 튕긴다. 쉐리는 눈을 깜빡거리면서도 아랑곳 않고 다용도실 바닥으로 막 내려오려고 한다.

"저리 가! 또 저지르려고? 심심해도 난 니랑 안 놀아, 넌 개고 난 사람이야."

그녀는 조금 전보다 더 많은 물방울을 튕겨댔다.

그러면서 탄식하듯 한마디 덧붙인다.

"사람이면 뭐하나, 니가 나보다 낫다."

말티즈 종으로 털이 흰색인 쉐리는 잠깐 노려보는 듯 서 있다가, 몸을 후르르 털더니 홱 돌아서서 나간다.

"재간 있으면 니 엄마한테 가서 일러라, 일러!"

그녀는 아이처럼 입을 삐죽거리며 쉐리쪽을 보려고 고개를 쭉 뺀다. 그새 안 보인다. 안방으로 사라진 모양이다.

저게 정말로 가서 이를까? 하긴 주인여자 말마따나 쉐리가 개 같지 않을 때도 있다. 어떨 땐 사람처럼 아주 교활하기까지 했다.

쉐리는 주인여자가 없을 때는 그녀의 말을 잘 듣는 척 점잔을 빼다가 주인여자가 나타나기라도 하면 보복하듯 잽싸게 달려들어 짖으며 그녀를 깨물고 할퀴고 하였다. 실제로 그런 날은 거의가 쉐리를 나무란 날이거나 혼내준 날이었다. 자세히 보면 팔목과 다리에 작은 상처 자국들이 아직도 희미하게 남아 있다.

언제 한번은 심술부리듯 쉐리가 그녀 방에 들어가 하필이면 이불 위에다 똥오줌을 질펀히 싸놓아서,

'그래 마침 잘됐다. 오늘 너 한번 혼나봐라!'

신문지를 말아 도망치는 쉐리를 끝까지 쫓아가서 엉덩이를 세게 여러 번 후려쳤더니, 당장 아파 죽겠다는 듯 낑낑 대며 궁둥이를 내리고 뒷다리를 질질 끌며 절름거렸다.

당황한 나머지, 이거 진짜 사고를 낸 것이 아닌가? 당장 쫓겨나게 생겼다고 걱정을 태산같이 하고 있는데, 그새 인기척소리가 났던지 감지하고 부리나케 문께로 달려가서 주인여자를 반기는 데는 혀를 내두르지 않을 수 없었다. 언제 절름거렸나싶게 두 다리가 말짱했던 것이다.

'그러면 그렇지 나무작대기도 아닌 신문종이인데…'

그녀는 쉐리의 소행에 너무도 어이없어 엉겁결에 주인여자한테 자초지종을 말하니

"거봐요, 내가 뭐랬어요? 쟤가 사람만큼 영리하다고 그랬죠? 동정 받

고 싶어서 연극하듯이 절뚝거린 거예요. 엄살 부리는 거 몰랐죠?"

신이 난 듯 주인여자는 반갑다고 날뛰는 쉐리에게

"오, 우리 아기, 너 엄살 부렸어? 아니야, 아팠쩌? 알았어. 알았다구. 이쁜 내 새끼, 엄마 많이 보고 싶었쩌요?~"

연신 쉐리와 뽀뽀하며 자식처럼 껴안고 안방으로 들어가더니 이 사실을 바로 친정언니한테 전화로 알리느라 또 한바탕 난리를 떠는 건 말할 것도 없다.

한낱 개한테는 더없이 자상하고 친절하지만 사람인 그녀한테는 쌀쌀맞고 냉정하였다. 그보다 대우가 개보다 못하다는 말이 더 정확할 것이었다.

우선 먹는 것만 봐도 그랬다. 개한테는 비싼 음식들만 사다 대접하고 게다가 치즈니 쇠고기 캔 같은 간식까지 챙겨 먹이면서 그녀한테는 하루 세 끼가 아깝다는 듯 점심엔 무조건 라면을 먹게 했다. 그 흔한 계란도 그녀는 눈치가 보여서 마음대로 먹을 수가 없었다.

그녀가 먹는 반찬이란 것도 언제나 주인여자의 입맛에 제외된, 주로 먹다 남은 것들이 전부였다. 맛이 간 음식들을 혼자 처리하듯 꾸역꾸역 삼킬 때면, 그녀는 개도 호강스레 사는데 사람이 이 꼴인가 싶어 저도 모르게 눈물이 나왔다.

생각해보면 개보다도 못한 나날이었다.

그녀는 늘 사람도 아닌 개와 비교된 생활을 하다 보니 가끔은 슬퍼지고 꼭 이렇게 살아야만 하나 싶어, 까짓 거 다른 일자리를 찾아 떠나볼까 생각도 해보지만 허리 척추 때문에 어쩌지 못하고 지금껏 머물러 있는 중이다.

사실 여러 곳을 전전하며 일을 해보았지만 생각하기에 따라서 이 집만큼 쉬운 집도 없는 듯싶었다. 그 대신 월급이 턱없이 적었다. 서울에서 보통 가정부라 하면 식구 수에 따라 월급이 한 달에 80만원에서 120만원 되지만 이 집은 달랑 60만원뿐이다.

당초 그녀가 지나친 돈 욕심에 건축현장에서 일한 것부터가 무리였다. 지난날의 허리 병이 재발한 것이다. 그렇다고 중국에서처럼 맘 편히 치료 받을 수도 없는 상황이어서 그녀는 마냥 참고 견디면서 조심스레 일할 수밖에 없었다.

간간이 허리가 아플 때면 유난히 한쪽 다리까지 아프고 저려서 나중에는 심한 통증 때문에 걷기조차 불편하였다.

그러던 어느 날 무심코 본 아픈 다리가 상대적으로 눈에 띄게 가늘어져 있었다. 놀란 나머지 그녀는 그때서야 안 되겠다 싶어 주변에서 알려준 서울의 한 척추전문병원을 찾았다. 담당 의사선생님께서 엑스레이 사진 상으로는 척추 4번과 5번 사이에 문제가 있는 것으로 의심이 되는데 현재로서는 MRI 사진을 더 찍어봐야 정확한 진단이 나온다고 했다.

돈이 문제였다. 자그마치 거금 60만원이 든다고 했다. 그녀는 주저 없이 바로 포기했다. 대신 주위에서 알려준 허리에 좋다는 이런저런 한약들을 많이 사먹었고 물리치료도 꾸준히 받았다. 하지만 일시적일 뿐 별 호전은 없었다. 그녀는 더 이상 힘든 일은 불가능했고 몇 개월을 일손을 놓고 놀았다.

그동안 약값도 그렇지만 집세다 뭐다해서 드는 비용이 생각보다 무서운 지출이었다. 화병이 날 지경이었다. 이런 날이 계속되다간 폐인이 되는 것은 물론 거지로 나앉기 십상이었다. 그렇다고 집에 돌아갈 수도 없었다. 남들은 한국 나와 돈 벌어 떼부자가 돼 금의환향하는데 빈손으로 돌아갈 수는 없는 노릇이었다.

무엇보다 남편이 한국 사람으로부터 노무사기를 당하여 중국에서 어마어마한 빚을 진 상태였고 다시 필사적인 노력으로 한국에 나오려 하고 있을 때였다. 운명처럼 따라붙는 가난으로부터 벗어나려면 한 푼이라도 더 벌어야 마땅했다.

그 무렵 어느 지역 신문 구인광고란에서 지금의 일자리를 찾은 것이다. 그때 구인광고 보는 게 그녀의 유일한 일거리이자 낙이었다.

'가정부 구함. 나이 제한 무 중국 조선족 대환영. 강아지를 사랑하는 분이여야 함.'

그리고 연락처가 적혀 있었다.

사실 쉽게 이집에 오게 된 것도 보수가 적다고 선뜻 오겠다는 사람이 그때까지 나타나지 않은 덕이었다. 월급은 적었지만 그녀로서는 놀기보단 백번 나은 것이었다.

그녀는 썻은 담요를 세탁기에 넣어 탈수버튼을 눌렀다. 겨우 담요 하나를 세탁했는데 온 오후를 보낸 것 같은 기분이다.

아까부터 간간이 위가 쓰리는 듯 아파왔다. 타향살이하면서 제때에 식사를 못해서인지 이 같은 아픔을 그녀는 종종 느낀다. 불쾌감이 전신으로 뻗치는 것 같다.

탈수한 담요는 의외로 가벼웠다. 그녀는 베란다로 가 건조대에 담요를 조심스레 펴 널었다.

전화벨소리가 또 울린다.

"알았어, 알았어, 받는다니까. 귀여운 새끼 같으니라구."

주인여자의 웃음소리가 또 한바탕 울린다. 처음엔 자신도 모르게 덩달아 웃었지만 이젠 아무렇지도 않을 뿐더러 바로 그러한 웃음소리가 듣기가 싫다. 전화벨이 울리면 쉐리가 잽싸게 전화기로 달려가 앞발 하나를 갖다 대고 끙끙거린다. 어서 받으라는 시늉이다.

동물병원으로부터 온 전화다. 쉐리의 치아 스케일링을 받으라는 안

내었다.

단골로 다니는 동물병원에서 예방접종이니 구충약이니… 고객관리 차원에서 수의사가 그때그때 집으로 전화해 알려준다. 기름기 있는 식품을 주로 먹이다보니 칫솔질을 해주는데도 치석이 빨리 끼는 모양이다.

주인여자는 매일매일 쉐리를 칫솔질해 준다. 뿐만 아니라 사흘돌이로 목욕시켜주고 일주일에 한번은 꼭 애견미용실에 데려간다. 3만원씩이나 내고 목욕과 쉐리의 털을 빗질시킨다. 그리고 발톱도 다듬기고 귀청소도 손질 받는다.

주인여자는 매일같이 놀아도 먹고 사는데 지장이 없는 사람이다. 늙은 애인이 가져다주는 용돈 외에도 어느 상가 지하건물의 소유자로서 정기적으로 임대료를 받고 있다.

그동안 다니는 주인여자 친구들로부터 조금씩 엿들어 알게 된 것이다.

60대쯤으로 보이는, 옛날 같으면 할아버지라고 불릴 늙은 애인은 일주일에 한번 꼴로 이 아파트에 들른다. 주말도 아닌 꼭 주중 수요일 오후에 비밀스럽게 와서는 딱 하루만 묵고 간다. 그때만은 안방 문이 꼭 닫혀 있다.

간혹, 어디를 어떻게 하는지 주인여자가 숨넘어가는 소리를 지르며 웃고 떠들 때가 있다. 간지럼을 당하는 모양 같았다. 밖에 나와서도 때론 그녀의 존재를 무시하듯 부끄럼을 잊은 채 서로 애정표현에 서슴없다. 그때면 쉐리가 질투를 느끼는지 주위에서 빙빙 맴돌며 캉캉 짖고 그러다가 몰듯이 달려들기도 한다.

가끔 재미삼아 쉐리를 놀리느라 둘이 안방으로 들어가서 바로 문을 닫고 쉐리를 못 들어오게 하는데 그때마다 쉐리가 끙끙 앓는 소리를 내며 안방 문을 대고 긁어대면서 캉캉 짖어댄다. 그 짓이 또 귀엽다며 두 사람이 번갈아가며 안아주고 뽀뽀도 해준다.

그녀는 주인여자의 애인이 대한민국 어디에 사는지 무슨 일을 하는지, 어떤 사람인지 통 모른다. 물을 수도 없다. 하지만 그녀는 애인이 오면 좋다. 올 때마다 볼펜 같은 작은 선물을 받아서뿐만 아니라 주인여자의 태도가 낯설도록 부드러워 그날만은 맘 편히 지낼 수 있기 때문이다.

주인여자는 부엌에 나와서 손수 먹을 음식을 만들기도 하고 이런저런 묻지도 않은 말도 그녀에게 들려준다. 가령, 요즘엔 별로 먹은 것도 없는데(실은 주전부리를 엄청 좋아한다) 살이 찌는 것 같아 다이어트를 시작해야겠다는 둥, 단풍놀이를 올해는 설악산 말고 경주로 가봐야겠다는 둥 그러면 그녀는 이때다 싶어 청소도 대충대충 하고 할 일도 적당히 내일로 미뤄둔다.

"너 나랑 연애하자는 거니? 그건 안 돼, 난 니 엄마야. 우리 쉐리 요즘 바짝 몸이 달았나봐. 색시생각이 간절한 거 보니까. 그래 엄마가 이번 생일에 참한 니 짝꿍 하나 찾아줄게. 알았지? 어서 비켜. 내려가라니까…."

달래는 듯한 주인여자의 음성이 들린다. 그녀는 보지 않아도 쉐리의 짓거리를 안다. 보나마나 지금 한창 쉐리가 주인여자의 다리에 기대듯 짚고 서서 비죽이 나온 벌건 좆으로 대고 몸뚱어리를 흔들고 있을 것이다. 그동안 여러 차례 목격한 바 있다.

당초 담당 수의사가 거세수술을 권장했을 때 주인여자는 싫다며 일언지하에 거절했다. 견권 유린이 단순이 개를 못 짖게 하는 것만이 아니란다. 인간과 달리 전혀 본인의사를 밝힐 수 없는 상황에서 마취 맞고 거세수술을 당하는 것이니만큼 개 입장에선 본능을 무시한 강제적인 행위로밖에 볼 수 없단다. 그러므로 이 역시 견권 유린에 해당이 된다며 친구들과 언쟁을 벌이기도 했다.

주인여자는 개를 천대하고 때리면 누구든 동물학대죄에 걸려 처벌받아 마땅하고 개고기를 먹는 위인들은 스스로 인간이기를 포기한 혐오스런 야만족에 속하므로 반드시 지구촌 땅덩어리에서 사라져야 한다고 치를 떨었다.

이처럼 철저히 견권을 내세우고 주장하는 사람이 정작 인권엔 무심하였다. 주인여자는 그녀를 한 달에 하루만 쉬게 했다. 게다가, 월급은 남보다 적게 주면서 알뜰히도 부려먹었다.

친정식구들의 세탁물도 종종 가져와서 그녀에게 세탁하게 한다. 애인이 있는 시간을 빼면 노는 꼴을 통 못 본다. 가만있질 않고 내내 서서 움직이는데도 주인여자는 외출할 땐 숙제 내주듯 이것저것 일거리를 장만해서 더하도록 시킨다.

일을 빨리 하는 것도 질색이었다. 천천히 하되 꼼꼼히 해야 했다.

결벽증 또한 남달라서 날마다 구석구석 청소를 해야 한다. 특히, 외출 않고 집에 있는 날이면 진공청소기마저 시끄럽다고 사용 못하게 했다. 걸레로 일일이 먼지를 닦아내야 한다.

날마다 닦아내도 먼지는 날마다 생겼다. 주인여자가 쉐리를 운동시킨답시고 운동장같이 넓은 마루에서 방방 뛰며 달리기도 하고 쉐리와 술래잡기 놀이도 벌인다. 먼지만 일으키는 게 아니라 아랫집에서 시끄럽다고 몇 번 현관문을 두들기며 항의까지 해 왔다.

늦은 점심을 먹은 주인여자는 한바탕 외출준비를 하더니 뒤늦게 쉐리를 데리고 동물병원으로 떠났다.

안방과 화장실이 늘 그랬던 것처럼 그녀가 들어가 보니 엉망이다. 벗어놓은 속옷들이 바닥에 아무렇게나 내던져져 있고, 젖은 타월, 머리띠, 드라이기, 쉐리의 장난감, 용품 따위들로 잔뜩 어질러져 있다.

매번의 외출은 주인여자로서는 큰 행차다. 준비하는 데만 보통 두 시간쯤 소요되는 것 같다.

머리를 감는다. 드라이기로 머리모양을 낸다. 공을 들여 얼굴화장을 한다. 특히, 화장술이 뛰어났다. 거의 변장 수준이다. 이것저것 뭔가를 2중3중으로 덧발라 바탕을 깔아주고, 그 위에 미술가처럼 눈썹을 세밀히 그린 다음 아이라인을 그리고, 눈 주위를 터치하듯 아이섀도를 세세히 바르고, 그다음 입모양에도 라인을 그린 다음 립스틱을 문지르듯 바른다.

그때부터 밋밋하던 얼굴이 되살아나면서 나중에 볼 터치며 마무리를 하고 나면 그녀가 아는 주인여자의 얼굴이 아니다. 외출복도 가는 장소와 분위기에 따라 색상을 골라 맞춰 입느라 패션쇼 하듯 전신거울 앞에 서서 얼굴표정과 함께 앞뒤 돌아가며 비춰본다.

마지막으로 어른 개새끼 할 것 없이 각자 알맞은 향수도 칙칙 뿌린다. 그녀가 보기엔 아주 비경제적인 삶이었다.

'팬티쯤은 본인이 썻을 수도 있을 텐데?'

그녀는 주섬주섬 치우면서,

'나 같으면 창피해서 팬티쯤은 남한테 안보이겠다.'

라며 한심해한다.

그나저나 이틀 있으면 시끌벅적 개판이 되겠구나.

그녀는 걱정스럽다. 평소 친구 한 둘만 와도 그 개들까지 딸려 와서 서로 짖고 뛰며 난리법석인데, 게다가 그런 날이면 어른들의 잔심부름이 좀 많은가 말이다.

점심 차려라, 커피 끓여라, 과일 깎아라…. 거기다 찔끔찔끔 내지른 개들의 대소변도 그녀가 별도로 치워야할 몫이다.

그녀는 생각만 해도 머리가 복잡하다. 그날 친목팀이 빠지지 않고 다 온다면, 일곱 사람에 일곱 마리 개, 그러니까 숫자로는 열넷이 된다.

일주일 전쯤 됐나? 주인여자가 쉐리 생일 어쩌고저쩌고 말할 때 그녀는 설마 개 생일까지 다 지낼까싶어 가볍게 흘려들었다. 워낙 주인여자가 쉐리를 친자식같이 예뻐하니까 농담하는 줄 알았다. 그런데 말투가 점점 그게 아니었다. 달력에 동그라미를 그려 표시해 놓을 만큼 정말로 쉐리 생일날에 손님들을 초대해서 생일파티를 벌인다는 것이었다.

세상 살다 참 별꼴을 다 보겠다고 기막혀 있는 그녀에게 그럼 이참에 한번 까무러쳐 보라는 듯 주인여자가 쉐리 사진 앨범이라며 꺼내들고 와서 하나하나 자랑스레 구경시키는 것이었다.

개팔자가 어떤지 확실하게 보여주듯, 이건 쉐리의 백일사진, 이건 지난 여름 피서 갔을 때… 이건 어쩌고저쩌고… 국어대사전만큼 두꺼운 사진첩에는 주인여자 말대로 거의 개 사진들로 채워져 있었다. 그 중 주인여자가 행복한 듯 쉐리를 애기마냥 안고 찍은 활짝 웃는 모습도 있고, 쉐리 혼자 혀를 반쯤 내밀고 찍은 익살스런 표정의 독사진도 있었다.

침대에서 뒹구는 모습, 놀이터에서 그네 타는 모습, 잔디위에서 달리는 모습… 특히 돌잔치 때 찍었다는 사진이 인상적이었다.

사진 속에 큰 상이 차려져 있었는데 그 위에 알록달록 이름 모를 갖가지 음식들과 옷가지, 장난감들이 빼곡히 놓여있었다. 차린 돌상 중심 위치에 빨간 리본으로 미리 앞부분을 바짝 묶어세운 쉐리가 화한 색깔의 옷을 입고 사람처럼 자연스레 서있는 모습이 언뜻 보면 전혀 개 같지가 않았다.

그리고 투명한 유리 같은데 아무리 봐도 뭔지 알 수 없는 커다란 것을 입에 물고 올려다보는 쉐리 사진이 있었는데 그녀가 이건 뭐냐고 묻자 주인여자는 단박 함박웃음을 지으며 평소와 달리 친절히 설명해 주기까지 했다.

어느 사료회사와 모 백화점에서 고객사은 차원에서 공통 주최한 애견들의 재롱 잔치모임에 전 팀이 초대되어 갔다가 뜻밖으로 쉐리가 3등상을 차지하게 돼서 그때 받은 상패라는 것이다.

쉐리가 그날 부린 재롱 중 첫 번째는 주인여자가 손 권총을 만들어 쉐리를 겨누고 탕하고 소리 질러 한방 쏠 때 쉐리가 알아듣고 바로 쓰러지는 시늉을 한 것, 두 번째는 주인여자 것과 다른 사람의 전화벨소리를 똑 부러지게 구분한 일, 그 다음은 주인여자가 손으로 원을 그리니 바로 그 자리에서 뱅뱅 돌다가 멈추라는 주인여자의 말에 바로 멈춘 것.

무엇보다 그 많은 사람들 앞에서 주눅 들지 않고 주인여자가 시키는 대로 심사위원님들을 향해 사람처럼 두 발로 곧추 서서 '상을 제게 주세요!' 하는 자세로 앞발을 마주 비벼대는 모습에 모든 사람들이 즐거운 환호성을 질렀다고 한다. 그것에 높은 점수를 받은 것 같다고 했다.

그날 50여 명이 참석한 가운데 쉐리가 3등으로 뽑혔으니 얼마나 자랑스러웠겠냐며, 그날의 영광을 평생 잊을 수 없다고 어린애처럼 환하게 웃었다. 그때만큼은 어린 아기를 둔 여느 엄마들처럼 순진해 보였다.

쉐리가 늘 인간적으로 착각되는지 주인여자는 늘 개 숫자의 단위를 짐승의 마리가 아닌 사람의 수효를 나타내는 명으로 말한다. 동물과 인간 사이에 전혀 경계가 없어 구별하는데 혼란을 주었다.

그리고 서울에 딱 한집 애견 전문으로 하는 레스토랑 '견공들의 천국'이 있는데 장사가 엄청 잘된다는 것과 본인도 거기 단골손님이라고 자랑했다.

또한, 애견 전용슈퍼마켓과 애견 백화점도 있다고. 거기 가보면 개 침대, 목욕가운, 향수, 샴푸, 빗, 치약, 칫솔… 성욕 감퇴제까지 없는 게 없다고 하였다.

무엇보다 충격적인 것은 서울에 애견 전용 유치원이 처음으로 생겼을 때 일반 애견인들은 접근조차 어려운 비싼 요금은 물론, 입학 경쟁률이 10대 1임에도 불구하고 운 좋게 당첨되어 쉐리를 그 유치원에 보냈다는 사실이다. 교육 훈련 차원에서 기본이 3개월인데 그때 만난 애견 엄마들이 지금의 애견 친목 팀원들이라고 한다.

그때 주말을 제외하고 매일 오전 10시에 데려다주고 오후 3시에 데려오는데 데려다 줄 때마다 쉐리가 안 떨어지려고 발버둥을 치며 짖는 통에 눈물이 다 나오더라고 했다.

믿지 않겠지만 그때 유치원 문을 나서는 애견 엄마 얼굴들에서 하나같이 잠깐의 헤어짐에도 슬픈 마음에 눈물이 그렁했으며 그래서 누군가의 제의로 서로가 위로가 되기 위해 애견들이 교육받는 동안 함께 근처 식당으로가 맛있는 점심을 사먹고 2차로 찻집에서 차를 마시며 수다를 떨었다고 한다.

그러다보면 어느새 시간이 흐르고 금방 오후 세시가 되어 다들 즐거운 마음으로 애견들을 데리러 가면 애견마다 언제 난리를 쳤나싶게 반가워서 혀를 날름거리며 매달리고 한바탕 난리를 피운다고 했다.

돌이켜보면, 그 시절이 아주 행복했었다고 한다.

가끔 해외나 여행 다닐 땐 회원 모두가 애견들을 애견 호텔에 맡기고 떠난다고 한다. 거기엔 또래 친구들은 물론 볼거리와 놀이기구들도 많아 외롭지 않게 서로 어울려 잘 논다고 했다.

주인여자는 내친김에 애견 잡지란 책자도 꺼내 와서 그녀에게 보였다.

'애견인' '애견세계' 등 표지뿐만 아니라 잡지 속속들이 화려한 개 사진 천지였다.

한마디로 개 잡지였다. 주로 애견용품 판매소개가 대부분이지만 웃기는 내용들도 많았다.

### - 기다립니다 -

개의 복강 속에 잠복된 고환(불알)을 원래대로 음낭(불알통) 안으로 원상 복귀시키는 시술과정에서 수술은 잘 되었으나 음낭의 수술 부위 염증 및 화농으로 3일만에 고환 2개 중 1개는 복강 속으로 재복귀하고 나머지 1개는 음경(자지)의 중간 부분으로 이동 정착한 선례나 학계에 보고된 사실을 알고 계신 수의과 대학 교수님이나 수의사 분은 속히 연락주시면 고맙겠습니다.

### - 애타게 찾습니다 -

사춘기의 뽀니가 순간적인 반항으로 가출했음. 애견 묘기상을 두 번 수상한 바 있음. TV에도 출연한 바 있어 전국 애견가들의 눈에 쉽게 발각됨. 진정한 애견가의 심정으로 주인의 품으로! 있는 곳을 알려주시거나 데리고 계신 분이 연락 주시면 200만원 후사하겠음.

잃어버린 개 사진과 주인의 연락처가 적혀 있었다.

이외에도

'신부 신랑감 구합니다.'

라는 개 구혼광고도 상세히 소개돼 있고, 애견농장이나 애견센터에서 국내 최고의 혈통을 자랑한다고 혈통을 보장하는 자견 분양광고,

족보가 있는 개로서 품종이 믿을 만큼 월등하니 씨를 받아가라는 광고, 교배료 30만원입니다. 임신이 안 될 경우 200% 환불해 드립니다.

그밖에 개와 있었던 재미나는 에피소드 '애견수필' 코너가 있었는데 거기에 어느 중년 부부가 자신들이 키우는 강아지의 별난 질투 때문에 사랑을 마음대로 할 수 없다는 웃지 못 할 내용이 있었다.

그러니까, 키우던 개가 그동안 말 잘 듣고 괜찮았었는데 어느 날부터 그들 부부가 침상에서 사랑을 나누려고 할라치면 그때마다 귀신같이 알고 공격적으로 짖어대며 이불이고 뭐고 닥치는 대로 마구 물어뜯고 달려든다고 했다. 그러곤 제풀에 못 이겨 여기저기 다니며 소변을 잔뜩 내지른다고 했다.

문제는 밤이고 새벽이고 사랑을 시작해서 끝날 때까지 그 난리를 치니 하루 이틀도 아니고 이웃에 피해를 줄까 전전긍긍하다보니 스트레스는 물론이고 부부로서 사랑다운 사랑을 제대로 할 수가 없다고 했다.

고민 끝에 생각해낸 방법이 일단 남편이 안방에서 대기하고 있고 아내가 거실로 나와 뒤따라 나온 애견을 두고 다시 거실 베란다로 나가 화분에 물도 주면서 볼일을 보는 척하면 닫힌 베란다 유리창 앞에서 모든 것을 지켜보며 알았다는 듯이 애견이 얌전히 앉아 기다린다고 한다.

그때서야 아내가 눈치껏 도적놈이 담벼락 넘듯 슬그머니 남편이 사전에 열어놓은 안방 창문을 타고 들어가 사랑을 나눈다고 했다. 아내가 안방문을 열고 나오는 데도 애견은 전혀 눈치 채지 못하더라고 했다.

주객이 전도된 것이다. 누군 사랑을 나눌 집이 없어 열악한 빈 건물에 들어가서 해결하고 있는데 그것도 혹시 발각될지 몰라 전전긍긍하면서… .

쓸쓸함을 느끼지 않을 수 없었다.

\*

주인여자는 몇 번이고 베란다 창가로 가 아파트 주차장을 내려다보고 섰다. 오전 11시가 가까워오고 있었다.

'너 개 맞아?' 할 정도로 한껏 멋을 낸 쉐리는 자신의 생일을 알기라도 하듯 으스대며 집안공기를 마구 휘젓고 다닌다. 앞발가락에 빨간 매니큐어가 칠해져 있다. 주인여자가 오래도록 얼리고 달래서 겨우 바른 것이다.

부엌 앞에 서서 그녀는 어제 온종일 준비해 놓은 재료들을 꺼내놓고 이른 아침부터 주인여자가 나서서 일일이 맛을 보고 간을 맞추었다.

갈비찜, 잡채, 더덕구이, 도라지와 산나물무침, 야채셀러리… 거의 완성이 되어간다.

이제 약속시간에 맞춰 중국집, 치킨집, 피자집들에 각각 전화해서 양장피, 피자, 양념치킨 등을 배달시키면 끝이다.

주인여자가 다시 부엌을 둘러보고 이제 상을 차려도 되겠다고 분부한다.

그녀는 네모난 밥상 두 개를 붙여놓고 시키는 대로 그 위에 흰색의 종이를 깐다.

냅킨과 수저, 술잔, 작은 접시 등을 보기 좋게 배열해 놓는다. 문득 주인여자가

"아줌마! 얼른 가서 머리나 좀 다듬고 나와요. 손님들이 곧 올 텐데…."

쯧쯧쯧, 혀를 차며 이맛살을 찌푸린다.

돈이 아까워 몇 년을 생머리로 지내다가 일주일 전쯤 싸게 해준다는 동네 미용실의 현수막을 보고 그만 들어가 파마를 하게 된 것이다. 게다가, 오래 지속되라고 작은 롯드로 말아 서인지 파마한 머리가 빠글빠글 솟아 수사자처럼 머리통이 커졌다. 자고 일어나 보면 흉할 정도로 머리가 한 광주리나 되었다.

보기가 난처한지 주인여자가 헤어로션을 갖다 주며 어서 바르란다.

그녀는 화장실로 들어가 윤기 없는 파마머리에 물을 묻혀 로션과 함께 골고루 발라주고 빗질해서 부푼 숱을 가라앉힌다. 거울에 비친 맨얼굴이 자신이 보기에도 50이 넘게 늙어 보인다. 한숨이 절로 나왔다.

들어간 김에 생각나서 그녀는 참았던 소변을 시원히 본다.

손님이 막 도착한 모양이다. 쉐리가 짖어댄다.

그녀는 서둘러 화장실로부터 나온다.

생일선물로 케익과 샴페인을 사오기로 한 주인여자와 가장 가깝게 지내는 미쉘 엄마가 들어선다. 안긴 미쉘도 언제나처럼 멋을 내었다. 노란색의 예쁜 옷을 입고서 머리에도 빨간 리본을 달았다. 쉐리와 같은 종으로 똑같은 흰색이다.

쉐리와 미쉘이 서로의 냄새를 맡느라고 흠흠 거리다가 이내 달리기 시합이라도 하듯 우루루 뛰어갔다가 다시 우루루 뛰어들 온다. 집안이 시끄럽기 시작한다.

그녀는 음식들을 한 가지씩 쟁반에 담는다.

조금 지나자 친목 회원들이 하나 둘 들이닥치기 시작한다.

오는 사람마다 다 개를 안고서 들어온다. 말티즈종이 대부분이지만 선한 눈길의 쉬즈 종도 있고, 흘러내리는 듯한 실크 같은 털을 가진 요크셔테리어도 있다.

어느새 한사람도 빠지지 않고 다 모였다.

명절인 듯 하나같이 화사하게 꾸민 개들이 마룻바닥에 내려놓기 바쁘게 친구들을 만났다고 날뛴다. 집안이 어느새 개판이다.

이윽고 동네 중국집, 치킨집, 피자집들에서 약속시간에 맞춰 차례대로 음식들이 배달해 온다. 그때마다 약속한 듯 개들이 현관입구에 모여 합창을 해댄다. 캉, 캉, 캉, 캉….

가뜩이나 시끄러운 집안이 불시에 난리가 쳐들어온 것 같다. 개들의 천국이다.

끼리끼리 어울린다고 오늘 온 친구들도 주인여자처럼 모두 독신이다. 그들은 만나자마자 그동안 전화로 못 다한 이런저런 이야기들로 바쁘다가 상이 다 차려지자 각자 자기의 애견들을 불러 우선 무릎에 앉힌다. 애들처럼 잘 놀다가도 개들은 주인들이 뭘 먹는다 싶으면 괜히 성깔이 고약해지면서 개답게 서로가 으르렁거리고 짖고 아무거나 닥치는 대로 물어뜯기도 한다. 조용히 식사를 마치려면 개부터 먼저 먹여야 한다.

개 생일이니만큼 다들 개 용품들을 생일선물로 내놓았다. 예쁘게 포장된 선물들을 주인여자가 하나하나 뜯어서 본다. 먹는 식료품도 있고 구강 스프레이 세트, 깃 달린 겨울용 옷, 개 구두도 있다. 쉐리에게도 레이스 달린 신발이 있지만 번마다 외출 시 신지 않으려 해서 주인여자가 애를 먹는다.

"선물 받은 거니까 지금 신겨볼까?"

주인여자가 쉐리 뒷발 하나를 잡자 눈치 챈 쉐리가 당장 발버둥을 치며 주인여자 손을 살짝살짝 문다.

회원들이 달려들어

"우리 쉐리가 얼마나 이쁜데, 오늘 생일이니까 한번 신어보자…. 그래그래, 착하네."

얼리고 달래는 틈에 주인여자가 얼른 구두를 신겨 버린다. 겨우 개 뒷다리 두 개에다만 신겨 놓고

"일단 가서 우아하게 걸어봐~"

주인여자가 쉐리를 마룻바닥에 내려놓고 살짝 떠민다. 쉐리는 떨거 덕 떨거덕 소리를 내며 걷다가 몇 발자국 안가서 그만 주저앉는다. 미 끄럽기도 하지만 다들 쳐다보고 있으니 쑥스럽다는 눈치다. 다들 또 까르르 웃어댄다.

주인여자 앞에 생일 케이크가 놓여 있고 어느새 두 개의 촛대가 불 을 달고서 일렁거리고 있다.

총무 직책을 맡고 있다는 회원이 일어서서 기념촬영을 한답시고 연 신 카메라를 들이대며 찰각 찰각 셔터를 누른다. 그때마다 섬광처럼 빛이 반짝반짝 거린다. 이어

"생일 축하합니다. 생일 축하합니다. 사랑하는 우리 쉐리 생일 축하 합니다."

회원들 각자 개 앞발을 마주잡고서 사람 손뼉 치듯이 마주치면서 역 시 사람생일 축하하듯 노래까지 부른다.

주인여자가 케이크 위에 꽂힌 촛불을 혹 불어서 끈다. 그리고 쉐리 의 앞발 하나를 잡고서

"우리 함께 자르자~."

하면서 투명 플라스틱 칼로 케이크를 반으로 잘라 다시 먹기 좋게 여러 토막을 낸다. 옆의 미쉘 엄마가 샴페인을 흔들어 펑! 하고 터뜨린 다. 그 소리에 그녀는 부엌에서 화들짝 놀란다. 벅적벅적 집 전체가 시 끄럽기 짝이 없다.

회원들은 먹고 마시는 와중에 이것저것 집어서 개한테 맛보인다. 개

들이 즐겨 먹는 육포, 소시지도 놓여 있다. 훈련을 시켰는지 개 모두가 음식상을 전혀 건드리지 않는다. 다만 개들은 각자 주인으로부터 냠냠 받아먹으면서 한시도 가만히 있질 못하고 계속 움직거린다.

몸을 이리저리 비틀고 혀를 내밀었다가 머리를 좌우로 흔들었다가 앞발을 마구 허우적대기도 한다.

손님들의 시중을 드느라 그녀는 부엌과 거실 사이를 부지런히 오간다.

사람처럼 키우더니 먹는 식성도 사람인가! 무슨 개들이 고기도 아닌 과일까지 주는 대로 아삭아삭 잘도 깨물어 먹는다. 사람이 마시는 커피 잔에 댄디라는 개가 혀를 날름날름 내밀고 핥아 먹고 있다.

"그만 먹어! 얜 하루에 커피를 나보담도 더 마신다구. 그래놓곤 밤 늦도록 안자고 나랑 놀자고 보챈다니까."

댄디 엄마다.

"그제는 얘(댄디) 엄마(댄디어미) 무덤에 언니(친정언니)랑 꽃다발 사들고 갔어. 뭘 아는지 댄디가 무덤 앞에서 끙끙대는 거야. 지도 엄마냄새를 맡은 모양이야. 언니가 아란(댄디어미)이 죽고 얼마나 슬퍼했니. 너무 울어서 나도 한바탕 눈물을 쏟았지 뭐야. 정이 뭔지 정말 무섭다니까."

2년 전 댄디를 낳다가 어미가 죽었는데 기른 주인이 바로 댄디 엄마인 그녀 언니다. 지금껏 개의 죽음을 잊지 못해 쩍하면 개 무덤을 찾아가 그리움을 달랜다는 것이다.

중국에 살면서 화장 문화가 당연시되는 그녀의 사고방식으로는 아무리 대한민국일지라도 좁디좁은 땅덩어리에 사람도 아닌 개무덤까지 만들어 준다는 것 자체가 이해 못할 뿐더러 아주 못마땅하고 한심스럽다.

일찍부터 중국에서는 나라 지도자급 정치인들이 앞장서 본인의 유언대로 죽은 후 화장을 실천해 전 국민에 본보기를 보여줌으로써 전국적으로 뿌리 깊은 매장 문화를 밀어내고 대신 현명한 화장 문화를 정착시킬 수 있었다.

그러지 않다간 아무리 넓은 대륙을 가졌어도 매일 수도 없이 태어나고 죽어 가는 인생살이 되풀이 속에서 이용할 수 있는 대지가 과연 얼마나 되겠는가?

어렸을 때 그녀는 우연히 신문에 실린 만화그림을 보고 충격을 받았다. 해골로 그려진 수많은 죽은 자들이 살아있는 인간들을 사정없이 벼랑 끝으로 밀어내는 무서운 내용이었다.

정부가 국토사랑 캠페인 차원에서 벌이는 공익광고인데 아직도 잊지 않고 기억이 뚜렷한 것은 그때 매장 문화가 미래에 끼칠 영향에 대해 시사한 바가 컸기 때문이 아닐까.

아닌 말로 인생 살기도 벅찬데 견 생에 매달려 한 인생을 보내다니!

그보다도 두고두고 불쾌한 것은 한국에 나온 지 얼마 되지 않은 어느 날 멋모르고 슈퍼마켓에서 개 그림이 그려진 통조림을 개고기인 줄 착각하고 사와서 혼자 맛있게 먹은 일이다. 이 집에 와서 쉐리가 자기와 똑같은 개 그림의 통조림을 먹는 사실을 안 순간 그녀는 당장 멀미가 나고 속이 울렁거리는 등 심한 구토 증세를 일으켰다.

개들이 먹는 통조림이었던 것이다. 그때 개고기맛보다 닭고기냄새가 더 진한 것 같았는데 통조림 재료가 닭고기였다는 걸 그녀가 알 리 만무했다.

그때부터 이상하게 개고기가 싫어지고 혐오스런 마음이 생겼다. 사정을 알 리 없는 남편이 그녀를 위한답시고 어느 날 보신탕을 사먹자고 했을 때 그녀는 비싸다는 이유로 단호히 거절할 수밖에 없었다.

간간히 그 구역질나는 기억이 떠올려질 때면 그녀는 언제나 말 못할 비밀처럼 혼자 우울한 기분이 되었다.

모임 시작부터 개소리더니 들리는 소리가 계속 개 소리뿐이다. 다니엘 엄마라는 사람은 다니엘을 내년 봄에 열리는(동물협회에서 주최함) 미견선발대회에 출전시켜보겠다고 요즘 헬스클럽(애완동물전용) 회원으로 등록해서 며칠째 부지런히 다니고 있다고 자랑스레 말한다.

높이 40Cm, 길이 60Cm짜리 러닝머신에서 반시간 간격으로 하루 한 시간씩을 꼬박 뛰게 한단다. 훈련도 시키고 몸매도 가꾸어 주다보면 성인병에도 잘 안 걸리는 이중효과를 얻을 수 있다며 머리부터 꼬리까지 예뻐 죽겠다는 표정으로 쓰다듬고 매만져준다.

꼬리 끝부분이 파란색으로 염색되어 있다.

샤니 엄마라는 사람도 뒤지지 않겠다고 나선다.

"그럼 우린 닮은 팀에나 출전해야겠어. 옷도 세트로 맞춰 입고. 이봐, 지금도 닮지 않았니?"

샤니 엄마는 목을 낮춰 자신의 얼굴을 개 낯짝에다 바짝 갖다 댄다.

"그러고 보니 진짜 많이 닮았네. 특히 똥그란 두 눈알이 닮았어~."

"정말 닮았어. 그날 심사위원님께서 진짜 모녀인 줄 착각할까 겁난다아~."

여기저기서 장난스레 말을 던지자 다들 또 까르르 웃어 댄다.

샤니엄마가 생각난 듯

"애 오늘 과식한 거 같아. 트림 같은 걸 자꾸 하는 걸 보니. 소화효소제라도 좀 먹여야겠어. 사다놓은 거 있지?"

그녀가 나서서 이내 약을 찾아다 준다. 음식처럼 달고 맛있게 만들어져 쉐리도 소화효모제 라고 하면 거부 없이 잘 받아먹는다.

배불리 먹은 개들이 하나 둘 용을 쓰며 주인 품으로부터 빠져 나간다.

이때다 싶었는지 미쉘 엄마가 일어서더니 소파 쪽으로 다가가 자신의 가방에서 두툼한 봉투를 꺼냈다. 그 속에 들어있는 것은 알 수 없는 사진들이었다. 미쉘 엄마는 그것들을 보기 좋게 한 장 한 장 소파위에 나란히 진열한 다음,

"자, 와서 보라구! 다들 깜짝 놀랄 거야! 지금부터 귀엽고 사랑스런 우리 미쉘의 그림, 미술작품 전시회를 열거야!"

다들 내막도 모른 채 빨리 보겠다고 경쟁하듯 소파 쪽으로 모여들며 사진들을 집어 든다.

'그림 전시회? 개가 주인 잘 만나 언제 학원에라도 다니며 그림이라도 배웠나?'

그녀도 덩달아 궁금해서 소파 쪽으로 다가간다.

이 집에 일하는 동안 그녀는 주인여자로부터 상상도 못할 많은 애견 관련 정보를 알고 있어 이제 웬만한 것에는 놀라지도 않는다.

회원 하나가 자세히 들여다보더니

"이게 뭐야!"

"미쉘도 없고, 자연풍경도 아니잖아! 도대체 뭐야?"

당사자를 제외한 회원들 모두가 이건 뭔가? 하는 얼굴들로 서로 쳐다보며 웃기만 한다.

"다들 보는 눈이 그렇게도 없어? 이건 그 동안 내 심혈을 기울여서 우리 미쉘이 오줌으로 그린 그림을 하나하나 놓칠세라 그때그때 정성 들여 찍어놓은 거라구!"

내단한 일을 한 것처럼 사진 한 장 한 장을 가리키며 신이 난 듯 설명하기 시작했다.

"이 그림은 동그라미, 그러니까 태양이라고 보면 돼. 이건 모자야,

이건 웅크린 다람쥐, 이건 늪지대의 갈대밭이라고 할까, 이 그림은 민소매 티, 이건 냄비, 이건 삼각팬티, 이건 가방, 이건 양말, 이건 흐르는 시냇물, 이건 폭포… 하이라이트는 뭐니 뭐니 해도 우리나라 지도야. 똑바로 봐봐, 애국정신이 없으면 어떻게 이런 훌륭한 그림이 나오겠어? 이 라인을 보라구, 단언컨대, 유명 한 화가들도 한방에 이 정도는 힘들 거야! 너무나 섬세하게 그려져서 보는 나도 놀랐다니까…."

그러니까 쉽게 말하자면 오줌으로 얼룩진 무늬 형태를 그림이라고 찍은 놓은 것이다.

"자세히 듣고 보니 그럴 듯하네, 그림이라고 치면 정말 잘 그렸어…."

"누가 아니래, 그림이라고 따로 정한 게 아니잖아, 이만 하면 훌륭하지…."

"와, 대단하네. 보면 볼수록 그럴듯한데…."

"미니 전시회라 해도 손색없어, 자격 있네…."

여기저기 감탄조로 한마디씩을 한다.

"이건 기발한 아이디어야, 언제 이럴 생각을 다했어?"

주인여자가 은근히 부러운지 묻자

"지난달 외출 때 갖고 간 미쉘 기저귀가 모자라서 그 대신 아쉬운 대로 신문지를 이용했었는데 볼일을 끝내고 그것을 치우려는 순간 내 손이 갑자기 탁 멈춰졌어, 신문지위에 오줌을 눈 자국이 흡사 잘 그려진 한 장의 모자 그림 같았어. 그 때 최초로 예술을 발견한 거지. 그날 모자 그림이 너무 신기해서 냄새고 뭐고 한참을 들여다봤어. 그때부터 집에서 기저귀패드위에 신문지를 깔아놓고 좋은 그림이 나올 때마다 한 장 한 장 기념으로 사진을 찍어났지. 가져온 것 말고도 집에 아직 많아, 하늘의 별만큼이나 다양한 무늬들이 많아서 이루 다 찍어놓을 수가 없어….”

“우리도 이제부터 오줌에 신경 좀 써야겠어, 혹시 똥은 안 될까?”

“오줌도 되는데 똥이라고 안 되겠어? 생각하기 나름이지.”

“세상천지에 오줌 무늬를 어느 누가 그림으로 보겠냐 말이야? 오줌을 예술로 승화시킨 미쉘 엄만 정말 대단해! 오늘이라도 동물협회에 뉴스거리로 제보라도 해야 하는 거 아닌가?”

다들 사진을 들고 농담하며 웃고 떠드는 가운데

“그러잖아도 곧 국내 특허라도 받아놓을 생각이야….”

“아니, 그럼 귀염둥이 쉐리를 오늘부터 화가를 만들려고 하는데 안 되는 거야?”

“난 내일부터 오줌무늬를 수집하려 하는데….”

“나도….”

너도나도 화가를 만들겠다며 또 한바탕 웃음바다로 출렁인다.

그네들과 달리 그녀는 호기심에 잠깐 들여다보기는 했으나 처음엔 어떻게 그게 그림이고 미술이 되는 지 아리송했다. 그러나 꿈보다 해몽이라고 모자라고 보면 모자형태로 보이고 아니게 보면 그저 오줌 얼룩에 불과했지만 실제로 보는 눈에 따라 갖가지 형태들이 미쉘 엄마가 이것저것 같다고 찍어놓은 것들과 비슷한 것도 많았다.

그랬다. 다만 그녀는 같은 인간으로 태어나 하루 밥 세끼 먹고 그렇게도 할 일이 없어서 한낱 개가 싸지른 오줌을 미술이라고 떠들까? 그게 부러웠다. 저 인간들이야말로 이 세상에서 상중에서도 상팔자가 아닐까? 세상천지 이 여자들보다 더 팔자 좋은 사람은 없을 듯싶었다.

전생에 무슨 덕을 쌓아 저리도 호사를 누리는가 싶었다.

잠시 넋을 놓고 구경하는 그녀에게 총무가 생각난 듯 말을 건넨다.

“아줌마도 배고플 텐데, 이제 식사하셔야지요?”

"아, 네 그러지요. 상 치우고 나서 먹을게요."

주인여자가 옆에서 그러라고 말한다.

그녀는 빈 그릇부터 모아 싱크대에 갖다 놓는다. 정신이 산만스러워 머리가 멍해오고 당장 밥 먹고픈 생각도 안 난다.

무엇보다 어서 그네들이 떠나갔으면 싶은데 그새 몇몇이 둘러앉아 화투 패를 돌리고 있다. 담배연기까지 피워 올린다.

주인여자는 옆에서 구경만 하다가 생각난 듯 쉐리를 찾는다. 거의 습관적이다.

쉐리가 모습을 나타내지 않자 주인여자가 그녀보고 어서 찾아보라고 한다. 그녀는 여기저기 살피다가 조금 열린 안방으로 머리를 디밀어 본다. 그런데 맙소사! 상상 밖의 일이 벌어졌다.

쉐리가 다이애나란 개와 꽁무니를 맞댄 채 붙어 서 있다. 그것도 침대 옆의 구석진 곳에서다. 아까부터 어쩐지 헉헉거리며 다이애나 꽁무니를 뒤쫓는다 싶었는데 다들 떠드느라 누구도 눈치 채지 못한 것이다.

화토판은 즉각 파토가 났고 다들 좋은 구경거리 생겼다며 연달아 일어나 안방 문에 기대서서 흘레짓을 보고는 웃느라고 또 난리다.

정작 당사자(개)들은 부끄럼을 아는지 모르는지 눈을 껌벅거리며 가만히 서 있다. 눈치를 보니 좀 계면쩍어 하는 것도 같다.

"어떡하면 좋아…."

주인여자가 제스처로 두 눈을 부릅뜨고 능청스레 웃으며 다이애나 엄마를 쳐다본다.

"모르긴 해도 쉐리가 강간했을 거야. 앤 때가 지났어. 멘스가 끝난 지 어젠데…."

다이애나 엄마가 걱정스런 말투로 말한다.

"강간은 아닐 거야. 비명 소리 없이 조용했잖아. 쟤네들이 서로 좋아서 사랑한 걸 거야! 안 그래?"

미셸 엄마가 웃으며 옆에서 거든다.

"결혼시킬 생각은 추호도 없었는데, 자식 낳기는 아직 어린 나이잖니?"

진정 어린 자식 걱정하는 엄마의 모습 같다.

"그건 걱정 마, 그러잖아도 쉐리를 장가보내야겠다고 생각하고 있었는데 마침 잘됐지 뭐, 다 때가 된 거야. 다이애나도 신붓감으로 선택받은 거고. 말대로 정말 임신이 되면 좋겠어. 산달에 내 집에 와서 새끼 놓게 하구. 내가 알아서 정성껏 산모구완 할 테니. 이참에 할미노릇 좀 해보는 것도 나쁘지 않겠지? 우리 잘되면 사돈 되겠다…."

주인여자는 말하면서 다이애나 엄마의 손을 잡아당기며 장난스레 또 웃는다.

"할미노릇이 그렇게 부러워? 난 싫어, 엄마면 최고지…."

사람들의 호칭관계가 이처럼 개한테까지 성립되어 마구잡이로 불려진다.

회원 하나가

"쉐리 엄마! 쉐리 이름을 당장 찰스로 고쳐야겠네, 다이애나와 결혼했으니 말이야. 안 그래?"

미셸 엄마가 덩달아 맞장구친다.

"신통방통! 적시적때! 딱 어울려. 격조 높은 그 이름, 생각 잘~ 했어. 쉐리가 찰스가 되고 싶어 오늘 다이애나와 짝이 된 거 아니겠어? 미룰 거 뭐있어? 지금부터 찰스라고 부르면 되지…."

다들 또 한바탕 웃어댄다.

여자 셋만 모이면 그릇들도 말을 한다더니 웅성웅성 계속 시끄럽기 짝이 없다.

부엌으로 간 그녀는 하마터면 오줌물에 미끄러져 넘어질 뻔했다. 어느 개가 그랬는지 바로 싱크대 앞에다 오줌을 질펀하게 싸놓은 것이다.

그녀는 차마 기분 나쁜 내색은 못 내고 우선 두루마리 화장지를 풀어 오줌을 꼭꼭 눌러 흡수시키는 한편 바닥걸레로 깨끗하게 문지른다. 바닥을 닦다보니 한군데가 아니다. 여러 군데 오줌물이 있었고 다용도실 입구에 지금 막 대변을 보려는지 개 한 마리가 쭈그리고 용을 쓰고 있다.

그녀는 조용히 다가가 손짓으로 개를 화장실로 가게끔 몰았다. 그런데 자기영역을 침범했다고 느꼈는지 옆걸음 치던 개가 느닷없이 맹수로 돌변해 그녀 손을 콱콱 깨무는 것이 아닌가! 사정없었다. 순식간의 일이었다.

아야파라! 그녀는 큰소리가 절로 나왔다. 섬뜩한 느낌이다 싶었는데 물린 손가락에서 피가 연신 솟구치듯 나온다.

그녀는 저도 모르게 흐르는 피를 뿌리쳤다. 뿌려진 바닥이 금방 피로 얼룩졌다. 작은 상처에 비해 피가 무섭도록 흘렀다. 목안 가득 치밀어 오르는 억울함으로 그녀는 눈물이 저절로 나왔다.

"어이구 쯧쯧, 기분 잡쳐, 우둔스럽게 재를 왜 건드려요? 쟨 좀 사납잖아…."

친구들을 돌아보며 주인여자가 앉은 자리에서 일어선다.

부엌으로 다가간 주인여자가 주방 싱크대 서랍을 뒤져 일회용 밴드를 찾아내 그녀 손에 난 상처 부위를 아프도록 동여매 붙인다. 한 군데도 아닌 네 군데나 되어서 짜증 섞인 몸짓이다. 깊숙이 물려서인지 그녀는 아릴 정도로 아픔을 느낀다.

"아프죠? 미안해요…."

그녀를 문 개 주인이 잠깐 그녀 손가락을 지켜보다가

"쥬비, 너가 그랬어? 너 좀 맞아야겠다. 왜 무니?"

짐짓 성난 체하며 나무란다.

그러나 누가 봐도 전혀 미워하는 말투가 아니다. 서울 말씨라 그런
지 음성도 나긋나긋하고 행동 역시 마찬가지다. 구석에 숨듯 서 있는
쥬비를 한쪽으로 데리고 가서 대가리를 몇 번 톡톡 건드리는 시늉만
해 보일 뿐이다. 그랬음에도 수컷인 쥬비는 생긴 것과 달리 잇몸을 드
러내 보이며 사납게 으르렁 거렸다.

"설거지나 하겠어요?"

쭈그리고 앉아 바닥에 묻은 피를 문질러 닦고 있는 그녀에게 주인여
자가 못마땅한 투로 말한다. 고운 정도 없지만 미운 정마저 다 떨어져
나간다.

"할게요, 할 수 있어요."

그녀는 시선을 외면한 채 간신히 이렇게 대답하며 그릇을 씻기 시작
한다. 하필이면 물린 게 오른손 엄지와 검지다. 그릇들을 천천히 씻는
데도 손가락을 움직이다보니 욱신욱신 아프고 내내 불편하다. 축축한
느낌에 그녀는 고무장갑을 벗어본다. 붉은 피가 밴드에 흠뻑 배어 있
다. 게다가 계속 나올 조짐이다.

'저녁 손님들도 치러야 하고 밤늦도록 부엌에 서야 할 텐데….'

서러움이 밀려와 눈물이 또 울컥 솟아 나온다.

그녀는 급히 작은 방으로 들어간다. 울음이 터지려는 것을 그녀는
간신히 익누르고 있지만 어찐 일로 눈물이 비 오듯 자꾸만 흐른다.

그녀는 흐르는 눈물을 연신 훔쳐낸다. 눈치 챈 듯 밖에서 수군거리
는 소리가 들린다.

뒤이어 주인여자가 들어선다. 화가 난 모습이다.

"아줌마! 왜 그러세요? 손가락 물린 게 내 탓은 아니잖아요? 일 못할 것 같으면 진작 못 한다 말씀하셔야지, 무턱대고 손님들이 와 계시는데서 울면 난 뭐가 돼요? 이게 뭐예요? 가정집도 엄연히 하나의 직장이에요!… 아무튼 됐어요. 어차피 일하긴 틀렸으니 이제라도 파출부를 불러야죠 뭐. 그리 알고 누굴 찾아가든가 상관 안할 테니 나가 바람이나 쐬세요. 내일 아침에 들어와도 괜찮으니까."

내뱉듯 말하곤 이내 돌아서 나간다.

그녀는 당장 꼴 보기 싫다는 소린지 아니면 일말의 양심 때문에 생각해서 하는 소린지, 주인여자의 태도가 애매해서 그 마음을 알 수가 없다. 하지만 잠시라도 이 개 같은 세상을 벗어나고 싶다. 하룻밤이 아니라 한 시간이라도 좋다.

자유와 해방감이 얼마나 좋은지는 남의 집 눈치살이를 해본 사람이면 모르지 않을 것이다.

직업소개소에다 전화를 한 모양인지 파출부를 빨리 보내달라는 주인여자의 목소리가 들린다. 그녀는 후줄근한 츄리닝 바지를 벗는다. 솔직히 이 꼴로 누굴 찾아갈 기분이 아니다. 하지만 그녀는 옷을 갈아입는다.

남편한테 가려면 장장 두 시간은 걸린다. 먼 거리는 상관없다 치지만 물린 손을 보면 남편이 몹시 속상해할 것이다. 그리고 무엇보다 독방도 아닌 여러 사람 있는데서 옷 입은 채로 남편 옆에 숨듯 처박혀 잠을 자야 하는 것이 불편하고 남세스럽다. 남편한테 가지 말아야겠다고 생각한다.

어디로 갈 것인가?

속이 쓰리기 시작한다. 아침에 빵 한 조각밖엔 먹은 기억이 없다. 생각할수록 배가 고파온다.

"아줌마 아주 착해 보여…. 여기 사람 같아봐, 아프다고 난리를 떨었을 텐데…."

"중국 갔다 온 사람들 얘기 들어보면 거긴 아직도 우리네 육칠십년대 수준의 삶이라던데…."

"요즘 음식점에 가보면 일하는 중국 사람들 한둘은 다 있대. 어지간히 들어 왔나봐."

"여기서 한 달 벌면 거기선 일 년을 산다니까…."

"들었지? 넌 개로 태어나도 행복한 거야…."

그녀 귀를 겨냥한 것처럼 이러한 소리들이 그녀 귀를 마구 비집고 들어온다.

그녀는 쫓기듯 현관문을 나선다.

개소리 사람소리들이 그녀 뒤를 바짝 쫓아 나오다가 엘리베이터에 몸을 싣자 곧 아득히 멀어져 간다.

# 중국여자 한국남자

# 중국여자 한국남자

부엌 앞에 서있는 송희는 이제 막 아침 식사준비를 끝냈다.

어제와 마찬가지로 그녀는 헐렁한 잉크색의 원피스를 걸치고 있었다. 그녀가 입은 원피스는 가뜩이나 통자루 모양같이 볼품이 없는데다 오늘따라 허리 아래로 난도질해 놓은 것처럼 구김살이 나있어 누가 봐도 보기가 흉했다. 무엇보다 파마웨이브가 거의 풀린 상태에서 머리카락들이 부스스 제멋대로 흩어져있어 이 아침 몹시 산만한 느낌을 주었다.

오늘도 그녀는 이른 새벽에 일어나 서둘렀지만 남편이 정한 아침식사 시간보다 10분간 늦어졌다. 이집의 아침 식사시간은 정확히 아침 6시다. 아니 새벽 6시다.

그녀는 수저통에서 수저를 뽑으려다가 멈칫 그만누고 곧장 냉장고쪽으로 갔다. 그녀는 싱크대와 냉장고 사이에 손을 넣어 그 속에 넣어둔 둥근 알루미늄 밥상을 와락 끄집어냈다. 그리고 끌듯이 부엌 한가운데로 가져와서 녹이 난 듯 좀 뻑뻑한 상다리를 모두 잡아 일으켜 세웠다. 상다리를 하나하나 잡아채듯 펼 때마다 낡은 밥상이 아프다는 듯 큰소리를 냈다. 그녀가 듣기에도 놀랍도록 큰 소음이었다.

탁! 탁! 탁! 탁! 진동하듯 큰소리가 잠시 부엌 전체를 뒤흔들었다.

이아침 누가 봐도 송희의 손놀림은 거칠었다. 이러한 행동은 말하자면 그녀가 불만을 표시하는 태도이기도 하다.

이른 새벽 명색이 한솥밥 먹고 한 이불속에서 잠잔다는 남편이 가위에 눌려 신음하는 아내를 마구 발길질해서 깨웠는데 거기다 정나미가 떨어지는 소리까지 해댔던 것이다.

"에이, 에이, 지겨워. 정신머리가 어떻게 생겨 먹었길래 허구한 날 지랄 같은 꿈뿐이야. 참 나 원 한심해서, 매일같이 고양이 씹 앓는 소리나 들어야 되니, 오늘도 재수 없게 생겼어…."

새벽녘에 습관처럼 꿈속을 헤매던 송희는 누군가에게 또 쫓기어 허둥지둥 달아나는 중이었는데 늘 그렇듯 마음만 초조히 달렸지, 두 다리는 꽁꽁 동여매 놓은 듯 옴짝달싹 움직일 수가 없어 새의 날갯짓마냥 푸드득 푸드득 그 자리에서 몸부림만 쳐댔던 것이다. 남편이 깨울 때는 그야말로 꿈속의 악마로부터 목덜미를 잡히는 순간이었다. 그 숨막히는 찰나에 내지른 '사람 살려요-'의 단말마가 꿈밖의 현실 속 남편에게는 고작 암코양이의 발정 소리로밖에 들리지 않는가보았다.

가위에 눌려 끙끙 앓아대는 마누라를 남편인 형우는 늘 못마땅해 했는데 오늘따라 더없이 짜증나고 귀찮아서 그만 저도 모르게 발길질이 나간 것이다.

'인정머리라곤 눈꼽만큼도 없어!'

발길질에 놀라 일어난 송희는 심기가 잔뜩 불편해져서 부엌에 나와 아침 식사 준비하는 동안 내내 속이 뒤틀려 있었고 그리고 밥상을 차리는 지금까지도 화난 얼굴을 하고 있었다.

표고버섯볶음을 접시에 담으면서 송희는 식탁으로 힐끗 눈을 주었다.

식탁위엔 네모난 오렌지색 꽃무늬 쟁반에 물 컵 몇 개와 동그란 찌개 받침 두 개가 놓여있을 뿐이다. 사다놓고 단 한 번도 사용하지 않은 식탁둘레엔 딱딱한 의자들이 호위하듯 놓여 있으나 모양새가 뼈대 같아 항상 앙상해 보인다.

'식탁을 사용하지 않을 바엔 차라리 걷어치우는 게 낫지. 번마다 닦아주는 일도 귀찮은데 공연히 한 자리를 차지하게 가만 내버려 두는 것은 뭐야? 식탁을 뭐 장식품으로 사다 놓았나? 그것도 싸구려 식탁을…'

송희는 손을 놀리며 입속으로 투덜대었다.

그녀는 냉장고로 다가가 문을 열고 흰색의 플라스틱 김치통을 꺼냈다. 뚜껑을 열어젖히자 기다렸다는 듯 김치 특유의 시큰둥한 냄새가 그녀의 코를 찔렀다. 며칠 사이인데도 김치가 빠른 속도로 익어갔다.

얼마 전부터 냉장기능이 들쑥날쑥해서 본사 서비스센터에 연락해 AS를 받았는데도 여전했다. 이젠 냉장고도 어지간히 제 수명을 다한 모양이었다. 그날 서비스센터 직원이 출고년도수가 10년이 넘었으니 웬만하면 새것으로 교체할 때가 됐다고 했지만 그러나 송희는 새로 사자는 말을 할 수가 없었다. 남편의 말을 인용하면 '빈 몸으로 들어와 공짜로' 살기 때문에 분수를 지켜야 했다.

결혼 초 송희는 밋모르고 그 당시 사용하던 이불이 너무 무거워 늘 짓눌리고 숨 막히는 기분이어서 어느 날 남편에게 가벼운 겨울용 이불을 한 채 사자고 말했다. 그랬더니 남편의 안색이 변하면서 대뜸 한다는 소리가 이곳 한국에서는 결혼한 여자가 이불뿐만 아니라 살림살이 일체를 장만해서 시집온다며 본인이 살 형편이 안 되면 그냥 입 다물고 가만히 있으라고 했다. 난생 처음 듣는 말이어서 어느 날 이웃으로 만나 가깝게 지내는 한국인에게 물어보니, 이불은 좀 그렇지만 둘 다 재혼인 마당에 굳이 그런 것들을 왜 따지냐며 그냥 있는 살림 그대로 사용하라고 했다. 그래도 싫고 답답하다면 당사자가 알아서 사는 수밖에 없지 않겠느냐고 말했다.

로마에 가면 로마법을 따르라 했으니 어쩔 수 없어 마침 그 이듬해 중국 친정에 다녀오는 길에 형편대로 이불을 한 채 사서 무겁게 들고 왔다.

문득 그저께부터 김치가 시어서 못 먹겠다던 남편의 찡그린 모습이 떠오른다. 만사 제쳐두고 오늘 당장 배추 사서 김치부터 담가야 할 판이다. 송희는 치솟아 오르는 짜증을 애써 내리눌렀다.

닫혀있던 안방문이 열리며 헛기침소리가 두어 번 났다. 이 소리는 아침상이 늦었다는 형우의 경고신호다.

송희는 속으로 홍! 하고 콧방귀를 뀌었다.

그녀는 마지막 순서인 국과 밥을 떠서 얹은 후 허리를 마냥 절하듯 굽혀 차린 밥상을 기울이지 않게 조심히 들고 안방으로 들어갔다. 처음에는 제법 무거워 뒤뚱거렸지만 시일이 지난 지금은 습관이 되어 들 만했다.

형우는 보던 경제신문을 한쪽으로 밀쳐 두고 허리를 반듯이 하고 밥상을 맞았다.

"담근 매실주 아직 남았지? 그거 한 잔 가져와!"

형우가 수저를 들면서 근엄한 목소리로 말했다. 송희는 아직 엉덩이를 내려놓지 못한 상태였다.

'해장술이라도 한 잔 하겠다는 소린가. 아침부터 술이야…'

짜증이 새 나오려 했지만 송희는 애써 내색하지 않고 다시 부엌으로 나왔다.

이처럼 술심부름이 아니더라도 송희는 일단 앉아 밥을 먹기까지는 부엌을 여러 번 들락거려야만 한다. 밥상이 너무 작기 때문에 음식물들을 한꺼번에 차려 들여오지 못한 까닭도 있지만 무엇보다 식구들이 음식을 먹기 시작하면 습관처럼 꼭 무언가를 찾는 버릇이 있기 때문이었다. 그래서 찾을 것을 대비해 후추나, 고춧가루, 와사비, 간장 등 사소한 양념들을 일일이 쟁반에 담아 미리 갖다놓기에 이르렀지만 어떤 때는 국의 양이 많다 또는 적다, 어떤 때는 밥이 많다 또는 적다, 그것도 저것도 아니면 뚱딴지같이 다른 그 무엇, 즉 즉석에서 만들 수 있는 음식을 찾곤 해서 그때마다 송희는 안방과 부엌사이를 오가며 심부름을 들어줘야 했다. 그러다보니 식구들이 식사를 반 정도했을 때쯤 해서야 비로소 자리에 앉아 밥을 먹을 수가 있었는데, 그나마 조금 먹다보면 그새 식사를 마친 식구들이 또 커피를 찾기 때문에 송희는 먹던 숟가락을 내려놓고 커피를 타러 또다시 부엌에 나오지 않으면 안 되었다. 그렇지만 들어오기 전에 낮게 조절해놓은 가스 불에 커피 물을 미리 올려놓은 후부터는, 송희는 더 이상 헛되이 부엌에서 물 끓이는 시간적 낭비의 기다림은 없었다.

그녀가 다녀본 이웃집들은 모두가 하나같이 세련된 모습으로 식탁에서 밥을 먹었다. 그녀가 보기에 식사시간이 단축될 뿐만이 아니라 공간적으로도 아주 편한 것 같았다.

'우리도 좀 남들처럼 부엌에서 밥 좀 먹어볼 수 없나? 식탁에서는 아닐지라도 밥상에서라도 좋으니 말이다. 솔직히 하루세끼 밥상 차려내는 일도 생각에 따라서 귀찮은 일인데, 거기다 일일이 밥상을 안방까

지 챙겨들고 들어가야 한다는 게 어디 보통 번거로운 일인가….'

짜증이 날 때마다 그녀는 아예 식구들 식사 뒤치다꺼리 끝내고 뒤늦게 혼자 조용히 부엌에서 밥 먹고 싶었다. 허구 한 날 먹다말다 몸을 움직이다 보니 밥맛을 다 잃을 정도였고 먹은 밥이 소화가 잘 안 되는 것 같았다.

그녀는 냉장고 위에 놓인 매실주를 까치발해서 끄집어 내렸다. 그녀는 소주잔을 찾아들고 술병 채 남편 앞에 가져다놓았다.

형우는 얼마 남지 않은 술병을 가늠해 보더니 그 채로 기울여 입에 가져다 대고 꿀꺽꿀꺽 삼키더니 캬-하는 소리를 내며 술병을 내려놓고 오만상을 찌푸렸다. 그리곤 송희에게 술병을 다시 가져가라며 손짓했다.

'밥 먹고 가져다놓으면 안되나? 편할 새가 없어.'

송희는 주춤거리고 있다가 마지못해 술병을 잡아들고 다시 부엌으로 나와 냉장고 옆에 세워놓고 다시 들어갔다. 안방문을 등 뒤로 하고 그녀는 앉았다.

그곳이 정해진 송희의 자리다. 이 집의 식사자리는 엄격히 구분되어 있었다. 남편인 동시에 가장인 형우가 앉아있는 곳은 안방문에서 오른쪽 위치인데 그곳엔 일 년 사계절 항상 두터운 요가 깔려있으며, 그 뒤로 장롱 세트와 옷걸이가 일직선으로 서 있다. 안방위치로 말하면 그곳이 정중앙이다. 그 맞은편에 사춘기 소녀인 전처소생인 딸자식 정아가 앉는 자리다.

수저를 놀리던 형우가 갑작스레 못마땅한 표정으로

"이봐, 이 김치 그만 올려. 알아서 당신 혼자 먹던지 해. 냄새가 심하잖아…."

말하며 그는 아예 꼴 보기 싫다는 듯이 수저로 김치그릇을 송희 쪽으로 밀어붙였다. 빈틈이 별로 없는 음식 그릇 사이에서 비좁게 밀린 김치찬통이 보란 듯이 하필이면 빨간국물을 출렁이면서 송희 밥그릇에 튀어들었다.

송희는 두 눈을 내리깔고 이내 시위하듯 김치그릇을 방바닥에 내려놓았다.

"이번부턴 김치를 좀 짜게 하라구, 싱겁게 하니까 빨리 시잖아, 이따위 사소한 일에도 아직까지 내가 신경을 써야 되겠어?"

송희는 목젖으로부터 뭔가 울컥 치밀었다. 흡사 자기는 이집의 음식쓰레기통이라고나 할까, 번마다 자기들의 입맛에 제외된 음식들은 무조건 밥상 위에 올려놓지 말고 혼자 먹든지 말든지 알아서 하라는 식이다. 그렇다고 버려도 안 되었다. 형우는 자신이 결국 마감까지 먹지도 않을 거면서 우정 매끼마다 전날 남은 반찬들의 행방에 대해 궁금해 하며 찾았다. 그럴 때마다 송희는 알았다는 듯 매번 그 반찬들을 가지고 들어와 남편 보는 앞에서 꾸역꾸역 밀어 넣듯 먹어치웠다. 버리지 않고 아내 입을 통과했다는 사실을 형우가 일일이 확인하는 꼴이었다.

당초부터 상하지도 않은 음식을 버린다는 게 죄가 될 것 같아 송희는 아까운 마음 때문에도 여태까지 혼자 먹은 것인데… 이제 와서 당연하다는 태도를 보이니 송희는 그런 남편에게 보란 듯이 김치그릇을 밥상 위에 콱 올려놓고 싶었다. 그러나 마음과는 달리 그녀는 바닥에 내려놓은 김치를 집어 입에 넣고 우적우적 씹었다. 소리 나게 씹는 걸로 그녀는 화풀이를 대신했다.

송희는 설거지를 하다가 문득 짚이는 데가 있어서 냉장고의 싱싱고를 뒤졌다. 반찬통에 짐작대로 동그랑땡이 얼마 남아있지 않았다. 오늘 급히 해야 할 일은 김치가 아니라 도시락 반찬이 우선이었다.

딸자식 정아에게 도시락 반찬으로 기본적으로 검정콩자반과 동그랑땡 반찬(양파, 당근 등 여러 가지 야채와 돼지고기를 갈아 섞어 만든 음식인데 품이 무척 많이 든다.) 그리고 멸치볶음 등을 싸주는데 유난히도 정아는 동그랑땡만을 잘 먹었다. 반면 콩자반이나 기타반찬은 건강식으로 아빠의 강권에 마지못해 겨우 조금만 먹을 뿐 버릇처럼 항상 많은 양을 남겼다. 그래서 언젠가 만들어놓은 동그랑땡이 다 떨어져서 송희는 검정 콩자반에 김과 멸치를 연속 이틀 싸 보낸 적이 있었는데 그날 저녁 찬바람을 일으키며 집으로 돌아온 딸아이는 전생에 원수인 듯 미운 감정을 노골적으로 드러내며 송희가 보는 앞에서 보온도시락 밥통을 팽개치듯 거실바닥에 뿌리쳤다.

이웃들의 말을 들어보면 식구들이 뭐든 가리지 않고 잘 먹어준다는데 이 집은 우정 애먹이듯 김치찌개나 야채 같은 음식은 입에 잘 대려고 하지 않는다. 오직 육류나 해물 같은 비싼 것에만 수저가 간다.

하나부터 열까지 까탈스런 부녀가 송희는 야속하고 밉살스럽다. 계속 이런 삶을 살아야 하나….

송희는 안방으로 들어갔다. 남편이 화장대 앞에서 머리를 빗고 있었다. 거울에 비친 남편의 모습이 금방 세수하고 면도한 뒤여서인지 한결 깔끔해보였다.

"저 오늘 김치거리도 사야 되고, 보니까 동그랑땡도 다 떨어져가요, 돼지고기도 사야 하는데 생활비 다 썼어요."

송희는 혼잣말처럼 중얼거리며 화장대 앞으로 갔다. 그녀는 허리 굽혀 화장대 서랍에서 가계부를 꺼낸다.

송희는 그때그때 가계부를 적는 습관을 길렀다. 남편이 그렇게 하도록 시킨 것은 물론이지만 그 자신이 더욱 명심했다. 처음 몇 번은 가계부를 상세히 적어놓지 않아 훗날 남편과 계산할 때 돈 액수에 차이가 났다. 어디에 썼는지, 무엇을 샀는지, 송희는 두 눈 부릅뜨고 집안과 부엌 곳곳을 찾아보았지만 흔적을 찾을 수가 없었다. 나중에 하는 수 없이 자신의 용돈으로 부족한 액수를 채워 넣어야 했다.

형우는 송희에게 매달 용돈을 한국 돈 3만원을 주는데 송희가 자신의 용돈을 가슴 아프게 잘라낼 때 형우는 도리어 가계부를 잘 적어놓지 않았다면서 화를 냈다.

송희는 가계부를 들여다보았다.

4일 두부 한 모, 500원.

6일 돼지목살 2근, 6,000원. 상추, 1,000원.

7일 콩나물, 500원. 맥주 두 병, 2,400원.

8일 커피, 4,000원 프리마, 1,800원 미나리 한 단, 1,000원.

10일 아이스크림 10개, 2,000원. 겨자. 680원.

…… ……

모두 계산하니 그동안 자신이 시장 본 것이 도합 49,380원이 되었다. 저번 날 생활비조로 받은 돈 5만원에서 620원이 남아 있어야 했다.

송희는 별도로 지정된 지갑에서 620원이 고스란히 남아있는 걸 확인하고서야 계산서를 남편 앞에 들이밀었다.

형우는 천천히 훑어보고 나서 알았다며 자신의 지갑에서 돈 5만원을 꺼내놓았다.

송희는 가계부에다 날자를 적으려다가 몰라서 달력으로부터 확인하고서 13일, 하고 크게 썼다. 그 밑에다 남편으로부터 5만원 받았음. 잔액 620원+50,000원 합 50,620원 이렇게 적어놓았다. 두 달 전부터 종전과 달리 송희 그 자신이 직접 계산하고 그리고 남편한테 보여서 결재를 받기만 하면 되었다.

전화벨이 요란스레 울렸다. 송희는 습관대로 흠칫했다. 하지만 하던 설거지를 계속했다. 자신한테 오는 전화가 별반 없기도 하지만 시집식구나 남편친구들과의 통화가 불편해서 혼자 있을 때를 제외하곤 거의 전화를 받지 않았다.

"받아!"

안방에서 무얼 하는지 형우가 소리쳤다.

송희는 이상하게도 끙, 하고 앓는 소리가 나왔다. 그녀는 젖은 손을 대충 행주에 문지르며 급히 거실쪽으로 달려가 전화를 받았다.

"여보세요."

"나다! 애비 있냐? 좀 바꿔라!"

시어머니였다. 단도직입적인 쉰 목소리를 듣는 순간 송희는 괜히 긴장되면서 기분이 언짢았다.

"어머님이 전화 받으시래요."

송희는 안방에다 퉁명스레 내던졌다. 그리곤 귀를 기울였다.

시어머니 말이 나왔으니 말이지 송희는 한 달에 며칠씩 와 계시는 시어머니 때문에도 속을 썩였다. 정들지 않는 시어머니의 간섭이 이만저만이 아닌 것이다. 오실 때마다 정탐꾼 같은 눈초리로 집안 곳곳을 훑었다. 그때부터 송희는 긴장의 연속이었다. 이것은 저기다 놓아야 한다, 저 물건 중국산 아니냐? 보기 흉하니 치워라! 냉장고에 무슨 냄새(중국서 즐겨 먹는 아주 짙은 향내가 나는 '香菜' 채소인데 뒤늦게 허브의 일종 고수라는 걸 알았다.)가 그리 지독하다냐? 세탁물을 뒤집어서 널어라, 그 그릇은 정아 애미가(전 며느리) 아끼던 그릇인데 저 위에다 올려둬라 깨질라, 뜰 안에 웬 잡초가 저렇게 무성토록 놔뒀냐? 이것도 김치라고 담겄다냐? 새장가가 좋구먼… 지치는 법도 없이 일일이 간섭하고 나무래서 송희는 시어머니가 계신 날이면 머리가 아프고 일손에도 두서가 없어졌다. 그래서 더더욱 꾸지람을 들어야 했다.

"중국 살 때도 그랬냐?…"

"중국 버릇이냐! 똥뙤놈의 습관을 싹 버려라! 여긴 대한민국 한국이
야!"

"여기서 살려면 중국식은 몽땅 버려야 해. 무조건 한국식을 따라와
야지…."

늘 이런 식이었다.

송희가 들어보니 온다는 소리는 아닌 것 같다.

"예, 예, 밥 먹고 지금 나가려고 준비하고 있지요. 정아요? 진작 학교
에 갔지요… 예, 오늘… 죄송해요, 보낼게요. 저녁에 일찍 가보도록 할
게요. 예, 들어가세요."

통화가 끝나자

"여~봐!"

하며 형우가 거실로 나왔다.

"하마터면 할아버지 제삿날까지 잊을 뻔했잖아. 내 진작 오늘 날짜
로 달력에다 동그라미로 표시해두라 했었지? 여하튼 화곡동 큰집에
일찍 가봐, 할아버지 제삿날이야. 가서 일 거들어, 퇴근하고 나도 막
바로 갈 거니까."

형우는 제삿날을 잊은 것이 마치 송희탓이기라도 한 듯 역정 섞인
목소리였다.

송희는 이제 질린 낯빛이 되었다. 그녀의 짧은 재혼생활에 제사 같
은 큰 일이 이미 수차례나 있었는데 그때마다 고역이었던 것이다. 무
엇보다 시어머니와 형님으로부터 일일이 간섭 받으며 일하려니 무척
이나 고되고 피곤하였다.

그런 날이면 송희는 마음속 깊이 알 수 없는 어떤 분노 같은 것이 일
었다. 그리고 그런 분위기속에서 일이 끝나면 이튿날 영락없이 몸살을

앓아야 했다. 그래서 잠시 누워있기라도 하면

"쯧쯧… 힘든 건 형수님이 다해놓는데, 뭘 한 게 있다고! 그 정도도 못 배기면 이집 며느리라고 말할 수 있어? 혼자 살던지 해야지."

마치 노동의 척도로 아내를 평가하듯 형우는 위로는커녕 늘 한심하고 못마땅하다는 태도를 취했다.

"당신은, 당신 마누라가 시집에서 어떤 대우를 받는지 알기나 하세요? 아랫동서에 조카며느리 거기다 질부까지 놔두고 나만 파출부 부리듯 일을 시킨단 말이에요. 남보다 일을 더 많이 했대서가 아니라 드러나게 차별대우를 하니까 화가 나서 하는 소리예요. 누굴 탓할 것 없어요. 당신이 나한테 함부로 대하니까 시집식구들까지도 따라서 다 그런다구요."

"시끄러워! 이게 누구한테 화풀이야, 시집흉이나 보면서 말이야. 지년이 멍청해서 당하겠지, 그리고 일 좀 더했다고 해서 지금 억울하다는 거야! 뭐야?"

이쯤에서 만일 대꾸라도 한마디 더 했다간 또 뭐가 날아올지 모른다.

'남편이고 뭐고 다 한통속인 걸, 말해봤자 무슨 소용이야….'

송희는 그만 입을 다물고 만다. 성격이 불같아서 닥치는 대로 행동하는 남편이 송희는 그때마다 두려워지는 것이다.

남편이 나간 후 송희는 안방 요위에 무너지듯 주저앉았다.

그녀는 서둘러 큰집 갈 생각은 않고 뚱딴지같이 중국생각을 하였다. 중국에 있는 가족들은 잘 지내고 있는지?….

그동안 그녀는 집으로 전화 한번 맘 놓고 시원히 못했다. 속에선 늘 하고 싶은 말들이 아우성을 치지만 일분일초가 돈 빠져나가는 소리 같아서 저도 모르게 아쉬운 마음을 접어야 했다. 고작 몇 마디 주고받은 것뿐인데 한 달 용돈 3만원에서 국제전화 한 통만 했다하면 반이나 달 아나버리는 실정이니.

보고 싶은 책 한 권 사보려 해도 며칠을 망설여야하고 그리고 가끔가다 무슨 음모 꾸미듯이 남편 몰래 작은 선물 사서 중국으로 보내고 하자니 남편이 주는 용돈은 턱없이 부족하고 오히려 자신이 결혼 전 식당에서 손톱이 닳도록 그릇 씻어 번 돈을 이미 거짓말처럼 태반이나 써버렸다. 그러잖아도 늘 빠듯한 돈 때문에 그녀는 더 이상 소포를 보내지 않기로 했으며 될수록 국제전화도 자제하기로 마음먹었던 것이다. 그런데 오늘 또 다시 전화 한통 해볼까 하는 마음이 동하기 시작하는 것이다. 그렇지만 송희는 이번 달은 참기로 했다.

뻐국 뻐꾹… 뻐꾸기시계가 울었다. 송희는 후닥닥 일어났다.
'하마 시간이 저렇게 됐나….'
그녀는 서둘러 화장실로 들어갔다. 벌써 9시가 된 것이다. 화곡동에 가자면 적어도 2시간 30분 정도 걸린다. 그것도 차가 밀렸다 하면 시간 대중이 어려웠다.

송희가 살고 있는 곳과 큰집사이의 거리는 완전히 동떨어진 이른바 한쪽은 서울 동쪽 끝이고 한쪽은 서울 서쪽 끝이다.

양치질을 끝내고 세수를 하고 있는데 전화벨이 또 울린다. 누굴까? 송희는 바삐 물기를 닦아내며 화장실에서 뛰쳐나와 수화기를 잡아들었다.
"여보세요?"
"나야, 나"
고향친구 진숙이었다.
"응 진숙이구나. 지금 안 바빠? 목소리가 왜 그래? 무슨 일 있어? 그

래? 어떡해, 나 오늘 큰집에 가봐야 하는데. 그렇잖아도 지금 준비 끝
나는 대로 떠나려던 참이었어…. 하여튼, 지금 전화 줘서 다행이야. 미
안해 할 건 없어. 걱정 마. 어차피 떠나는 길이니까 나선 김에 빨리빨
리 움직이지 뭐. 그쪽으로 들려서 가도 괜찮을 것 같아. 어쩌겠어, 하
는 수 없잖아. 그럼 기다려."

송희는 전화기를 놓고 잠시 가만히 서있었다.

서초동 설렁탕집에서 일하던 진숙의 이종 여동생이 어제 저녁 난데
없이 나타난, 자칭 법무부 수사대원이라는 일행 넷에 붙잡혀갔다는 것
이었다. 이름까지 정확하게 알고 있었던 점을 미루어 내막을 잘 아는
누군가가 신고를 했음이 틀림없다는 것이다. 무엇보다 급한 것은 오늘
내로 보증금 300만원과 신분이 확실한 한국인이 보증인으로 나서야
갇힌 동생이 풀려 나올 수 있다는 것이다. 만약 그렇지 못할 경우 바로
인천구치소로 넘겨지는데 일단 거기로 들어가면 벌금은 벌금대로 물
어야할 뿐더러 중국으로 강제 추방당한다고 하였다. 딱한 사정이었다.

평소 진숙은 송희에게 전화마저 조심하는 편이었다. 송희네 집을 다
녀가고 송희 남편의 성격을 알고부터였다. 자유롭지 못한 송희의 사정
을 빤히 알면서도 오늘 어쩔 수 없이 그녀의 도움을 청한 것이다. 큰집
갈일이 걱정스러웠지만 송희는 잠시 접어두기로 했다.

'이번만은 꼭 가줘야 해!'

송희는 자신의 처지 때문에 진숙이와의 약속을 여러 번 어긴 것을
새삼 미안하게 생각하면서 진숙이가 일하는 곳 흑석동으로 떠났다.

서울에 거주한 지 일 년이 훨씬 넘었지만 송희에게는 여전히 동서남
북을 분간하기 어려운 땅이었다. 이제 겨우 지하철을 탈 수 있는 정도
이고 버스 노선은 워낙 그 갈래가 복잡하고 숫자 또한 많아서 혼란스
러웠다. 같은 번호일지라도 꼬리숫자가 붙어있었고 거기다 빨간색과

파란색을 구분해야 탈 수 있는 버스도 있기 때문에 매번의 외출은 송희로서는 불안과 걱정 그 자체였다.

그래서 송희는 목적지를 가는 동안 행인들에게 여러 번 묻는 것이 습관적으로 되었다.

흑석동 홍은갈비집에 도착한 것은 오전 11시경이 다 되어서였다. 그동안 걱정을 많이 한 탓인지 진숙의 안색이 초췌해보였다. 송희가 나타나자 진숙은 고마워서 어쩔 줄을 몰라했다.

"나중에 이 은혜 꼭 갚을게. 음료수라도 좀 마시고 가…."

냉장고로 가려 하는 진숙이를 송희가 급히 제지시켰다.

"그만, 시간 없어, 바쁜데 빨리빨리 다녀야지. 돈하고 주소나 빨리 줘."

진숙은 연신 미안해하면서 자기도 어쩌면 여길 떠나게 될지도 모른다고 했다. 그러잖아도 쩍하면 신고당하는 세상인데, 특히 요즘은 경쟁으로 이웃식당과의 사이까지 아주 나빠져서 불안하다고 했다. 언제 이웃식당주인으로부터 신고 당할지 모르니 빨리 이곳을 떠나가는 게 상책일 것 같다며 진숙은 한숨을 길게 내쉬었다.

그녀는 준비해둔 370만원과 동생 찾아가는 교통안내도, 주소 그리고 담당수사관 이름이 적힌 쪽지를 일일이 보여주며 봉투에 넣어주었다.

급히 식당 문을 나선 송희는 서글프고 쓸쓸했다. 한때 자신도 불법체류자로 쫓기는 신세가 되어 그 바람에 급히 어느 아줌마의 소개로 지금의 남편을 만났던 것이다.

남들은 1년이고 2년이고, 심지어 3년째 불법으로 남아있었지만 송희는 그러질 못했다. 그 당시 불법체류 기일로는 고작 넉 달밖에 되지 않았지만 송희는 불안해서 병이 날 것만 같았다. 사실 피곤한 상태에서 지친 몸을 남편이란 사람 찾아 푹 쉬이고 싶었는지도 모른다. 미망인으로서 한국에서 남편을 선택할 자유가 그녀에게 다행히 있었던 것이다. 그 당시 단속에 시달리던 송희에게 남편은 그야말로 불법체류의 구원이었다.

버스를 기다리다 큰마음 먹고 택시를 잡아탔다. 아낄 때가 아니었다. 떠날 때부터 큰집 갈 일은 잠시 잊기로 했음에도 그 걱정이 계속 그림자처럼 따라다니며 그녀 마음을 흐리게 했다.

주소대로 택시에서 내리니 주위가 스산했다. 뒤늦게 알았지만 이곳이 회기역 근처에 위치한 외국인 보호소였다. 중국 조선족뿐만 아니라 필리핀, 태국 등 여러 나라 불법체류자들이 갇혀있는 곳이라고 했다.

송희는 신분증을 제시한 후 경비초소를 거쳐 한 건물로 들어갔다. 거기서 송희는 죄인처럼 담당수사관을 찾았다. 수사관은 아무리 보증금을 내고 보증인이 나선다 해도 이젠 더 이상 사람을 풀어 줄 수가 없고 곧 배표를 끊는 대로 귀국시킨다는 것이었다. 하나같이 많은 보증금을 내고도 풀려난 조선족들이 돈을 찾아가지 않고 또 다시 불법체류자로 남아있어 골칫거리라며 더 이상 법무부가 방치할 수가 없다는 것이었다. 그래서 새로운 조치를 취했다고 하였다. 조금 전에 진숙으로부터 들은 얘기와는 너무 달랐다.

"그럼 어쩔 건가요?"

송희가 안타까이 물었다.

"걱정 말아요. 여기선 돈 한 푼 받지 않고 먹여주고 재워주고 또 배 탈 때까지 책임져 중국으로 무사히 보내 줄 테니 마음 푹 놓고 돌아가세요. 정 아줌마도 오시겠다면 뭐 독방을 내주겠소. 여긴 죄인들 방은 많으니까…."

수사관은 특권자의 권위 같은 태도로 송희에게 경멸하는 듯한 웃음을 보이며 농담하듯 그렇게 말하곤 더 이상 해줄 말이 없다는 듯 입을 다물었다. 송희는 이상스레 설움이 치솟으며 눈시울이 뜨거워졌다.

'불법체류자도 죄인이라고 했지? 죄인이니 갇힐 수밖에…'

이윽고 통보를 받은 여수사관이 어느새 진숙의 여동생을 앞세워 왔다. 결혼해서 각자 살다보니 십년 가까이 떨어져 지냈어도 진숙이와 많이 닮아있어 설명 없이도 송희는 한눈에 그녀를 알아보았다. 하지만 어렸을 때 기억으로는 어딘가 달라보였다.

이종 사촌간이라고 거짓보증을 했으니 송희는 수사담당관 앞에 언니행세를 해야 했다. 진숙의 여동생은 송희를 보자마자 울컥 울음부터 터뜨렸다.

"울지 마, 이렇게 된 걸 어떡해."

그러나 송희 그 자신도 어느새 눈물을 흘리고 있었다. 둘은 친자매마냥 서로 부둥켜안았다. 여자수사관은 담담한 표정으로 출입구 한쪽에서 그들을 지켜보고 있었다.

시간이 얼마 없음을 느낀 진숙의 여동생이 곧 울음을 그치고 수고스럽지만 설렁탕집에 가서 밀린 월급 두 달치를 자기 대신 받아 언니에게 전해줄 것과 언니가 챙겨주는 짐 보따리를 받아 건사했다가 자신이 귀국할 때 인천항까지 꼭 가져다달라는 부탁을 했다. 물론 그때 가서 다시 연락하겠다고 말했다.

송희는 그렇게 하겠다고 안심시킨 후 이내 그녀의 귓가에다 여기 사람들 보란 듯이 꼭 다시 한국에 나와 나처럼 결혼해서 당당하게 살아가라고 했다. 아주 나직이 말했는데도 여수사관은 알아들었는지 한쪽 입술 끝이 빙긋 올라갔다.

아쉽게도 여수사관이 이제 면회시간이 다 됐다고 말했다.

불과 몇 분만이었다. 끌려가듯 여수사관을 따라가는 그녀가 연신 고개 돌려 송희에게 슬픈 눈짓을 보냈다. 송희는 또 다시 눈물이 핑 돌았다. 송희는 그길로 담당 사무실로 가서 보증인으로 벌금 70만원과 보증금 300만원을 수사관에게 건네주었다. 송희 외에도 그 당시 보증인으로 찾아온 사람들이 몇몇 있었다. 보증인 항목에 송희는 자신의 이름과 전화번호를 적었다. 송희는 한시 바삐 경직된 그곳을 빠져나오고 싶었다. 서둘러 뒤돌아 나오는데 수사관의 통화내용이 갑자기 들렸다. 그녀는 저도 모르게 발걸음이 멈춰졌다.

"중국조선족… 응, 응, 그래 알았어, 잘 지키라구. 이번엔 몽땅 젊은 놈들이야. 행동들이 어찌나 빠른지, 쥐눈처럼 반짝거리는데 다들 조심해야 된다구, 경계를 단단히 하고 정신 바짝 차려. 그날 될수록 남은 인원들 총동원해서 인천항까지 따라가도록 해…."

'중국조선족, 젊은 놈들, 쥐눈….'

송희는 저도 모르게 입속으로 중얼거렸다. 수사관 한 사람이 그녀를 건드리듯 옆을 스치고 지나가자 그때서야 송희는 정신을 차리고 재빨리 그곳을 빠져나왔다.

그곳이 워낙 구석진 곳이라 송희는 회기역으로 걸어 나와서야 택시를 잡아 탈 수 있었다. 택시 속에서 송희는 내내 울적한 기분이 되었다. 회색빛 도는 외국인 보호소의 건물이 자꾸만 그녀 눈앞을 아른거렸다.

택시가 큰집 앞 골목길에 접어들었을 때 그녀는 저도 모르게 한숨을 푹 내쉬었다. 요금을 지불하고 내린 그녀는 갑자기 가슴이 답답하며 두근거리기 시작했다. 그녀는 억누르듯 한손을 가슴께로 가져갔다. 그리고 조심스레 대문을 두드렸다.

초조한 심정으로 다시 시계를 보았다. 오후 3시가 가까워 왔다. 사실 택시 속에서 수없이 손목시계를 봐서 더 이상 확인할 필요도 없었지만 그녀는 저도 모르게 자꾸만 손목시계에 눈이 가는 것이다.

'왜 인기척이 없는 거지?'

불안으로 송희의 마음은 안절부절 어찌할 바를 몰랐다.

'사전에 전화 한통이라도 해줬어야 옳았어, 사정이 있었다고 말했더라면 이렇게 초초해할 필요는 없을 텐데…. 내가 왜 이러지? 죄졌나? 그래도 전화 한통 미리 해줬어야 도리였어….'

송희는 갑자기 안타까운 심정이 되어 다시 문을 두드렸다. 이번에는 인기척이 나며

"누구요?"

고함치듯 말했다. 나온 사람이 바로 그녀의 시어머니였다.

"저예요."

송희는 단박 기죽은 목소리가 나왔다. 시어머니는 문을 열어주며

"안쪽 대문기둥에 매있는 쇠줄을 잡아당기는 거 아직 몰라서 그러냐? 무슨 문을 그리 요란스레 두드려대! 지금이 몇 시냐? 정아 애비가 이제 가라고 하던?…."

송희 시어머니는 이미 화가 나 있었다.

"미안해요. 친구한테 급한 일이 생겨서요…."

"친구일이 시댁보다 더 중요하다더냐? 뭐하고 섰어! 어서 들어오지 않구…."

송희 시어머니는 그러나 곧바로 따라 들어가는 며느리를 나 몰라라 문 밖에 두고 매정스레 혼자 철거덕 소리를 내며 들어가 버렸다.

순식간에 닫혀지는 현관문을 바라보며 송희는 절망감을 느꼈다. 이대로 돌아서 가버리고 싶었다. 시집이고 제사고 다 때려치우고 홀홀 혼자 어디론가 떠나고 싶었다. 시집대문이 당장 지옥문처럼 생각되는 것이었다. 발걸음을 떼려는 그 순간 머릿속이 멍하니 맞은 사람처럼 움직여주질 않았다.

송희는 가까스로 문을 열었다. 식구들이 한참 포도를 먹고 있었다. 들어서는 송희에게 맏동서가

"어? 안 오는 줄 알았는데 늦게라도 왔네… 하여튼 이제라도 왔으니 된 거지 뭐…."

살짝 빈정대는 말투였다. 그러자 아랫동서가 농담하듯 옆에서 거들었다.

"모르는 게 상팔자지. 중국형님은 팔자 하나는 좋은 것 같아, 이제 와도 괜찮은 걸 보면 말이야. 할아버지 돌아가신 날짜 기억 안한 거야?…."

그동안 나타나지 않는 송희에 대해 왈가왈부 말이 많았던 모양이다.

"쭝구 아줌마 이제 왔네."

"쭝구 아줌마가 아니고, 쭝구 큰엄마여. 큰엄마라 불러야 돼 알았지?"

다섯 살짜리 막내애한테 막내동서가 나무라듯 말했으나 딸자식은 거푸 아니라고 우겨댄다.

"쭝국에서 왔으니까 쭝구아줌마 맞잖아!"

"수고 많았어요. 늦어서 정말 미안해요…."

송희는 애써 웃음을 지어 보였으나 스스로 느끼기에도 안면이 경직되어 울상을 지은 것이 확실했다.

"누군 볼일이 없어 이러구 있나? 아무리 급한 볼일이 생겼어도 다음 날로 미룰 줄 알아야지. 이집 며느리가 돼서 시집 일만큼 중요한 일이 더 있을까? 두 번 다시 이런 일 없도록 해라, 알겠냐?"

"예."

"어서 가서 옷 갈아입고 일 봐라. 전만 부치면 된다!"

힘이 들어간 허스키한 목소리로 시어머니가 다시 덧붙였다.

송희는 윗도리를 식탁의자에 벗어놓고 앞치마를 둘렀다. 때를 기다린듯 맏동서가 허리가 아프다며 잠깐 드러누워 있다 나오겠다며 안방으로 들어가 버렸다. 아래동서도 긴 하품 끝에 다 큰 애기 재운다고 느릿느릿 작은방으로 들어갔다. 부엌엔 송희 혼자 남았다. 시어머니는 거실에 있었다. 부엌을 둘러보니 음식들이 웬만큼 준비가 된 것 같았다. 송희는 손을 씻고 일단 후라이팬을 찾아 가스레인지 위에 올려놓았다. 시어머니가 다가와 전 부치는 재료들을 찾아다놓고 어떻게 하는가를 일일이 일러주었다. 송희는 시어머니의 가르침이 아니더라도 전 하나는 자신 있게 잘할 수 있었다. 그동안 여러 식당을 다니면서 많이 해봤기 때문이다.

그녀는 애호박·고구마·동태살을 각자 익기 좋을 만큼 일정한 두께로 잘라서 접시위에 놓았다. 밀가루도 꺼내 그릇에 담아놓고 계란도 풀어 잘 저어놓은 다음 가스불을 당겼다. 식용유를 두르고 열이 가해지자 송희는 썰어놓은 재료 하나하나를 일일이 밀가루를 묻혀 다시 계란옷을 입힌 뒤 후라이팬에 얹었다. 기름튀기는 소리가 찌르르 나며 전이 하나하나 익어 갔다. 전을 부치는 동안 송희 시어머니는 감독하듯 며느리 주위를 왔다리갔다리하다가 뒤늦게 안심이 되는지 식탁에 앉아 밤을 깠다. 밤을 까다 생각난 듯 시어머니가 송희에게

"전 끝나는 대로 쌀 좀 씻어놔야겠다. 저녁밥은 먹어야 하니…."

라고 말했다. 이번에는 생각보다 양이 많지 않아 송희는 전 부치는 일을 쉽게 끝냈다. 그녀는 곧 쌀통에서 쌀을 떠내 이만큼 하면 되느냐고 손짓을 하며 시어머니 가까이 가서 물었다. 쌀이 담긴 바가지를 내려다보며 그만하면 되겠다고 시어머니가 고개를 끄덕거렸다. 그리고 나서 '이제 그만큼 쉬었으면 다들 나와야지…'하며 혼잣말처럼 중얼거렸다.

시댁 식구들과의 짧은 만남에 늘 어떻다고 한마디로 단정 지을 수는 없지만 송희가 볼 때 시어머니는 자기한테만 유별히 함부로 대하고 당당한 것 같았다. 다른 며느리한테는 늘 태도가 너그럽고 말투조차도 순했다.

송희는 여기저기 널려있는 빈 그릇들을 한데 모아 설거지를 하기 시작했다. 매번 시댁에서 설거지를 담당했지만 할 때마다 그릇들 밑굽이나 냄비둘레에 시꺼멓게 끼여 있는 묵은 때가 보여 눈에 거슬렸지만 일일이 제거할 시간이 없었다. 음주를 즐기는 남편이 늘 음주 운전을 하기 때문에 음주운전 단속 확률이 높은 시간대를 그동안 아슬아슬한 경험으로 나름대로 파악하고 있었기 때문에 언제든지 남편이 가자! 고 한마디 하면 명령처럼 만사 제쳐두고 따라나서야 했다. 만약 그녀로 인해 지체했다간 단속에 걸리기라도 하면 그 책임은 한마디로 그녀로서는 감당할 수 없을 터였다. 송희는 모처럼 시간에 쫓기지 않고 묵은 때를 씻을 수 있게 되어 잘됐다 싶었다. 그녀는 뒤늦게 온 죄스런 마음 때문에 설거지가 끝나자 부엌 곳곳을 헤집고 살피며 치우고 깨끗이 청소했다. 그녀의 특기였다. 안방으로부터 맏동서가 나왔다. 그녀는 깔끔해진 부엌을 보고는 기분이 좋은 듯 송희를 보며

"저녁쌀 씻어 압력밥솥에 앉혀야지, 미역국도 끓여야 되고, 다들 일찍 들어온댔으니 지금부터 저녁 지어야지…."

이렇게 분부했으나 말투는 조금 전과 달리 부드러웠다.

"예."

송희는 힘주어 대답하고 부지런히 일손을 놀렸다.

"오매, 저렇게 됐네."

시계를 보던 맏동서가 작은 방문을 열고

"동서! 그만 자고 나와, 저녁 다 됐어. 저녁부터 먹어야지…."

라고 말했다.

아랫동서는 알았다는 목소리를 내고 한참만에야 부엌으로 나왔다. 아들 셋 중 막내네가 형편이 제일 좋아 집안 대소사 때면 항상 부조를 많이 했다. 그래서인지 시집식구들 모두가 드러나게 막내며느리의 눈치를 보는 등 막내식구들에게 신경을 썼다.

저녁시간이 다 되었다. 약속대로 식구들 모두 평소보다 일찍들 들어왔다. 현관벨소리가 나기 바쁘게 시어머니가 뛰쳐나가 일일이 문을 열어주고 반갑게 맞아들였다. 형우가 맨 먼저 들어왔다. 그는 부엌에서

"일찍 오셨네요."

인사하는 송희에게 눈 한번 흘끗 주고는 맏동서와 몇 마디 주고받더니 이내 거실 소파로 가서 TV를 시청하였다. TV소리에 어른들의 말소리 거기다 아이들까지 뛰어다녀 집안이 갑자기 떠들썩해졌다.

밥도 다 됐고 쇠고기 넣은 미역국도 펄펄 끓었다. 송희는 가스불을 줄여주고 분부대로 밥상을 차리기 시작했다. 아랫동서도 함께 거들었다. 다 차린 밥상에 식구들이 비좁게 모여 앉았다. 그동안 부엌에서 열심히 일한 덕분인지

"어서 너도 와서 앉아라."

시어머니가 앞의 자리를 약간 틔우게 하였다. 당초보다 목소리가 한결 누그러졌다. 그러나 식시도중 송희는 시어머니와 남편으로부터 생각지도 못한 일로 호되게 몰리었다. 문제는 중국산 청심환으로 시작이 되었는데 나중엔 중국산 고사리로 이어져 일이 그만 크게 번졌던 것이다.

밥상머리에서 갑자기 맏동서가 중국산 청심환 말을 끄집어낸 것이다. 물론 자신을 염두에 두고 한 말인 줄 알지만 송희는 모른 채 외면한 것이 문제의 발단이 된 것이다.

언제부턴가 중국이라는 말만 들어도 송희는 강한 거부반응부터 일어났다. 그동안 죽 듣는 게 중국약에 대한 것들이기도 하지만 무엇보다 중국약에 대한 이곳 사람들의 부정적인 태도 때문이었다. 모두가 다 가짜약이라며 그녀 앞에서도 스스럼없었다. 창피스러울 정도였다. 그래서 그녀는 당초 초청인 친지분에게도 서운할 정도로 아주 적은 양의 약을 선물했을 뿐이다. 그런 그녀에게 중국의 여동생으로부터 바라지도 않던 청심환 24알(4통)을 항공우편으로 받게 되었던 것이다. 평소 남편 형우도 중국약에 대해 강한 불신감을 보였으나 정작 약이 도착하자 의외로 몹시 기뻐하는 것이었다. 그러나 송희는 약을 받고 내심 속이 상했다. 그때가 한창 한국 솔표 우황청심환이 최고이고 중국산 청심환은 몽땅 가짜라는 소문이 자자한 시기인데다 가령 진짜라도 당국에서 분석해본 결과 부작용이 상당히 크다고 TV방송에서까지 열을 올려 떠들었으므로 그녀는 약을 몽땅 책상서랍에 넣어두어 훗날 기회를 봐서 초청인 친척을 주기로 한 것이다. 그러나 형우는 송희가 말리는데도 화를 내기는커녕 웃으면서 일방적으로 약을 시집식구들한테 몽땅 나누어 주었던 것이다. 그것까지는 좋았으나 맏동서의 친정어머니가 거푸 두 알을 먹었는데도 가짜인지 전혀 아무런 효험이 없다는 말을 어느 날 시어머니의 실수로 송희 귀에 불쑥 들어온 것이다. 그 일로 남편과 따지다가 눈물까지 흘렸었는데 그런 맏동서의 입에서 또 다시 중국산 청심환 말이 나왔으니 송희로서는 기분이 좋을 리 없었다.
　"형수님, 제가 이사람 시켜 동생한테 편지해서 약을 다시 더 보내 달라고 할 테니 걱정을랑 마세요. 아니 형수님이 필요하다는데 누가 감히 말려요…."
　형우는 송희의 감정을 무시하고 보기 좋은 웃음으로 이렇게 받아 넘기자 송희가 가만있질 않았다.

"안돼요, 가짜 약밖에 없는걸요. 그러잖아도 중국으로 편지해서 두 번 다시 그 어떤 약도 보내지 말라고 부탁하려던 참이었어요…."

맏동서가 안색이 변하면서

"누가 가짜라고 그랬어?"

따지듯 묻자 송희는 어쩔 수 없이

"아니, 그냥요."

하고 얼버무렸다.

말을 마친 그 순간 송희는 어떤 강한 시선이 느껴져서 저도 모르게 고개를 번쩍 들었다. 마주앉은 시어머니가 자신을 노려보는 것이었다. 그녀는 반사적으로 이내 고개를 수그렸지만 알 수 없는 분노가 그녀로 하여금 가슴을 세차게 뛰게 했다.

곧 이어 시어머니가 송희 보란듯이 갑자기 고사리나물을 집어 흔들며

"이것도 중국산 아냐? 꼴에 고사린지 나무꼬챙인지 통 분간이 안가. 시장에서 또 속아서 샀어. 내 뭐라던, 이번에는 좀 잘 살펴 보구서 국산치 사라 그랬잖냐!"

맏며느리를 향해 나무라는 투로 말하자 속셈을 알겠다는 듯 맏며느리가 웃는 얼굴로 대꾸한다.

"어머니도 참, 물에 담글 때 보시구서… 그땐 괜찮으시다구 하셔놓고 이제 와서 탓하면… 싸니까 샀지요."

"그래요."

송희는 가만있을 수 없었다. 늘 이런 식으로 자신을 짓밟으려는 시댁식구들에게 그녀는 보란 듯이 반항하고 싶었다.

"중국산이 싸다고 한국장사꾼들이 뭐든지 닥치는 대로 수입하니까 그렇지. 기실 전 중국에서 30여 년을 살았어도 이런 고사린 먹어보지

못했어요. 말짱 살이 통통 찌고 연하더라구요. 들을라니까, 요즘 한국에서 수입하는 싸구려 고사린 실은 중국에선 전부 돼지사료로 써먹는다고 합디다."

"당치않게 이년이?…."

형우는 그러잖아도 청심환 때문에 같잖게 마누라로부터 무참당해 속으로 은근히 부아가 치밀어 오르던 차, 마침 잘됐다 싶어 버럭 소리부터 질렀다.

"닥쳐! 너 그게 무슨 소리야, 우리 한국 사람들이 돼지사료를 먹는다구? 어디서 못된 말버릇이야, 엉!…."

"아니, 제가 지어낸 말이 아니라 고향친구들로부터 직접 들은 얘기예요. 이곳 한국사람들이 중국 가서 대량 싸게 구입한 고사리들은 실은 거의 사료로 이용되는 품질이 아주 안 좋은 것들이라 그냥 가져와서 팔기에는 고사리가 나무처럼 너무 뻣뻣하니까 밑동을 한자이상씩을 잘라내고 가져온다고 했어요. 그 일들을 고향사람들이 아르바이트로 했다고 했고, 잘라 낸 고사리밑동들은 아깝다고 부엌 땔감으로 가져다 썼다고도 했거든요. 그 질긴 걸 왜 수입해 가는지 모르겠다고 말한 적도 있어요."

"중국 버릇이 또 나오냐! 어디 함부로 시댁에서 남편한테 말대꾸냐, 말대꾸를, 엉! 넌 말끝마다 중국사람이라 하는데 중국서 살지 왜 여길 왔어? 쌍스런 년 같으니라구…."

"혼자라구 깔보고 함부로 욕하지 말아요. 당초에 누가 먼저 중국년이라 했는데요? 시집식구들 나보고 언제 한국사람이라 말한 적 있어요? 뒤에서 중국여자라고 쑥덕대는 걸 전 수도 없이 들었어요…."

"애, 애비야! 너 이런 년을 여태껏 마누라라 데리고 살았어? 한국여자 씨가 말랐다고 저 중국 년 데리고 사냐? 데리고 당장 꺼져라. 다 꼴

보기 싫다.”

“이년이 어디서 함부로 어머님께 대꾸야, 나가!… 그러잖으면 빨리 잘못했다고 빌든지, 어서 무릎 꿇고 빌어!”

형우가 험악한 얼굴로 호통쳤다. 송희는 진작부터 눈앞이 흐려 아무 것도 보이지 않았다. 맏동서가 화난 시동생을 눌러 앉히면서 거들었다.

“동서가 참말로 중국서 살아서 이곳 예법을 몰라도 한참을 모르는 것 같아. 시어른한테는 도리가 있어도 따지지 말아야 돼. 대꾸는 절대 삼가야 한다구. 시댁에서 그런 버릇은 절대로 용납이 안 돼. 칠거지악이란 말, 모르겠지? 지금 시대가 좋아졌으니 말이지, 옛날 같으면 쫓겨나고도 남을 일이여… 어서 어머님께 잘못했다고 빌어, 늦지 않았어….”

“빌 거 없다! 내 저네 집에 안다니면 되는 거지.”

시어머니가 앵 돌아앉으며 갑자기 곡하듯 울음 섞인 목소리로

“다 내복이 없어 그렇지, 죽은 정아 애민 정말로 명이 아까워. 스무 살에 내 집에 들어와 한날한시처럼 시부모 섬기고 인사성 밝았어. 아랫사람한테 친절하고, 참 너무도 착하고 정말로 하나 버릴 것 없는 내 딸자식이나 마찬가지였어. 만년에 어디서 못된 년이 내 집에 굴러들어와 내 복장을 터지게 하는지, 엉! 지금 정아 애비 얼굴색이 뭐냐! 죽은 애민 애비 몸 축날세라 철철이 보약 달여 대접하고 음식 조절해 먹였어, 어떻게 해주고 있길래 몸이 저토록 축이 갔냐! 너 당초부터 이 시집을 안중에 뒀냐? 말해봐라! 내 여태껏 참고 있었다만, 오늘 너 잘한 거 뭐 있냐? 진종일 어디론가 쏘다니다 뒤늦게 와서 했다는 게 고작 전 하나 붙인 거 하고 밥밖에 더 했냐?….”

“뭐야? 그럼 늦게 왔단 말이야?”

형우가 두 눈을 부릅떴다.

"사정 이야기 했잖아요. 친구 일 때문에…."

송희는 울먹였다.

"늦게 오구서도 할 말이 있어? 쌍년이 아직도 대답질이네. 그것도 이유가 돼? 어서 빌어!"

형우가 때릴 듯 손을 들며 호통쳤다. 시숙이 그런 동생의 옷깃을 당기며 말렸다.

"늦게 온 거 잘못했습니다."

"말대답질은 잘했고?…."

형우가 몸을 기울여 한 대 칠 듯이 다그쳤다.

"모두 다, 내가 잘못했습니다."

"고집스런 년, 입으로만 잘못했다고만 말고 행동으로 옮겨!"

형우는 술잔에 술을 부으면서 큰소리로 내뱉었다.

그때 송희는 이상스레 어떤 생각이 솟구쳤다. 그러자 마음이 갑자기 차분해지는 것이었다.

그날 밤 집으로 돌아온 송희는 결혼 이래 처음으로 남편과 떨어져 난방이 안 돼 있는 추운 거실에서 혼자 밤을 지샜다. 그녀는 시집 식구들 앞에서 자신의 잘못을 빌면서도 이상스레 이혼을 떠올렸던 것이다. 비굴하게 매여 노예로 사느니 차라리 혼자 사는 것이 밥을 먹어도 소화가 잘될 것 같았다.

결혼 이래 그녀의 체중이 5키로나 빠져버려 보는 사람마다 여위였다는 게 인사였다. 원래도 약한 몸인데다 더 여위어 자신이 봐도 모습이 흉하리만치 얼굴색이 누르스름한 빛을 띠었다.

그녀는 다용도실에서 울려나오는 귀뚜라미 울음소리를 들으면서 그 자신도 슬픔에 겨워 끅끅거렸다. 울면서 송희는 이국만리에 두고 온 아들자식을 떠올렸다. 두고 온 자식이 이때처럼 가슴 아프게 와 닿은 적은 없었다.

'근식아, 미안해, 엄마가 잘못했어. 이제부터 가난해도 너랑 함께 살 테야. 기다려.'

송희는 가슴속으로 울부짖으며 울음소리가 새나갈까 봐 옷깃으로 입을 싸 막았다. 두고 온 자식에게는 냉수 한 그릇도 못 떠주는 형편이라 그래서 송희는 정아한테만은 누가 봐도 비굴할 정도로 보살폈다. 때 맞춰 커피 끓여주고 음식에도 각별히 신경을 썼다. 아닌 말로 기분마저 정아에 의해 좌지우지 당했던 것이다. 송희의 묻는 말에도 대답조차하기 꺼려하는 정아였다. 정아가 집에 있는 날이면 송희는 짙은 안개에 감싸이듯 답답한 심정이 되어 편한 마음을 가질 수가 없었다.

정아가 부르는 송희의 호칭은 아줌마다. 형우는 거북살스러워하는 딸에게 처음부터 그렇게 부르도록 시켰다.

'아줌마?…'

애초부터 엄마소리 듣자고 이집에 들어온 것은 아니나 어쩐지 그렇게 부르도록 시키는 남편이 못마땅하고 서운했다. 그 후 시간이 흐르자 예사로워졌지만 이 밤, 아줌마란 호칭이 갑자기 생소하게 다가오면서 그녀는 정나미가 떨어지는 것이었다.

'내가 왜 아줌마란 소리 들으며 살아? 당당한 내 자식이 있는 엄마인데… 더 이상 이집의 아줌마로 있지 않을 거야!…'

송희는 입을 앙다물었다.


신문배달원이 조간신문을 현관문 배날창구에 밀어 넣는 순간 송희는 투다닥거리는 소리에 놀라 벌떡 일어났다. 이미 날이 어슴푸레 밝아 있었다. 밤새도록 소파에 쭈그리고 앉았다 누웠다 옹송그려서인지

춥고 떨리고 몸 전체가 찌뿌둑하니 아팠다.

배달창구에 신문이 허연 물체로 개 헛바닥처럼 길게 내밀어 있었다. 밤새도록 이혼을 생각하고 결심한 그녀였지만 정작 새벽 신문을 보자 저도 모르는 사이에 일상으로 되돌아오는 것이었다. 자명종이 울리지 않아 몇 시인지는 잘 모르나 지금이 바로 아침밥 지을 시간은 됐다고 짐작되었다. 안개 긴 눈을 비비니 아니나 다를까 분침이 다섯 시에서 3개나 지나 있다는 것이 보였다. 지체되는 만큼 바쁠 수밖에 없는 시간이었다. 그녀는 본능적으로 움직였다.

서둘러 부엌으로 다가가 압력밥솥을 꺼내 쌀만 씻어 안쳤다. 현미쌀을 불려놓지 않아 남편으로부터 꾸지람을 듣겠지만 어쩔 수 없었다. 두부 넣은 된장찌개도 끓이고 정아 도시락도 싸놓았다. 그러나 그 자신은 아침밥을 굶었다.

정아가 학교에 가고 남편이 타인처럼 외면하며 출근하자 송희는 또다시 이혼을 생각했다.

송희는 시계를 보며 전화다이얼을 돌렸다. 이윽고 진숙이 목소리가 들리자

"응, 나야, 어제 구치소 볼일은 잘 봤어… 그런데 어쩌면 좋아, 나 어제 시집식구들 보는 앞에서 시어머니한테 혼났어… 남편? 남편은 더 심했어, 원수 같았어. 나 정말 후회가 돼. 괜히 한국남자와 결혼했어. 차라리 중국에서 혼자 살 때가 편했는데… 평소에도 조선족이라구 남편이나 딸자식이 얼마나 깔보는 줄 알기나 해? 일일이 다 말할 수도 없어. 하다못해 자기들이 제공한 아파트에 내가 편히 사는 것도 감지덕지해야 된다고 했어. 우습지 않니? 시집식구들도 마찬가지야. 쩍하면 후진국이니 못사는 나라라니 밥상에서까지 들먹거리는데 정말로 아니꼬워 죽겠어. 자기네들이 잘사는 나라라니 선진국이니 떠들며 뽐내

지만 인색하고 인정머리 없기로 말도 못해. 부끄러운 얘기지만 난 한국 돈 10원 100원 아껴야 하기 때문에 가까운 시장 지척에 두고도 먼 시장 걸어가서 장봐야 된다구. 날 그저 자기네 비윗살 맞춰주고 하인 노릇 하라는 식이야. 어디서 태어나든 사람은 다 똑같지 않니? 나 파출부노릇해도 지금보다 우대받고 마음 편히 잘살 수 있을 것 같아… 아침에도 남편이 말 한마디 없이 쌩쌩 찬바람을 일으키며 나갔다구. 이래도 내가 살아야 되겠니?…"

말끝에 목이 매여 송희는 훌쩍 거렸다.

진숙은 어제일로 싸웠다니 정말 미안하다고 말하고 나서 현재 송희의 심정을 백번 이해하나 이혼만은 당분간 자제하는 게 좋다고 했다. 왜냐하면, 요즘 결혼한 조선족들이 신분증이 나온 그 이튿날로 이유 없이 가출하는 사례가 많아 결혼한 조선족들의 이미지가 사회적으로 아주 나쁘다고 하였다. 그러니 될수록 이혼만은 피하라고 당부했다. 그러한 소문은 송희도 진작 TV나 신문으로부터 알고 있었으므로 어쩌면 그러한 나쁜 소문 때문에 그녀가 그동안 참고 견디며 살아왔는지도 모른다.

송희는 밤새 끓었던 맘속 말을 터놓아 속이 한결 후련해지는 느낌이었다. 그녀는 당분간 이혼 생각은 하지 않기로 했다. 다시 한 번 마음 단단히 먹고 살아가기로 했다.

오후가 되자 송희는 다용도실에서 남편이 그동안 마신 빈 소주병과 맥주병이 가득 담긴 긴 자루를 끄집어냈다. 제법 무거웠다. 더 미룰 수가 없었다. 집 근처 마트에 갖다 주기만 하면 우유나 세탁비누 살 돈이 생기니 송희는 빈병을 차마 버릴 수기 없었다. 문 밖을 나온 그녀는 빈병들이 서로 부딪히는 소리에 혹시 깨질까 조심조심 발걸음을 옮기다가 우체통 앞에 멈춰 섰다. 때맞춰 송희 마음을 헤아려 풀어주려는 듯 중국에서 온 국제우편물이 꽂혀 있었던 것이다. 급한 마음에 바로 뜯어보았다. 중국내 조선말 잡지사에서 몇 달 전 자신이 보내준 이상문학상 수상작품집을 고맙게 잘 받았으며 원고청탁이 포함된 안부 편지였다. 송희는 날아갈 듯 한 기분이 되었다.

얼마만의 소식인가!… 그녀는 마트에 다녀오기 바쁘게 피곤한 몸이지만 자신감을 되찾은 듯 책상 앞에 다가 앉았다. 밤새 초췌해진 얼굴은 이미 어디론가 사라지고 없었다. 그녀는 원고청탁을 읽는 순간 이내 자신의 생활과 연관시켰던 것이다.

그래! 써야지, 꼭 써야 해!

송희는 그날부터 남편 몰래 글을 쓰기 시작했다. 가끔 일을 하다가도 소설에 도움이 될 만한 좋은 아이디어가 떠오르면 그녀는 잊을세라 암호를 적듯이 슬그머니 종이를 찾아 메모를 했다. 또한 틈틈이 쓴 글들은 바로바로 비밀처럼 책상 서랍에 넣어 꼭꼭 채워두었다. 한 장 한 장 원고가 보태지면서 그녀의 가슴은 뿌듯하기만 했다.

당초 송희가 소설을 쓴다고 원고지를 샀을 때 형우는 콧방귀 뀌듯 픽 소리를 내며 웃었다.

"니가 소설을 써? 가정주부라는 걸 명심해. 난 소설 쓰는 여잔 택하지 않았어, 그건 어디까지나 니 취미야… 알아서 해!"

송희는 할 말이 없었다. 결혼 전에 소설에 대해 남편과 일언반구도 언급하지 않았던 것은 오로지 어떤 부끄럼에서였다. 숨기려는 뜻은 추호도 아니었다.

그 후 남편으로부터 시간을 얻기 위해 송희는 부끄럼을 무릅쓰고 초라하지만 자신의 작품 중 단편소설 한 편을 골라 남편에게 보여줬었다. 그때 남편의 태도에 송희는 얼마나 실망했는지 모른다. 그날 받은 상처가 아직도 간간이 그녀를 괴롭히곤 한다.

형우는 그때 이렇게 말했었다.

"중국 조선족 실력이 겨우 이 정돈가? 허허, 우리나라에선 어림도 없어. 여기선 베스트셀러를 써야 밥을 먹을 정도라구… 모를까봐 하는 소린데 요즘 파지로 나가는 게 소설이야. 단념하는 게 좋겠어…"

그녀는 자신이 중국조선족문인을 대표할 수 없으며, 아마추어 수준이고 작품이 습작에 불과하다는 변명까지도 지금에 와서 비굴하게만 생각되었다.

아무튼, 그 번 시집에서의 소동이 남편과의 사이를 어색하게 하였지만 송희에겐 시간적으로 많은 도움이 되었다. 송희는 하루 종일 벙어리처럼 식구들과 말을 피하고 자신이 해야 할 일들만 부지런히 하면서 짬짬이 작품 속으로 들어갔다.

드디어 초고가 끝나고 원고수정도 마쳤다. 송희는 자신에게 한숨 돌릴 여유도 주지 않고 밤새워 다시 수정한 작품을 원고지에 또박또박 정성들여 옮겼다. 이제 우체국에 가서 부치면 송희로서는 끝나는 일이었다. 내일 월요일에 부칠 작정이었다.

하지만 하필이면 그 하루를 못 기다리고 원고는 공교롭게도 남편의 손아귀에 들어가 산산 쪼가리로 변하고 말았다. 만일, 그 사이 일요일이 끼어 있지 않았다면 송희의 작품은 분명 우체국에 가있을 것이었다. 그렇지 않으면 이미 중국으로 보내지는 도중일지도 모른다.


형우는 근간에 아내의 행동에 신경이 쓰였다. 뭔가 수상스러운 것이었다. 벌써부터 뭔가를 쓰는 눈치인데 도대체가 자신에게 숨기는 것이었다. 그는 몹시 궁금했다. 전에 소설을 쓴나고 했으니 분명 소실일 테지만 저처럼 조심하며 숨기는 까닭이 무얼까? 혹시? 형우는 번뜩 떠오르는 생각에 송희가 집에 없는 틈을 이용해 수사를 벌이기로 했다. 결과 일요일 오전 10시경에 작품이 완성된 그것도 곧 우표만 붙이면 보내게 될 원고를 봉투 채 찾아내었던 것이다. 하루만 늦었다면… 그는 천만다행이라 여겼다.

형우는 송희가 목욕탕을 간 사이 사전에 복사해둔 열쇠로 책상서랍을 열었는데 그 안에서 중국 000잡지사에 보내는 누런 봉투를 발견했던 것이다. 그는 이것이 곧 여태껏 자신에게 감추어왔던 비밀이라고 짐작이 되어 지체 없이 내용물을 꺼내어 훑었다. 잠깐 보던 그가 갑자기 원고를 거실바닥에 내동댕이쳤다

"이런 년을 봤나, 집안 흉을 써. 못 배워 처먹은 년, 어디 두고 보자!…."

그는 당장이라도 마누라가 들어서면 한 대 후려칠 듯한 자세로 현관문을 노려보았다. 그러나 곧 진정했다. 마누라를 혼내기 앞서 먼저 내용을 끝까지 알아야 한다는 생각에서였다.

그는 다시 원고를 집어 들었다.

그 시각 목욕탕에서 나온 송희는 온몸이 거뜬하였다. 상쾌한 기분이 되었다. 그녀는 몸을 씻는 동안 내내 자신이 쓴 소설내용만 생각하였던 것이다. 발표여부는 제쳐두고 어렵게 마친 작품이기도 하지만 우선 한국에서의 첫 작품이라 무척 애착이 가는 것이었다. 그래서 그녀는 어서 빨리 내일이 다가왔으면 싶었다. 문앞에 도착한 송희는 다시 한번 젖은 머리를 털어냈다. 그리고 현관문을 열고 집으로 들어섰다.

일순 송희는 집안의 공기가 예사롭지 않다는 것을 느꼈다.

그녀는 긴장된 나머지 숨을 가다듬었다. 남편이 책상머리에 앉아있는 것도 이상했지만 자신을 노려보는 그 눈길이 두렵다 못해 섬뜩했던 것이다.

"여보, 왜 그래요? 무슨 일이라도 있어요?"

기어 들어가는 목소리였다.

송희는 신을 벗고 비누와 타월이 담긴 가방을 마룻바닥에 내려놓은 채 벌 받는 어린아이처럼 축 처져 서있었다.

그런 송희에게

"너 작가라구 했지?"

예상 밖으로 차분한 목소리로 형우가 따졌다.

"그렇게 말한 적은 없어요. 소설을 좋아하고 다만 습작단계라고 말했을 뿐이에요."

"일단 그렇다고 치자. 그래, 습작이란 것이 어떤 건지 말 좀 해볼래? 듣고 싶구만."

송희는 뭔가 눈치챘다. 남편이 화난 까닭을 조금은 알 것 같았다. 그러나 어떻게? 그녀는 이해 할 수가 없었다. 책상서랍 열쇠는 그 자신이 늘 신경 써서 주머니에 넣고 다녔으며 여벌은 눈에 잘 띄지 않는 장롱 귀퉁이에 숨겨둬 찾아낼 리 만무하고 그리고 원고초본은 자신이 직접 뭉쳐 바깥 쓰레기통에 버렸는데….

그렇다면? 아니야, 내가 꼭 채워뒀어. 분명 어떤 수작이 있었던 거야. 그녀는 두려웠다.

그녀는 재빨리 책상서랍을 살폈다. 그때 송희의 두 눈이 번쩍했다. 원고봉투가 서랍 밖에 나와 있는 것이었다.

"어떻게 당신이?… 내 서랍을 들췄어요?…"

뜻밖의 상황에 놀란 송희는 그 순간 말도 제대로 나오지 않았다 그러나 어서 빨리 원고를 구해내야 된다는 생각으로 부리나케 책상 쪽으로 달려갔다. 형우가 잽싸게 낚아 챘다.

"건드리지 마! 당장 내가 묻는 말이나 대답해!"

형우가 형사처럼 명령했다.

"너 도대체 무슨 심보로 이따위 내용들을 썼어? 엉! 너가 쓰는 소설은 이따위냐? 남편 흉이나 보고 시집 흉이나 보는 것이 니 년의 소설이냐? 중국소설은 이따위 저질로 써도 괜찮다더냐? 이렇게 썼어도 잡지사에서 내 준다더냐? 답해봐! 그래도 보낼 거야?"

송희는 답답하고 기가 막혔다. 한국사회에서 남편이란 이름도 하나의 감투고 권력이 된다는 걸 체험한 당사자로서, 가장의 권위적이고 가부장적인 것에 대한 부작용을 소설화했을 뿐이라고 항변하고 싶었다. 그러나 남편의 서슬에 당장은 할 말을 잃고 멍하니 남편을 바라보기만 했다.

"어디서 눈깔 똑바로 뜨고 쳐다봐, 왜 말 못해!"

형우가 입을 앙다물며 다그쳤다.

"소설은 어디까지나 허구예요. 그리고 그게 어디 흉보는 건가요? 중국생활 습관과 한국생활 차이를 사실적으로 비교하다보니 그렇게 쓸 수밖에 없었고… 솔직히 거짓말이나 과장된 부분은 별로 없잖아요. 어쨌든, 입장 차이가 서로 다르다 보니 안 좋게만 생각하는 당신이 나쁜 감정을 앞세우니까 그런 느낌이 드는 거겠지요."

송희는 떨리는 목소리로 간신히 이런 말을 토해내자

"그래도 잘했다고 대답질이야, 어떡할 거야? 그 어떤 이유도 필요 없어, 이 물음에만 답해봐!"

"그건 어디까지나 소설이고 그리고 어렵게 쓴 글이니까 보내야만 돼요."

형우는 조금의 반성도 죄책감도 없는 송희의 태도에 이쯤에서 한번 단단히 기를 꺾어야 된다는 데서 우정 송희가 보는 앞에서 원고지를 푹푹 찢었다. 송희가 달려들어 빼앗았으나 형우는 막무가내로 송희를 밀어 제치며 갈가리 찢어 제쳤다.

"이 년이 중국서 뭘 끄적거렸다더니 남편을 매장하겠다는 심뽀가 아니면 뭐겠어? 고약한 년 같으니라구…."

그는 찢으면서도 분이 안 풀리는지

"이년아! 말해봐! 어디 주둥이가 살아있다면 나불거려 보란 말이야!"

그는 찢은 원고지를 움켜쥔 그 채로 연거푸 송희의 입을 쳤다. 그녀의 입으로부터 곧 바로 피가 흐르기 시작했다. 그녀는 화끈거리는 통증을 느끼며 재빨리 손으로 입가를 훔쳤다. 이미 눈물로 흐릿하게 보였으나 손에 묻어 있는게 피라는 사실을 끈적거림으로 알아차렸다.

거실 바닥엔 갈기갈기 찢긴 원고들이 쓰레기처럼 어지럽게 널려 있었다. 두 달간 심혈을 기울인 노력이 이처럼 되돌릴 수 없는 파지로 변해버리자 송희는 더 이상 참을 수가 없었다. 억눌렸던 분노가 분출하듯 치솟았다.

수없이 갈등을 느끼면서도 이혼만은 않기로 작심했었던 것인데 이제 그 인내도 한계에 와 닿았음을 느꼈다. 더 이상 버틸 힘이 없었다.

송희는 소지품들을 대충 챙기고 남편한테 정중하게 말했다.

"우린 성격상 서로 맞지 않는 것 같으니 갈라 삽시다… 이혼수속은…."

이혼이란 말을 듣자마자 형우는 폭발했다.

"뭐, 이혼? 너 이제 뭐라구 했어? 이혼하자구? 그래 좋다! 너 혼자 해봐, 해 보라구! 이게 어디서 못된 버릇 나한테 와서 함부로 써먹고 있어? 엉! 너 결혼동기가 뭐야? 너 한국국적 딸려구 나와 결혼했지? 바른대로 말해! 너 이제 얼마 살았어? 얼마 살았다고 함부로 이혼소리야! 니 맘대론 줄 알어? 너 맘내로 결혼하고 싶으빈 하고 이혼하고 싶으면 이혼하는거야! 중국버릇이야! 내가 누군지, 얼마나 무서운지 니 년이 아직 잘 모르는 모양인데, 이번 기회에 잘 들어! 이 형우 어떠한 일에도 하찮은 여자들에 의해 좌지우지 안 당해. 더군다나 너 같은 쌍년한 테는. 나가봐, 나가 보라구! 당장 나가서 니 멋대로 한번 살아봐! 살아지나….”

완전히 이성을 잃은 형우는 곧바로 억센 손아귀로 송희의 머리채를 움켜쥐고 패대기치듯 단번에 쓰러뜨린 후 송희를 마치 짐승 다루듯이 때리고 밟고 연신 걷어찼다.

“사람을 왜 때려요? 왜 때려… 앗!-앗!”

형우가 휘두르는 주먹과 발길질에 온몸이 성한 곳이 없도록 두들겨 맞은 송희는 나중엔 소리조차 지를 수 없게 되었다.

뜯긴 머리카락들이 여기저기 흩날리는 가운데 정신을 잃은 그녀는 곧 아득한 나락으로 빠져들었다.

불법체류자

# 불법체류자

기대와 희망으로 들어갔던 문을 현수는 한 시간여 만에 맥없이 나왔다. 광고한 내용과는 달리 와보니 규모가 작은 외국어 학원이었던 것이다.

'영어 · 일어 · 중국어, 번역할 회원 모집합니다.'

당초 구인 광고란에 이 같은 문구가 있었기 때문에 현수는 추호도 외국어 수강생을 모집하는 학원이라고는 생각지 못했다. 다만, 이 광고를 보는 순간 중국어 번역이라면 나도 할 수 있지 않을까, 하는 자신감과 동시에 어떤 기대감에 은근히 마음이 설레었던 것이다.

현수는 이곳 사람들이 중국어를 제 아무리 많이 배웠다 해도 중국 태생인 자신보다 월등하다고 생각되진 않았다. 오만이 아니라 3년간 조능학교에서 민영교원 노릇을 한 경험이 그에게 그러한 용기를 주었는지도 모른다. 하여 광고를 본 즉시 바로 연락처에 전화를 했던 것이다. 물론, 자신의 처지로 가능할까 하는 생각도 해 보았지만, 그것도 잠시 밑져야 전화 한 통 값이라고 생각하니 망설임이 어느새 사라져 버렸던 것이다.

무엇보다 전화를 받은 아가씨의 친절한 태도와 서울말투의 나긋나긋한 목소리 때문이기도 했다. 중국교포라는 말을 듣고서도 당연히 가능하다며 일단 방문하여 상담하자고 시간 약속을 했을 때, 현수는 내심 치솟는 기쁨을 감추지 못했다. 번역일이 확실히 결정난 것도 아님에도 그는 전화에다 연신 고맙다는 인사말을 전하였던 것이다. 그리고 서둘러 머리를 감아 빗고 얼굴에 로션을 바르는 등 전에 없이 거울을 보며 신경을 썼던 것이다.

현수는 지하철을 나와 행인들에게 여러 번 물어서야 목적한 이 건물을 찾을 수 있었다. 정작 정문에 도착하자 현수는 조금 전의 자신감은 이미 어디로 사라졌는지 찾아볼 수가 없었고 어떤 알 수 없는 긴장감에 가슴만 두근거렸다. 옷매무새를 다시 한 번 살핀 뒤 심호흡을 크게 하고 들어갔다.

접수처가 정문 오른편에 위치해 있었다. 전화에서 접수처를 찾으면 된다고 알려 주었기 때문에 쭈뼛거리며 접수처로 다가가자, 아가씨가 친절히 용건을 묻고서 아, 네, 알고 기다렸다는 듯이 현수를 복도 쪽으로 데려갔다.

1교실이라는 문패 앞에서 그녀가 노크를 하자 담당자인 듯 비교적 젊은 남자가 나왔다.

"만나서 반갑습니다."

깍듯이 예의를 갖춰 자신을 맞이하자 현수는 긴장감이 풀리면서 조금 쑥스러웠다.

"따라 오시죠."

남자는 한 칸 한 칸 문을 열어보더니 복도 끝쪽에 위치한 문을 열고

"여기면 되겠네요."

하면서 들어갔다. 따라 들어가 보니 아무도 없고 학교의 교실처럼 일인용 책상과 의자가 나란히 놓여 있는 가운데 앞에는 버젓이 칠판까지 걸려 있었다. 영락없는 교실이었다.

이곳에서 외국어를 가르치는구나! 일이 잘 풀리면 이곳에서 중국어를 가르치는 선생님이 될지도 모른다고 생각하니 기대감에 가슴이 울렁거렸다.

조금 전의 아가씨가 커피 한잔을 들고 들어왔다.

"커피 맛있게 드십시오."

현수 앞에 내려놓으며 친절히 말하고 나갔다.

"니 칭쪼우."

젊은 남자가 갑자기 중국말을 하였다. 현수는 웃음이 나왔다. 그가 방금 말한 앉으라는 중국말의 성조가 영 안 맞을 뿐더러 약간 음률을 띠어 우습게 들렸기 때문이다. 한국 특유의 발음인 것 같았다.

현수는 알아들었다는 듯이 곧바로 앉자 그도 의자 하나 사이를 두고 앉았다.

"커피 드십시오. 저는 조금 전에 마셨습니다."

"예."

현수는 종이컵에 담긴 커피를 두 손으로 감싸 들고 한 모금 마셨다.

"바쁘실 텐데 와 주셔서 정말 고맙습니다. 중국어에 능통하시다구요? 믿습니다, 그렇고말고요. 저희 학원도 바로 선생님 같은 분을 찾고 있지요. 전화로 간단히 들었습니다만, 선생님께서 중국 태생이시고 또 그곳에서 죽 생활해 오셨으니까 이곳 사람들과 비교할 바는 아니겠지요. 훌륭하리라 생각합니다. 솔직히 이곳 사람들이 아무리 많이 배웠어도 중국 본토 교육을 받은 교포님들과 비하면 실력이 상당히 뒤처진다는 사실, 우리가 모르지 않습니다. 그래서 하는 얘긴데 우리 학원에 와서 중국어를 배우려는 대학생들이 의외로 많아요….″

다 마신 커피 잔을 내려놓으면서

″번역하는 사람을 모집한다기에….″

현수가 보충하듯 말을 꺼내자

″예, 번역하는 사람을 구하는 건 사실입니다만, 그러나 오시는 사람마다 무조건 일을 드리지는 않습니다. 일단 회원이 되셔야 하고, 그 다음 중국어 실력 테스트를 받으셔야 합니다. 그러니까 내 개인이 아닌 학원이 요구하는 기준이 있습니다. 이 기준에 합격해야만 일을 드리게 돼 있으니 잠깐만요….″

그는 들고 있던 서류 봉투 속에서 뭔가를 끄집어내었다. 인쇄물 두 장이었다.

그는 현수 앞의 책상에 나란히 펴 놓으면서

″보시죠? 각각 반대로 이 원문들을 번역해 놓으시면 됩니다. 알아들으시겠죠? 이제부터 30분간을 드릴 테니, 그 시간이면 아마 선생님 실력으론 충분하다고 봅니다.″

그리고는 번역할 빈 용지를 몇 장 더 내려놓고선

″그럼 저는 이만 나가 잠깐 볼일을 보고 다시 뵙겠습니다.″

깍듯이 인사하고 나갔다.

그가 나간 뒤 현수는 기분이 좀 찜찜했다. 말끝마다 믿는다, 믿는다 하면서도 내심 못 믿겠다는 태도가 엿보이는가 하면 더없는 친절도 위선 같았다.

어쨌거나 시간을 정했으니 서둘러 번역을 끝내야 체면이 서겠다고 현수는 인쇄물 내용을 한 장 한 장 빠르게 훑어보았다.

한 장에는 한국애국가 1절부터 4절까지 한글로 돼 있었고 다른 한

장에는 이백의 시 '月下獨酌'이 중국어로 돼 있었다. 그러니까 애국가는 중국어로, 이백의 시는 한글로 번역하라는 말이었다.

번역할 중국 시 내용은

月下獨酌

花間一壺酒獨酌無相親
擧杯邀明月對影成三人
月旣不解飮影徒隨我身
暫伴月將影行樂須及春
我歌月徘徊我舞影零亂
醒時同交歡醉后各分散
永結無情游相期邈云漢

번역할 애국가 내용은

1. 동해물과 백두산이 마르고 닳도록 하느님이 보우하사 우리나라 만세.
2. 남산위에 저 소나무 철갑을 두른 듯 바람서리 불변함은 우리 기상일세.
3. 가을하늘 공활한데 높고 구름 없이 밝은 달은 우리 가슴 일편단심일세.
4. 이 기상과 이맘으로 충성을 다하여 괴로우나 즐거우나 나라 사랑하세.
   (후렴) 무궁화 삼천리 화려강산 대한사람 대한으로 길이 보전하세.

넌서 중국 이백의 시를 번역해 보기로 했다.

花間一壺酒, 獨酌無相親.

花는 꽃이고 間은 사이라는 뜻이다. 一壺酒는 한 주전자의 술이라는 뜻인데, 그럼 뭔가? '꽃 사이에 한 주전자의 술이 있다.'는 말인가? 시니까 시적으로 표현해야 되겠지?

'꽃 속에 술이 놓여 있고' 우선 이렇게 해놓자.

다음 獨는 혼자라는 말이고 酌자는? 이내 생각이 안 난다. 어쩌지? 이럴 줄 알았더라면 올적에 중국어 자전이라도 갖고 올 걸 그랬다. 기억을 동원해도 발음부터 모르겠다. 하지만 마신다는 뜻 같다. 뒤의 無相親을 연결하면 마신다는 뜻이 분명하다. 그러니까

'친구도 없이 홀로 마시네'가 정확하지 않을까?

아무튼 현수는 이런 식으로 擧杯邀明月 對影成三人… 차례대로 번역을 해 나갔다. 하지만 딱히 모른다고 말하기엔 뭣하지만 어쨌든 막히는 곳들이 계속해서 줄줄이 이어졌다.

뜻 모르는 글자도 더러 있었지만 무엇보다 말을 만들기가 쉽지 않았다. 시험지를 놓고 답을 잘 몰라 쩔쩔 매는 아이처럼 현수는 점점 더 초조해지고 어느새 이마에 땀이 솟았다.

애초에 선생 노릇을 했다고 말하지 않는 건데… 곧 후회스런 마음이 되었다. 이 다음 나를 기준으로 중국선생을 평가하고 얕잡아 볼까봐 현수는 지금 당장 그게 걱정되는 것이었다.

사실 자신을 말할 것 같으면 문화대혁명의 소용돌이 속에서 온전한 교육을 받지 못했다. 그 당시 농촌의 학교가 대개 그러하듯 학생들은 너나할 것 없이 오전에만 공부를 하고 오후엔 학교의 논밭에서 농사일을 하거나 아니면 그때그때 정세에 맞는 학생 활동에 참가해야 했다.

이를테면 모주석(모택동) 어록을 읽고 느낀 것들에 내한 감상문을 써서 늘 학교에 바쳐야 했고 모택동사상을 찬양하는 춤을 창작해 농민들이 쉬는 시간이나 농민들의 정치 학습시간에 찾아가 틈틈이 선전을 해

야 했다. 자력갱생 일환으로 비료 대신 가축들의 배설물을 주워 바치기도 했고, 나머지 시간들은 숙제와 가정 일을 돕기에도 바빴던 것이다.

솔직히 오전에 받는 수업도 정치적인 것이 많았다. 지금은 모르지만 그 당시 정치과목이 따로 있었는데, 주로 사회주의는 좋고 자본주의는 나쁘다는 그런 내용이었다. 어느 날 정치 담당 선생님으로부터 들은 미국에 대한 얘기는 아직도 잊혀지지 않는다. 그러니까, 미국이란 나라는 극소수만 잘살 뿐 나머지는 지독히 가난하기 짝이 없으며 길거리에 거지가 수두룩하다고 했다. 심지어 돼지고기조차 귀해 맘대로 사 먹을 수 없어 우리나라 정부가 우정 돼지꼬리만을 실은 트럭 수 십 대를 파견해 보란 듯이 미국이 보는 태평양앞바다에 빠뜨렸다고 했다. 그만큼 미국에게 우리가 이정도 잘 먹고 잘 산다는 것을 알렸다는 것인데 그런 것들이 다 공부내용이었다.

그러니 말이 고등졸업이지 교육받은 수준을 교과서적으로 따진다면 아마 이곳 초등학교 실력에나 겨우 미치지 않나 그렇게 생각될 뿐이다.

그러나 현수는 중국어만큼은 어느 정도 자신이 있었던 것이다. 일상생활에서 중국인과 서슴없이 대화를 나눌 수 있을 뿐 아니라 서신왕래도 가능했고, 중국말 잡지를 사 볼 정도로 중국어를 웬만큼 다 안다고 믿었다. 그런데 오늘 와보니 그게 아니었다.

정한 시간이 어느새 다가오고 있었다. 현수는 다급함에 이백의 시를 한쪽에 밀쳐두고 애국가 가사를 들여다보았다. 어느 것 하나라도 빨리 마무리 싯고 싶었다.

동해물과 백두산이 마르고 닳도록…

첫 구절을 번역하면 東海和白頭山, 그런데 중국에서는 백두산을 장

백산이라고 부르는데 중국어로 번역하려면 長白山이라고 해야 하지 않을까? 현수는 이맛살을 찡그리며 저도 모르게 볼펜 끝으로 이마를 톡톡 쳐댔다.

그 다음 가사 말은 '마르고 닳도록'인데 乾涸에다 磨破이긴한데, 말 뜻은 알겠으나 그 표현을 정확하게 모르겠다.

그 다음은 '하느님이 보우하사 우리나라 만세'인데 上天 保佑에다 我 國萬歲라 하면 될까?

무궁화는, 이 나라를 대표하는 꽃 이름인 줄은 알겠는데 중국말로 無窮花라고 해야 하나?

번역해 놓은 글자가 점점 작게 쓰이고 글줄도 비뚤하게 나갔다. 속이 답답하고 짜증이 울컥 치솟았다. 그러더니 머리가 갑자기 멍한 느낌이 전해졌다.

볼펜을 놓고 현수는 아예 두 눈을 감아 버렸다.

조금 뒤 젊은 그 남자가 인기척을 내며 들어왔다. 정확히 30분이 지난 시간이었다.

"어때요? 번역 다 끝내셨겠지요?"

젊은 남자는 알 수 없는 묘한 웃음을 흘리며 현수 곁으로 다가와 시험지를 걷어가듯 현수가 번역해놓은 여러 종잇장들을 모두 집어 들고 한쪽 옆에 가서 앉았다. 그는 눈으로 읽으면서 한편 콧소리를 연신 쿵쿵 내기도 했다. 의례히 그러는 것 같았다.

이윽고 젊은 남자는 몸을 틀어 현수를 바라보며

"많이 틀렸네요. 점수를 매긴다면 한 40점? 번역일이 생각보다 쉽지가 않지요?"

현수는 절로 고개가 숙여졌다. 얼굴 살갗이 화끈거렸다. 때가 된 듯 오줌도 마려운 듯했다. 뭔가 창피하고 부끄럽기도 하고 계속 앉아 있기가 민망스러워졌다.

"번역이라는 것은 곧이곧대로 또 굳이 1대 1이지는 않아요. 우리말이 없는 표현은 우리말 뜻에 가까운 표현을 만들어 줘야 하고 그 반대나라의 말도 마찬가지입니다. 그게 번역의 의미이고 일이지요. 예를들어 이백의 시 첫 구절을 번역한다면, '꽃 속에 묻혀 한 동이 술을 놓고, 홀로 잔 기울이는데 벗조차 없구나' 뭐 이런 식입니다. 말뜻을 파악해서 문학적인 언어로 바꾸어 줘야 되지요."

현수는 저도 모르게 그렇다는 표시로 고개를 연신 끄덕거렸다. 그러자 젊은 남자가 이번에는

"그럼 저 개인적으로 여쭤볼게요. '얼얼하다'가 중국어로 어떻게 표현합니까? 일상용어니까 어렵지 않을 테죠?"

현수는 갑자기 말문이 닫혀버린 듯 아무소리가 나오지 않았다.

"아, 좋아요. 그러면 '엎친 데 덮치다'는?…."

현수의 얼굴이 더욱 달아올랐다. 이건 완전 망신이었다.

"얼얼하다, 는 말은 火辣辣, 이고 엎친 데 덮치다, 는 禍不單行, 입니다."

듣고 보니 현수도 다 알고 있는 말인데도 전혀 답변할 수가 없었다. 어쩐지 상대방이 기습질문으로 은근히 자신을 골탕 먹이려는 듯한 태도가 느껴졌다. 아무리 유식한 학자라도 30분간의 짧은 시간 내에 이두 가지를 한꺼번에 번역하기란 무리일 것 같았다.

"실례되는 질문인 줄 압니다만, 중국어 문법의 단위(4가지)를 잘 알고 있습니까?"

젊은 남자는 이번에는 현수의 답변을 아예 들을 필요가 없다는 듯이 계속해서

"사(詞)의 분류(13가지)라든가, 단어(短語)의 구조(10가지) 그리고 주어

(主語)와 위어(謂語), 빈어(賓語), 보어(補語), 정어(定語), 상어(狀語)의 차이. 중국어 강사 자격을 얻으려면 필히 이 정도는 알아야 되지만 소설이나 시 같은 문학책을 번역하는 일에도 이러한 기초지식은 마땅히 바탕이 돼야 하지요. 우리가 의뢰받는 일거리는 문학적인 책자들이 대부분이에요. 물론 상품 카탈로그나 광고 안내책자들도 더러 있습니다만, 여하튼 번역일이 생각보다 결코 쉽지가 않고 아주 어려운 작업이라 말할 수가 있겠죠. 단어뿐만 아니라 글자 하나라도 잘못 번역함으로써 전체 문장의 흐름이 흐려지거나 내용에 안 좋은 영향을 끼칠 수 있거든요…."

젊은 남자는 간간이 현수의 기분을 살피며 누에고치가 실을 뽑아내듯 죽 달변이었다.

그는 또 중국에서 오늘날 한자의 발음을 표기하는데 공식적으로 채택하고 있는 라틴자모가 어땠다느니 이러쿵저러쿵… 마치 선생인 듯 현수에게 손짓까지 해가며 자상히도 설명하였다.

누가 듣는다면 현수는 금방 배우려는 학생 같고 그는 대단한 실력을 가진 강사처럼 착각될 수 있었다. 그러나 그 또한 현수가 듣기에는 어설프기 짝이 없었다.

불쑥불쑥 내뱉는 중국어도 드러나게 어색했고 발음 자체가 너무나 음악적이었다.

현수는 당장 뭐라고 할 말이 없어 병신처럼 허허거리며 웃기만 했다. 기분이 아주 묘했다.

"제 생각엔 선생님의 중국어 실력을 테스트 해 본 결과 즉석에서 이만하면 뛰어납니다. 단지 번역하는 과정에서 표현법이 서툴렀고 게다가 직역이 많고 뭐랄까? 아무튼 우리말이 잘 훈련돼 있지 않다고 말해야겠죠. 번역에도 방법이 있고 요령이 있거든요. 이곳에서 한 3개월 습득하면 일반 번역 3급 수준은 금방 될 수 있을 것 같네요. 이곳 수강 내용으로는 뭐 표현력이라든지, 조사의 활용, 문법 및 어휘, 중국어와 한국어 독해법, 의역적 표현능력 등. 의역적이란 낱낱의 단어나 구절의 뜻에 너무 얽매이지 않고 문장 전체의 뜻을 살리는 번역을 말하지요. 3급 단계를 거치면 그 다음 전문번역가 2급을 넘볼 수 있겠지요. 여하튼 2급은 나중의 일이고 우선 3급 정도만 익혀도 대단한 실력을 갖추는 겁니다. 어떡하시겠습니까?"

"모르면 당연히 배워야지요."

현수는 상세한 내막도 모른 채 무턱대고 이런 대답을 했다.

"우선 등록 하시려면 돈을 내셔야 하는데 가지고 온 현금이 있습니까?"

"얼마가 필요한데요?"

"원칙대로 한다면 일시불로 3개월 수강료를 먼저 받아야 하지만 선생님께서 교포시니까 사정을 감안해서 우선 10만원만 내시고 회원에 일단 가입하십시오. 나머지는 다음번에 나오실 때 가져 오시면 됩니다."

"나머지가 얼마입니까?"

"50만원입니다. 한 달 수강료가 20만원입니다."

남자는 현수에게 미리 준비해둔 듯 중국어 강의 시간표를 건네주었다.

월 수 금 오전 10:30시 ~ 12:00시
화 목 서녁 19:00시 ~ 21:00시
토 요 일 오후 14:00시 ~ 17:00시
일 요 일 점심 11:00시 ~ 14:00시

현수는 시간표를 보며 갑자기 난처해졌다. 일이십 만원도 아닌 60만원을 수강료로 바쳐야 된다고 생각하니 마음이 언짢고 기분이 내키지 않았다. 그동안 돈을 벌지 못해 그만한 돈의 여유가 없기도 하지만, 있다고 해도 우선 빚이나 갚는 게 도리가 아닐까 싶었다.

현수의 갈등을 눈치 챈 젊은 남자는

"그깟 60만원이 많다고 생각하십니까? A4용지 한 장에 번역료가 보통 1만원이고 자그마치 장당 2~3만원짜리도 있어요. 실력만 뒷받침된다면 60만원 벌기는 잠깐입니다. 노가다 판에서 위험스레 일하기보단 이곳에 조금 투자해서 편안하게 돈 버는 일이 더 현명하지 않을까요? 대한민국에 체류해 있는 동안 체면도 설 뿐더러 불안하게 나다닐 필요도 없고… 하여튼 당사자니만큼 생각을 잘해 보시고 결정을 내리셔도 됩니다. 실은 그곳에서 몇 년간 교직에 몸담고 있었다는 것을 참작해서 드리는 말씀입니다만, 저희가 중국교포라고 아무나 권하지는 않습니다. 희망이 있는 사람만 선별해서 교육시켜 드리는 겁니다…"

뛰어난 화술과 충동가입을 유발하는 젊은 남자의 넘치는 친절에 현수는 하마터면 돈지갑을 꺼낼 뻔했다. 다행히도 60만원이라는 거액의 숫자가 그 순간 확대되어 머릿속 가득히 차 있었기에 망정이었다.

"돌아가서 좀 생각해보고 연락드리겠습니다."

기어들어가는 목소리로 겨우 말하고 죄인처럼 도망치듯 그곳을 나왔다.

지하철을 향해 현수는 터벅터벅 걸어갔다. 패잔병처럼 몸도 마음도 무겁기만 했다.

처서가 지났다고 날씨가 이제 제법 시원해졌지만 한낮은 그래도 아직 햇볕이 따가웠다.

현수는 버릇처럼 오가는 사람들을 쳐다보다가 문득 나도 그들처럼 한국인으로 태어났더라면 얼마나 좋을까, 하는 생각을 했다.

이곳에서 태어난 부모님들은 지금으로 말하면 한국사람이었다. 그때 당시 아버지께서는 거창하게 독립운동이 아니라 먹고살기가 막막해서 오로지 배고픔을 해결하려고 젊은 나이를 밑천으로 더 넓은 만주라는 중국 땅으로 건너가셨고 어머니는 16세의 나이로 지금으로 말하면 정신대를 피하기 위해 사돈뻘 되는 어르신을 따라 역시 만주땅으로 건너가셨다고 한다. 애초엔 말도 안 통하는 중국 땅에서 부모님들은 중매로 만나 결혼해서 그동안 중국인들의 텃세에 시달리면서 중국인들의 소작농으로 고생고생하며 살아오셨다고 한다. 그렇게 부모님은 중국 국적을 얻어 중국인이 돼 버린 것이다. 뒤늦게 소수민족 정책으로 그런대로 할당된 땅에서 농사짓고 우리들을 키우며 먹고 살만하다고 만족했지만 개혁개방정책으로 우리보다 고국이 훨씬 생활이 발전했다는 것을 알게 되고부터는 누구라도 만족할 수가 없었다. 어쩌면 그것이 불행일 수가 있었다. 그때부터 그리운 친지방문까지는 좋았지만 왕래가 이루어지기 시작하자 봇물 터지듯 너도나도 한국행이 이어진 것이다. 보다 더 나은 삶을 위한답시고 언제부터 거꾸로 중국의 1세대들과 그 자식들이 한국으로 다시 나오게 되는 참으로 세상살이가 아이러니하지 않을 수가 없었다. 세상은 돌고 돈다고 했던가?

멋지게 차려입은 행인들이 하나같이 기름진 얼굴들로 누가 봐도 당당한 모습들이었다. 그들의 존재가 부러웠다.

다친 팔이 발작하듯 쿡 쿡 쿡 쑤신다. 아직까지도 이렇게 불쑥불쑥 아픔이 찾아오는 걸 보면 상처가 완전히 낫지는 않은 모양 같다. 의사 말씀으로는 진작 다 나았다고 하지만 이렇게 아플 때면 현수는 정신적으로 개운치가 않고 자신의 미래가 걱정스러웠다. 팔의 붕대를 풀어버린 지도 이미 두 달이 지났지만 현수는 아직까지 선뜻 일할 마음이 내키지 않는다. 이 상태로는 당분간이 아니라 한동안 죽 힘든 건축일은 불가능 할지도 모를 일이다. 이렇지 않더라도 현수는 이제 건축 현장일이 싫어지고 무섭다. 떨어져 다친 공포감이 늘 그의 머릿속을 떠나지 않고 있었기 때문이다.

현수가 본 현장일은 어떠한 일도 다 위험이 뒤따랐다. 가만 보면 상처 안 입은 사람은 별로 없었다. 거의 날마다 현장 곳곳에 크고 작은 사고들이 일어났다. 쉬운 일은 결코 없었다.

현수는 건축현장에서 철근 일을 하다가 뒤늦게 목수일로 바꿨다. 목수일이 철근보다 일거리가 많은데다 위험은 더 따르지만 대신 일당이 높았다.

목수라니까 처음 모르는 사람들은 혹 대패나 톱 따위를 만지는 걸로 잘못 알고 있었지만 그게 아닌 형틀 목수다.

건물을 지을 때 기지를 일일이 파고 거기다 건축용 철근을 세우고 또 깔고 그리고 다시 형틀을 세우고 바닥에도 형틀을 깐다. 철근을 박은 벽 위치에다가는 창문을 남겨두고 합판에다 쇠둘레로 된 일명 유로폼이라는 형틀을 마주 갖다 붙이고 그 속에 반죽한 시멘트를 채워 넣어 굳으면 곧 벽이 되는 것이다.

벽이 다 되면 붙였던 형틀을 다시 떼어내는 일도 물론 형틀목수의 일이다. 아파트를 지을 때 예전의 건물처럼 벽돌로 벽을 쌓아 올라가는 것이 아니라 고층까지 죽 이런 식으로 세워진다.

원래는 현장 규칙상 안전벨트를 꼭 사용해야 하지만 고층이 아닌 1~2층에서는 다들 번거롭고 작업효율이 떨어진다는 이유로 사용을 잘 안했다. 현수도 그날 안전벨트를 사용하지 않은 채 일하다가 위치를 옮기느라 그만 발을 헛디뎌 2층 높이에서 떨어지고 만 것이다.

툭! 하고 순식간에 일어난 사고였다. 그 순간 현수는 아픈 것도 느끼지 못했다. 눈앞에 별이 반짝했을 뿐이고 곧 팔을 움직일 수 없다는 사실을 깨달았다.

현수는 눈을 감은 채 아득한 나락으로 떨어져갔다. 팔의 아픔보다 이제 일할 수 없다는 절망감 때문이었다.

그때 그 사고로 왼쪽 팔이 두 군데나 금이 갔고 얼굴을 비롯해 몸 여기저기 타박상을 입었다. 다들 목숨을 건진 것만도 천만다행이라고 할 정도였다. 치료비 또한 다행이 회사에서 전적으로 책임을 져 주었다.

현수가 병원에서 입원치료를 받을 때 환자 이름은 현수가 아닌 타인의(한국인) 명의로 돼 있었다. 그래야만 의료보험 처리가 가능하기 때문이라고 했다.

나중에 알게 되었지만 자신의 치료비 및 보상금조로 나온 돈의 절반을 산재보험 처리를 하게끔 주선한 한국사람들이 중간에 가로채 나누어 가졌다고 했다. 그럼에도 현수는 따질 수 없었다. 자신처럼 현장에서 일하다 다쳤어도 불법체류자라는 딱지 때문에 제대로 치료조차 받지 못하는 교포들이 얼마나 많은가!

어쨌거나 현수는 그동안 치료는 공짜로 받았으나 몇 달째 수입이 끊긴 상태여서 조금씩 저금해둔 통장의 돈이 거의 바닥이 났다.

사실 건축현장일이라는 게 매일 있는 것도 아니어서 월급이 기대한 만큼 액수가 많지 않았다. 한 달에 보통 보름 정도 일하면 잘하는 편이다. 그것도 하던 공사일이 끝나면 다음 일이 주어질 때까지 무작정 기다려야 할 때도 있었다. 오야지 능력에 따라 하청이 빨리 이루어지기 때문에 다들 유능한 오야지 밑에서 일하는 걸 원했다. 어떤 오야지는 마음에 드는 교포일꾼들이 떠나갈 것을 염려해 일이 없는 동안에도 침식을 제공해 주기도 했다.

현수는 그동안 열심히 일했다. IMF의 영향으로 처음엔 일당 4만원

받고 일했지만 지금은 일당 8만원까지 받기에 이르렀다. 그만큼 현장 일에 능숙해졌던 것이다.

당초 한국을 나오느라 큰 빚은 이미 다 갚은 상태이나 자질구레한 작은 빚들은 아직도 줄 서서 현수가 갚을 것을 기다리고 있었다.

월급이 보잘 것 없이 적더라도 이제는 뭔가 쉬운 일을 찾아 나서야 할 판이었다.


번역 광고를 보고 들뜬 마음 때문에 아침을 걸러서 현수는 이제 배 까지 고팠다. 값싼 짜장면을 사 먹더라도 3,000원이 들어야 하니 아까 운 생각에 집에 가서 먹기로 한다.

지나가는 길가 전선대 옆에 현수가 즐겨보는 광고지가 나란히 꽂혀 있었다. 그중에 못 보던 '코리아' 정보지가 눈에 띄어 현수는 그것을 뽑 아들고 잠시 훑어보았다. 뭔가 차별되는 새로운 내용이 없나 싶어서였 다.

그때 저만치서 한 남자가 현수를 살펴보며 가까이 다가왔다. 현수는 이를 느끼고 이내 경계의 눈빛으로 상대방을 바라보았다. 어디서 본 듯한 얼굴 같기도 했다.

"너, 혹시 현수 아니야? 맞지? 어쩐지 저기서 볼 때부터 꼭 너 같더 라. 나 기호야."

현수는 깜짝 놀랐다. 기호라는 말에 이내 누군가를 떠올렸지만 얼굴 을 보고는 그냥 지나칠 정도였다. 옛날 얼굴보다 몰라보게 변해 있었 다.

놀란 것은 기호도 마찬가지였다. 얼굴모습은 그대로 있었지만 많이 야위어서 광대뼈가 더 도드라져 보이고 병색이 돌았다. 큰 키가 여전 해서 금방 현수를 알아보았다.

"기호, 그래 생각나지. 중학교 때 우리 동네에 이사 와서 죽 나랑 친하게 지냈잖아. 우스갯소리도 많이 하고. 이제 자세히 보니까 옛날 니 모습이 남아 있다. 아무튼 반갑다, 여긴 언제 왔어?"

"한 2년 됐지, 아마. 97년도 4월 달에 왔으니까. 너는?"

"나도 그 해에 왔어. 참, 한국이 좁긴 좁다. 중국에서는 만나고 싶어도 잘 안 되더니 여기선 이렇게 쉽게 만나게 되는구나."

"그러게 말이야. 내가 다행히 너를 먼저 알아본 덕분이지. 정말 반갑다, 근데 지금 무슨 일 하고 있어?"

"쉬고 있는 중이야, 팔을 다쳤거든. 지금은 괜찮지만."

"어쩐 일이야, 나도 다쳤어. 난 벽이 허물어지는 바람에 갈비뼈 두대나 부러졌어. 지금은 나도 거의 나은 상태야."

"나보다 고생이 많았겠다. 나도 다쳐보니 막막하던데."

"말하면 뭐해."

그들은 동시에 동병상련을 느끼고 서로를 더없이 반가워했다.

알고 보니 현수와 달리 기호는 그동안 낡은 건물을 해체하는 철거현장에서 죽 일해 왔던 것이다. 그러니까 한사람은 파괴하고 한사람은 건설하는 전혀 다른 성격의 노동을 하면서 각자 돈을 벌었던 것이다.

"너 장춘시교로 이사 가고 그 이듬해 마을운동회 때 딱 한번 놀러 왔었잖아? 그때 만난 게 마지막이었어. 그 후 장가가서 처갓집 덕으로 좋은 직장에 들어가 잘 살고 있다는 소문 들었어. 그런데 철밥통이 뭐가 아쉬워 여길 와서 이 고생이냐?"

"말도 마. 철밥통이 지금 어디 있어. 개혁개방으로 진작 유리밥통으로 변해 깨지고 없어졌어. 난 실업자가 된 지 오래야…. 중국서 버둥거려봤자 내 재간에 돈 벌 데도 없더라구. 무능한 놈이 품팔이 하러나 오자! 하고 왔지."

"그랬구나. 난 또 속으로 회사 공무원 수속으로 한국 나왔나 했지."

"실은 나 여권조차 없는 놈이야. 밀입국 했어."

갑자기 기호가 속삭이듯 나직이 말했다.

"쉿, 우리 어디 한적한 곳에 가서 이야기하자. 여긴 아무래도 불편해. 우선 가까운 식당으로 가서 점심이나 사먹자. 아침을 안 먹고 나왔더니 배가 고프다."

"그럴 것 없어, 내 따라 가자. 10분도 안 되는 거리에 얻어놓은 셋방이 있어. 좁지만 내 집에 가서 우리 맘 놓고 편안히 술 한 잔 하자. 좋은 안주는 없지만 이게 얼마만이야, 오늘 하느님이 우릴 이렇게 만나게 해준 모양이다."

기호는 말하면서 현수를 이끌었다.

"듣고 보니 너 웃긴다. 너 교회 나가?"

"가끔. 믿음이 있어서가 아니라 다치고부터 다녔는데 거길 가면 잠자리도 있고 식사도 주니까 좋아. 거기가면 아는 사람들도 만날 수 있어."

그는 현수 손에 말아 쥔 광고지를 보더니 생각난 듯

"잠깐만."

하더니 오던 길 반대로 다시 뛰어갔다. 현수가 보니 광고지들을 차례대로 한부씩 뽑아 쥐고 그걸 접어 옆구리에 끼고 또 막 달려온다. 그들은 다시 걸었다.

"너도 광고지를 보는구나."

"우리교포들은 아마 다 볼 거야. 무료잖아. 우리 집에 가 봐. 널려 있어. 다 본거는 쓰레기도 싸고 밥상대신 써먹기도 하고, 밖에서는 손수건 대신 깔고 앉기도 하고 쓸모가 많잖아."

"난 중독이 됐어. 요즈음 매일 아침 일어나자마자 정보지를 가지러나가. 하루도 안보면 뭔가를 놓친 듯 아쉽고 허전해지더라구. 월요일부터 금요일까지 매일 새롭게 나오잖아. 어떨 땐 골고루 다 보려면 하루 종일 걸릴 때도 있어. 재미 붙이니까 심심할 새도 없어."

"실은 나도 오늘 집근처에 있는 광고지가 다 나가고 없어서 끝내 여기까지 찾아온 건데 만나려니까 니가 눈에 띄인 거야. 한눈에 교포인 줄 알아봤지."

"내 모습이 그렇게 촌스럽게 보여?"

현수는 특히 오늘 자신의 외모에 신경을 많이 썼음에도 교포 같다는 소리에 괜히 실망스런 기분이 된다.

"아니 그게 아니라 내 눈에 그렇게 보인다는 말이지. 나도 그렇지만 사실 교포들을 보면 이곳 사람들과 어디가 달라도 조금 다르거든. 얼굴도 좀 까칠하고 머리모양부터가 덥수룩하잖아. 나도 얼마 전부터 바꿨어."

그러고 보니 기호의 머리모양이 자신과 달랐다.

"난 이발소에 안가고 미장원에 가서 머리 깎는다. 돈도 싸고 더 멋지게 깎아주거든. 다음부터는 미장원을 이용해 봐."

기호는 말하면서 자신의 머리를 슬쩍 어루만졌다. 현수가 보기에도 기호의 머리 스타일이 자신보다 멋이 있었다. 건널목에 이르자 기호가

"여기서 잠깐 기다리고 있어. 아니, 그럴 것 없이 저 앞에 가서 기다려. 조금 가다보면 조흥은행이 보이거든, 그 앞에 전화박스 있는데서 기다려. 내 얼른 저쪽으로 건너가서 볼일보고 빨리 올게."

"같이 가면 되잖아."

"그럴 필요 없어."

기호는 때마침 파란불이 켜진 횡단보도를 늦을세라 뛰듯이 건너갔다.

30m도 채 안 되는 곳에 조흥은행이 있었다. 현수는 전화박스 있는 데서 서 있다가 문득 자신이 뭔가 사들고 들어가야 된다는 생각이 들었다.

어차피 담배도 떨어져서 사야 했다. 현수는 가게가 있는지 주위를 두리번거리며 살피다가 안 보이자 기호가 건너 간 방향을 바라보았다. 아무래도 그 쪽에 슈퍼가 있을 것 같았다. 어쩌면 기호가 안주거리 사러 넘어 간지도 모를 일이었다. 이럴 줄 알았으면 당초 같이 갈걸 그랬다며 현수는 급한 마음에 차도로 내려섰다.

2차선 도로라 복잡하지 않아 건너기 쉬울 것 같아 현수는 오가는 차들을 피해 재빨리 건너편으로 넘어갔다. 그때였다.

"아저씨!"

경찰복의 남자가 고압적인 목소리로 현수를 불러 세웠다.

구석진 곳에 숨어 있었는지 현수가 건너올 때 맞은편에 경찰이 없었다.

현수는 순간 흐르던 피가 놀란 듯 온몸이 굳어지는 느낌이다.

"아저씨! 지금 무단으로 횡단하신 사실 알고는 있겠지요?"

"아? 네, 급한 마음 때문에 그만 잘, 잘못했습니다."

현수는 너무도 놀라 말도 제대로 나오지 않았다. 심장이 마구 뛰었다.

"신분증을 제시하시죠."

"아? 예, 잘못했습니다. 봐 주시죠."

현수는 머리를 조아리며 연신 사정했다.

"이 사람 이거 말귀 못 알아듣네, 신분증을 제시하라면 세시해야 할 거 아냐!"

갑자기 언성을 높이며 반말을 했다. 처음 당하는 일이라 현수는 정신이 다 멍했다. 가슴 어딘가 알 수 없는 통증을 느끼며 그는 안주머니에서 주민등록증을 천천히 꺼냈다.

순경은 20대로밖에 보이지 않는 젊은 사람인데 현수의 전신을 탐색하는 눈초리로 훑으며 신분증을 낚아채듯 가져갔다.

그 순간 현수는 태연을 가장하려 애썼지만 순간순간 가슴이 쿵쾅거리고 서있는 두 다리도 후들거렸다. 위조된 것이기 때문이었다.

일주일 전에 아는 친구의 소개로 그와 함께 현장에서 일하는 한국사람으로부터 15만원 주고 구입한 것인데 하필이면 이렇게 빨리 사용될 줄은 몰랐다.

당초 주민증에 붙은 사진이 본인의 얼굴이기 때문에 크게 걱정할 것 없다고 친구가 여러 번 안심시켜 주었지만 어쩐 일로 이 시각 방정맞은 생각부터 앞서는 것이다.

순경은 곧 자그마한 낯선 전자기에다 손가락으로 톡톡톡 뭔가를 쳐대더니

"이게 정말 당신것이오?"

의심의 눈초리로 날카롭게 물었다.

"예. 맞습니다."

대답하는 현수의 목소리엔 그러나 두려움이 잔뜩 배여 있었다.

"그렇다면 주민증 넘버 뒷자리수를 대 보시오."

"넘버 뒷자리수라니?"

순경은 뭔가 눈치 챘다는 듯 무선전화기로 어딘가에 연락을 취하는 듯했다.

늘통이 났구나! 현수는 어찌해야할 바를 몰라 두 손을 마구 비볐다. 가슴이 세차게 들뛰었다.

"솔직히 말씀하세요. 이 주민증은 한 달 전에 분실신고를 낸 상태요.

그것도 아직 재발급도 안 돼 있고… 혹 중국교포 아니요? 맞지요? 감히 신분위조에다 도용까지, 이는 공문서 위조죄에 해당되는 범죄행위이고 구속감이라는 사실 모르지는 않겠지요?"

현수는 이제 입이 굳어져 아무 말도 나오지 않았다. 전신의 피가 요동치듯 온몸이 확확 달아올랐다.

"갑시다! 파출소로, 요 근처에 있으니까?"

현수로부터 아무런 대답이 없자 순경은 화난 듯이 현수의 팔을 확 잡아 당겼다. 하필이면 다친 팔을 잡아당기는 바람에 현수는 저도 모르게 아야! 하고 고함 소리가 나갔다. 정신적인 충격인지도 몰랐다.

그 사이 기호는 할인 매장에서 산 맥주와 안주들을 양 손 가득히 들고 조흥은행에 와보니 현수가 없는 것이다. 그는 은행 주위를 살피다가 화장실이라도 들어갔나 생각하며 무심히 맞은편을 바라보다가 뜻밖에 거기에 현수가 서 있는 것을 보았다. 그런데 그 옆에 어쩐 일로 경찰이 서 있질 않은가! 경찰이 현수에게 뭐라고 지껄이는 것 같았다. 큰일 났구나! 그 순간 기호는 숨 쉬던 호흡이 다 멈춰졌다. 어쩌다가 경찰과 맞붙어 서 있을까? 영문을 모르니 안타깝고 더없이 초조한 마음이 되었다. 그렇다고 무턱대고 불러볼 수도 건너 가볼 수도 없었다.

밀입국한 처지에 잘못 나섰다간 자신도 같이 당할지도 모를 일이었다. 당해 봐서 알지만 경찰과 맞닥뜨려 봤자 좋을 거 하나도 없었다. 여하튼 돈을 주면 문제 해결의 열쇠가 될 수 있다는 것만은 터득했을 뿐이다.

지난 봄에 기호도 재수 없게 한 번 당했던 것이다. 지하철역 입구에서 경찰로부터 불심 검문을 받았는데 그때가 마침 불법체류자 단속기간이기도 하여서 잡혔다간 자칫 중국으로 추방당할 위험이 있었다. 그날 신분증을 제시하라는 경찰의 말에 기호는 도박 걸 듯 비장한 태도

로 지갑에서 빳빳한 10만 원짜리 수표 3장을 꺼내 재빨리 경찰 손에 쥐어주며 조용히

"저는 중국교포입니다. 같은 동포 살리는 셈치고 저를 보내 주십시오. 갚을 빚이 태산 같아 이대로 돌아가면 전 죽습니다. 봐 주십시오."

체면 불구하고 이렇게 사정하였다. 경찰은 곧 눈치를 채고 "가세요." 그러면서 기호 등을 밀었다.

주위로부터 들어보면 교포들마다 한 두 번씩은 다 경찰로부터 불심 검문을 당한 경험이 있었다. 오죽하면 요즘 교포들의 주머니에 항상 비상금 30~50만원씩 지니고 다녀야 안심할 수 있다는 인식일까. 심지어 불법체류자로부터 이 같은 수입을 바라고 필요이상 불심 검문을 하여 짭짤한 재미를 본다는 경찰들이 적지 않다는 소문은 소문이 아닌 기정사실로 이제 교포들 사이에 새삼스러운 뉴스도 못된다.

현수가 모를 리 없을 텐데, 어서 빨리 무사해야 할 텐데, 가진 돈이 부족해서 저러고 있나? 시간을 끌 필요 없이 어떻게 빨리 해결해야 할 텐데, 말해 줄 수도 없고… 기호는 애간장이 다 탔다.

그는 더 이상 지켜볼 수가 없어서 왔던 길을 다시 급히 되돌아갔다. 하느님이 이 마음을 알면 현수를 굽어 살펴 주실 것이다.

건널목에 서서 기호는 빨간 신호등이 빨리 파란불로 바뀌기를 기다렸다.

자라보고 놀란 가슴 솥뚜껑 보고도 놀라듯이 기호는 그때 검문 당하고부터 경찰복 비슷한 복장의 사람이 자기를 잠깐 쳐다봐도 중국교포인 것을 알아채고 눈여겨 살피는 게 아닌가, 하고 가슴이 철렁 내려앉곤 했다. 특히 파출소 앞을 지나야 될 경우 괜히 공포심에 파출소로부터 멀찍이 떨어져 빙 돌아서 다녔다. 어디서나 경계의 눈빛을 게을리 할 수 없었다. 이는 모든 불법체류자들의 공통점이라 할 수 있다.

매년 한 두 번씩은 꼭 불법체류자 단속기간이 있기 마련인데 그때면 TV나 신문에서 일제히 불법체류자 단속 기간임을 강조한다. 특히 올 해의 경우 십여만 명에 달하는 불법체류자에 대해 법무부, 안기부, 경 찰청, 노동부, 중기청, 모든 관계자가 참여하는 합동 단속반을 구성하 여 대대적인 단속을 벌이겠다는 방침이어서 수많은 교포들을 긴장시 켰다. 고속터미널이니, 지하철역이니, 서울역일대니, 주요 위치까지 밝혀가며 집중단속 검문을 실시한다고 TV 방송에서 광고하듯 보도했 었다.

기호는 횡단보도 대기선에 서 있다가 신호등이 바뀌자 바쁘게 재빨 리 걸어갔다. 발걸음을 옮길 때마다 양손에 쥔 비닐봉지들이 뿌스럭뿌 스럭 장단을 맞추듯 소리들을 냈다. 행인들을 피해 현수가 있는 데를 살피며 기호는 조심조심 올라갔다. 그런데 얼마 못 가 현수가 터벅터 벅 내려오는 것이 보였다. 풀죽은 모습으로 혼자였다.

"현수야! 너 괜찮아? 어떻게 된 거야?"

손을 풀고 연신 이마의 땀을 닦으며 기호가 물었다.

"너 봤구나. 나 오늘 되게 재수 없는 날인가봐, 아침부터 되는 일이 없었어."

"무슨 소리야! 이렇게 무사한 것도 실은 하느님이 잘 봐 주신 덕분이 라구. 아무튼 빨리 가자!"

기호는 경찰이 다시 뒤 쫓아 오지 않나 연신 뒤돌아보며 걸음을 빨 리했다.

"뒤 쫓아 올일 없어. 그 자식 진작 떠나갔어."

그새 뒤돌아보니 순경은 이미 자취를 감추고 없었던 것이다. 훗날 그 얼굴을 다시 만난다고해도 현수는 단번에 알아 볼 수 있을 것 같다. 그 순경이 그리 나쁜 사람은 아니라고 생각되었지만 놀란 가슴 때문에 현수는 서럽고 분하고 뭐라 형언할 수 없는 복잡한 감정이 되었다. 조금 전 자기보다 어린놈한테 눈물을 글썽이며 제발 잘 봐 달라고 그야말로 난생처음 비굴한 모습을 보였던 것이다. 잔돈만 남겨두고 23만 원의 현금을 몽땅 털어 그의 주머니에 넣어 주었는데도 순경의 강경한 태도는 바뀌지 않았다. 무슨 짓이냐고 화를 내는 태도가 마치 돈의 액수가 적다고 트집 잡는 것처럼 생각되었다. 그렇다고 친구가 저 너머 있으니 건너가서 꿔올 수도 없고 다급한 나머지 현수는 현장에서 있었던 추락사고 때문에 조금 전에 아팠던 팔을 내보이며, 아직 갚지 못한 빚이 많다는 사실을 두서없이 이야기했다. 그제야 순경의 태도가 누그러지기 시작한 것이다.

현수는 걷는 발걸음이 자꾸만 헛놓였다. 늘 남의 일인 줄 알았는데 오늘 당하고 보니 비참하기 이를 데 없었다. 현수는 중국에 있을 땐 한국에 나오기만 하면 모든 게 만사형통일 것처럼 알았는데 그게 아니었다. 한국에 체류하는 한 그 이름만으로 자신은 죄인이었다. 본인 이름으로 해결하거나 행사할 수 있는 일은 아무것도 없었다. 한 마디로 자유가 없었다. 몸이 아파도 맘 놓고 병원에 가볼 수도 없고, 맘 놓고 거리를 활보해 볼 수도 없으며, 집에 도둑이 들었어도 신고조차 할 수 없는 처지였다. 게다가 위험을 무릅쓰고 뼈 빠지게 일해 번 돈을 월급날만 되면 꼭 5만원이나 10만원씩 꿔달라는 한국 사람들이 있었다. 자신도 당초 이같이 한 팀에서 일하는 한국 사람한테 10만원을 빌려 주었는데 시일이 지나도 갚을 기미가 없어 어느 날 꿔준 돈을 언급하자 그깟 술값 같은걸 다 갚으라고 하는가? 그동안 보살펴 준 것도 모르느냐!… 하면서 오히려 제 편에서 막 화를 냈다. 그 동안 보살폈다는 것은 경찰서나 법무부에 신고를 안했다는 뜻인 줄은 나중에야 알았다. 가랑비에 옷 젖는 격으로 이런 식으로 뜯긴 것이 자그마치 100만원 가까이 된다. 이런 저질적인 사람한테 밉보여서 현수가 아는 한 교포는 결국 단속기간에 신고당해 중국으로 추방당했다. 억울한들 어떡하겠는가! 현실이 한국이고 불법체류인 것을.

이 시각 현수는 모든 게 가난 탓이라고 위로를 해보지만 오늘은 어쩐지 마음이 잘 달래지질 않는다.

점점 뒤처지는 현수를 느끼고 기호가 발걸음을 멈추어 뒤돌아보았다. 그런 기호에게 현수는 안간힘을 써서 웃어 보였다.

현수는 기호와 만났던 당초의 기쁨은 사라지고 이제 혼자만의 생각에 잠겨 말없이 앞만 보고 걸어가고 있었다. 멀리서 구급차의 사이렌 소리가 들려 왔다.

# 주인과 하녀

# 주인과 하녀

따르릉 따르릉….

전화벨 소리가 요란스레 울린다. 윤자는 움찔 놀라며 몸을 일으킨다. 책을 보다 그 채로 잠이 든 모양으로 머리맡의 책자가 페이지가 갈린 채 뒤집혀 있다.

이미 자정이 넘은 시간이다. 이 늦은 시각에 누굴까? 궁금증보다 짜증부터 앞선다. 그러나 순간, 중국일지도 모른다는 생각에 부리나케 전화를 받는다.

"네, 여보세요?"

"……"

"누구세요?"

"나야! 자고 있었어?"

너무나도 익숙한 중저음의 그 목소리… 듣는 순간 윤자의 가슴이 뛰기 시작한다.

"아! 웬일이세요? 이 밤중에…, 진작 자고 있었지요. 벨소리에 놀라 깼어요."

"볼일이 좀 있어서 그래, 놀랐다면 미안."

"이 밤중에 전화할 만큼 그 볼일이라는 게 뭔대요?"

"아침에 우리 집에 좀 와 줄 수 없어? 집안일이 많이 밀렸거든."

마치 어제까지도 대화를 나눴던 사람처럼 낮은 톤으로 예사롭게 말한다.

"기껏 그 볼일로 지금 이 한밤중에 나한테 전화한 거예요?"

"미안하지만, 아무튼 지금 나한테는 중요하니까."

윤자는 뛰는 가슴에 기까지 막혔다.

"집안일이 밀리든 말든 이제 나와 무슨 상관이에요. 우린 법적으로 깨끗이 끝난 사이잖아요. 철저히 타인인데 내가 왜요? 아닌 말로 당신 주변에 덕지덕지 처바른 미녀들 많고 많은데 봉사만 하지 말고 이럴 때나 불러서 써먹어야 되는 거 아니에요?"

"당신이 편해서 그래!"

윤자는 화가 치솟았다.

"저 안 가요! 갈 수 없어요. 가야할 의무도 없구요."

"차로 당신 데리러 가면 와 주겠어?"

"그 잘난 차가 뭐 대단하다고, 안 가요!"

"빼지 말고, 오라고 초대할 때 와 줘!"

"웃기시네. 빼긴 누가 빼요. 안 간다니까요!"

"그렇담, 지금 나더러 가서 납치라도 하란 얘기야?"

"여기가 어딘 줄 알고 오밤중에 찾아와요? 당신 지금 제 정신이에요? 종전의 바보 같은 내가 아니라구요. 어림 반푼도 없어요. 나 잠깐이라도 자고 일 나가야 되니 이만 끊어요!"

자신도 모르는 사이에 도도해진 윤자는 일방적으로 전화를 끊어버렸다. 더없이 통쾌했다. 당초 단잠을 깨웠다는 불쾌감은 이미 윤자로부터 멀리멀리 달아나버린 상태다.

'흥! 자기가 뭐 대단한 인물이라고, 이제 와서 만만한 내가 생각나는 모양이지….'

윤자는 입술을 비쭉거리며 괜히 전화기를 흘겨본다.

한밤중에 전화를 걸어온 사람, 그는 석 달 전까지만 해도 윤자에게 군림하던 남편이었다. 그 둘은 중매로 만났지만 첫 선을 본 그날 윤자가 일방적으로 첫눈에 반해 버렸다. 학생시절에 본 일본영화 '추적'의 남자주인공 다카구라켄(高昌健)과 너무나 비슷했던 것이다. 먹칠한 듯한 진한 두 눈썹에 쌍꺼풀이 아닌 부리부리한 두 눈, 잘 빠진 오똑한 코, 두 번 다시 열릴 것 같지 않은 꽉 다문 입모습, 흠이라면 키가 다카구라켄에 못 미치는 점이었다. 이곳 한국에서는 모르지만 중국에선 70년대 일본배우 다카구라켄을 모르는 사람이 없을 정도로 인기배우였다.

어쨌거나 배우 같은 남편이 평범한 윤자와 결혼을 해준 거여서 뜻을 이룬 윤자는 몹시 기뻐했고 중국에 있는 여동생에게도 일본 배우 같은 사람과 한집에서 꿈같은 삶을 살고 있다는 편지까지도 보냈다. 성공이 따로 없다고 여겼던 것이다.

처음엔 일본배우를 만난 것 같은 설레임, 그 자체였지만 실제로도 일본배우와 사는 느낌으로 윤자는 남편을 아내보다 정말 팬으로서 우러러 모시듯 살았다. 그가 좋아하는 음식으로 삼시 세끼 식탁에 신경을 썼으며 밖으로 바삐 나도는 그가 피곤할세라 철따라 보약을 지어 직접 달여서 대접했다. 그의 존재감에 빛을 더하기 위해 그가 입고 다니는 옷마다 반듯하게 각이 나게 다림질을 잘해서 이웃 사람들로부터 칭찬을 들을 정도였다. 남은 모르지만 실은 윤자가 짬짬이 세탁소에 가서 허드렛일을 도와준 대가로 철저히 다림질을 배운 덕이었지만 남편조차 그 사실을 모른다.

밤이 되면 윤자는 옆에 누운 남편이 속옷을 벗기기라도 하는 날이면 부끄러운 나머지 감히 그의 얼굴조차도 쳐다 볼 수가 없었지만 내심 황공해마지 않았다.

자신의 존재가치는 잊어버리고 남편만을 위한 그런 나날임에도 윤자는 마냥 행복해했다.

그러던 어느 날 남편이 전화 한 통 없이 불쑥 대 여섯 명의 친구들을 집에 데려와서 치킨을 시키고 윤자에게 다과상을 차리게 했는데 그러잖아도 전날 산에서 캐온 둥글레를 다듬고 썰고 솥에 찌느라 온 오전을 정신없이 바삐 보내는 통에 아침에 얼굴에 아무것도 못 바른 상태였다. 그것이 신경 쓰였는데 머리마저 엉망인 걸 생각하니 윤자는 갑자기 쳐들어 온 일행들 앞에서 어떻게 해야 할지 몸 둘 바를 몰랐다.

어쩐 일로 남편의 얼굴이 윤기가 날수록 윤자의 얼굴은 더 거칠어만 갔는데 오늘따라 윤자는 자신이 한없이 초라하게 느껴지는 거였다. 일행들 중에 여자도 두 명 있었는데 언뜻 봤을 때는 같은 또래로 보였지만 한 여자는 헤어에센스를 발랐는지 윤기 나는 멋진 파마머리에 얼굴은 신부화장을 한 듯 아름다웠고 다른 한 여자도 마찬가지로 날씬한 몸매에 드레스 비슷한 원피스를 입고 곱게 화장을 한 얼굴이었다.

특히, 드레스 입은 여자는 소파에 우아하게 앉아 윤자를 의식하며 포크 대신 빨간색의 메니큐어를 칠한 가녀린 긴 손가락으로 과일을 집어 연신 입으로 가져가며 생글거렸다. 오물거리며 과일을 씹는 그녀의 입술이 강렬한 선홍색의 립스틱 탓인지 꽃잎처럼 화사해 보였는데 같은 여자인 윤자가 봐도 너무 섹시하고 예뻤다. 그러잖아도 그녀들의 아름다운 모습에 저절로 주눅이 들 수밖에 없었는데 하필이면 둥굴레를 긁고 씻는 과정에서 손톱 밑에 언제 자리 잡았는지 몇 군데 시커먼 흙때까지 보여서 다과상을 차리는 동안 윤자는 검은 손톱들을 감추느라 두 손을 애써 오므리고 다녔다.

그 동안 두 여자가 너무 예뻐서 사이사이 훔쳐보다가 뜻하지 않게 두 여자 모두 이따금 남편과 주고받는 시선이 예사롭지가 않아 보였다. 윤자는 그때부터 그것도 신경이 쓰였다. 그들은 주로 현 증권시장에 대한 얘기들을 나누며 한참을 열을 올렸다.

그들이 돌아간 후 처음으로 윤자가 불만을 표시하는 말을 했다.

"당신이 미리 전화를 해줬더라면 제가 머리나 얼굴에 신경을 좀 쓸 수 있었잖아요."

"오늘 여기 온 사람들 당신한테 신경 쓰는 사람 아무도 없으니 신경 쓸 거 하나도 없어!"

"당신 아내가 이렇게 못나 보이고 형편없이 보이는데도 당신은 괜찮아요?"

"그들에게 가정부라고 말했으니 괜찮아, 신경 안 써도 돼! 이 바닥에 돈 떨어지면 누구랄 것 없이 바로 사라지게 돼 있어, 떠나간 사람들이 생사여부도 장담 못하는 마당에 당신 같은 사람에게 신경이나 쓰겠어? 세상 사람들 당신이 생각한 만큼 그렇게 한가하지가 않다구, 피곤하게 굴지 말고 어서 가서 할 일이나 하셔!"

"이제 됐지?"

남편은 화장실로 들어가며 더 이상 윤자에게 말을 못하게 할 심산으로 이렇게 덧붙였다.

'아무리 중국 출신이고 가정부 같은 모습일지라도 어떻게 아내를 가정부라고 말할 수 있을까?…'

윤자는 내심 서운했으나 닫힌 화장실을 보며 그저 고개를 흔들었다. 더 이상 할 말이 없어졌다.

남편이 다니는 주식시장엔 돈을 들고 들어왔다가 돈 떨어지면 소리 소문 없이 사라진다고 했다. 큰 손들도 상주하고 있지만 대부분 '개미'로 불리는 개인 소액 주 투자자들이어서 정치적이든 경제적이든 배후의 막강한 큰손들의 농간에 회오리 한번 몰아치게 되면 힘없는 '개미' 군단이 휘청거릴 새도 없이 송두리째 뽑혀 날아간다고 했다. 수많은 '개미'들이 깡통계좌를 찼을 때도 남편은 끄떡없이 자신의 존재를 확인시키며 주식시장에서 수익을 내 그 돈으로 밥을 먹고 살 정도였으니 주변에서 혹시나 유익한 정보를 얻으려고 남편에게 식사를 대접하는 일은 기본이고 가벼운 선물들과 가끔은 제법 묵직한 선물들도 들고 들어왔는데 대부분 선물을 준 상대가 여자들이 많았다. 그렇다고 윤자가 질투할 수도 없었다. 윤자가 신경 쓸 새 없이 배우 같은 남편이 쌀과 반찬들을 아낌없이 사다 날랐고 육 고기와 생선도 늘 부족함이 없었다. 술은 말할 것도 없었다. 주식이 올라가기라도 하면 한잔, 떨어져도 한잔해야 하니 소주와 맥주는 떨어질세라 늘 박스 채 사다놓았다. 직업이 직업이니만큼 남편은 눈만 뜨면 주식뿐이었고 주식 동향에 예민하다보니 주식시장에서 만나는 여인들에게 보인 친절은 윤자에게는 인색했다. 부부다운 대화도 사실 없었다. 어찌 보면 가정부와 별반 다르지 않았지만 윤자는 남편으로부터 받는 것보다 베푸는 쪽에 더 익숙해서 그동안 불만 같은 것은 크게 못 느꼈다. 그런데 어느 날 셔츠 깃에 묻은 빨간 립스틱을 보고 그와 따지다가 생각지 않게 싸움으로 번졌는데 그것이 이혼문제로까지 치달았던 것이다. 그전에도 화장품 묻은 일로 의심했지만 좁은 노래방에서 춤추다보면 그런 일은 얼마든지 있을 수 있는 일이라고 딱 잡아떼서 믿고 가볍게 넘겼던 것인데 이번만은 달랐다. 간과할 수가 없었다. 셔츠 깃에 찍힌 입술흔적을 봤을 때 깊은 포옹이나 뽀뽀하는 등 친절한 자세가 아니라면 립스틱이 절대 묻어날 수 없는 위치였다. 남편이 이번에는 어설프게 변명하는 게 빤히 보여 화가 나서 그만 해서는 안 될, 그날 빨간 립스틱을 바르고 온 그 여자의 소행이 아니냐고 대놓고 따졌던 것이다. 게다가, 더 이상 못 살 겠다는 말까지 튀어나와 스스로 놀라고 있었는데 남편이 기다렸다는 듯이 그 말을 냉큼 받아 오냐, 좋다! 이참에 이혼하자며 인정사정없이 밀고 나갔다. 윤자로서는 전혀 뜻밖의 일이었다. 그동안 남편이 말한 대로 가정부처럼 살아왔으나 다 내가 좋아서 하는 짓이고 이게 팔자고 운명이려니 생각했지 이혼 생각만큼은 추호도 없었던 것이다. 남편이 일방적으로 이혼을 강행한 만큼 윤자는 말하자면 남편으로부터 철저히 소박맞은 여자가 되었다.

남편 앞에서 애써 내색은 안 했지만 그때 당시 윤자의 심정은 거의 절망적이었다. 며칠몇날을 침식을 잃을 정도로 삶의 의욕은커녕 앞날이 그저 캄캄했던 것이다. 합의이혼에 응한 것도 힘도 빽도 없는 상황에서 혼자 어찌해 볼 도리가 없어서 도장을 찍어 준 것뿐이었다. 남편이 마지막으로 위자료를 준답시고 한 말씀이, 5년 남짓 자신을 만나 먹고 자고 돈 한 푼 안 들이고 국적까지 취득했으니 헛 산 거는 아니니까 너무 억울해 할 건 없다고 했을 때 사실 틀린 말은 아니어서 윤자는 울며 겨자 먹기로 스스로를 달래는 수밖에 딴 도리가 없었다. 철새가 둥지를 옮기듯 윤자는 들어갈 때처럼 달랑 홀몸으로 그렇게 남편 집을 나왔던 것이다.

또 다시 전화벨이 울린다. 윤자는 기다렸다는 듯이 이내 전화기를 잡아들었다.

"왜 또 전화를 해요? 우린 이제 남남이에요."

"나 요즘 몸이 좋지 않아, 병원에 다니고 있어."

"환절기 몸살이겠죠, 사흘도리로 앓았잖아요."

"이번엔 몸살뿐만이 아니야, 위내시경까지 받았다구. 여기저기 안 아픈 데가 없어…."

"보나마나 술 때문이겠죠, 하지만 당신이 아프든지 말든지 제게 무슨 상관이에요."

윤자는 기세당당하게 이렇게 쏘아 붙였지만 내심 걱정스러운 마음이 들지 않을 수 없었다. 지금은 혼자 사는 것이 좋고 마음정리도 다 됐지만 한때 자신이 그토록 따르고 좋아했던 남편이 아니었던가! 아닌 말로 남편이 재채기를 하면 윤자 그 자신은 콜록거리기까지 해서 남편의 비위를 맞춰줄 정도였으니. 그런 대단한 남자가 이제 와서 싫다던 여자에게 아픔을 호소하니, 그만큼 마음이 약해지지 않을 수 없었다.

"그렇게 매정스레 굴건 없잖아, 한땐 우린 부부였어."

"그렇긴 하지만 지금은 아니잖아요."

"정이라는 게 남아 있잖아!"

"흥! 정?"

윤자는 정이란 말을 듣자

"됐어요. 당신이 그렇게 말할 자격 있나요?"

"지난일 따지지 말자구, 당분간 집에 와 줬으면 좋겠어."

"내가 왜요?"

"지금 내겐 간병인이 필요하다구."

"간병인이 필요하면 간병인협회에 연락을 하면 바로 보내줄 텐데요, 뭐."

"간병인보다 당신이 더 필요해."

"뻔뻔스러워요. 내가 왜?"

"당신은 믿을 수 있으니까."

"웃기지 말아요. 이제 남남인데도 믿을 수 있어요?"

"생각해봤는데 당신이 제일 적합하다구."

"싫다고 내쫓을 땐 언제고 이제 와서 내가 적합한가요."

"쫓긴 누가? 말은 똑바로 해야지, 당신이 먼저 살기 싫다고 했잖아? 그래서 합의된 거고. 하지만 오해는 하지 마! 다른 뜻은 아니니까."

"그럼 나 부르지 말고 이참에 빨리 아내를 얻으면 될 거 아니에요? 당신이 원하는 나긋나긋한 서울 말씨를 쓰는 여자로요."

"지금 말장난할 기분이 아니야!"

"누군 지금 장난하는 줄 아세요? 지금이 몇 신데, 이렇게 오밤중에 날 귀찮게 하지 말고 아내를 빨리 구하시라 이거예요."

"아내가 뭐 물건이야? 구하고 싶을 때 금방 구해지게."

"여하튼 전 싫어요."

"돈 줄게, 일당을 주겠다는 말이야."

"그 정도로 제가 필요하다는 얘긴가요? 어떻게 믿어요?"

"어차피 파출부 뛰는 거 다른 데 갈 거 없이 내 집에 와서 일하면 되잖아. 남들이 주는 만큼 나도 줄 수 있어."

윤자의 마음은 어느새 허물어지고 있었다.

"정말이에요?"

"한번 와보면 될 거 아냐!"

"알았어요. 시간은요?"

"일단 아침 8시에 와서 저녁 8시쯤 가도록 해! 봐서 더 일찍 가게 할 수도 있으니까."

윤자는 이제 우스웠다. 냉정한 그가 자신을 찾을 줄은 꿈에도 생각지 못했다. 그 무렵 중국 친정 쪽에 이혼을 말하지 않아 혹시 국제우편물이 도착하면 그가 귀찮아서 버릴까봐 꼭 자신한테 알려달라고 윤자가 부탁을 했었는데 어느 날 정말 그가 문자를 보내왔다. 용건뿐이었다. 윤자는 그래도 고맙다는 답신을 하고 그의 뜻대로 저녁 어두운 시간대에 가서 1층에 있는 그의 우체통 함에서 그가 넣어둔 편지를 찾아왔었다. 그뿐이었다.

윤자는 어쩐 일로 전남편 집에 가서 일한다고 생각하니 서글픔보다 재미있겠다고 생각되어 저도 모르게 웃음이 풀풀 나왔다. 누가 보았다면 아마 실성했다고 말할 정도였다. 함께 살아봐서 알지만 직업병이라면 직업병일 수가 있는데 그는 계산을 소수점 아래 단위로까지 하는 사람이었다, 윤자와도 가족이라는 생각보다 주식시장에서 주식 계산하듯 철저했고 몹시 인색했다. 허구헌 날 공짜로 부려먹던 자신에게 그가 이번에 돈을 지불하려면 아까워서 어떻게 내놓을까! 윤자는 그게 신이 났다. 일당 4만원은 확실히 받아야지! 그런데 정말 많이 아픈 걸까?

새벽 내내 잠을 자는 둥 마는 둥했지만 윤자는 정확히 아침 8시에 맞춰 그의 집으로 갔다. 그의 집은 5층 아파트 1층 집이었다. 지하철로 30분밖에 걸리지 않아 의외로 가까워서 역에서 10분간 기다렸다가 들어갔다. 괜한 오해를 사기 싫은 것이다. 이웃들에 들키면 난처해질 것 같아 윤자는 조바심을 내며 익숙한 초인종을 눌렀다.

그가 기다렸다는 듯이 잠옷 바람으로 나와 현관문을 열어주고는

"왔군, 신용을 지켜줘서 고마워. 우선 설거지나 좀 해줘."

그러고는 바로 안방으로 들어가 버렸다. 윤자는 갈라진 후 첫 대면이라 오는 내내 그를 보면 어떻게 인사말을 해야 하나 은근히 걱정했었는데 차라리 잘 됐다 싶었다. 그는 늘 제멋대로였다. 보나마나 누워 있을 것이었다. 늘 그랬었다. 그는 몸이 불편하면 하루 종일 집에 누워

서 다니는 증권사무실에 전화로 관심종목 시세를 알아보는 등 주문서를 내기도 하고 주식을 팔기도 했다.

잠깐 본 그는 숙취가 심한 얼굴이었다. 습관처럼 꿀물을 타주고 싶어서 윤자는 손가방을 소파 옆에 내려놓고 싱크대로 갔다. 그런데 부엌이 엉망이었다. 짐작대로 어제 저녁에 술판을 크게 벌인 모양이었다.

음식물이 묻은 그릇들이 개수통에 되는대로 처박혀 있는가 하면 도마, 칼, 냄비들도 어지럽게 널려있고 소주병들도 바닥에 아무렇게나 나뒹굴어 있었다. 윤자는 컵을 찾다가 소주잔에 묻어있는 빨간 루즈를 발견하고 기가 막혀 흥! 하고 콧소리가 나왔다.

"여자들이 왔으면 적어도 설거지 정도는 해주고 가야 하는 거 아닌가? 하여튼 상식 이하의 여자들이라니깐"

윤자는 저도 모르게 중얼거리며 안방 문으로 다가가

"저, 여자 분들도 온 것 같은데 그 분들 보고 설거지정도는 하라고 좀 시키지 그랬어요. 남자 혼자 사는 집에 이렇게 어질러놔도 되는 거예요?"

따지듯 말했다.

그는 누운 채로 여유작작하게

"당신이 상관할 바 아니잖아, 파출부로 일하러 왔으면 어서 일이나 찾아 하라구. 시간낭비 하지 말고." 라고 말했다.

정떨어지는 저 말투 역시 석 달 전 그대로였다. 이혼할 무렵부터 윤자는 그가 질려서 일본배우 같은 짝퉁 얼굴을 봐도 별로 감흥이 일어나지 않았다. 오히려 오리지널 일본배우 다카구라켄에게 미안할 정도였다. 윤자는 꿀물이고 뭐고 다 그만두고 싶었지만 내 발로 찾아온 이상 어쩔 수 없어

'파출부로 온 처지에…' 스스로 한심해하며 물을 끓였다.

이윽고 윤자는 끓는 물에 꿀과 식초를 타서 그가 누운 안방으로 가져갔다.

"고마워."

그때서야 그는 자리에서 일어났다. 윤자와 함께 썼던 2인용 황토 침대는 그가 단독 차지하고 있었고 침대 밑에는 건강에 좋다는 숯 바구니가 원래 두 개에서 하나 더 새롭게 추가되었는데 선물로 들어온 것 같았다. 대나무바구니 모양이 침대 밑에 두기엔 아까울 정도로 너무 보기 좋고 예술스러웠다.

꿀물을 한 모금 마신 그가 여전히 잠긴 목소리로

"그 여자들 욕할 거 없어, 실은 내가 그만두라 말렸어. 어차피 오늘 파출부 부르려고 맘먹었으니까."

"그렇겠지요, 늘 그랬듯이 내가 힘든 건 아무렇지 않아도 딴 여자들 고생은 당신이 못 보잖아요."

"그렇지는 않았어, 너무 늦어서 가라고 한 것뿐이야. 어쩌면 설거지하러 이따가 올지도 몰라, 어제 갈 때 미안하다고 말했으니까."

"그럼 왜 날 불렀어요? 그 여자들 오면 시키면 될 건데."

"자꾸 그 여자들 미워하지 마! 그러잖아도 다들 당신이 잘 지내고 있는지 걱정하고 보고 싶어 한다구."

"그 여자들이 뭐가 아쉬워서, 제가 없으니 속이 시원하겠죠. 그 홍씨라는 여자 아직도 이 집에 들락거리나요?"

"질투는 여전하군."

"질투가 아니라 하는 짓이 염치가 없고 아니꼬워서 그래요."

그가 꿀물을 다 마시고 나서

"이 식초 꿀물 비례가 어떻게 되지? 그동안 딴 여자들이 타주는 건 아무래도 이 맛이 아니던데."

"나만의 비법인데, 알려줄 수 없어요."

그가 같잖다는 투로 큰 소리로 웃었다.

그는 빈 컵을 내밀며

"들어온 김에, 등 좀 두드려주면 좋겠는데 어때? 몸이 찌뿌둥해서 말이야."

웃음 짓는 그의 모습에 윤자는 생각난 듯 바보처럼 피씩 웃어버렸다. 그가 웃는 의미는 윤자만 알고 있는 그들만의 '전신마사지'였다.

그는 숙취가 있는 날이면 윤자가 자신이 원하는 부위를 두 손가락으로 지그시 눌러주길 원했다. 늘 그렇게 하다가 손가락이 너무 힘이 들어 더 이상 누를 수가 없게 되어, 어느 날 아예 주먹으로 미운 놈 때리듯이 탕탕 가볍게 쳐 봤더니 차라리 그게 더 시원하다며 윤자에게 두 주먹으로 온 몸을 두드리게 했다. 그때부터 윤자는 척추를 중심으로 해서 그의 다리까지 왕복으로 오르내려가며 두 주먹으로 한 시간 이상을 두드려댔다. 그러다 보면 나중에는 힘에 겨워 마라톤 선수처럼 숨이 헐떡거려졌다. 중노동이 따로 없었다. 지쳐있는 윤자와 달리 그는 그때부터 몸이 풀렸는지 마사지에 대한 사은을 베푼답시고 밤도 아닌 훤한 대낮에 부끄럼타는 윤자의 옷을 벗게 한 후 바로 자신이 누웠던 그 자리에 윤자를 엎드리게 해서 그녀의 등에 올라타곤 했다.

그는 기회를 놓칠세라 윤자가 보는 앞에서 재빠르게 잠옷을 벗고 엎드린 채 당당하게 윤자의 손을 기다렸다. 윤자는 자신이 바로 싫다고 했어야 하는데 병신처럼 웃기만 한 것이 그대로 승낙한 꼴이 돼 버렸으니, 어쨌거나 마지막 단계로까지 이어지지 않게 유념하기로 하고 예전 하던 그대로 두 주먹으로 그의 등짝을 두들기기 시작했다. 이혼할 때의 그 미운감정은 어디로 갔는지 그와 함께 살았을 때처럼 열심히 두 손을 놀렸다.

"솜씨가 녹슬지 않았군! 전문가 못지않아, 시원하네~. 거기, 거기 좀 더 세게 두들겨 봐, 그곳이 혈 자리잖아! 지나치지 말어."

그는 주먹이 닿을 때마다 몸을 움찔거리며 이 같은 말을 신음하듯 내뱉었다.

한참을 두드렸더니 슬슬 기운이 빠지기 시작하자 윤자는 곧 그 순간 이 올 것만 같아

"오늘 이정도로 했으면 됐어요. 부엌에 얼른 나가서 밀린 설거지부 터 해야 돼요. 빨랫감도 많던데."

이렇게 말하며 일어서려고 했다.

"아직 안 됐어! 마무리는 하고 나가야지!"

그가 이렇게 말하며 윤자의 손을 확 잡아당기자 윤자의 몸이 순간 균형을 잃고 바로 그의 품속으로 안기듯 쓰러졌다. 덫에 걸린 짐승마 냥 윤자는 그의 품에서 몇 번 버둥거리며 쌕쌕대다가 곧 죽은 듯이 가 만히 있었다.

이윽고 윤자는 결국 그가 하자는 대로 옷을 벗고 누워 그가 말하는 마지막 마무리에 최대한 협조를 해서 '전신마사지' 일을 끝냈다.

그가 안방화장실에서 아랫도리를 씻고 그대로 나오면서

"나 지금 몹시 피곤해, 밤새 잠 못 잤어. 당신 알잖아, 잠 못 자면 안 되는 거. 오후 1시까지 깨우지 말어, 그리고 점심에 꽃게탕 끓여봐. 당 신 매운탕 잘 하잖아, 나가면서 문 좀 닫아 줄래?"

그리고는 다시 침대에 드러누웠다.

그는 늘 이런 식이었다. 자기 뜻대로 하면 그만이었다.

윤자는 방금 전 그가 씻고 나오면서 아무것도 안 걸친 시커먼 아랫 도리를 보고 이게 꿈인가 싶었다. 내가 지금 어디에 있지? 여기 왜 와

있지? 우리가 이혼한 거 맞나?… 윤자는 이러한 착각들을 애써 밀어내며 얼른 안방으로부터 나왔다. 윤자는 정신을 추스리며 이 집에 파출부로 들어온 통과의례쯤으로 치부하기로 했다.

우선, 냉동실에서 꽃게봉지를 찾아 꺼냈다. 점심때에 맞춰 해동시켜야 하기 때문이다. 자신이 없는 동안 부엌이고 어디고 할 것 없이 모두 전처럼 그대로이지만 어쩐지 조금은 서글펐다. 뭐랄까, 주부의 손이 닿지 않아 휑뎅그렁한 느낌을 준다고나할까!

윤자는 익숙한 손놀림으로 설거지를 마치고 싱크대 청소를 하기 시작했다.

구석구석 찌든 때가 묻어있어 윤자는 세제물을 묻혀 일일이 깨끗이 닦아냈다. 그러다보니 부엌 전체를 대청소하는 꼴이었다.

윤자 손을 거친 부엌기구들은 금방 윤기가 돌고 반짝거렸다. 윤자는 목이 말라 냉장고 문을 열었다. 냉장고 속은 의외로 정돈돼 있었다. 그녀는 컵에다 음료수를 따라 죽 들이켰다. 시계를 보니 어느새 점심준비를 할 때가 됐다.

그녀는 쌀부터 먼저 씻어 전기밥솥에 안치고 나서 매운탕 준비를 했다. 꽃게를 솔로 씻고 콩나물 머리도 따냈다. 이집에 매운탕거리는 늘 준비돼 있어야 했다. 이는 윤자만이 알고 있었다. 꽃게와 콩나물, 무는 이집의 필수였다. 윤자는 싱크대 선반에서 스텐냄비를 찾아 정수기물을 틀어 국물을 잡고 켜놓은 가스 불에 올려놓았다. 고춧가루와 소금을 넣고 간을 적당히 맞춘 다음, 무를 썰어 넣고 씻어놓은 꽃게들을 한 마리씩 4등분으로 잘라 넣고, 대파 양파 생강 등 양념을 넣었다. 적당히 끓은 다음 콩나물과 다진 마늘을 마저 넣고 뚜껑을 잘 닫았다.

곧 매운탕이 슬슬 끓기 시작했다. 윤자는 불을 줄였다.

조금 전만해도 12시 40분이던 것이 어느새 1시가 넘었다. 윤자는 안

방 문을 두드리며

"점심준비 다 됐어요. 식사하셔야지요."

곧이어 "알았어." 하는 소리와 함께 일어나는 기척이 들렸다. 그가 씻을 동안 윤자는 잠시 작은방에 들어가 보았다. 모든 것이 자기가 떠나갈 때 그대로였다. 서랍장이며 옷걸이 종이박스들…, 다만 오랫동안 청소를 안 한 탓인지 모든 물체가 뿌옇게 보였다.

"상 차리지."

어느새 그가 식탁으로 나와 앉았다. 말투가 옛날 그대로 여전했다.

윤자는 물컵과 수저를 먼저 갖다놓고 습관처럼 냉장고에서 반찬들을 꺼내 순서대로 차려놓았다. 그리고 전기밥통에서 밥을 펐다. 멸치볶음과 우엉조림은 누군가 가져온 모양으로 반찬통이 낯설었다.

펄펄 끓는 꽃게탕을 윤자는 냄비 채 식탁위에 올려놓고 별도로 국자와 국그릇을 갖다놓았다. 이 역시 석 달 전 하던 그대로다.

윤자는 자신은 어디까지나 안주인이 아닌 파출부이므로 다른 집에서 일할 때처럼 라면을 먹을 생각으로 작은 냄비에 물을 담아 가스 불에 올렸다.

그가 보더니

"라면 먹으려고? 그럴 것 없어, 건강에 안 좋으니 와서 밥 먹어! 한땐 우린 부부였고 조금 전에도 몸을 섞었잖아, 내외할 거 없어. 수저 들고 와서 어서 먹어, 딴 뜻은 없으니까."

역시 옛날 그대로 명령조였다.

윤자는 뭐, 같이 못 먹을 거도 없다 싶어 수저와 밥공기를 들고 그의 맞은편에 가서 앉았다.

오랜만에 부부가 아닌 타인으로 그것도 주인과 하녀로 그와 마주하고 밥 먹으려니 기분이 아주 묘했다. 윤자는 저도 모르게 다소곳한 자세가 되었다.

"매운탕 잘 끓였어, 얼큰한 국물 땜에 속이 좀 내려가는 것 같네. 파출부 부를 만하네."

국물을 연신 떠먹으면서 그가 전에 없는 칭찬을 다 했다.

그의 밥그릇이 거의 비어갈 때 쯤 윤자는 눈치껏 일어나 부엌으로 갔다. 가스불에 물을 올려놓고 그녀는 커피 탈 준비를 했다. 이러한 행동 역시 석 달 전 그대로였다. 윤자는 물이 끓자 커피, 프림, 설탕을 똑같이 두 스푼씩 넣고 잘 저어서 큰 쟁반위에 놓고 다시 커피를 마신 후 입가심용으로 끓인 물도 한 컵 준비해서 그의 앞에 가져갔다. 그는 이미 식사를 다 마친 상태였다. 윤자는 다시 밥을 먹기 시작했다.

커피를 다 마신 그가 일어서며 윤자에게 숙제 내주듯이

"오후엔 집 청소 좀 해, 오랫동안 치우지 않아 먼지가 좀 많을 거야. 그동안 진공청소기는 몇 번 돌렸어도 걸레질은 귀찮아서 안했어."

"알았어요."

윤자는 점심설거지를 끝내고 바로 걸레질을 했다. 구석구석 닦을 때마다 타월로 된 걸레가 시커멓게 묻어났다. 그래서 일일이 비누칠해 싹싹 비벼서 빨아야 했다.

그는 식사를 마친 후 바로 외출을 했는데 나갈 때 집으로 오는 전화가 있더라도 일절 받지 말라고 했다. 그 사이 전화가 두통 걸려왔지만 받지 않자 자지러지게 울리다가 그쳤다.

저녁 무렵에 그가 돌아왔다. 그는 묻지도 않았는데 병원을 들렀다 오느라 좀 늦어졌다고 했다.

"정말 많이 아픈 거예요?"

"암인가 의심했더니 아닌 모양이야, 위궤양이래."

"암이 뭐 그리 쉽게 걸리는 병인가요, 하여튼 앞으로는 조심하셔야지요."

진정 아내처럼 걱정스럽다는 말투였다.

윤자는 일상사처럼 준비한 저녁상을 차리고 그와 함께 마주 앉아 밥을 먹었다.

저녁 설거지를 막 끝내자 거실에서 TV보던 그가 기다렸다는 듯이

"이거 받아!"

그가 담담히 말했다. 다가가 보니 돈 봉투였다.

"5만원이야, 오늘 첫 날에 수고가 많았으니 특별히 더 준 거야!"

"고마워요."

"이제 가 봐도 돼!"

그러면서 그는 보던 TV를 껐다.

"내일은요?"

"와야지, 내가 그만두라고 할 때까지 다녀. 내일부터는 일이 쉬우니까 3만원씩이야, 어때?"

"괜찮아요."

윤자는 실은 4만원 정도는 받아야한다고 말하고 싶었으나 홍정하는 꼴이 될까봐 싫어서 그만두었다.

"안녕히 계세요."

"잘 가."

윤자가 현관문을 나서자 그가 이내 문을 닫아걸었다. 철거덕하는 금속소리가 등 뒤로부터 크게 들렸다. 그 순간 윤자는 다시 묘한 감정에 사로잡혔다. 진작 지금처럼 서로가 예의를 지켰더라면 이혼으로까지는 가지 않았을 텐데…. 미련이 남아있는 건 아니지만 윤자는 이상스레 자꾸 이런 생각이 드는 것이었다.

전 남편 집에 일 다닌 지 나흘째 되는 날은 일요일이었다. 윤자가 도

착하자마자 그가 등산을 가자고 했다. 윤자는 바로 싫다는 말이 나왔다.

"일당을 준다니까."

"주는 건 알지만 싫어요. 등산이라면 그 여자들과 가세요. 아껴뒀다 어디에 쓰시게요."

"쓸데가 따로 있지만 그 여자들은 그런 데를 안가! 남인데 고생하려 하겠어?"

"그럼 나는 고생해도 된다 이거죠? 나는 뭐, 남이 아닌가요?"

"당신은 남은 남인데 뭐랄까! 우린 특별한 사이였잖아."

"그렇게 말할 것 같으면 당신 주변에 당신과 특별한 사이 아닌 여자가 어디 있어요? 다 특별한 사이였지."

"구청에 호적 올리고 나랑 산 여자는 당신밖에 없어!"

그가 목소리를 높였다. 마치 대단한 면사포를 씌워준 것마냥 생색을 냈다.

"3만원 안 벌고 집에서 노는 게 낫겠어요."

"더 줄게, 따블로."

그가 눈을 찡긋하며 웃었다.

윤자는 하는 수 없이 따라나섰다.

듣기 좋아 등산이지 실은 약초 캐러 가는 것이었다. 차로 두 시간 남짓 달려서 홍천 쪽 깊은 산골짜기로 들어가 산속을 헤매며 약초 캐기란 결코 쉬운 일이 아니었다. 윤자로서는 중노동이나 다를 바 없었다. 그럼에도 윤자는 어쩐 일로 산에 올랐다 하면 하나라도 더 캐려고 두 눈 부릅뜨고 다녔다. 둥굴레, 세신, 도라지, 삽주, 층층잔대… 하루 종일 그렇게 욕심 부려 캔 약초들은 누가 봐도 제법 양이 많았음에도 성에 안차 남편이 '이제 그만, 날이 어두워지기 전에 빨리 하산하자'고 말하면 조금만 더 캐자며 남편을 조르기도 했다. 산에서 얻는 물질적인 수확보다 산에서 방출하는 신선한 산소와, 음이온, 피톤치드라는 물질이 윤자를 즐겁게 만드는 모양이었다.

오늘이라고 다를까! 분명 아침에 강력히 싫다던 사람이 언제 그랬냐는 듯이 부지런히 산을 헤매고 다니다가 그가 지나친 자리에서 제법 큰 산 더덕을 발견하고는 좋아서 자신도 모르는 사이에 옛날처럼 '여보!' 그를 소리쳐 불렀던 것이다. 그래놓고 스스로 깜짝 놀랐다. 윤자의 걱정과는 달리 그는 호칭에 대해 못 들은 듯 그저 가볍게 손을 흔들어 보였을 뿐이다. 위치 확인 정도로 아는 듯해서 윤자는 다행으로 생각했다.

욕심 부려서 캐온 제법 많은 양의 약초들은 보약이란 이름으로 그가 단독 처방을 지어 고스란히 그의 입으로 들어갈 것이지만 일일이 다듬고 손질하는 일은 언제나처럼 윤자의 몫이어서 이틀간을 씻고 다듬고 부지런히 일손을 놀려야 했다. 이번에는 약속대로 따블로 수고비를 받게 되어 힘든 줄도 몰랐다.

그동안 윤자는 파출부 역할을 톡톡히 해냈다. 당초 이혼당할 줄도 모르고 정월달에 맞춰 된장과 고추장을 담았는데 그사이 없는 동안 그가 통풍을 시키지 않아 된장에 곰팡이가 하얗게 피었다. 그것들을 깔끔히 걷어내고 된장국을 한번 끓여 보았더니 간이 맞아서인지 제법 깊은 맛이 우러났다. 고추장 맛도 여전히 간이 맞고 달았다.

윤자는 그동안 부지런히 움직였다. 이부자리 타월 등 흰색들의 빨랫감을 모아 몽땅 삶아서 뽀얗게 씻어 놓았고 구석구석 살펴가며 털어내고 닦아서 예전의 깨끗한 모습으로 돌아가고 있었다. 솔직히 아내로 있기에 이집이 불편했지만 파출부로선 더할 나위 없이 일하기 편했다.

모든 일이 익숙하기 때문이었다.

경기도의 한 가정집에서 가정부로 일하고 있던 윤자 여동생이 한 달 만에 언니네로 다니러 왔다가 이 사실을 알고는 기가 막혀 한참이나 언니를 쏘아보다가

"언니 지금 제정신이야?"

크게 소리쳤다.

"아이구, 깜짝이야, 좀 조용히 해. 이웃이 들어."

"지금 그게 문제야? 아직까지도 형부는 언니를 이용하고 있다구."

"아니야, 그렇게 말하면 우린 서로가 이용하는 꼴이라구."

"아무튼 언니, 제발 지금부터 정신 차려, 형부를 싹싹 잊어버리란 말이야! 그런 식으로 접촉한다고 해서 형부가 싫어하던 언니를 다시 좋아할 것 같애? 속으론 중국교포에 대해 엄청 혐오할거란 말이야."

"넌 내 마음 몰라, 난 진작 잊었어. 잊었으니까 그 집에 가서 일할 수도 있는 거야. 그리고 내가 다니는 건 내가 원한 게 아니야, 어디까지나 그이가 사정사정해서 간 거라구."

"흥! 그이는 무슨 놈의 그이?"

"너도 형부라 그랬잖아?"

"아이참, 습관이 돼서 그래. 그놈이라 부를 거야! 언니도 그놈이라 불러!"

"그이가 아니, 그 놈이 오죽 날 원했으면 일당을 다 주겠어?"

윤자는 동생과 입씨름하기 싫어서 그이를 그놈이라고 말했다. 윤자 여동생은 중국에서 중학교교사였는데 학생을 가르치는 버릇이 있어 늘 언니에게도 습관처럼 학생 대히듯 가르치려했다.

"파출부로 불렀다면 당연히 돈은 줘야지. 그 짠돌이 놈이 돈은 제때에 주는 거야? 안줬다간 내가 가만 안 있을 거니까!"

"꼬박꼬박 받고 있어."

"그동안 별다른 일은 없었겠지?"

동생의 목소리가 갑자기 낮아졌다.

"무슨 뜻이야? 우린 남이라구. 그인 아니, 그 놈 사귀는 애인도 있어."

"정말?"

"그렇다니까."

"인간이 아니네. 어떻게 알았어?"

동생의 목소리가 다시 높아졌다.

"바로 엊그제 퇴근 때 집으로 데리고 왔었어."

"어마나! 둘 다 제정신이 아니야, 미쳤어! 그래서?"

"그래서가 뭐야, 사온 안줏감으로 술상 차려냈지."

"세상에 이럴 수가! 바보야 뭐야! 언닌 정말 아무렇지도 않은 거야?"

"그렇다니까. 나랑 상관없는 일이니까."

"생긴 건 어땠어?"

"나보담 낫지 뭐, 엄청 젊게 보였어. 그이 아니, 그놈이랑 잘 어울렸
어."

"그 여자 언니가 원래 그놈이랑 같이 살았던 거 알어?"

"모르는 눈치였어."

"하여튼 둘 다 돌았어, 정상이 아니야."

그날 그는 데리고 온 여자에게 윤자를

"집에 다니는 파출부 아줌마요."

라고 소개했다. 그러자 여자가

"그래요? 수고가 많으시네요."

그러며 대수롭잖은 태도를 보였다. 윤자는 아주 자연스럽게 앞치마
를 두르고 부엌과 식탁을 오가며 그들의 식사시중과 차 대접을 했다.

다음날 아침 윤자가 갔을 때 그가 빙그레 웃으며

"어때? 어제 본 그 여자, 내 아내감으로 말이야. 나이는 당신과 동갑인데 화가야."

윤자는 화가든 인물이 어떻든 이제와선 정말 상관없는 일이므로

"괜찮아요."

라고 짧게 대답했다.

"같은 여자 입장에서 괜찮다면 정말 괜찮은 여자라 할 수 있지. 내가 봐도 그렇지만."

그가 소리 내어 크게 웃었다.

"어서 결혼하세요!"

"왜 그 여자 때문에 내 집에 다니기가 싫어?"

"그건 아니지만 빨리 결혼해서 가정을 이뤄야지요. 그렇게 되면 자연적으로 내가 필요 없게 되잖아요."

"그건 옳은 말이야."

여동생은 언니의 일로 충격을 받고 그길로 보복하듯 언니대신 혼인상담소에 가서 10만원의 돈을 내고 구혼신청 등록을 해놓았다. 물론 사전에 전화로 언니가 중국교포라는 사실과 그 밖의 상황들을 혼인상담소 소장님과 상담한 후였다. 그리고 언니에게 이 사실을 통보하듯 알렸다.

윤자는 내키지 않았지만 낸 돈이 아까워서 당분간만 동생의 뜻을 따르기로 했다.

그날 저녁으로 윤자는 회원으로 등록한 혼인상담소로부터 연락을 받았다. 다가오는 일요일 날 오전 11시에 맞선이 있으니 약속시간까지 꼭 사무실로 와 달라는 것이었다. 윤자는 이번 일요일에도 그와 함께 등산가기로 했기 때문에 토요일 저녁 퇴근 때가 되자 내일은 못 올

것 같다고 그에게 말했다. 그러자 그가 못 믿겠다는 듯이

"어째서?"

"어디 가기로 했어요."

"갑자기 무슨 일로?"

"누굴 만나기로 했거든요."

"누굴 만나? 갑자기 애인이라도 생긴 거야?"

"아직은 아니지만 생길 수도 있잖아요."

윤자는 의외로 관심을 가지는 그에게 아무렇지도 않다는 듯이 자초지종을 이야기 해 주었다. 그러자 뜻밖이었던지

"그럼 생각 좀 해 봐야겠어."

그가 돌연 정색하고 나섰다.

"등산을 포기하더라도 내일 당신을 따라 가봐야겠어."

그러잖아도 내키지 않은 걸음이라 그가 함께 가주겠다고 하자 윤자는 선뜻 그러자고 했다. 솔직히 상담소를 통해 결혼할 생각은 없었다.

이튿날 맞선을 본 사람은 두 사람이었다. 같은 커피숍에서 시간차를 두고 각각 따로 만났는데 전 남편인 그도 그 자리에 있었다. 조금 떨어진 곳에서 손님으로 가장하여 차를 마시면서 이들의 맞선장면을 상대자 모르게 몰래 지켜보았다. 그는 윤자와 시선이 닿을 때마다 비웃듯이 입술꼬리를 한쪽으로 치켜 올렸다.

맞선본 두 사람 다 40대 후반의 나이로 자식도 똑같이 둘을 두었다. 한 남자는 중국으로 들어가 의류사업을 할 계획을 세우고 있었고, 다른 한 사람은 액자가게를 운영하고 있었다. 두 남자 모두 윤자를 마음에 둔 듯 헤어질 때 계속 만날 것을 희망하며 자신들의 명함을 건네주었다. 윤자는 그중 중국에 진출하여 의류사업을 하고 싶다던 남자에게 다소 호감이 갔다. 적당한 키와 적당한 인물에 심성이 고와 보였다.

돌아오는 차속에서 그가 역시 비웃듯이

"만나본 느낌이 어땠어?"

라고 물었다.

"한번 보고 그 사람을 알 수 있나요?"

"또 만날 생각이 있는 모양이지? 두 사람 관상을 보니까 다 좋지 않더군, 당신을 고생깨나 시키겠더라구."

"그야 살아보지 않고서야 어떻게 알아요? 하긴 살아봐도 모르는 사람도 있으니까. 아무튼 처음 만난 사람치고 인상이 너무 좋아 보이더라구요."

"좋은 인상보다는 자기관리가 전혀 안 돼 있는 사람 같더군, 아랫배가 많이 튀어 나왔잖아. 딸린 두 애도 그렇고, 나보담 나이가 더 들어 보였어. 무엇보다 당신이 중국 출신이니까 당신을 이용하려고 한다구, 중국에 들어가 사업을 벌이게 되면 아무래도 한국인보다 당신 같은 중국교포가 필요할 게 뻔하잖아. 그런 계산까지 하고 나온 거지."

"그렇대도 나쁠 거 없잖아요. 사람만 좋으면."

윤자는 우정 그를 놀리려는 마음에 이렇게 쏘아붙였다.

"그렇게나 빨리 결혼하고 싶어?"

"당신이 신경 쓸 거 없잖아요, 당신도 그사이 보란 듯이 애인 막 사귀고 다니면서."

"나야 뭐, 자기네들이 좋다고 따라 다니는 거지, 딱히 애인이랄 것도 없어. 엄밀히 따지면 그냥 다 주식시장 친구사이들이었지…."

"그럼 나도 친구처럼 사귀면 되잖아요."

"듣고 보니 안 되겠네, 당신 이대로 뒀다긴 조만간 시고라도 치겠어!"

"사고를 치든 일을 내든 그건 내 소관이에요"

"그럴 수는 없어! 우리가 어디 보통사이야?"

그는 윤자의 허락도 없이 그길로 윤자를 집으로 데려갔다. 그리고는

"오늘부터 여기서 살어!"

명령조로 말했다.

"나도 셋집이지만 내 집이 있어요. 여긴 싫어요."

"여기 있으라면 있어! 내가 안 보내!"

"당신은 이제 그럴 자격이 없어요."

"이제 만들면 되지."

"뭘 만들어요?"

"잔말 말고 내일 혼인신고나 하러가자구!"

"지금 누굴 놀리는 거예요? 그런 거 안 해요. 두 번 다시 상처받기 싫어요."

"진정이야, 그동안 많이 생각해보고 결정한 거야. 그동안 같이 살자고 말 안 했던 건 당신이 스스로 원하길 바랐던 거지."

"그럼 그날 공개적으로 데리고 온 여자는 뭐예요?"

"당신을 자극시키려고 그랬지."

"쳇! 마음 정리를 한 지 언젠데… 내가 대답하면 이제부터 일당은 없겠네요?"

"아내한테 일당 주는 사람 봤어?"

"일당 받는 재미로 다녔는데…."

윤자는 말은 이렇게 했지만 기분은 이루 말할 수 없이 기뻤다. 그렇다고 그에게 아내로서 뭔가를 기대하는 건 아니었다. 하면 안 될 게 뻔했다.

사실 요즘 혼자 사는 것보다 그와 함께 있는 게 의외로 편했다. 주변에서 누가 뭐라고 하던 윤자는 다시 한 번 생각해보기로 했다.

앞으로의 삶이 아웅다웅 눈앞에 선명하게 어른거렸지만 윤자는 이상하게도 그리 나쁘지만은 않았다. 어딜 가나 누굴 만나든 여자의 인생살이란 걸치는 외관상의 차이만 있을 뿐이지 그 내용들의 면면을 보면 다 그렇고 그런 삶이라고 생각되었다. 이집에 들락거리는 여자들도 보면 하나같이 결혼생활에 다 실패한 사람들이었다. 겉만 요란하고 화려했지 내면을 듣고 보면 속이 타서 까만 재들이 쌓여있었다. 자신보다 별반 나을 것도 없어보였다.

윤자는 철새가 둥지를 옮기듯 다시 잠자리를 그의 집으로 옮겼다. 당초 떠나갈 때처럼 몸이 무겁지가 않았고 새처럼 한결 가벼움을 느꼈다.

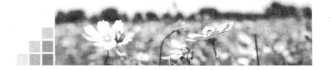

중국아내

# 중국 아내

남편 김사장은 침대에서 벌떡 일어났다. 초저녁잠이 많은 그는 일단 침대에 들어갔다 하면 새벽까지 깨는 법이 없었지만 오늘만은 그러질 못했다. 늦었지만 아무래도 건너가서 자신의 잘못을 사과하고 아내를 안방으로 모셔 와야 도리일 것 같았다.

아내한테 무슨 잘못이 있단 말인가! 그동안 없는 살림을 알뜰히 살아주느라 고생이 얼마나 많았겠는가 말이다.

내가 너무 참을성이 없었어. 대수롭지도 않은 그깟 일에 불같이 화를 내다니. 이웃들이 놀라 뛰어나오지 않은 것만도 천만다행이었다.

수년전 김사장은 갑작스레 전처를 불치병으로 잃었다. 본의 아니게 덜컥 혼자가 된 그는 홀아비의 쓸쓸함을 맛보면서 더불어 재혼의 어려움도 경험하게 되있다.

아닌 말로 가진 것이라곤 연립주택 한 채가 전부인 김사장은 철부지 자식에다 노모까지 계신다니 대한민국 어느 누구도 선뜻 살아주겠다는 사람이 나서질 않는 것이었다. 길거리에 나가보면 지천에 깔린 게 여자들인데도 말이다.

맘에 드는 여자들을 지나칠 때마다 김사장은 "어이구, 내 팔자야…" 하며 내심 자신의 처지를 한탄하군 했다.

그런 그가 어느 날 우연히 동네 아는 분의 소개로 지금의 아내를 만나게 됐던 것이다. 당시 시장 근처 식당에서 일하고 있던 아내는 중국 조선족으로서 작은 키에 보통 인물이었지만 생글생글 웃는 모습에 우리말도 너무 잘하고 다부져 보여 여러모로 그렇게 좋아 보일 수가 없었다. 식당주인마저

"요즘 대한민국에 이런 착한 여자가 어디 있어? 딸이라도 삼고 싶다니까~" 이렇게 칭찬이 늘어졌던 것이다.

게다가, 어린 자식이 딸렸다고 해도

"자식 없는 부모가 어디 있겠습니까?"

다시 노모까지 계신다고 덧붙여도

"부모 없는 자식이 이 세상에 또 어디 있겠습니까?"

예쁜 말만 골라 대답하질 않는가!

너무도 기쁜 나머지 김사장은 밤새 잠을 설친 건 말할 것도 없거니와 그녀를 당장 옆에 붙잡아 두지 않으면 천추의 한이라도 될까봐 노심초사 이튿날 바로 아내의 손을 잡고 소속구청으로 가서 후다닥 혼인신고를 해버렸다.

그런데 정작 원하던 아내를 얻고 나니 집안이 예전 같지가 않고 분위기가 조금씩 이상스러워지는 것이었다. 뭐랄까, 중국 특유의 냄새라고 하면 과장일까. 여하튼, 집안 전체가 중국풍이 물씬 풍기는 느낌이 있고, 김사장 스스로도 어쩔 수 없는 감정이었다.

실제로 집안 여기저기 살펴보면 샀거나 선물로 들어온 중국제품들

이 많이도 널려 있었다. 하지만 김사장이 특별히 못마땅해 하는 점은 다른 데 있었다. 바로 음식 그것인데 김사장이 그토록 싫어하는 허브의 일종인 고수 나물을 중국에서는 없어서 안 될 국민 채소라며 밥상 위에 푸짐히 올려놓고 아무렇지도 않게 우적우적 씹어 먹는 폼이 그때만큼은 인간 같지가 않고 꼭 초식동물 같았다. 게다가, 아내란 위인은 한식집 주방에서 비록 설거지 담당으로 일했다지만 어깨 너머 배운 것도 없는지 음식 솜씨가 엉망이었다. 국을 끓인다는 것도 이런저런 채소와 육류를 솥에 넣고 물 가득 퍼부어 삶거나 그냥 익혀서 차려내는 것이 태반이고, 찌개란 것도 보면 돼지죽처럼 호박 넣고 배추 넣고 거기다 대파 감자 잔뜩 넣어서 푹 끓여내면 그만이었다. 물을 넣는 양에 따라 국이나 찌개가 결정되는 꼴이었다. 가끔 어쩌다 식탁혁명을 일으킨답시고 요란스레 볶음요리를 차려낼 때가 있었는데 요리마다 식용유를 들이붓고 냅다 볶은 것들이어서 느끼해서 도무지 먹을 수가 없었고, 먹었다하면 토할 지경이었다.

그때마다 김사장은 마누라를 밀어제치고 앞치마 두르고 부엌에 서 있기 일쑤였다. 처음 얼마동안은 정말이지 하나부터 열까지 김사장이 나서서 일일이 다 가르쳐야 하는 나날이었다. 그리고 그 가르친다는 게 여간 고역이 아닐 수 없었다.

"자! 따라해 봐, 요렇게…."

그러나 그때마다 아내는 한국의 요리가 두렵다고 뒤로 물러섰다. 게다가 살림살이의 일부인 옷 다림질도 아내는 전기가 무섭다며 못 하겠다고 뒤로 벌렁 나자빠지는가 하면 간단한 잔심부름마저도 시원스레 해내는 법이 없었다. 예컨대 카레를 사오라고 하면 케첩을 사오고 소시지를 사오라 했는데도 수세미를 사왔다. 답답한 나머지 김사장은

"영어를 모르면 요렇게 우리말로 적어서 슈퍼에 가면 안 돼?" 메모지

에 낱낱이 적어서 아내 코앞에 들이대면, 아내는 그나마 살까말까 망설이는 게 보통이었다.

"후추 사다났어?"

"오늘 딱 먹어야 되나요? 내일 사죠 뭐."

제법 대꾸까지 해대는 아내는 바로 중국의 만만디 그 자체였다.

아내의 내일은 정말로 그다음 내일로 미뤄지고, 장장 일주일을 넘겨서야 김사장은 그토록 좋아하는 후추 맛을 맛볼 수가 있었다. 치약이 떨어지던 날 소금물로 양치질을 대신한 김사장은 그날 바로 퇴근길에 치약을 박스 채 사다놓았다.

그러나 이 모든 것에 김사장이 화낼 일은 못되었다. 김사장이 무엇보다 못마땅해 하는 점은 부끄럽지만 잠자리 때문이라고나 할까.

지난해 노모께서 노환으로 돌아가시고 자식마저 지방대학으로 내려가자 빈 방이 생기고부터 집안이 시끄럽기 시작했던 것이다.

어느 날 불쑥 고향사람이라며 한 사람 다녀가더니 그것이 답사였던지 그때부터 찾아들기 시작한 손님들의 발길이 지금껏 쭉 끊이질 않는 것이었다. 물론 오는 손님들 모두가 여자들이긴 하지만 웬 보따리들을 그렇게도 많이 맡겨놓고 가는지 집안 구석구석이 보따리 장사하는 집 같이 늘 크고 작은 짐들로 어수선했다. 문제는 집에 손님이 있는 날이면 김사장은 베개를 끌어안고 혼자 잠을 자야하는 것이었다. 남편을 내팽겨 두고 손님이 있는 작은방에 가서 잠자는 아내는 남편이랑 같이 자면 남사스럽다는 것이었다. 중국에서는 손님이 와 계실 때 부부가 함께 자지 않는 게 기본 예의라는 것이다.

처음에는 그러려니 했었는데 날이 갈수록 그게 아니었다. 거의 이틀이 멀다않고 손님들이 찾아오기 때문에 단둘이 부부로서 의좋게 오붓이 지낼 때가 드물었다. 모처럼 쉬는 휴일 날에도 사정을 봐주지 않았다. 오전부터 손님들이 오는 바람에 주인인 김사장이 오히려 불편을 느껴 점심식사도 식당가서 사먹고 정처 없이 거닐다가 밤이 이슥해서야 돌아오곤 했다.

더욱이 IMF가 뭔지 그것이 터지고부터는 집이라는 게 정거장같이 허구한 날 일자리를 기다리는 사람들로 들끓었다. 흑룡강과 심양에 사는 친척들도 있었지만 길림 쪽 고향친구들이 대부분이었다. 그러니까 어떨 땐 '동북삼성'이 다 모일 때가 있었다. 지나친 표현이 될런지는 모르지만 군부대로 말할 것 같으면, 그동안 일 개 중대가 다녀갔다고 하면 누가 믿을까? 친척에 그 친척들, 사촌에 사돈 8촌까지 어떻게 주소를 알아내는지 새로 이사 온 곳까지 용케도 찾아왔다. 물론, 끼니거리도 문제지만 집안이 늘 북적거려 가정환경이 말이 아니었다. 정서적으로 혼란스러웠다. 그래서

"또 손님이야?" 하면

"여보, 듣겠어요."

아내는 키스로 남편의 입을 막고 아양을 떨었다. 자존심과 체면은 우선 제쳐두더라도 중국대륙에 소문이 안 좋게 퍼지면 두고두고 망신스럽다는 것이었다. 이뿐만이 아니었다. 아내는 중국티를 내느라 손님들과 늘 중국말로 대화를 나누었다. 무슨 할 말이 그리도 많은지 귀 기울여보면 속닥속닥 비밀스럽게 한없이 자기네끼리 지껄여댔다.

"거 우리말을 사용하면 안 돼?"

언젠가 듣다못해 남편 김사장이 간섭하자 자기네는 중국말을 안 하면 속이 메슥거려 참을 수가 없다고 하면서

"영어 모르는 대신 중국어라도 질하니 보기 좋지 않아요? 답답하면 당신도 중국말 배우면 될 거 아니에요. 지금 당장 가르쳐 드려요?"

배실 배실 웃기까지 했다.

오늘 아침만도 그랬다. 새벽같이 걸려오는 전화를 아내가 받더니 이내 시선을 시계로 돌리면서

"알았어, 마중 나갈게."

하는 것이었다.

"김치가 떨어졌잖아. 가긴 어딜 가? 오늘 열무 사다 열무김치나 담가!"

김사장은 버럭 역정을 냈다.

"내일 담을게요."

"오늘 해! 진작 먹고 싶었다구…."

"바빠서… 오후에나 봐서요."

"보긴 뭘 봐!"

부아가 치민 김사장은 다짜고짜로

"손님인지 뭔지 이제 그만들 오라구 해! 우리 집이 뭐 정거장이야?"

"내가 오라고 한 건 아니잖아요. 자기네들이 갈 데가 마땅찮다고 여기에 오고 싶어 하니까…."

"관둬! 당신이 자꾸만 받아주고 대접해주니까 그 사람들도 자꾸 오고 싶고 또 오게 되는 거야."

"어쨌든, 오는 손님을 어떻게 거절해요?…."

"그럼, 좋아. 이 가정이 소중해, 아니면 당신 고향사람들이 소중해, 하나를 택하라구."

"……."

"내말 안 들려? 듣기 싫으면 당신이 나가던가, 당장 이집을 나가!"

벼락같이 고함을 질렀다.

자신의 목소리에 김사장 스스로도 놀랐다. 처음 있는 일이었다.

'중국 아내….' '중국 마누라….'

김사장은 담배 한 대를 피워 물었다.

따지고 보면 아내만큼 불쌍한 사람도 없다. 고국이라고는 하지만 낯설은 이국이나 다를 바 없는 이곳에서 혈혈단신 믿는 건 오로지 남편인 나밖에 더 있겠는가 말이다.

그동안 잘하니 못하니 불만은 따랐어도 노모 섬기고 자식 뒷바라지한 건 오로지 아내뿐이 아닌가? 이만한 아내감도 못 얻어 수년을 홀아비로 살아가는 사람이 부지기수라고도 하는데…. 내 처지에 붙어 살아주는 아내가 존재한다는 것만도 얼마나 복된 일인가? 사실 지금도 남들은 몇 백만 원씩의 돈을 써가며 중국으로 아내를 수입하러 가는 판이다.

그런 나는 뭐냐! 돈 한 푼 안 쓰고 손목잡고 데려온 게 전부이질 않은가? 문 앞에 굴러오는 호박을 덩굴째 껴안은 셈이었다. 돌이켜 보면, 아내는 스스로 제 딴에는 잘하려고 애썼다. 사먹던 김치도 진작부터 집에서 담가먹는 형편이고, 물론, 비린내 나는 건 한사코 싫다고 우겨서 젓갈 대신 소금으로 간을 맞추다 보니 여느 집의 김치처럼 제 맛이날 리 없지만 성의를 다하는 모습은 기특하기까지 했다. 내년에는 된장 고추장도 직접 배워서 해보겠다고 덤비는 정도니까. 그리고 여유가 없기도 하지만 사치는 절대로 부릴 줄 모르는 아내는 흔히 남 다하는 치장도 일절 않고 맨얼굴로 사계절을 보낸다. 단돈 천원도 쪼개 쓰며 근검하기 이를 데 없다. 특히, 아내는 요즘사람 같지 않게 가계부도 10원 단위까지 세세히 적어서 결재 받는 위인이다. 무엇보다 반주로 남편이 마셔댄 소주병이며 맥주병들을 버리지 않고 모아 뒀다가 마트에 가서 환불받아 세탁비누며 화장지를 사오기도 했나.

그런 알뜰한 아내를 깊은 생각도 없이 마구 나가라고 윽박질렀으니… 오로지 집밖에 모르는 마누라를 밖으로 내쫓으면, 당장 중국 땅으로 건너가란 말인가! 훗날 이산가족이라도 덜컥 되는 날이면….

생각할수록 김사장은 자신의 경솔함에 화가 났다. 혼자 슬픔에 빠져 눈물을 흘리고 있을 가여운 아내 생각에 눈물이 막 나오려 했다.

얼마나 실망이 컸을까. 김사장은 재떨이를 당겨 담배꽁초를 힘주어 비벼 껐다. 어떤 말이 위로가 될까.

"여보, 내가 너무 잘못 했어…." 아니,

"당신 화 많이 났지? 나 좀 용서 해줘!" 이것도 아니야. 무조건 다가가서 영화에서처럼 끌어안고 뽀뽀나 해줘야지.

김사장은 드디어 일어섰다.

그때였다. 살며시 열리는 문소리와 함께 아내가 사뿐 들어서는 것이 아닌가?

"어, 왔어?!"

너무도 뜻밖이라 김사장은 순간 놀랐지만 그러나 이내 기쁨에 웃음 짓는다.

"아직 안 주무셨어요? 이따 조금 후에 친구들이 오기로 했거든요. 베개가 부족해서…."

김사장은 기가 막혀 아무 말도 나오지 않았다. 그저 베개를 안고 유유히 방을 나가는 아내의 뒷모습만 멍청히 바라볼 뿐이었다.

지하생활

# 지하생활

"저놈 끓여 놔야 할 텐데….."

오늘도 주인 할머니는 현관문에 내려선 희숙에게 턱짓으로 거실 베란다에 내놓은 약탕기를 가리키며 잔소리하듯 또 중얼거린다.

희숙은 신을 꿰어 신으면서 맘속으로

'그 일이라면 할머니 혼자서도 얼마든지 할 수 있지 않아요?'

라고 대꾸하며 애써 못 들은 척 외면해 버린다. 만약, 그렇지 않고서 종전처럼 할머니 뜻대로 계속 일을 하다가는 제시간에 퇴근할 수가 없을 뿐더러 요즘 그녀가 하는 또 다른 일(실밥 따는 일)에 지장을 줄 것이기 때문이다.

주인할머니는 습관처럼 희숙이가 퇴근시간에 맞춰 앞치마를 벗을 라치면 일을 조금이라도 더 시키지 못해 안달난 사람처럼 꼭 어디선가 일거리를 찾아내 추가로 그녀에게 더 시키곤 했다. 그러다보니 늘 퇴근시간이 늦어질 수밖에 없었다.

그녀는 이른 아침 6시에 출근해서 오후 4시에 퇴근한다. 그 대가로 한 달 받는 월급이 75만원이다.

이집에 일하게 된 것은 고향친구의 소개로 출퇴근할 수 있다는 조건 때문이었던 것이다.

솔직히 시간외 일을 더 해준다고 몸이 병이 나는 건 아니지만 애당초 시간에 따라 월급을 정한 만큼 희숙이 제시간에 퇴근하려는 것은 지극히 당연한 일이었다.

그럼에도 불구하고 주인 할머니는 매번 시간에 맞춰 퇴근하려는 희숙이를 아주 못 마땅히 여겼다. 시간으로 따져 10분 20분 늦어지면 누가 뭐랄까, 30분은 보통이고 장장 1시간 이상 지체되는 경우가 허다했으니 말이다. 회사의 공장 같으면 정해진 시간에 맞춰 기계가 작동하고 그리고 그에 따라 출퇴근 시간이 정확히 이루어 질 수 있겠지만 가정일이라는 게 그게 아니다. 해도 해도 끝이 없는 게 가정부의 일인 것이다. 그래서 정한 시간에 맞춰 일을 끝내야 일이 끝난다.

오늘 역시 추가로 일을 더 하지 않았음에도 이미 20분간이나 지체되었다. 다른 때 같으면 늦어지면 늦어지는 대로 퇴근해서 곧바로 셋방으로 돌아가면 그만이지만 지금은 안 된다. 서둘러 의류하청업자인 송 사장 댁 가게에 가서 실밥 따는 일을 해야 하기 때문이다.

"안녕히 계세요. 내일 올게요."

희숙은 할머니를 등 뒤로 하고 현관문을 나왔다.

주인할머니는 희숙에게 더 이상의 말은 하지 않았지만 그러나 희숙은 할머니의 눈빛에서

'어이구 싸가지 없는 년, 중국 년이 그저 돈밖에 모른다니까….'

라는 잔소리를 듣는 듯했다.

며칠 전 희숙이 이제부터 퇴근하면 실밥 따는 일을 하러 가야 한다

고 말했을 때 주인할머니는 떫은 얼굴이 되어 돈 욕심밖에 모른다느니 두 가지 일을 어떻게 하느냐고 욕하듯이 잔소리를 달았었다. 평소 할머니의 말투가 그랬다. 아주 거친 편이었다.

희숙이와 단둘이 있을 때 주인할머니는 같이 사는 며느리를 사정없이 씹어댔다. 싸가지 없는 년이니… 미친년이니… 일단 자기 마음에 안 들면 누구랄 것 없이 우선 년, 놈 자를 붙이고 보았다.

희숙은 아파트 계단을 나오면서 경비 아저씨를 향해 습관처럼 머리 숙여 가볍게 인사를 한다. 경비 아저씨는 아는 체 모르는 체 평소처럼 가만히 앉아 있을 뿐이다. 그녀가 가정부로 일한다는 사실을 경비원은 알고 있음은 물론이다.

그녀는 곧장 송사장 댁 가게로 향한다. 아파트에서 가게까지는 보통 걸음으로 15분이면 족하다. 아파트단지 정문을 나가면 바로 큰길이 나 있고 큰길 건너편에 나지막한 주택가들이 밀집돼 있다. 우뚝 솟은 아파트 건물과는 완전히 대조적이다. 아파트 정문 쪽에서 왼쪽 두 번째 골목길 안쪽에 그녀가 가고자 하는 송사장네 가겟집이 있다.

검은 빛이 도는 자주색의 그곳 3층 건물은 누가 봐도 오래된 주택이다. 주변 건물에 비해 낡고 몹시 허름했다. 맨 아래층 지하에 송사장 댁 가게가 있다. 송사장네 가게를 지나 쭉 내려가다 보면 총각슈퍼가 나오는데 그 앞에서 좌측으로 한번 꺾어 들어가야 희숙이네 셋방집이 보인다.

며칠 전 송사장 댁 가게 앞 전봇대에
'실밥 따는 아줌마 구함'
라는 광고를 보고 희숙이 바로 연락해서 그날로 일을 찾게 된 것이다. 실밥 따는 일이 비록 많은 돈을 기대할 수는 없지만 출퇴근 길섶에 위치해 있어 희숙에겐 여러모로 편리했다. 그러잖아도 퇴근 후 바로 집에 돌아가 쉬기도 애매한 시간대여서 희숙이 뭔가 새로운 일을 하고 싶어 하던 때이기도 했다.

기울어진 햇빛을 맞받아 걷는 희숙은 눈이 부셔 아플 지경이었다. 그녀는 두 손을 들어 눈을 감싸듯 손 그늘을 만들었다. 예전과 달리 태양빛에 노출이 되면 희숙은 늘 두 눈을 찌푸린 채 가늘게 떠야했다. 특히, 일을 하다 지하방을 나올 때면 마치 출옥하는 죄수처럼 태양의 빛에 적응이 잘 안 돼 눈을 뜰 수 없을 뿐더러 시큰거리며 눈물이 나오기도 했다.

송사장 댁 가게에 들어선 희숙은 다림질판대를 거쳐 안쪽으로 들어갔다. 안방에 늘 그렇듯 이미 의류뭉치가 산더미처럼 쌓여 있었다.

'빨간 입술'이 오늘도 먼저 와서 일을 하고 있다. 오늘은 목이 넓게 파인 쫄티를 입고 있었다.

빨간 입술이란 희숙이 들어오기 전부터 일하던 젊은 새댁을 말하는데 유별히 입술을 강조하듯 새빨간 립스틱을 칠하고 다녀 그렇게 그녀에게 별명을 붙였다. 희숙이 눈에는 그런 그녀가 예쁘게 보이기는커녕 뭘 잡아먹은 꼴처럼 흉측스러웠다.

희숙이 들어서자 빨간 입술이 고개를 쳐드는가 싶더니 이내 희뜩 한 번 보는 것으로 인사를 대신하고 하던 일을 계속한다. 얼굴표정으로 보아 어제 그 일 때문에 아직도 기분이 언짢은 모양이다.

언짢은 기분으로 치자면 희숙이가 더해야 하지 않을까. 자기 집도 아닌 남의 가게에 나와서 단 둘이서 하는 일인데도 빨간 입술이 희숙에게 텃세를 부리는 것이었다.

워낙 반지하방이기도 하지만 전등 밑에서 일일이 실밥을 따는 일이란 굉장히 시선집중을 요했다. 그래서 밝은 색깔의 옷이 누구에게나 훨씬 실밥 따기가 쉬울 터였다.

그러나 처음엔 이 같은 사실을 희숙은 몰랐던 것이다. 같은 시간 내에 빨간 입술이 훨씬 많은 양의 실밥을 딴 것은 자신보다 손놀림이 빨라서 그런가보다고 단순히 그렇게만 생각했었던 것이다. 그런데 뒤늦게 보니 그게 아니었던 것이다. 빨간 입술이 밝은 색깔의 옷 뭉치들을 슬쩍슬쩍 자기쪽으로 자꾸 빼내어 가는 것이었다. 보다 못해 희숙도 보란 듯이 몇 뭉치를 당겨서 자기 옆에 끌어다 놓았다. 그랬더니 빨간 입술이 느닷없이

"아줌마! 여기 사람 아니지요?"

라고 따지듯 묻는 것이 아닌가! 조소 비슷한 웃음을 지으며 빤히 쳐다보는 폼이 다 알고 있다는 표정이었다. 희숙은 그녀의 당돌함에 무척이나 당황스러웠으나 이내

"무슨 뜻이야? 여기 살면 여기 사람이지, 그런 건 왜 물어?"

라고 내받아쳤다.

솟구치는 마음으로 순식간에 내뱉어진 말이었으나 그 순간 내심 불안한 건 어쩔 수 없었다.

솔직히 마음이 한없이 두근거렸던 것이다. 비록, 상대가 자신보다 어리긴 하지만 아니꼬운 마음에 반말을 내뱉은 데다 스스로 듣기에도 튕겨 나온 목소리가 의외로 커서 상대방이 바로 반격해 온다면 의외로 큰 싸움으로 번질지도 모를 일이었다.

따지고 보면 빨간 입술이 자신 앞에서 대놓고 '여기 사람 아니지요?'라고 말할 때는 그 질문 자체가 여기사람 아니라는 걸 이미 나름대로 파악했다는 뜻이 아니겠는가? 무엇보다 그 질문 한마디에 자신이 그토록 예민한 반응을 보였다는 것 자체 또한 확실히 이곳 사람이 아니라는 걸 스스로 증명하는 꼴이 되어버린 것이다. 하지만 희숙은 후일 자신의 신분을 문제 삼아 빨간 입술이 제동을 걺으로써 자신에게 어떠

한 불이익이 뒤따른다 할지라도 그 순간만큼은 기죽지 않고 단호한 태도를 보인 것은 아주 잘한 짓이라 생각되었다.

실밥 따는 일이 여기 사람 아닌 것과 무슨 상관이 있는가 말이다. 아닌 말로 똑같이 실밥 따는 처지에….

한국인이라고 알량한 위세를 부리는 것 자체가 가당찮고 가소로웠던 것이다.

빨간 입술은 자신의 그 한마디에 희숙이가 그토록 발끈할 줄은 미처 몰랐던지

"그냥 한번 물어본 소린데…."

라며 말꼬리를 내렸다. 의외였다.

희숙은 더 이상 상대하지 않았지만 두근거리는 가슴을 한참을 애써 눌러야 했다.

오늘 일감을 보니 청바지와 스판바지다. 어제는 츄리닝복이었고 그제는 작업복이었고 그 그제는 티셔츠였다.

이렇듯 요즘 매일하는 일감들이 달랐다. 그러나 하청을 주는 의류공장에서 무얼 만드는가에 따라 일감 종류 또한 결정된다지만 대체로 바지종류가 많다고 주인아줌마로부터 들었다. 거래처로부터 그날그날 재봉질을 끝낸 옷들을 가져와서 실밥을 따고 반듯하게 다림질해서 다시 보내주는 것이 여기 가게 주인이 맡은 일이다. 다소 시간차가 있기는 하지만 일감 가져오는 시간은 대개 오후 4시쯤이다. 시간적으로 봐도 희숙이 형편과 잘 맞는 일이었다. 딱 한번 일감이 도착하지 않아 희숙이 한 시간 남짓 기다린 적이 있었다.

빨간 입술은 청바지의 실밥을 따고 있었다. 스판바지는 검정색이므로 그녀가 우선 할 리 만무했다.

희숙도 뒤질세라 청바지부터 손을 댔다. 희숙은 청바지 뭉치를 연신

자신이 앉은 자리 옆에 풀어 내렸다. 그리고는 쪽가위를 들고 잽싼 손놀림으로 실밥을 따기 시작했다. 이제부터는 빨간 입술한테 뒤처지는 게 싫었다.

이렇게 아등바등 일해 봐야 기껏 하나 완성하는 수입이 이곳 돈으로 90원씩을 받을 뿐이다. 한 다발에 20장씩 묶여 있는데 한 뭉치를 손질해야 고작 1,800원이다. 여기 돈으로 계산하면 별거 아니겠지만 중국돈으로 환산하면 결코 무시할 수 없다.

희숙은 무엇이든 우선 중국돈으로 환산했다. 그래야 속이 편했다.

그동안 희숙이 일해 보니 평균 시간당 30장씩은 할 수 있었다. 그러나 첫날은 솜씨가 워낙 서툴러서 겨우 60장밖에 해내지 못했다. 게다가, 엄지손가락과 중지손가락을 끼워 넣고 쓰는 보통 가위에 익숙해서인지 그냥 오므려 쥐면 잘리는 쪽가위는 보는 것도 또한 사용해 보는 것도 이 집에서 난생 처음이어서 헛손질이 잦았다. 이제는 어느 정도익숙해져서 빨간 입술 못지않게 손놀림이 빨라졌다.

이곳의 일거리는 둘이서 서너 시간이면 끝난다. 그동안 희숙이 계산해본 바로는 실밥 따는 벌이가 평균 8,000원꼴은 되었다.

희숙은 일손을 멈추고 잠시 눈을 감았다. 시력이 점점 더 나빠지는지 물체가 숫제 두 개로 겹쳐 보이는가 하면 간간이 안구 자체가 빡빡한 느낌이 들면서 송곳 같은 예리한 통증까지 느껴지기도 한다. 그녀는 두 손으로 눈 주위를 안마하듯 살살 문지른다. 일하는 사이사이 이렇게 안마라도 하고 나면 눈알이 조금 부드러운 감이 들면서 눈앞이 한결 밝아지는 느낌이 들기 때문이다.

건물 밖으로부터 붕붕거리는 트럭소리가 요란스레 전해졌다. 차 엔진소리가 사라지고 지하방의 진동도 따라 멈추는가 싶더니 이윽고 주인 내외가 옷다발을 날라오기 시작했다. 평소 실밥 따는 일의 3분의 2

정도 가량 완성될 무렵에나 와서 다림질을 시작하는데 비해 오늘은 아직도 절반도 안한 상태에서 추가로 일감을 더 가져오는 것이었다.

희숙이 연신 재채기를 터뜨렸다. 주인 내외가 옷뭉치들을 곱게 내려다 놓으면 좋을 텐데 실밥 따는 일에 지장을 주지 않기 위함인지 희숙이가 앉은 뒷벽 쪽으로 그냥 콱콱 사정없이 내던지니 그때마다 먼지들이 일어나 즐거운 듯 춤을 추었다. 그렇다고 주제넘게 주인 내외보고 먼지가 두려우니 살살 내려달라고 말할 수도 없는 노릇이고, 또 주인 보는 앞에서 차마 코를 막고 얼굴을 찡그릴 수도 없었다. 왜냐하면, 빨간 입술은 예사롭게 먼지와 상관없이 그 와중에도 일손을 놀리고 있기 때문이었다.

그녀는 어쩌면 먼지보다 일거리에 신경이 더 쓰이는지

"오늘 이거 다 해야 하는 거예요?"

두 눈을 휘둥그레 뜬 채 묻는다.

"그럼, 당연하지. 오늘 일거리가 더 생겼으니까 아줌마들 오늘 야근 좀 해줘야겠어. 저녁밥은 내가 맛있는 거 사줄 테니까 어때?"

말이 떨어지기 바쁘게 빨간 입술이 난처한 얼굴로 자기는 늦으면 절대 안 된다며 딱 잘라 말한다. 그러자 희숙이를 보며

"아줌마는 괜찮겠지? 오늘 한번만 수고해 줘."

대답을 다그치듯 옷뭉치 하나를 매만지며 희숙을 빤히 쳐다본다. 희숙은 사정이 그렇다는데 하룻밤 정도는 뭐 얼마든지 할 수 있다는 생각으로

"오늘만인데 하지요, 뭐."

시원스레 응한다.

사실 그동안 주인 내외가 의좋게 사는 것 같아 희숙은 그들을 인간적으로 아주 좋게 생각하고 있었다. 특히, 주인 내외가 마주 서서 다림

질하는 모습은 보는 것만도 재미있었다.

참으로 볼만했다. 무슨 재주를 부리는 것 같았다. 천장에 매달린 전기 다림을 익숙한 솜씨로 잡아 내려서 쓱쓱 옷을 다리는데 가로로 왔다갔다 몇 번 안 문지르면 어느새 하나가 완성되어 나간다. 그런 다음 다림을 천장 쪽으로 가볍게 올려주면 스프링 장치를 해놓은 것처럼 절로 키 높이 위로 쑥 올라갔다. 아내가 다림질감을 다림판 위에 펴놓기 바쁘게 그 남편이 순식간에 다림질을 마친다. 누가 봐도 호흡뿐만 아니라 손발도 척척 잘 맞아 가히 환상적인 부부라고 말할 수 있었다. 매번 똑 같이 아주 잘 다려진 걸 보면 신기로울 정도였다. 그래서 어느날 희숙이 주인여자에게 진심으로 다림질 솜씨를 칭찬하자

"십년 가까이 이 짓만 하고 사는데…."

라며 기분 좋게 웃었다.

희숙은 또 한 차례 재채기를 해대고서 연신 흐르는 콧물을 휴지로 풀어냈다. 추가로 던져놓은 옷 뭉치들로 안방의 공기가 더 탁해졌다.

희숙은 엉덩이를 움직거려 또 다시 앉은 자세를 달리했다. 세상에 쉬운 일은 없을 듯싶었다. 편안히 앉아 하는 단순한 일인데도 한 자세로 오래 앉아 있다 보니 다리가 저리고 좀이 쑤셨다.

그새 빨간 입술은 저녁 8시가 되자 사정없이 가버리고 희숙이 혼자 남아 일을 하다가 주인아줌마가 시켜준 저녁으로 짜장면을 먹고 전화로 남편한테 늦어진다는 연락을 했다.

건설현장에 일 다니고 있던 남편이 때 아닌 대마찌가 나서 집에서 닷새째 쉬고 있는 중이었다. 이 마당에 희숙은 한 푼이라도 더 벌어야 된다는 심성이었다.

본격적인 여름도 아닌데 한낮은 몹시 더웠으나 밤이 되자 조금 수그러들었다. 그러나 다림질하는 주인부부는 그 열기 때문인지 반팔을 입

고도 더워하는 모습이었다. 지하방 입구 벽 쪽에 붙박이로 설치해둔 선풍기가 끊임없이 돌아가고 있지만 공기 순환시키는 데는 반지하층이라는 구조 때문에 한계가 있는 듯했다.

희숙이 혼자서 도저히 감당할 수 없을 것 같다고 여겨진 주인아줌마가 뒤늦게 빨간 입술이 앉은 자리에 앉아 실밥 따는데 합류했다.

"아줌만 이 일이 적성에 맞나봐. 몇 시간을 꼼짝 않고 잘 앉아 있는 거보면…."

"안하면 어떻게 해요. 오늘 다 끝내야 하는데…."

"어이구, 이 짓 이제 더 이상 못해 먹겠어, 지겨워 죽겠다니까…. 내년에 봐서 신사거리 쪽에다 분식집 하나 내볼까 연구 중인데 결정되면 그때 아줌마 하던 일 다 때려치우고 나한테로 와야 해, 와서 날 도와달라구. 도와주면 내 절대 서운하게 대하진 않을 테니까…."

"그러지요, 뭐."

희숙은 하품이 나오려는 것을 간신히 참으며 건성으로 대답해 준다. 신사거리 쪽이라면 셋방과도 가까운데다 주인아줌마의 착해 보이는 심성을 미루어 함께 일해도 괜찮을 것 같다는 생각이 든다. 하지만 불법체류 단속 때문에 식당일을 아예 피한다는 사실을 주인아줌마가 알기나 할까.

부모님 고향이 경북 안동이어서 희숙이 자연스레 경상도 말투를 사용하고는 있지만 빨간 입술이 대놓고 희숙이를 여기 사람 아니라는 걸 알아볼 때는 억양에서 이곳 경상도 말투와 다소 차이가 있는지도 모르겠다. 그래서 어쩌면 첫날부터 주인아줌마도 이미 희숙이를 여기 사람이 아니라는 걸 알고 있었는지도 모르겠다. 다만, 내색하지 않을 뿐이라고 희숙은 생각한다.

희숙은 시간이 갈수록 눈이 침침해지고 잠마저 밀려들었다. 허리까지 뒤틀리듯 아팠다. 밤이 깊어갈수록 희숙은 쏟아지는 잠을 어쩔 수 없어 연신 하품으로 달래가며 일손을 놀렸다.

자정을 넘기고서야 드디어 일을 끝낼 수 있었다. 주인부부는 수고했다면서 어서 가서 쉬라고 말했다. 희숙은 앞 벽면에 걸려있는 칠판에다 전날처럼 자신이 손질한 옷 뭉치 개수를 써놓고 인사를 하고 나왔다. 주인아줌마는 자기네는 한 두 시간 더 있어야 일이 끝날 것 같다고 하였다.

계단을 올라 밖을 나오니 숨통이 확 트이는 것 같았다. 늘 새로운 느낌처럼 희숙은 지하방에 있다가 지상으로 올라오면 그랬다.

그녀는 한숨 쉬듯 깊은 숨을 내쉰 다음 힘겹게 발걸음을 옮겼다.

집으로 가는 골목길에 졸음에 겨운 가로등 불빛이 피곤에 지친 그녀 시야만큼이나 하얗게 바래지고 있었다. 저만큼 교회의 빨간 형광십자가가 희뿌연 안개 속에 희미하게 떠있다. 오늘따라 모든 사물들이 그녀 시야에 어렴풋이 보인다.

총각슈퍼 앞에 다다랐을 때 희숙은 또 한 번 목 깊숙한 곳으로부터 구토증이 올라오는 것을 느꼈다. 아무래도 저녁에 급히 먹은 짜장면 탓이라고 여겨졌다.

그러잖아도 밀가루 음식은 희숙에겐 늘 소화가 잘 안 되는 음식이었다. 특히, 국수 종류가 심했다. 그러나 어쩐 일로 냉면만큼은 괜찮았고 그녀가 유별히 좋아하는 음식이기도 하다.

냉면 생각을 하자 희숙이 갑자기 냉면이 먹고 싶어졌다. 봐서 내일은 시원한 냉면을 사서 꼭 해 먹어야겠다고 마음먹는다.

슈퍼는 아직도 불빛으로 환하게 밝히고 있었고 주인여자가 가운터에 앉아 뭔가를 계산하듯 펜대를 놀리고 있었다. 희숙은 슈퍼로 들어가서 조금 전에 생각했던 냉면을 사갈까 생각하다가 이내 귀찮아서 그만 두었다. 내일로 미루었다.

슈퍼를 지나 셋집 앞에서 희숙은 깜짝 놀랐다. 꺼먼 물체가 턱하니 가로막고 서 있었기 때문이었다.

"이제 와?"

나직이 말하는 사람은 희숙이 남편 승호였다.

"놀랐잖아…. 왜 안자고 나와 있어요?"

희숙은 반가웠다.

"자다가 깨났지. 자정이 넘었는데 여직 안 와서 걱정돼서 나와 봤어. 피곤하지?"

"눈이 감겨 죽겠어, 어서 빨리 자야지."

그들은 지하방으로 들어왔다. 희숙은 속이 편치 않은 느낌 때문에 냉장고에서 사이다부터 꺼내 한 컵 따라 마셨다. 그럼에도 개운한 느낌은 잠시, 다시 속이 더부룩해진다.

그녀는 서둘러 부엌에 가서 세수를 하고 양치질을 했다. 양치질을 끝낼 때 쯤 희숙은 또 한 번 욱 하고 토할 것 같은 울렁거림이 일었다. 짜장면에 체해도 단단히 체한 모양이라고 희숙은 생각한다.

희숙은 세수한 물에 발까지 씻었다. 그리고 방으로 들어가 요위에 쓰러지듯 누웠다. 그런데 그토록 쏟아지던 잠이 점점 오간데 없이 사라져 버리는 것이다. 눈을 감았으나 정신은 더없이 말똥말똥 해지는 것이었다.

희숙은 천장을 바라보았다. 짙은 어둠이 꽉 찬 지하셋방, 눈을 뜨나 감으나 암흑천지뿐이다.

웡- 냉장고 모터 돌아가는 소리가 오늘 따라 유별히 시끄럽게 들린다.

"왜 잠이 안 와?"

뒤척이는 아내에게 승호가 팔을 뻗어 팔베개를 만들어 준다. 잠이 안 오기는 그도 마찬가지인 모양이다.

"금방 씻어서 그런지 피곤한데 잠이 안 오네. 자기는 왜 안 자요?"

"나야 뭐 요즘 환자처럼 밤낮없이 드러누워 쉬는 게 일이잖아. 며칠 더 이러구 있다간 진짜 병 날 것 같다."

"오야지한테 아직 무슨 소식이 없어요? 가만있지 말고 전화라도 자주 해보지 그래요."

"내가 안 했겠어. 곧 일거리가 생길 테니 집에서 푹 쉬고만 있으라잖아…. 어서 빨리 일 나가야 될 텐데…."

그러면서 슬며시 희숙이 배꼽 밑으로 손을 가져다 댄다. 무슨 뜻인지를 아는 희숙이 이내 그런 남편의 손을 살짝 밀쳐낸다.

"아이, 피곤한데 생각 없어. 어서 자기나 해요."

승호는 멋쩍은 듯 이내 손을 거두어 간다. 이어 팔베개도 마저 빼내어 간다. 편하게 자라는 뜻이다. 하지만 희숙은 괜히 미안한 생각이 든다. 희숙은 몸을 돌려

"내일 해요. 내일하면 되잖아요…. 어서 잡시다."

중얼거리듯 말하곤 남편의 한쪽 팔을 자기 쪽으로 잡아 당겨 안는다. 그녀는 두 눈을 감고 애써 잠을 청한다.

시간이 얼마나 흘렀을까, 잠결에 희숙은 뭔가의 기척을 느꼈다. 그리고 그 기척이 뭔지 미처 알아차리기도 전에 눈앞이 환해짐을 느꼈다.

그것은 강렬한 불빛 같았다. 벌써 아침인가, 남편이 화장실에 가면서 불을 켠 것일까. 희숙은 맥 놓인 손으로 옆의 남편을 더듬어 보았다. 그러나 놀랍게도 남편은 옆에 누워 있었다. 그 순간 희숙은 정신이 번쩍 들어 눈을 확 떴다. 웬 낯선 남자가 손전지를 비추며 문턱에 우뚝

서 있질 않은가!

"누누, 누구세요?!"

그녀는 기겁한 나머지 엉겁결에 소리를 쳤다. 두려움에 숨이 다 멎는 듯싶었다.

그와 동시에

"무, 무슨 일이야!"

옆의 승호도 놀라 솟구치듯 벌떡 일어났다. 그 순간 낯선 남자는 손전지를 커든 채로 타타탕 타타탕 요란한 발걸음 소리를 내며 뛰쳐나갔다. 계단에 부딪치는 소리로 지하방이 잠시 지진이 난 것 마냥 흔들렸다.

승호가 쫓아갈 듯 잽싸게 몸을 일으키자 희숙이 그런 남편의 잠옷자락을 사정없이 잡아챈다.

"쫓아가서 어쩔 건데요? 우리처지에 잡은들 때려 주겠어요? 아니면 경찰에 신고를 하겠어요? 우리가 안 다친 것만도 얼마나 다행인데…."

숨죽여 부르짖듯 말하는 희숙의 가슴은 방망이질하듯 더없이 쿵쾅거린다. 승호는 아내의 강력한 힘에 의해 다시 주저 앉혔다. 하지만 분한 나머지

"내 이놈을 잡아야 하는 건데…."

라며 거친 숨소리를 내뿜었다.

솔직히 그가 침입자를 잡을 듯이 말은 이렇게 했지만 그 역시 뛰는 가슴을 진정할 수가 없었다. 아내와 마찬가지로 낯선 자를 본 순간 전신이 두려움에 휩싸였던 것이다. 그럼에도 뒤쫓아 나가려 했던 것은 그가 결코 남자답게 용기를 낸 것은 아니었다. 다만 그 순간 자연적으로 나온 반사적인 행동에 불과했을 뿐이다.

승호는 뛰는 가슴을 진정하며 참으로 아내가 자신을 말리기를 잘했

다는 생각을 해본다. 아닌 말로 뒤 쫓아 가다 놈을 잡기는커녕 오히려 자신이 된통 당할지도 사실 모를 일이지 않은가. 무단 침입한 놈이 흉기를 휴대 안 할리 만무하고 그래서 놈이 휘두르는 흉기에 찔려 어쩌면 그 자리에 쓰러져 영원히 잠들지도 사실 모를 일이다. 그렇게 되면 TV뉴스에 아마

'40대 중국동포 흉기에 찔려 사망.'

이런 타이틀의 기사가 보도되겠지. 이 누추한 지하방도 어쩌면 뉴스 보도와 함께 화면에 크게 나올지도 모를 일이다. 아내의 대성통곡 장면도 물론 빠뜨리지 않고 나올 것이 분명하고… 상상만 해도 오싹한 기분이 들었다.

이들 부부는 숨쉬기도 벅찬 듯 잠시 서로가 서로의 심장 고동 소리를 듣는 듯했다.

도둑일까? 지하방에 훔쳐갈 물건이라도 있다고 생각하고 들어온 것일까…. 희숙은 생각하면 할수록 마음이 섬뜩해진다. 몸마저 덜덜 떨린다.

그녀는 이불로 몸을 감싸듯 이불자락을 당겨 어깨위로 둘렀다.

"여보, 우리 어제 누가 맨 뒤에 들어 왔어요? 문을 채우기는 했어요? 어쩐 일인지 걸어 잠근 기억이 전혀 안 나네요."

"글쎄, 그렇게 물으니까 나도 잘 모르겠어. 그동안 안 채운 적이 없었잖아."

승호, 그 역시도 긴장한 탓인지 대문을 채웠는지 그 여부가 전혀 기억이 안 난다. 어쨌거나 만일 훔칠 생각이었다면 대문을 아무리 채웠던들 도둑놈한테는 무용지물일 것이냐.

"대문이 열렸을 텐데 나가서 채워야지."

승호가 다시 일어난다. 숨죽인 목소리로 희숙이 말한다.

"같이 나가요."

"아니야, 당신은 그냥 있어."

"그럼 불 킬까요?"

승호는 잠시 생각하다가

"켜도 되겠지 뭐, 지 놈은 더 놀랐을 테니까. 지금쯤 아마 멀리멀리 달아나 있을 걸…."

그녀는 재빨리 머리맡을 더듬어 스탠드를 찾아 불을 켰다. 지하방이 금세 환해졌다.

승호는 별안간 윗목에 세워둔 옷걸이 쪽으로 다가가더니 거기에 걸린 옷가지들을 죄다 방바닥에 내려놓고 스텐으로 된 옷걸이 봉대를 잡아 손으로 가늠해 본다. 이어 됐다는 식으로 재빠르게 나사를 돌려 파이프를 빼 낸다. 그것을 무기삼아 들고 부엌으로 나가는 것이었다.

부엌에서 대문까지는 아주 경사진 계단이 있는데 그것을 타고 올라가야만 한다. 이사 온 처음에는 층계가 좁기도 하지만(약 60Cm) 워낙 가팔라서 거의 수직에 가까운 사다리를 오르내리는 느낌이었다. 특히 어두운 밤에 지하방 계단을 내려가노라면 희숙은 흡사 옛날 어릴 적 중국의 초가집 텃밭에 깊숙이 파놓은 김치 굴로 들어가는 기분을 느끼기도 했다.

희숙은 일어났다. 남편 혼자 나가는 것이 마음에 걸린 데다 전등불로 어둠이 물러가자 조금 전의 공포심도 따라서 조금 사라진 것이다.

그녀가 부엌으로 나가자 남편은 어느새 대문을 채우고 내려오고 있었다. 그들 부부는 약속이나 한 듯 부엌에 이상한 흔적이 있나 없나 시선을 주고받으며 살폈다. 별다른 걸 발견 못한 그들은 이내 부엌 등을 끄고 다시 들어왔다. 이미 새벽 4시가 다 돼가고 있었다.

"자명종 울릴 때까지 어서 누워 자, 하루 종일 일하려면 피곤할 텐데."

승호가 말했다.

"이 판에 어디 잠이나 오겠어요…. 당신도 누워요…."

"나야 뭐…. 낮에 자면 되잖아."

승호는 누우면서 불을 껐다.

"켜 둬요. 어차피 잠자기는 글렀어요."

희숙이 바로 손을 뻗어 머리맡의 스탠드 등을 다시 켠다. 어둠이 차게 되면 공포심에 다시 휩싸일까 그게 두려운 모양이다. 밝힌 스탠드 등으로 지하방이 다시 환해졌다. 눈부신 불빛을 바라보며 희숙은 참으로 자신이 가져오길 잘했다는 생각을 한다.

이 스탠드는 얼마 전까지만 해도 주인집 아들의 소유였다. 고장 난 것도 아니면서 단지 사용 연도수가 오래된 것이라 싫증난다고 새 모델로 교체하는 바람에 버리려고 문밖에 내놓은 것을 그녀가 몰래 가져오게 된 것이다. 당초엔 단지 아깝다는 생각에서 가져왔을 뿐인데 정작 사용해 보니 너무나 유용했다. 이 스탠드가 없었을 땐 번마다 장님처럼 벽을 더듬어 스위치를 찾아 불을 켜야 했고, 그도 아니면 천장 중앙에서부터 내려 떨어뜨린 형광등 스위치 끈을 어둠 속에 일어나서 팔을 휘저어 찾아 잡아 당겨야만 했다. 스탠드의 편리함을 일찍 알았더라면 희숙이 돈을 주고라도 진작 하나 샀을지도 모를 일이다.

따르르릉- 자명종 소리에 희숙은 눈을 뜨고 있는데도 크게 놀란다. 하품과 더불어 희숙은 새벽을 맞았다.

그녀는 일어나 빗질하듯 양손으로 머리를 몇 번 쓸어 넘긴 뒤 머리맡에 놓아둔 핀을 찾아 꽂은 다음 옆의 남편에게 말한다.

"부엌에 같이 나가줘요."

"알았어."

남편은 눈을 감고 있다가 곧 일어난다.

남편 뒤를 따라 부엌에 나간 그녀는 고양이 세수하듯 간단히 세수를 하고 다시 들어와 빠른 손놀림으로 여느 날과 마찬가지로 얼굴에 스킨 로션을 문질러 바른다. 그리고 옷을 찾아 입고 작은 손가방을 챙겨들고 부엌으로 나왔다.

부엌에 멍하니 서 있던 승호는 아내가 나오자 곧바로 계단을 올라가 대문을 밀치듯 확 열어젖힌다. 그러더니

"에이, 에이, 여기다 어떤 놈이 또 오줌을 갈겨놨어. 개놈의 새끼!"

씹듯이 욕을 하는 승호는 한 발짝 훌쩍 뛴 다음 징그럽다는 표정으로 신바닥을 바닥에다 마구 비벼댄다. 뒤따르던 희숙이 멈춰선 채 바라보니 대문 입구 바닥이 오줌으로 질펀하게 젖어 있었다. 간혹 있는 일이어서 크게 놀랄 건 없지만 한밤중 달아난 그 도둑놈의 것인지도 모른다는 생각이 불쑥 떠올라

"혹 그 놈이 아닐까요, 예?"

라며 남편을 바라본다.

"그 놈 도둑 말이야?"

"진짜 도둑이 아니라 혹 술 취한 놈이 아닐까 해서요."

"그렇다면, 뭐 걱정할 건 없지…."

"손전지를 들고 있는 것으로 봐서 근처 어디 가까운 곳에 다니는 경비아저씨인지도 모르잖아요…."

희숙은 속삭이듯 나직이 말하며 밤중에 침입한 놈이 정말로 취객이었으면 좋겠다는 생각을 한다. 남자들이란 본래 어디서건 겨냥하는 버릇이 있는 만큼 혹시 그 놈도 취중에, 아니 취중이 아니더라도 지나가다 이곳 으슥한 지하방 대문을 창고 문으로 착각하고 그래서 맘 놓고 배설해댔는지도 모를 일이 아닌가. 그리고 그냥 무심히 아니면 호기

심에 대문을 한번 가볍게 당겨 본 것이 의외로 쉽게 열리는 바람에 그래서 들어와 봤는지도 사실 모를 일이다. 훔칠 생각이었다면 창고에 둬 둔 물건일 것이었다.

당초 광고보고 싼 방이 있다는 지금의 방을 보러 왔을 때 3층 건물 한쪽 구석에 위치한 이 지하방 대문이 희숙이네도 창고로 알만큼 외관상 전혀 사람이 살 수 있다고 생각되지 않았던 것이다. 누가 봐도 지하 창고문이었다. 실제로 이 건물을 지을 때 맨 지하층을 창고용도로 지었기 때문에 지금은 아니지만 내부에 난방시설이나 상수도 같은 것들이 애초엔 아예 없었다고 한다. 이 같은 사실은 희숙이네가 집 보러 왔던 날 이집 주인으로부터 상세히 들어서 알고 있었던 것이다.

"어서 가! 오늘도 늦어지면 전화 꼭 해. 내 마중 나갈 테니까."

승호가 아내에게 가라며 손짓을 한다. 밖을 나오니 한밤중처럼의 공포심은 사라져 버렸지만 희숙은 그래도 밤이 되면 무서워질까봐 남편에게 그러겠다고 말한 다음 돌아섰다. 남편으로부터 마중 나온다는 말에 희숙은 자신도 모르게 발걸음에 힘이 생겼다. 새삼 든든한 마음이 드는 것이다. 혼자가 아니어서 의지가 되는 남편이 처음으로 고마웠다.

날씨가 어제와 달리 어둠침침해 보인다. 하늘을 보니 구름 같은 어두움이 낮게 드리워져 있다.

'비가 또 올려나 보다.'

희숙은 생각하며 빠른 걸음으로 주인집 아파트로 향한다.

하루하루 하는 일이 한결같이 반복되고 있다. 쉬는 날도 전혀 없이 완전 전천후다. 날마다 새벽같이 일어나 서둘러 주인집으로 달려가서 밥하고 빨래하고 청소하고 그리고 일일이 주인 식구들 비위 맞춰가며 그들의 수발을 들어줘야 하는 것이다.

희숙이 아파트에 도착해서 맨 먼저 하는 일이 그녀가 없는 동안, 즉 퇴근 후에 주인 식구들이 어질러 놓은 것들이다. 전날 저녁 미뤄둔 설거지에다 늦은 간식까지 먹느라 부엌과 식탁은 언제나 어수선하고 어지럽다. 그것들을 적당히 치우고 나서야 희숙은 아침식사 준비를 한다.

이 집엔 할머니와 할아버지, 큰아들과 며느리 그리고 손자, 손녀 이렇듯 여섯 식구다. 노인 내외는 의좋게 희숙이가 도착하면 그때 일어나 근처 놀이공원으로 산책을 나간다.

그 다음 역시 아들과 며느리가 의좋게 일어나 출근준비를 한다. 그러나 초등학교 4학년에 다니는 손자와 2학년 다니는 손녀는 약속이나 한 듯 둘 다 스스로 일어나는 법이 없다. 바쁜 와중에 희숙이가 아무리 불러 깨워도 일어날 생각을 안 한다. 결국 그 엄마가 만사 제쳐놓고 들어가서 아이들에게 학교가 늦어진다고 흔들고 막 야단을 쳐서 깨워야 마지못해 겨우 일어난다. 그때가 되면 운동 나갔던 노인 내외가 느릿느릿 들어와 TV 앞에 앉는다. 할머니는 사이사이 누구에게나 보는 대로 참견하듯 간섭을 한다.

차려놓은 밥상에 아들 며느리가 식사를 마칠 때쯤 해서야 아이들이 와서 밥을 먹는다. 그들이 식탁에서 물러나면 그 다음엔 노인 내외가 느릿느릿 식탁에 와서 앉는다.

그 동안 주인 식구들은 거의 릴레이를 하듯 한사람이 먹고 나가면 또다시 한사람이 와서 먹고 그리고 끝난다 싶으면 또 다른 식구가 와서 식탁에 앉는 식이었다.

그래서 아침 내내 부엌은 분주했다. 아침엔 부엌뿐만 아니라 화장실도 마찬가지다. 두 개의 화장실도 부족할 정도로 식구들이 한없이 들락거린다. 일일이 볼일보고 또 씻고 양치질하노라면 화장실은 그야말로 부산스럽기 짝이 없다.

TV소리, 할머니의 끝날 줄 모르는 잔소리, 거기다 식구들이 면도나 헤어드라이기를 사용할 때면 그것 자체만도 커다란 소음이었다. 그것들 또한 불협화음으로 아침 내내 희숙의 귀에 시끄럽게 윙윙거린다. 그 와중에

"아줌마! 여기 타월요…."

화장실에서 그녀를 손짓해서 부르는가 하면

"아줌마! 여기 국물 좀 더 줘요…."

식탁에서도 숨 가삐 그녀를 찾아댄다. 조금만 늦어지면 얼굴표정이 달라졌다.

그 동안 한국인들의 성격이 대체적으로 급한 것 같았는데 이 집 식구들은 그 정도가 심했다. 참을성이 도통 없어 보였다. 성격들이 어찌나 급한지 식구들 하나같이 순간순간을 못 참아 냈다.

한마디로 희숙을 단추만 누르면 움직이는 기계로 취급하려 들었다. 그래서 인간로봇 노릇을 하지 않으래야 않을 수가 없다. 특히, 애들이 더했다. 예를 들면, 밥을 뜨고 있는데도

"국은 없어요? 안 줘요?"

그래서 국이라도 먼저 떠 주는 날이면

"밥은 안 줘요?"

그것도 희숙을 빤히 쳐다보며 예사로이 다그쳤다.

쫓기는 심정이 싫어서 언제 한번은 식탁에 와서 앉을 것에 대비해 희숙이 음식을 미리 차려 놓았더니 음식이 식었다고… 그래서 다시 데웠더니 음식 맛이 달라셨나는 불평을 해댔다.

그 후부터는 희숙이 일단 식구가 와서 앉으면 그때 바로바로 밥상을 차려내야 했다. 참으로 잡다한 심부름에서 헤어날 수 없는 날의 연속

인 것이다.

못사는 중국에서 왔다는 이유 하나로 애들까지도 대놓고 무시하고 함부로 대하는 데는 희숙이 또한 최대한 인내를 베풀지 않으면 안 되는 것이다. 반말은 보통이고 혼자 충분히 할 수 있는 일마저도 쩍하면

"아줌마!"

"아줌마!"

강아지 부르듯 희숙을 마구 불러댔다. 음료수 같은 아주 간단한 것도 마치 사전 교육을 단단히 받은 듯 절대 혼자 냉장고에서 꺼낼 생각을 안 한다. 그래서 언젠가

"그런 건 혼자서도 얼마든지 꺼내 마실 수 있잖아…."

희숙이 알아듣게 한마디 했더니 바로 기다렸다는 듯이

"우리 엄마가 돈 주잖아, 돈 주고 시키는데 왜 꺼내주기 싫어해! 아줌마 게으름을 피워도 되는 거야?"

어린 것이 두 눈 똥그랗게 뜨고 또박또박 말 대꾸질 했다. 기가 막혔다.

기가 막히는 날이 허다했다. 특히, 어린 손녀딸이 심했다.

어느 날인가 부엌에서 일하고 있었는데 집안 어디선가 어떤 소리가 들리는 듯했다. 처음엔 그게 무슨 소린지 감을 잡지 못하다가 곧 안방으로부터 누군가 자신을 부른다는 사실을 알아차린 희숙은 그 즉시로 안방으로 달려갔다. 그랬더니 안방 화장실에서 주인손녀가 변기에 앉아 자신의 속옷을 찾아 달라는 것이었다. 목소리엔 화가 잔뜩 묻은 채로 말이다.

고함치듯 불러서 무슨 큰일이라도 생긴 줄 알았는데 고작 서랍속의 속옷 때문에 호출한 것이었다. 게다가, 화장실 문이 닫힌 채 불렀으니 희숙이 잘 알아듣지 못한 것은 당연했으나 그렇게 불렀는데도 못들은

체 했다며 오히려 희숙에게 성깔을 부렸다.

그러는 동안 부엌에서는 가스레인지 위에 올려놓은 고등어 자반조림이 타고 있었는데 다행히 할머니가 발견하고 불을 껐지만 변명의 여지도 없이 정신을 어디에 팔고 있느냐고 할머니로부터 야단을 맞아야 했다.

어린 손녀딸은 쩍하면 그녀 보는 앞에서 그녀의 한국말 발음을 갖고 흉을 보기도 했다. 실은 따지고 보면 한국말도 아니었다. 영어 발음, 그러니까 외래어였다.

어린 것이 평소 가볍게 지나쳐도 될 말인데도 놓치는 법이 없었다.

예를 들면, 컨디션과 콘디션, 캘린더와 카렌더. 이곳에서 이 두 가지 발음을 다 사용하는 것 같은데도 그 차이를 꼬집듯 지적해 주곤 했다. 그것도 모자라 꼭 자기 따라서 발음해 보라고까지 했다. 언짢은 기분이 들지만 식구들 듣는 자리라 희숙이 어쩔 수 없이 웃으며 어린 손녀딸의 입 모양대로 따라 불렀다.

특히, 인스턴트 즉 우리말로 즉각적인, 즉석의 뜻을 가진 발음에 처음에는 많이 헷갈렸다. 인스턴트라는 말을 인터턴트 혹은 인스턴스라는 발음으로 자꾸 나왔다. 그러잖아도 입장이 입장이니만큼 당당하지 못해 표현이 늘 서툴러 창피스러운데 어린 것이 틀릴 때마다 사정없이 다시 따라 발음하기를 반복시켰다. 게다가, 희숙을 가르치는 선생님이라도 된 것처럼 마냥 신나고 즐거워했다. 희숙이 정확하게 따라 발음하면 그때서야 다음부턴 틀리지 말라고 꼭 덧붙이는 말도 잊지 않는다. 그러다보니 말을 할 때 손녀딸을 먼저 쳐다보게 되고 따라서 손녀딸이 옆에 있을 땐 괜히 한국말인데도 발음이 더듬거려지고 외래어는 더 심하게 틀리게 나왔다. 그럴 때마다 희숙은 웃었다. 이집을 무대로 연기하는 꼴이었다. 괴로워도 안 그런 척 웃어야하니 말이다. 외래어가 싫지만 외래어가 통하는 세상이니 외래어를 어쩔 수 없이 사용할 수밖에 없었다.

처음엔 이러한 사소한 일들로 속도 많이 상했었다. 가끔 돈이고 뭐고 다 때려치우고 중국으로 돌아가고 싶은 마음이 불쑥 들기도 했지만 당초 하늘의 별따기만큼이나 힘든 한국행 수속을 생각하면 참는 수밖에 딴 도리가 없었다. 보다 나은 자식들의 미래를 위하여 악착같이 돈을 벌어야 한다고, 힘들고 속이 상할 때마다 희숙은 이같이 자신을 위로했었다. 그 어떤 무엇도 희숙에겐 돈 버는 일만큼 중요하지가 않았다.

몇 년만 참으면 부자가 된다. 마술의 힘을 가진 그 한마디가 그녀의 모든 것을 잠재우며 견디게 하는 비상약이었다.

희숙이 어쩌다 고향사람들과 만나거나 통화를 해보면 남의 집살이라는 게 거의가 다 똑같은 현실이었다. 정도의 차이는 있지만 거기서 거기라는 걸 알 수 있었다. 누군가 인격을 버리고 일을 하면 차라리 마음이 편하다고 했다. 사실, 틀린 말이 아니었다. 희숙이 중국에서라면 상상도 못할 참을성이 이제 이곳 아니, 이집에서는 아주 자연스럽게 그리고 거의 본능처럼 잘 참아내고 있으니 말이다.

아침 내내 햇빛이 모습을 감추고 있다. 거실 통유리 너머 구름 낀 하늘이 조금 엿보인다. 학교로 가게로 식구들이 하나 둘 빠져나가고 오늘따라 할아버지마저 일찍 외출해 버리니 복작거리던 집안이 한결 조용해졌다.

분주한 아침 일상을 끝낸 희숙은 잠시 아침을 먹기 위해 식탁에 가서 앉는다. 앉자마자 온몸이 나른해지면서 밥보다는 이대로 그냥 손 놓고 쉬고 싶다. 어제 야근에다 밤잠까지 설친 탓인지 병든 닭마냥 두 눈이 자꾸 감겨진다. 피곤이 일시에 몰려든다.

"저런 년을 가만 나둬! 병신 같은 것들, 나 같으면 당장 가래를 찢어서 내쫓아 버리겠네…. 어디 감히 사지 멀쩡한 지 서방 놔두고 함부로 바람을 피우냐구…."

거실 소파에 앉아 TV를 보는 할머니는 아까부터 흥분을 감추지 못하고 연신 희숙이를 돌아보며 드라마 속에 나오는 여주인공을 향해 맹렬히 욕을 퍼붓는다. TV속에 자기 마음에 들지 않는 장면이 나올 때마다 할머니는 그렇게 욕을 퍼부어야 직성이 풀리는 모양이다.

그럴 때는 희숙이 또한 눈치껏 맞장구를 쳐줘야 할머니가 좋아한다.

아니다 다를까, 할머니가 희숙을 향해 말을 걸어온다.

"아줌마! 중국에서도 기집 년들이 바람을 막 피우고 다니나? 요즘 젊은 여편네들 통 못써먹겠어. 세월 좋아 경제권을 맡기니까 지들 살판났다고 아무데나 쏘다니다가 외간남자 만나 덜컥 바람이나 피우구 말이야…."

"할머니, 어디에 살든지 사람 사는 덴 다 똑 같아요. 중국에서도 바람피우는 여자들이 많다고 들었어요. 혼자 사는 과부들도 있는데 남편 두고 왜 그러는지 모르겠어요. 한마디로 호강에 초친 거지요 뭐. 저런 여자들은 그냥 잡았다가 꼼짝도 못하게 패줘야 해요…."

"빨가벗겨 내쫓아야 된다니까…."

신이 난 듯 할머니는 요즘 젊은 여편네 운운하며 한참을 더 욕을 해대고서야 그만 두었다.

희숙은 밥을 떠 국물에 말아먹을까 생각하다가 갑자기 김칫국물이 먹고 싶어졌다. 며칠 전에 김치 냉장고에서 꺼낸 김치가 적당히 익어서 국물이 아주 시원했었기 때문이다.

그녀는 김치냉장고에서 김칫국물을 꺼내 밥에 말았다. 하지만 몇 숟갈 못 먹고 그만 두었다. 속이 또 울렁거리기 시작하는 것이다. 어제

급히 먹은 짜장면에 된통 체한 것 같아 희숙은 할머니를 향해

"할머니 혹 소화제 사 놓은 거 있으세요?"

라고 물어본다.

"갑자기 그건 왜? 뭘 잘못 먹었어?"

그러면서 할머니는 일어나 식탁으로 다가온다. 마침 아침 연속극이 끝난 것이다.

"어제 늦게 짜장면을 먹었는데 급히 먹어서 체했나 봐요. 속이 울렁거리면서 계속 편하지가 않아요."

"면 음식일수록 천천히 먹어야 돼! 매끄럽다고 빨리 넘기면 안 되는 거라구. 나도 언젠가 한번 국수 먹고 체한 적이 있었어. 기다려봐, 있어, 내가 가서 찾아 올테니….""

할머니는 중얼거리면서 안방으로 들어가 수북이 담긴 약 바구니를 안고나온다. 그것을 식탁위에 올려놓고 이리저리 뒤적이다 한 약병을 찾아내 그 속에 든 파란색의 알약 한 알과 아주 작은 유리약병 하나를 건네준다.

"우선 이 소화제 약부터 먼저 먹고 이걸 마셔봐, 맥소롱인데 직통이야. 웬만큼 이렇게 먹으면 다 들어. 흔들어서 마시라구….""

희숙은 우선 할머니 말대로 알약을 입에 넣고 맥소롱 약병을 병째로 흔든 다음 병뚜껑을 열고 단숨에 마셨다. 양이 너무 적어 겨우 식도나 적시는 느낌이다.

"김칫국물에 밥 말았어? 쯧쯧, 소화가 안 될 때는 위에 염증이 있다는 얘긴데 매운 걸 먹으면 어떡해?"

할머니가 식탁위의 밥그릇을 보며 한심하다는 말투로 말한다.

"갑자기 얼큰하고 시원한 거 먹고 싶어서요."

"엉? 체한 게 아니라 혹 임신한 거 아냐?"

할머니는 괜히 심통난 사람처럼 입술을 실룩거린다.

"이 나이에 무슨 임신이에요?"

희숙은 어이없다는 투로 대꾸한다.

"그건 모르지. 옛날에 보면 50대도 아일 낳더라니까. 아줌마 이제 나이 얼마야?… 40대중반이면 아직 낳을 수 있어."

"그럼, 낳지요 뭐."

희숙은 농담 받아넘기듯 가볍게 말한다. 그러나 이상하게 임신이라는 단어에 신경이 쓰이는 것이다.

소화제에 직통 듣는다는 맥소롱을 마셨는데도 속이 후련치 못하다. 그녀는 앞에 놓인 밥그릇을 멍하니 바라보았다. 김칫국물에 말아놓은 밥이 어느새 빨간색을 띠고 알알이 불어나 있었다. 희숙이 눈에 갑자기 그것들이 붉은 피로 보이면서 욱, 하고 뭔가 치밀어 오르기 시작한다.

그녀는 입을 막고 부랴부랴 화장실로 들어가 변기통에 몸을 기울였다. 이윽고 온몸의 열기가 머리로 몰리는가 싶더니 조금 전 먹은 것들이 힘겹게 올라오며 목구멍 전체를 따갑게 쓸어내린다. 신음소리가 절로 새어 나온다. 눈물 콧물… 잠깐 동안 정신이 나간 것처럼 눈앞이 혼미스럽다.

그녀는 휴지로 눈과 코를 닦은 다음 변기에 물을 내린다. 그리고는 잠시 생각에 잠기듯 세면대에 기대고 서 있다. 그냥 나온 말이겠지만 할머니 말대로 임신이 아닐까 하는 생각이 드는 것이다.

희숙에게 있어 임신이란 단어는 낙태를 연상케 하는 공포가 아닐 수 없다.

"아줌마! 어디 있어? 밖에 비가 오는데 베란다 창문 청소해야하지 않겠어?"

멀리 간 것도 아닌데 할머니는 일단 눈에 안 보이니 소리쳐 희숙을 부른다.

"알았어요."

희숙은 대답하며 급히 화장실에서 나온다.

아침부터 날씨가 흐리다 했더니…. 비가 내리고 있었다. 이런 날은 미뤄둔 베란다 유리창 청소를 해야 한다. 베란다 안쪽 창문은 언제라도 상관없지만 바깥쪽 유리는 오늘처럼 비가 오는 날이라야 먼지와 때를 제거시켜 준다.

희숙은 베란다에 나가 오른쪽의 방충망을 조금 뒤로 밀어젖히고 베란다에 설치해둔 호스가 딸린 물총을 빼들고 조심조심 오른쪽 유리창 밖으로 손을 내민다. 팔을 뻗어 그녀는 상하로 이동하며 차례차례 물세례를 퍼붓는다. 12층 높이라 아래를 보면 아찔하고 어지러울 뿐만 아니라 자칫 추락의 위험까지 있지만 그녀는 요령을 터득해 될수록 몸체를 안쪽으로 기운 채 의식적으로 내뿜는 물줄기만 바라보며 물청소를 한다.

당초 희숙이 이 집에 왔을 때 베란다 창밖의 유리가 아예 청소를 안한 듯 유리창이 뿌옇고 게다가 얼룩져 있었다. 희숙이 어느 날 큰마음 먹고 청소를 하는 김에 베란다 밖 유리창을 한번 깨끗이 닦아보기로 했다. 그런데 그냥 물로는 깨끗이 되질 않았다. 어쩔 수 없이 내친김에 세제를 풀어 긴 마포걸레로 빡빡 닦았다. 베란다 양쪽으로 옮겨 다니며 천천히 조심조심 하다 보니 오랜 시간이 소요됐다. 그제 서야 유리창이 보기 좋게 투명해졌다.

이튿날 희숙의 양쪽 겨드랑이에 가래톳이 나 섰고 몸살까지 앓을 정도였다. 그날 이후로 청소는 비누 없이 물로만 해도 깨끗함을 유지했다.

주인할아버지는 아줌마 들어오고 창유리가 너무 깨끗해져서 좋다고 마음뿐만 아니라 세상이 다 훤해진 것 같다며 칭찬을 아끼지 않았다.

주인할아버지를 통해 그동안 자연인 바람과 빗물이 청소를 대신해주었을 뿐 어느 누구도 선뜻 베란다 밖의 유리청소를 해줄 사람이 없었다고 한다.

희숙은 오른쪽 창문청소를 끝내고 물총 호스를 왼쪽 유리창으로 끌어다놓고 얼른 거실로 나온다. 할머니가 거실에 없는 사이 거실의 달력 앞으로 다가가 재빠르게 날짜를 더듬어 본다. 정확하지는 않지만 정상 생리일이 조금 지나 있다는 것을 깨닫는다. 왜 그쪽으로 생각 못했을까? 지난 날 체한 것하고 임신 반응은 확연히 달랐는데… 희숙은 저도 모르게 울상이 되었다.

물청소를 끝내자마자 희숙은 밖으로 나왔다. 할머니가 관절염용 파스를 사달라고 그녀에게 심부름을 시킨 것이다. 그러잖아도 할머니가 눈치 채지 않게 동네 약방에 다녀오려던 참이었다. 퇴근길에 들러도 되지만 한시가 급한 마음에서였다. 언젠가 본 TV 연속극에서 여주인공이 임신 증상을 느끼고 약방에 가서 어떤 간단한 기구를 사서 사용하는 걸 보았는데 희숙은 당장 그것을 사용해 보고 싶었던 것이다.

추적추적 내리는 비는 그칠 기미가 안 보인다. 아파트 정원 곳곳에 심어진 나무들은 비를 맞아 한결 더 싱싱해 보이고 무리지어 핀 진달래꽃들이 비에 흠뻑 젖은 채 떨고 있다.

꽃이나 푸른 싱그러움에 마음을 줄 여유도 없이 우산을 쓴 그녀는 몸을 한껏 움츠리며 송송설음으로 약방으로 향한다.

약방에 들어선 그녀는 저도 모르게 한숨부터 내쉰다. 잠시 우물쭈물하는 사이 약사 아주머니가 뭘 사실 거냐고 아주 친절히 묻는다.

"저, 저 임신한 거 같아서, 그것 좀 알아보려구요."

기어 들어가는 목소리로 겨우 이런 말을 토해 낸다.

"아, 임신테스트 해보게요? 여기 있어요."

말하며 약사 아주머니는 조그마한 포장박스를 찾아내 그녀에게 건네준다. 그녀가 보니 포장박스에 '아이캔테스트'라는 글자가 찍혀 있었다.

"그 속에 사용 설명서가 있지만 좋기는 아침 첫 소변에 검사해야 정확도가 높거든요."

"고마워요."

그녀는 값을 지불하고 재빨리 나왔다. 나오는데 뭔가 찜찜했다. 그러나 곧 할머니 심부름을 잊은 것이 생각나 그녀는 다시 들어가 관절염용 파스를 샀다.

아파트로 돌아와 그녀는 우선 금방 약국에서 사온 관절염용 파스를 한시가 급하다는 할머니의 양쪽 무릎에 붙여드리고 자신이 산 것, 즉 '아이캔테스트'를 보기 위해 거실 화장실로 들어갔다.

포장박스를 뜯어 내용물을 꺼내 보니 볼펜처럼 길게 생겼는데 분홍색 뚜껑이 있었다. 설명서에 뚜껑을 열면 종이 재질로 된 끝이 납작하게 생긴 부분을 흡수막대라고 하며 이를 채뇨부라 하는데 채뇨부가 충분히 젖을 만큼 흐르는 소변에 적신 다음 약 1분을 기다려 위쪽부분 즉 검사종료 창에 보라색선이 나타나는가를 검사하면 된다고 했다. 그것으로 임신여부를 판정한다는 것이었다. 안 나타나면 비 임신이란다.

그녀는 현재 징후로 미루어 90% 임신일 것이라고 단정 짓는다. 아니기를 바라지만 속이 매슥거리는 것도 그렇고 느닷없이 냉면 같은 시원한 것이 당기는 것도 확실한 임신증상이라고 생각됐다. 더욱이 임신 중절한 기억은 그녀에게 있어 공포 그 자체이기 때문에 그녀는 하루 종일 임신에 대한 걱정이 떠나질 않았다.

밤늦게 실밥 따는 일을 끝내고 지하문을 나서자 남편이 약속대로 마중 나와 있었다. 임신에 대한 걱정으로 예민해진 그녀는 그런 남편에게 웃음을 보일 수가 없었다. 남편은 아내의 기분을 감지한 듯

"무슨 일 있었어? 어디 아파?"

라고 걱정스레 물었지만 그녀는

"그냥 몸이 좀 피곤해서요."

라고 짧게 말할 뿐이었다.

셋방에 돌아와 그녀는 쓰러지듯 누웠다. 하지만 쉽게 잠들 수 없었다. 이런 날일수록 오만가지 생각들이 줄줄이 떠오르는데 특히 두고 온 자식들을 생각하면 눈물부터 앞섰다.

돈이 뭔지! 돈 번답시고 한국에 나와 애들을 부모와 떨어져 지내게 한 것도 서러운데 시댁이나 친정 모두 함께 돌봐 줄 형편이 못돼 애들을 어쩔 수 없이 친정에 시댁에 각자 따로 떨어져 지내게 한 것이 무엇보다 가슴 아프다. 어서 빨리 돈을 벌어야 가족이 함께 모여 행복하게 잘 살 수 있을 텐데…. 사무치는 그리움에 그녀의 두 눈은 어느새 푹 젖어있었다.

자식 생각이 아니더라도 그녀는 요즘 걸핏하면 눈시울이 뜨거워지곤 했다. 아주 대수롭잖은 일에도 희숙은 슬픈 마음이 생기는 것이었다. 우울증이라도 걸린 걸까?

생각에 지쳐 뒤늦게 잠이 든 그녀는 그러나 새벽녘이 되자 절로 눈이 떠져 벌떡 일어났다.

그녀는 화장실로 들어갔다. 이상스레 긴장되어 그녀는 두근거리는 가슴에 손을 대고 긴 한숨부터 내쉬었다. 그녀의 한숨소리는 어쩌면 긴 호흡처럼 생리화 돼버린 것인지도 모른다.

첫 소변으로 그녀는 조심스레 임신 진단 시약을 적셨다. 이윽고 예감대로 양성반응이 나왔다. 검사 표시창에 뚜렷이 진한 보라색 선이 나타난 것이다. 정확도가 95%라고 하니 이젠 영락없이 임신이었다. 이제 병원에 가서 검사해본들 뭐가 달라질 게 있을까 싶어 그녀는 이제 절망스런 기분이 되었다.

희숙은 가정부 일을 마치고 가까운 산부인과를 찾았다. 그 시간에도 몇 명의 환자가 대기하고 있었다. 우물쭈물 그녀는 카운터로 다가갔다. 간호사가 그녀에게 의료보험증이 있냐고 물었다. 그녀는 없다고 작은 목소리로 말했다. 어떻게 오게 됐냐고 간호사가 다시 묻자, 그녀는 주위를 신경 쓰며 다시 작은 목소리로 임신한 것 같아 검사해보고 싶어 왔다고 말했다. 이어 간호사가 이름과 나이, 생리한 날짜를 묻고 나서 대기 의자에 앉아서 기다리라고 했다.

드디어 희숙의 차례가 되어 들어갔다. 초음파를 끝내고 의사선생님으로부터 임신4주라는 진단을 받았다. 희숙이 풀죽은 목소리로 낙태를 원한다고 말했다. 그러자 간호사가 시간 예약을 해야 한다면서 희숙에게 내일 오후 3시경이 어떠냐고 물었다. 그러면서 돈 30만원을 준비해 오라고 덧붙였다. '30만원?'

희숙은 그 정도까지 비용이 든다는 생각은 못했다. 기껏해야 십만원이면 되겠지 했다.

간호사가 재빨리 그녀 마음을 알아차린 듯 다시 한 마디 덧붙인다. 그러니까 의료보험카드에 상관없이 누구라도 낙태수술을 받으려면 똑같이 30만원 비용이 든다는 것이었다.

30만원이면 중국 돈으로 얼마인가! 그녀 머릿속엔 원화를 달러환율로 적용해 인민폐로 다시 환산한 금액이 금방 떠오른다. 자그마치 2,000원이 넘는 돈이다.

중국에서라면 아주 작은 비용으로도 문제를 해결할 수 있을 텐데….
물론 지난날에는 몸담고 있는 소속기관의 임신내용증명을 받아 가면
소속 병원에서 무료로 수술 받을 수도 있었다. 그 시기 국가에서 '산아
제한정책'으로 결혼한 모든 여성에게 강제적인 피임과 임신중절을 무
료로 해 주었으니 말이다. 아무튼, 지금 중국으로 돌아갈 수도 없고….

아무래도 30만원 비용은 너무 비쌀 뿐만 아니라 낭비처럼 너무 아깝
다는 생각이 든다. 이제 그녀는 낙태수술의 공포보다 지출해야 할 목
돈에 더 신경이 쓰인다.

그녀의 망설임을 파악한 듯 간호사가 수술 시일이 늦어질수록 태아
가 빨리 자라기 때문에 그만큼 수술 후유증이 클 수밖에 없다는 말로
그녀에게 겁을 준다. 그러면서 보호자와 함께 와야 한다고 했다.

그녀는 생각 끝에 내일 오후 4시경이 좋겠다며 예약을 해버렸다. 잠
시 30만원에 마음이 흔들렸지만 솔직히 낙태 아닌 다른 선택의 여지
가 없는 그녀다.

그길로 그녀는 송사장 댁 가게로 향한다. 모르긴 해도 빨간 입술이
실밥 따기 쉬운 일감부터 골라 많이 해버렸는지도 모른다. 오늘은 병
원 가는 일로 좀 늦어진다는 연락을 해서 괜찮지만 내일은 어쩌면 수
술 때문에 일을 못하게 될지도 모르겠다. 하긴 앉아서 하는 일이니 못
할 것도 없지 싶다. 당장 생각지도 못한 임신으로 졸지에 돈 30만원을
지출하게 생겼으니 한 푼이라도 더 벌어 보태야 되지 않을까. 희숙은
생각한다.

문득 30만원이면 가짜 신분증을 만들 수 있다는 고향 친구의 말이
떠오른다.

고향사람들은 일단 정보가 된다 싶으면 친목 차원에서 서로가 전화
연락을 해서 소식부터 알린다. 정보를 교환함으로써 서로가 소식통 역

할을 하는 한편 힘들고 외로운 한국 생활을 이겨 나가는데 한 활력소가 되기 때문이다.

현재 많은 고향사람들이 서울 곳곳에서 일하고 있어 자체적으로 정보망을 갖고 있는 셈이어서 교포들에 대한 뉴스나 소문들은 바로 고향사람들의 안테나에 잡히기 마련이다.

그날 친구는 고향 아무개 누구는 이미 가짜 신분증을 가지고 있다면서 우리도 곧 마련하지 않겠냐고 희숙의 의사를 물었었다. 그녀는 싫다고 했다. 30만원을 써서 한국인인 척 행세를 한다는 그 자체부터가 부담스러웠고, 어떤 혜택을 받을 수 있다는 것에도 믿을 수 없었다. 보장 받는다는 확신은 더더욱 없었다. 무엇보다 30만원이 아깝다고 생각했던 건 가짜여서 언젠가는 들통 날 수 있다는 우려 때문이었다.

불법체류 사실만으로도 엄연히 죄인인데 거기다 위조문서 죄까지 범할 자신이 희숙에겐 없었다. 적발되면 30만원이 아니라 300만원을 벌금 당할지도 모르며 추방당할 위험은 불 보듯 뻔한 일이니 말이다.

희숙이 실밥 따는 일을 끝마치고 셋집에 들어서니 남편이 급급히 어떤 소식을 알린다. 다름 아닌 동창생 민규가 어제 저녁 길거리에서 한 경찰로부터 불신검문을 당해 그길로 불법체류혐의로 잡혀 갔다는 것이다. 곧 중국으로 추방되지 않겠느냐고 누가 듣기라도 할까봐 문 밖을 내다보며 작은 목소리로 말한다.

"어이구, 어떻게, 민규넨 우리처럼 아직 빚도 조금밖에 못 갚았을 텐데. 이왕 잡힐 거라면 돈 많이 번 사람들이나 잡아 가지…."

안타까운 표정을 짓는 그녀의 미간엔 엷게 팔자모양의 주름이 잡혀진다.

"그거 알아요? 소문에 지하철역 입구나 버스 터미널에서 단속 경찰이 검문을 실시할 때 보기에는 무작위로 하는 것 같아도 그게 아닌 표적이 된 사람한테만 다가가 검문을 실시한다는 거예요. 그러니까, 불신검문이라고 하겠지요. 의심이 가는 사람한테만 뭐, 자기네 나름대로 색출하는 기준이 있다나 봐요.

이를테면, 햇볕에 그을린 거친 피부, 불안한 눈동자, 지친 표정, 피곤한 모습, 촌스런 옷차림… 뭐 이런 것들로 교포들을 얼마든지 알아볼 수 있대요. 실제로 그런 느낌만으로 검문한 결과 의외로 많이 잡힌대요. 잡을 확률이 크다는 얘기지요. 그러니까 당신도 이제부터 옷차림이나 얼굴에 신경 많이 써야 해요. 저번에 산 영양크림도 있잖아요? 외출할 땐 꼭 잊지 말고 바르고 다니고, 모자도 쓰세요. 덥수룩한 당신 머리엔 모자가 잘 어울려요. 그리고 흙 묻은 신발도 좀 깨끗이 닦고, 옷도 될수록 단정히 입고 그러고 다녀요. 이제부턴 더 조심하고 정신 바짝 차려서 다녀요."

희숙은 가능한 한 단속의 눈에 띄지 않도록 지금부터 상황에 따라 그때그때 변하는 카멜레온처럼 외관에 신경을 써보자는 것이다. 그녀는 말끝에 긴 한숨을 내쉬었다.

솔직히 남의 불행이 자신의 행복일 수는 없지만 그동안 고향 사람들이 단속에 걸려 하나 둘 잡혀갈 때마다 희숙은 겉으로는 못내 안타까움을 표시하지만 내심 자신과 남편이 무사한 것에 우선 안도의 한숨이 나오는 것이다.

"민규 잡혀 갔다는 소리 듣고 집에 오는 길에 하필이면 경찰들이 눈에 띄일 건 뭐람, 그 옆에 경찰차까지 세워져 있더라구. 차 지붕위에 빨간 경보 등이 깜빡거리고 있었는데 괜히 뭔가 알고 금방이라도 날 뒤쫓아 올 것만 같아 계속 뒤돌아보면서 걸었다니까…. 이젠 경찰복 입은 사람만 보면 지레 검문 당할까봐 가슴부터 두근거려서… 지병이 다 된 것 같아."

쥐새끼처럼 피해 다니고 숨어살아야 하니까 눈빛이 남달리 반짝거리지 않으면 안 되는 것일까. 오늘따라 유달리 광채가 도는 남편의 눈빛을 보며 희숙은 경찰에 의해 쫓기는 남편의 모습을 실제로 보는 듯했다.

이것이 곧 불법체류자의 슬픔이 아닐까. 이 또한 모든 불법체류자들이 겪는 오늘의 현실일 것이다.

한동안 식당에서 일한 적이 있는 희숙은 평소 예민한 성격 탓인지 늘 조마조마한 심정으로 일해야 했다. 특히, 단속한다는 소문이 나돌 때면 몸 전체가 옥죄는 듯한 느낌 때문에 실제로 일할 때도 자유스럽지가 못했다. 끊임없이 일하는 사이사이 주위에 대한 경계심으로 신경을 많이 쓰다 보니 피곤함이 갑절로 느껴졌다. 지금도 마찬가지지만 특히 그 무렵 그녀는 하루해가 지나야 '오늘도 무사 하구나!'하고 안도의 한숨을 내쉴 수 있을 정도였다. 아마 그때부터 식당은 위험한 전선이고 가정집은 안전한 후방이라는 생각을 가지게 된 것 같다. 왜냐하면, 단속이 거의 없는 가정집에 비해 식당은 예고 없이 언제 단속반이 들이닥칠지 몰라 신분이 노출된 희숙으로서는 그만큼 단속당할 확률이 높아질 수밖에 없는 것이다. 희숙이네 뿐만 아니라 모든 불법체류자들이 그토록 단속을 두려워하는 것은 강제추방이라는 단어와 직결되기 때문이었다. 만에 하나 추방이라도 되는 날이면… 머리를 흔들어 보지만 희숙은 그길로 곧 끝장이라고 생각한다. 앞으로 갚아야 할 빚이 얼마인가!

한국 나오기 위해 그들 부부가 알선 브로커한테 넘긴 돈만도 자그마치 중국 돈 14만원이었다. 그 많은 돈은 아닌 말로 그들 부부가 구걸하듯 한동네에 사는 친구들, 그리고 동북삼성에 흩어져 살고 있는 여러 친척집들을 일일이 찾아다니며 어렵게 꾼 것이다. 그 많은 돈에 이자까지 덧붙여져 사실 하루라도 빨리 갚지 않으면 그만큼 이자도 무섭게 늘기 때문에 희숙은 빚 생각만 하면 늘 초조해진다.

이뿐만이 아니었다. 한국 나오면서 친한 친구들로부터 받은 부조 돈도 꽤 되어 그들한테 신세진 것까지 합하면 모두 갚아야 할 빚투성이다.

"자, 받아!"

남편이 두터운 돈 봉투를 그녀 앞에 내민다.

"뭐예요? 돈? 월급 탔어요?"

조금 전의 불안함은 물론 하루의 피곤함마저 다 가신 듯 그녀의 얼굴이 금세 밝아진다.

"오후에 밀린 월급 준다고 연락이 와서 나갔었어…. 일하려면 아직 며칠 더 있어야 된다고 했어. 기다려봐야지 뭐, 어차피 비 오면 일은 못하게 돼 있으니까."

그녀는 방에 앉자마자 봉투에서 돈다발을 꺼내 돈 숫자를 헤아리기 시작한다. 남편이 280만원이라고 말해 주었지만 그녀는 자신이 직접 손으로 확인해야 안심이 되는지 한 장 두 장 헤아린다. 어쩌면 헤아리는 재미를 만끽하려는지도 모른다.

그녀가 반쯤 헤아렸을 때 밖에서 오토바이가 날카로운 경적을 울리며 지나갔다. 그 통에 집중력을 잃은 희숙은 처음부터 다시 헤아리기 시작했다.

"정말 여기서 살 수 있는 자유만 준다면 열심히 한번 살아볼 텐데…."

남편이 시선을 TV화면에 주면서 혼자 중얼거리듯 말하자

"정신적 압박을 받지 않고 자유스레 일할 수만 있어도 원이 없겠어요."

희숙이 나직이 맞장구친다.

돈을 다 헤아린 희숙은 봉투 속에 돈을 다시 집어넣고 돈 봉투를 누가 뺏기라도 하듯 두 손에 맞잡아 쥐고서

"빚 다 갚은 다음 우리 한 달에 200만원씩 모아요. 이년이면 2,400만원… 한 3년 고생하면 7,200만원은 되겠네요. 그 돈 달러로 바꿔 다시 런민삐(인민폐) 1대8로 환산하면 중국 돈으로 얼마예요?"

"됐어! 벌기도 전에 미리 계산하면 김새. 부엌에 딸기 사 놓은 거 있으니까 그거나 어서 갖다 먹어."

그녀는 아직 벌지는 않았지만 미리 계산을 해 봄으로써 거액의 돈을 번 기분을 미리 당겨 느껴 보려다가 남편의 말을 듣고 보니 일리가 있는 듯해서 머쓱한 웃음을 지으며 부엌에 나갔다.

싱크대 위에 제법 굵은 딸기가 한 팩 가득 들어 있었다. 이렇게 큰 것은 아주 비쌀 텐데… 그녀는 딸기를 씻으며 군침 도는 입에 얼른 한 알을 집어넣었다. 달고 아주 새콤했다. 얼마 만에 먹어보는 딸기인가! 주인집에서 몰래 맛본다면 모를까, 과일은 통 먹어 볼 수가 없다. 먹어 볼 엄두가 나지 않는다.

"밥만 먹으면 됐지, 과일까지 사 먹여야 돼?"

이런 소리를 듣고부터 희숙은 일절 과일을 입에 대지 않는다.

끼리끼리 모인다고, 가정부로 일하는 고향사람들은 서로가 만났다 하면 주인집에 대한 얘기들을 빠뜨리지 않는다. 마음씨가 좋네, 월급을 얼마나 주네, 양심이 어떠네… 흉도 보고 하듯이 주인집에도 할머니 친구 분들이 가끔 모이는데 그때마다 자기네가 부리는 가정부에 대해 이러쿵저러쿵 말이 많았다.

착한데 게을러서 탈이라니, 부지런한데 음식 솜씨가 형편없다느니, 순수토종이 아니어서인지 껍데기만 우리 사람이지 하는 짓이 꼭 중국

똥뙤놈이라느니…. 그러다가 한 할머니가 자기네 가정부는 중국 연변에서 온 아줌만데 평소 밥은 잘 안 먹고 꼭 과일만 밝힌다고 흉을 보았다. 그러자 주인 할머니가 대뜸

"가정부 주제에 월급 주는데 밥만 먹여주면 됐지! 무슨 과일까지 처먹냐고…."

흥분해서 한 소리를 마침 희숙이 과일쟁반을 들고 들어가다 본의 아니게 엿듣게 되었던 것이다. 그때부터 그녀는 주인집에서 어쩌다가 그녀에게 과일을 먹으라고 한 말조차 다 건성이었다는 것을 깨달았다. 실제로 그녀에게 과일을 먹으라고 말할 때 그녀가 안 먹어도 더 이상 권하지를 않았다.

"맛이 좋은데 왜 안 먹어요?"

부지런히 먹다말고 희숙이 묻자 남편은 시다며 생각보다 맛이 별로라고 했다. 희숙이 앉은 자리에서 한 팩을 다 먹은 후에야 남편이 자신을 위한 배려였음을 뒤늦게 눈치챘다.

하루 종일 내린 비로 지하방이 더 습하고 더 눅눅해졌다. 이런 날은 아까워도 기름보일러를 틀고 자야 했다. 희숙은 제로에 놓여진 보일러 도수를 숫자 2로 올려놓고 자리에 누웠다. 승호도 리모콘으로 보던 TV를 끄고 누웠다.

암흑 같은 세상 속에서 냉장고 돌아가는 소리가 시끄럽게 들린다. 남편인 승호의 손이 슬며시 희숙의 젖가슴을 쓰다듬으며 아래쪽으로 내려가고 있다.

"오늘은 맘 놓고 해요."

피곤함을 무릅쓰고 희숙이 담담하게 말하며 아예 팬티를 다리 쪽으로 쭉 걷어 내린다. 너무 오래 입어 팬티 고무줄이 느슨해져 팬티가 한번 만에 쭉 발목까지 내려갔다.

"무슨 소리야, 왜?"

남편이 의아해하며 묻는다. 희숙이 한숨 섞인 목소리로

"나 임신했어요. 내일 수술하기로 했으니까…."

그러니까 질속에다 사정을 해도 괜찮다는 얘기다. 희숙이 오랫동안 피임으로 해 넣은 가락지가 염증을 일으켜 제거한 뒤 피임약을 복용해 왔으나 그것마저 소화 장애 등 부작용이 심해 그동안 어쩔 수 없이 질 외 사정으로 피임을 대신해 왔던 것이다. 그래서 잠자리를 같이 할 때면 서로가 말은 안 해도 임신에 대한 걱정으로 은근히 긴장되곤 했다. 그렇게 신경 써 조심해 왔음에도 임신이 되었다니….

승호는 맥이 풀렸다. 낙태의 고통을 모르지 않는 그는 아내에 대한 죄책감에 잔뜩 부풀었던 성기가 사그라들기 시작한다.

"어차피 이렇게 된 거 후회하면 뭘 해요. 오늘 안하면 당분간 사랑도 못할 텐데…."

희숙이 남편의 허리를 잡아 당겼다.

"까짓 거, 이왕 이렇게 된 거 수술하지 말고 우리 여기서 아이 낳아 키우면 안 될까? 여기서 낳으면 여기 사람 되는 거고…. 언젠가 들은 기억이 나는데 미국서는 그렇게 되면 국적취득이 된대. 자식 핑계 대고 합법적으로 체류가 가능하지 않을까? 장기 체류는 안 되더라도 자유스레 들락거릴 수만 있어도…."

불쑥 생각난 말이 농담인 줄 알지만 희숙은

"싫어요, 뭔 득을 본다고. 아기만 여기 사람 되면 뭐해요? 혼자서 크는 것도 아닌데…."

희숙은 내일 낙태할 아기 모습을 상상하며 다시 우울해진다.


콰다당탕- 진동 같은 천둥소리에 이어 굵은 장대비가 좍좍 쏟아진다.

희숙은 흰 가운을 입은 어떤 인상 사나운 여자가 자신을 향해 몰래 다가오는 것을 발견하고 위협을 느낀 나머지 아기를 안고 무작정 앞으로 내달리기 시작한다. 그런데 분명 자신을 뒤쫓아 오던 그 낯선 여자가 어느새 손오공처럼 자신 앞에 턱, 하니 나타나 순식간에 안고 있던 아기를 독수리처럼 확 낚아채서는 부리나케 어디론가 도망치는 것이다. 희숙이 혼신을 다해 뒤쫓아 갔지만 어쩐 일로 그 여자를 따라 잡을 수가 없다. 놀리듯 연신 희숙을 뒤돌아보며 내 빼던 여자가 돌연 망망대해처럼 펼쳐져 있는 한강 앞에 멈춰서더니 보란 듯이 아기를 보퉁이 던지듯 출렁이는 한강물에 휙 던져버리고는 흔적도 없이 희숙의 시야에서 사라지고 만다. 희숙은 목청껏 아가야를 외치며 아기가 빠진 한강물로 풍덩 뛰어든다….

옆의 남편이 그녀를 깨웠을 때 그녀의 눈엔 정말로 눈물로 젖어 있었다.

깨어서도 그녀는 아직도 꿈속을 헤매듯 울먹였다.

'내 아기가 물에 빠졌어'

"정신 차려 이 사람아!"

남편이 그녀의 어깨를 잡아 흔든다.

"낙태수술 걱정을 너무 많이 해서 그런 꿈이 꿔졌을 거야…."

희숙은 잠시 숨이 답답하여 가슴을 가볍게 친다.

"이제 괜찮아?"

"괜히 슬퍼요."

"원래 이런 비 오는 날엔 꿈이 좀 사나운 법이야. 저기압 때문에 심장이 상대적으로 약한 당신 같은 사람이 가위에 잘 눌리거든…."

종종 이렇게 사나운 꿈으로 가위에 눌리다 보면 희숙은 늘 숨 막히는 듯한 심한 통증 같은 걸 느껴야 했다. 꿈마저도 그녀를 괴롭혔다.

희숙의 머릿속엔 조금 전 꿈속 장면이 다시 생생하게 떠오른다. 아기를 낙태하지 말라는 꿈의 계시일까?

"어떻게 몸이 척척한 것 같지 않어? 빗물이 새 들었나?"

승호가 머리맡의 스탠드 불을 켜고 벌떡 일어난다. 아닌 게 아니라 그동안 내린 비로 지하 벽 구석 쪽에 수직으로 푹 젖어 있었다.

"어떻게?"

희숙이 부리나케 일어나 깔고 잔 요를 걷어 부치자 언제부터 빗물이 스며들었는지 요가 제법 많이 젖어 있었다. 희숙은 재빨리 이불을 걷어 옷걸이에 걸쳐놓고 젖은 요를 위쪽으로 밀어 붙이고 수건을 찾아 빗물이 흐르는 벽 밑에 길게 가로 막아놓았다. 비가 계속 내린다면 더 이상 방에 누워서 잠자기는 글렀다. 새벽 3시 15분이었다.

희숙은 만일에 대비해 방바닥에 놓여 있는 물건들을 될수록 높은 곳으로 건사하고 방문에 서서 부엌바닥을 내려다보았다. 이미 눈에 띄게 젖어 있었다. 빗물이 현관문 짬으로 새들어온 모양이었다.

또 한 번 천둥소리가 꽈다당 울린다. 바로 문 앞에서 내리치는 것처럼 집안 전체가 크게 흔들리는 가운데 저만큼 높이에 있는 현관문이 세찬 바람을 이기지 못해 금방이라도 부서져 떨어져 나갈 것처럼 마구 덜컹댄다. 희숙은 공포심에 몸이 움츠러들며 숨듯 남편 뒤로 물러선다.

이렇게 가만히 있어서는 안 되겠다 싶은지 승호가 부엌으로 내려간다. 그는 바닥에 놓인 신발들을 급히 싱크대 위에 올려놓고 걸레로 부엌 바닥에 물기를 닦아 연신 화장실로 짜낸다.

"안 되겠어. 문틈으로 새들어온 비가 장난이 아니야. 이렇게 줄곧 새들어오다간 조만간 바닥에 물이 차겠는데…."

승호는 희숙에게 현관문 바닥 틈을 틀어막을 헌옷이나 뭐 아무 거라도 좋으니 빨리 찾아달라고 말한다. 희숙은 아깝지만 적당히 사용한 타월 두 개와 내복 등을 찾아 남편에게 가져다준다. 승호는 그것들로 빗물이 새들어오는 부위에 꼼꼼히 쑤셔 넣고 잠시 지켜보고 섰다.

그동안 희숙은 방안 구석 쪽에 깔아 두었던 타월들이 제법 많이 젖어 있는 것을 발견하고 재빨리 세숫대야를 가져와 거기에 빗물을 짜냈다. 그리고 이미 젖어 있는 요 카바를 벗겨내 방어벽을 치듯 둘둘 말아 주위에 넓게 울타리를 쳤다. 이젠 지하 벽 구석 쪽만 아니라 그 양 옆으로 빗물이 점점 더 넓게 퍼져가고 있었다.

천둥소리가 연이어 울리는 가운데 비바람이 점점 더 거세어가고 있었다. 거친 비바람이 계속 현관문을 흔들어대고 있고 때론 누가 망치로 두들겨대듯 현관문을 내리치는 빗방울 소리가 탁탁탁! 둔탁한 소리를 냈다. 요란한 빗소리는 순간적으로 귀를 다 멍하게 만들었다.

"무서워!"

"뭐?"

"문짝이 떨어지지 않을까?"

"뭐라구?"

지척에서 이들 부부는 서로가 한 말들을 서로가 잘 알아듣지 못해 서로가 고함치듯 소리만 쳤다.

무섭도록 비가 내리는 가운데 전등이 갑자기 꺼졌다. 그러잖아도 무서운데 전기마저 나가버리니 희숙은 어쩔 줄 몰라 당황해 한다.

"어떻게?…."

폭우 때문에 전기가 고장 난 모양이라고 생각한 승호는 재빨리 주머니에서 라이터를 켜든다. 그리고 전기코드부터 뽑기 시작한다. 냉장고, TV….

희숙이 이내 눈치 채고 남편한테 다가가 라이터를 받아들고 남편이 움직이는 대로 쫓아가며 불을 밝혀준다. 공사판에서 일하고 있는 승호는 건축현장에서 부주의로 누전에 의해 감전사고가 자주 일어난다는 것을 알고 있어 만일에 대비해 전기로부터 받을 위험요소를 미리 제거시키려는 것이다.

희숙은 방안과 부엌을 살피며 빗물이 얼마나 스며드는지 확인하기 위해 연신 라이터를 켰다 껐다를 반복하였다. 이런 날을 대비해 희숙은 미리 양초를 사다 놓을 걸 그랬나 싶다가 문득 주인집에서 가져온 아주 가느다란 이벤트용 양초가 있다는 걸 생각해냈다.

주인집 손녀 생일 때 할아버지가 선물로 사온 케이크에 딸려온 것이었는데 그날 사용하고 버리라는 걸 아까운 마음에 간수했다가 집으로 가져온 것이다. 3단 플라스틱 서랍을 차례대로 열어보니 맨 밑에 묶음 채로 양초가 들어 있었다. 그녀는 우선 한 개를 뽑아 라이터로 불을 붙였다. 불빛이 미미했지만 그래도 순간순간 켰다 껐다하는 라이터보단 훨씬 나았다.

희숙은 부엌에도 불을 밝혀 놓으라며 양초 두 개를 남편한테 건넸다. 승호는 말없이 부엌에 내려가 촛불을 밝혀 놓았다.

잠시 문지방에 걸터앉아 있던 승호가 갑자기 뭔가를 발견한 듯 잽싸게 맨발 바람으로 내려가 부엌과 이어져 있는 계단 위를 막 올라간다. 조금 전 현관문 짬에 틀어막았던 물건들이 어느새 떨어져내려 그 틈으로 빗물이 마구 새들어오고 있었던 것이다.

"빨리 빨리!"

다급한 나머지 희숙은 들고 있던 촛불을 부엌 그릇에 올려놓고 네발로 걷는 짐승처럼 계단을 엎드려 마구 올라간다.

이들 부부는 속옷과 타월 등으로 새는 문틈을 어떻게든 막으려고 애를 썼다. 하지만 계속 불거져 들어오는 빗물을 다 막아낼 수는 없었다.

부엌바닥에 점점 빗물이 고이기 시작했다. 희숙은 불안에 잠겨 계속 이런 식으로 새들어오다가는 빗물이 안방까지 차 들어갈지도 모른다고 생각했다. 안방 문턱 높이가 부엌 바닥과는 약 30cm 높이에 있어 아직까지는 괜찮지만….

지하방에 살다가 빗물에 빠져죽은 사람도 있을까?

희숙은 차오르는 바닥을 내려다보며 문득 자신과 남편이 빗물에 잠겨 바둥거리는 모습이 떠올려졌다. 알 수 없는 분노가 안개처럼 가슴 밑바닥으로부터 피어오르기 시작한다.

그때였다. 지독한 냄새가 난다 싶었는데 부엌 바닥보다 약 10cm 가량 높은 화장실로부터 알 수 없는 오물이 넘쳐흐르는 것이었다.

"화장실 어딘가에 빗물이 새 들어오나 봐요."

"이건 빗물이 아니야…."

승호는 희숙이가 막고 있던 부분을 자신의 한쪽 다리를 뻗쳐 막으며 어서 희숙에게 내려가 보라고 말했다. 희숙이 뒷걸음질로 계단을 엉금엉금 내려가 빗물에 찬 부엌을 첨벙거리며 화장실 문을 활짝 열었다. 하수구로부터 오물이 철철 넘쳐흐르고 있었다.

"변소 하수구가 막혔나 봐요, 어떻게?…."

희숙은 소리치며 저도 모르게 울먹거려졌다. 그 순간 승호는 무슨 방법을 써서 한시바삐 현관문을 열어 부엌에 차오르는 물을 밖으로 퍼내야 된다는 생각이었다. 빗물도 아닌 똥물이나 마찬가지인 오물이 계속 넘쳐흐르다간 집안 전체가 한강이 될지도 사실 모르는 일인 것이다.

그는 비장한 각오로 희숙에게 어서 빨리 요와 이불을 가져다 달라고 했다. 희숙은 아까울 때가 아니라는 듯 지체 없이 방으로 올라가 요와 이불을 안고 남편이 시키는 대로 계단 옆에 섰다. 이어 승호가 잠긴 현관문을 열고 침착하게 대문 손잡이를 잡아 확 미는 동시에 잽싸게 희숙이와 함께 요와 이불로 빗물을 밀어내며 대문 앞에 반원상태를 만들었다. 이 과정에서 순간적으로 많은 빗물이 부엌으로 흘러들었지만 일단 대문 앞에 방수 둑을 만드는 데에는 성공했다.

조금 전의 세찬 바람도 서서히 약해지기 시작했다. 빗물이 더 이상 흘러들지 않은 것을 확인한 이들 부부는 이제 급급히 부엌바닥에 고인 물을 문 밖으로 퍼내기 시작했다. 희숙이 플라스틱 바가지로 빗물을 연신 세수대야에 퍼 담아 올리면 승호가 계단에서 받아 문밖으로 힘껏 뿌렸다. 연속으로 엎드려 담고 건네다 보니 희숙은 숨도 차고 점차 맥이 빠져 섰던 두 다리가 다 후들거렸다.

수년전 중국에서 이웃집에 불이나 지금처럼 릴레이로 수돗물을 정신없이 퍼다 나른 적이 있었다.

가냘픈 촛불이 유령처럼 어둠 속에 너울거리는 가운데 지린내와 구린내가 물씬물씬 풍긴다.

다행스럽게도 퍼낸 만큼 부엌에 고인물이 현저하게 줄어들었다. 하지만 문 밖은 여전히 한강이었다. 아무래도 문 밖 어딘가에 있을 하수구가 막혀 물이 잘 빠지지 않을 거라는 생각이 들어 승호는 우산을 찾아들고 맨발바람으로 바깥으로 나갔다.

라이터를 켜들고 여기저기 살피다가 문밖 오른쪽 2m지점에 어디서 밀려온 낯선 쓰레기들이 눈에 띄었다. 어쩌면 그것들로 인해 물이 차 있을지 모른다는 생각에 첨벙거리며 다가간 승호는 우산을 접어 그 꼭지로 쓰레기 너머를 마구 한쪽으로 밀어 젖혔다. 그랬더니 쏴- 하는 소리와 함께 빗물이 소용돌이를 일으키며 바로 아래로 빠지기 시작하는 것이었다. 발가락으로 더듬어보니 그 자리가 하수구였던 것이다. 조금 전처럼 집중적으로 많은 비가 내릴 때는 하수구가 일시적으로 감당 못할 수도 있겠지만 이건 쓰레기까지 방해를 하고 있었으니….

승호는 또다시 화가 치솟는다. 좀 일찍 나와 봤더라면 어쩌면 부엌이 한강까지는 되지 않았을 텐데…. 승호는 화풀이하듯 연신 우산대 꼭지로 하수구로 몰려드는 장애물들을 마구 긁어내 한쪽으로 밀어낸다.

어느새 온몸이 빗물과 땀으로 흠뻑 젖어버렸다.

잠잠하던 이웃 건물에서 갑자기 사람 말소리가 새어 나온다. 뒤이어 손전등을 비추는지 희미한 불빛이 연신 흔들거린다. 거기 지하에도 이미 침수가 된 모양이다. 어쩌면 거기에도 자기와 같은 중국교포가 세들어 살고 있을지도 모른다고 승호는 생각한다. 집세가 대부분을 차지하는 생활비를 줄이는 방법은 지상보다 상대적으로 많이 싼 지하방을 얻어 살 수밖에 없는 것이다.

현재 승호네를 비롯해 그의 고향사람들 거의 모두가 지하방에 세 들어 살고 있는 형편이다.

주인집의 시선을 거의 받지 않는 지하방은 어쩌면 불법체류자들에게 좋은 은신처가 되는지도 모르겠다. 승호 그 자신만 하더라도 밝음보다는 어두운 쪽이 더 편하게 느껴지기도 하니 말이다. 간혹 옥상에 세 들어 사는 교포들이 있는데 그들의 말을 들어보면 아주 불편하다고 했다. 옥상에 주인집의 이불빨래며 된장 고추장 등 항아리들이 잔뜩 있고, 온갖 잡동사니들도 창고처럼 방치해 두고서 시도 때도 없이 올라와 그때마다 초라하게 사는 세입자 세간을 재미로 훔쳐보기도 하고 꼬치꼬치 캐묻듯 말을 걸기도 해서 마음이 영 편치 않다고 했다. 그래서 어두컴컴한 오소리 굴 같은 지하방이 자신의 신분을 숨기고 싶어하는 불법체류자들에게 안성맞춤일지도 모르겠다.

마침내 그토록 내리던 비가 그치기 시작했고 마당에 고였던 빗물도 서서히 빠져나가고 있었다.

그사이 희숙은 안방 벽으로부터 꽤 많이 흘러내린 빗물을 타월로 흡수시켜 연신 부엌바닥으로 짜낸 다음 다시 부엌에 고인 물을 퍼 담아 밖으로 내다 버리는 일을 반복하였다. 그나마 화장실 하수구로부터 역류하던 오물이 더 이상 넘치지 않아 천만다행이었다.

마침 2층 주인집의 창문이 환히 밝아진 걸 보고 승호는 집안으로 들어간다. 그는 빼 놓은 전기코드를 먼저 하나 꽂은 다음 일단 전등부터 켰다. 그리고 누전될 위험이 있는지의 여부를 꼼꼼히 살피면서 나머지 전기코드들을 꽂는다.

잠시 밖에 있을 때는 못 느꼈었는데 지하에 내려오니 역한 냄새가 그의 코를 찌른다. 바깥 지면과 거의 같은 높이의 환기통마저 지난 봄에 쥐새끼가 들락거린다는 사실을 알고 난 후 아예 봉해버려 그러잖아도 집안 공기순환이 잘 안 되어 늘 퀴퀴한 냄새를 맡고 살아야 했는데 이번 비로 오물까지 넘치는 바람에 도저히 참을 수 없을 만큼 풍기는 그 냄새가 역하다.

승호는 푹 젖은 옷을 벗어던지고 다른 옷으로 갈아입은 뒤 집안 전체에 배인 역한 냄새를 밖으로 몰아내려는 듯 선풍기를 현관문 방향으로 갖다 놓고 작동시킨다. 뒤이어 부엌으로 나가 포기하듯 현관문 앞에 놓여있는 이불을 잡아 부엌바닥으로 끌어내린다.

희숙은 그저 멍하니 남편의 행동을 바라보고만 있다. 이미 빗물에 푹 젖고 더러워져 있어 그것들을 씻을 엄두도 안 나고 말려본들 다시 사용할 것 같지도 않으니 오늘 당장 이불부터 새로 사야 할 것 같다고 그녀는 생각한다.

이들 부부는 이제 지치고 기진맥진해서인지 서로가 아무 말도 하지 않는다.

희숙은 싱크대 밑 손잡이를 무심코 잡아당긴다. 그 안에는 사놓은 지 오래된 감자가 습기를 잔뜩 머금은 채 썩어가고 있었다. 그 와중에 생명력을 지닌 감자 한 알이 싹이 나 창백히 자라고 있다. 우리 부부도 이 상태로 살아간다면 언젠가는 이런 꼴이 돼 있지 않을까…. 희숙은 생각조차 싫은 듯 머리를 흔들며 그것들을 부엌 바닥으로 쓸어내린다. 그리고 일어선다. 피곤이 몰려와 더 이상 치울 힘이 안 난다.

그녀는 방문턱에 몸을 부리듯 걸터앉는다. 오늘따라 좁다 못해 답답해 보이는 지하방. 며칠몇날을 현관문을 활짝 열어 놓는다 해도 바닥이 마를 것 같지 않다. 모든 것이 늪지대처럼 축축하다. 문제는 이제부터 빗소리가 나면 잠을 못 이룰 것 같다.

승호는 다시 방으로 올라가 선풍기를 강한 바람으로 조절해 놓고 방 안을 정리하기 시작한다. 그가 전기밥통을 들어 위쪽으로 옮기려는 순간 언제 숨어들었는지 그 밑에 까맣게 모여 있던 바퀴벌레들이 일시에 흩어지며 가까이 있는 냉장고 밑으로 재빠르게 들어간다. 정말 순식간에 사라져 버렸다.

사람이 살기엔 불편한 지하방이 정작 벌레들에겐 천국인 모양이다. 개미들이 많을 뿐만 아니라 벽과 천장 여기저기 이름 모를 벌레들이 늘 여유롭게 기어 다니는 걸 볼 수 있다.

마침 죽으려고 작정했는지 다리가 촘촘하고 털이 부스스한 긴 벌레 한 마리가 감히 희숙 옆을 기어 가다서다 하고 있다. 이를 본 승호가 잽싸게 맨손으로 벌레를 때려잡는다.

탁! 하는 소리에 놀란 희숙이 그 자리를 보니 지나친 힘에 의해 벌레는 당초의 형체를 전혀 알아볼 수 없이 짓이겨져 있다.

윙- 냉장고 모터 돌아가는 소리가 또 한 번 크게 들리다가 작아진다.

마치 아픔에 못 이겨 불쑥불쑥 내지르는 환자의 신음소리처럼.

희숙은 방에 있는 물건들을 멍하니 바라본다. 주변으로부터 공짜로 얻었거나 중고가전에서 구입한 것들이라 헌 것이어서 그런지 모두가 정상적이지 못하다. 냉장고도 그렇고 TV도 잡음이 심하다. 돌아가는 선풍기는 숨이 가쁜 듯 씩씩대는 소리가 나고, 옷걸이는 언제부턴가 똑바로 서 있지 못하고 한쪽으로 기울어져 있다. TV받침대로 사용하고 있는 3단 플라스틱 서랍장도 옆면에 15cm가량 뚜렷하게 금이 나있고, 하단 손잡이는 아예 떨어져 나가고 없다. 구석에 세워둔 밥상도 아파트에서 누군가 내다버린 걸 가져와서 쓰고는 있지만 군데군데 칠이 벗겨져 있다. 그동안 때 맞춰 정확하게 문을 열고나와 뻐꾹뻐꾹 지저귀며 시간을 알리던 뻐꾸기벽시계가 언제부턴가 고장이 생겼는지 뻐꾸기가 아예 나오지를 않더니 그래도 시간은 맞게 돌아가다가 얼마 전부터 가다서는 일이 잦아져, 까짓 거 내다버리려고 생각중이다. 그 옆에 걸린 달력은 삶에 쫓기어 미처 넘기지 못한 채 한 달 전인 4월면으로 고정 돼 있다.

조금 전에 벗어놓은 젖은 옷가지들을 남편이 넝마 다루듯 발로 툭툭 차 방구석에 밀어 넣는다. 그렇게 움직이는 남편의 모습이 희숙의 눈엔 실루엣처럼 희미하게 보인다. 이슬 같은 서러움이 그녀 가슴을 적시고 있는 것이다. 가슴뿐만 아니라 그녀 얼굴에도 어느새 눈물이 흐르고 있다.

어느 새 새벽이 밝아오고 있었다.

# 가자! 경마장으로

# 가자! 경마장으로

영호가 사는 곳에서 경마장으로 가려면 최소한 한 시간 30분 정도는 걸린다. 그가 사는 곳은 서울 강동구 명일동, 목적지 경마장으로 가려면 지하철노선을 세 번씩이나 환승해야 한다. 이처럼 번거롭고 짜증날 법도 하지만 영호는 늘 지하철을 이용해서 경마장을 찾는다. 버스보다 요금도 싸지만 시간적으로도 훨씬 더 빠르기 때문이다.

우선 그의 셋방에서 명일역까지 가는 거리가 도보로 10분간 걸린다. 거기서 방화행 5호선을 타고 천호역까지 가는데 통과해야 할 구간이 4개 역 즉 굽은다리역, 길동역, 강동역, 천호역이다. 천호역에서 다시 모란행 8호선을 타고 잠실역까지 가야 하는데 이 구간 역시 3개 역을 거친다. 강동구청역, 몽촌토성역, 잠실역. 잠실역에서 다시 순환선 2호선을 갈아타고 사당역까지 가야 하는데 이 구간은 총 10개 역을 통과해야 한다. 신천역, 종합운동장역, 삼성무역센타역, 선릉역, 역삼역, 강남역, 교대역, 서초역, 방배역, 사당역. 마지막으로 사당역에서 오이

도행 4호선을 갈아타고 목적지까지 가는 데는 세 정거장만이다. 남태령역, 선바위역, 경마공원이 그것이다.

경마공원역에서 하차해 1번이나 2번 출구를 찾으면 바로 경마장과 직통한다. 그곳으로부터 나오면 경마장이 한눈에 보인다.

이처럼 지하철을 여러 번 갈아타고 또 그 많은 역들을 거쳐야 도착하는 경마장이 복잡해보이지만 그러나 좁은 서울 바닥에 아무나 붙잡고 경마장을 물어봐도 다 알만한 장소가 과천경마공원이다. 과천경마공원이라고도 하지만 다들 서울경마장이라고 부른다.

오늘도 영호는 인파에 휩쓸려 간신히 지하철 입구로부터 빠져나왔다. 4호선을 갈아탈 때부터 지하철 내부는 이미 만원이었다. 경마장 가까이 다가갈수록 역마다 승객들이 한없이 밀려들어왔다. 그러나 내리는 사람은 거의 없었다. 경마장까지 가는데 그야말로 콩나물시루처럼 차안은 발 디딜 틈도 없고 옴짝달싹도 할 수 없을 지경이었다. 그 와중에도 일행들인지 주위에 소곤소곤 경마에 대해 이야기를 나누고 있는 사람들이 있었다. 영호가 보기에 모두가 경마꾼 같았다.

경마장 주변도로는 벌써부터 주차장으로 진입하려는 차량들로 붐비었다. 주차장을 방불케 하듯 승용차들이 꼬리에 꼬리를 물고 경마장 입구로 늘어서 있었다.

지하철에서 나온 영호는 사람들 틈새에 끼어 경마장 입구로 들어섰다. 오늘도 여느 주말과 마찬가지로 예상지 파는 사나이들이 정신 사납게 달려들었다.

"예상지 사세요! 족집게처럼 맞춰요~."

"오늘 이거 안 사면 후회합니다~."

"오늘 이것 보면 대박 터져요~."

"……."

저마다 자신들의 예상지를 흔들어대며 구입할 것을 유혹했다.

영호는 그중에서 '명승부'를 2,000원 주고 한 부 샀다. 오늘 경기에 '명승부'가 제시해주는 정보를 알아보기 위해서다.

이곳에서 파는 예상지의 종류는 수도 없이 많다. '확률경마' '신마뉴스'… 그것들이 제시해주는 정보 역시 대체로 비슷했다. 하지만 영호가 '명승부'를 선택한 것은 어쩌면 '명승부'로부터 몇 번 재미를 본 탓인지도 모른다. 하긴 예상지는 어디까지나 참고서일 뿐이라는 걸 안다. 누군가 예상지 적중률은 30%라고 했다. 그동안 영호의 경험으로도 옳은 말이긴 했다. 예상지는 우승마를 예상해주는 것이지 결코 우승마 그 자체가 될 수는 없었다. 우승이란 최종 결승선을 통과해야만 알 수 있는 것이다. 아닌 말로 귀신이 있다 해도 그날의 우승마는 모른다는 말이 있다.

영호는 천 원짜리 지폐 한 장을 내밀어 경마장 입장권을 샀다. 매표구로부터 200원을 거스름돈으로 받아 쥐고 그는 곧장 예시장으로 발길을 옮겼다. 그곳에서 고향친구를 만나기로 한 것이다. 하긴 약속도 없이 경마장 관람대를 돌아다니다 보면 공사장 현장에서 함께 일했던 사람들은 물론 고향사람들도 심심찮게 만나볼 수가 있다.

영호가 맨 처음 경마장에 발을 들여놓게 된 것은 현장 '오야지' 김사장 때문이었다. 그때가 2년 전 가을이었는데 하필이면 춥지도 덥지도 않은 일하기 좋은 계절에 일거리가 떨어졌던 것이다. 평소에 성실하고 일 잘하는 영호를 좋은 일꾼으로 보아온 '오야지'가 자기 곁을 떠날 것을 염려해 영호를 비롯해 몇 명의 일꾼들을 계속 식대를 제공하는 한편 주말이면 경마장에 네리고 가서 구경도 시키고 경마를 즐기게 했던 것이다. 물론, 첫날의 투자금은 '오야지'가 인심을 썼다. 그는 한 사람당 10만원씩을 나누어주고서 경마베팅법과 요령을 알려주었다. 처음엔 마권이 뭔지, 어떻게 돌아가는지 영호는 잘 몰랐지만 경마를 하면서 터득하게 되었고 점점 재미를 붙여갔다.

그날 경주가 끝날 무렵 운 좋게도 영호는 초보자로서 5만원을 밑천으로 30만원 가까이 따게 되었던 것이다. 5만원의 미끼치고는 대단한 것이었다. 대어를 낚은 기분이었다. 그날에 맛본 그 한 번의 경마가 그 후 영호를 계속 경마장에 드나들게 하였다.

오늘은 말하자면 영호가 손꼽아 기다려오던 토요일이다. 오늘과 내일 그러니까 주말이면 경마가 열리는 날이기 때문이다. 일주일을 버틸 수 있는 힘도 어쩌면 오늘을 위한 것인지도 모른다. 특히, 요즘 같은 불경기에 일까지 끊기고 없을 때 경마장이라도 없다면 무슨 재미로 지낼까 싶을 만큼 요즘 그는 경마에 흠뻑 빠져 있었다. 그동안 고스톱이니 마작이니 놀음을 즐겼어도 경마만큼 신나는 일은 없었다. 뭐랄까 한마디로 경마는 살아 움직이는 생명체와의 게임이라고 할까. 그래서 간혹 일 때문에 경마를 하루 빠지기라도 하면 그날만큼은 불안하고 초조해져 영호는 하는 일마다 손에 잡히질 않았다. 친구들과 모여도 하는 얘기가 거의 경마에 관한 것들이었다. 경마가 빠지면 영호는 재미없어 했다. 그는 꿈속에서도 말 이름을 외쳐 댔다. 그만큼 중독돼 있었다. 누군가 마약보다 경마중독이 더 무섭다고 했던가. 영호가 바로 그랬다.

주말이면 어김없이 경마장에 와있는 영호.

이곳엔 대지를 진동시키는 말발굽소리와 거친 말 호흡소리, 구름같이 몰려든 관중들의 함성, 0.1초를 다투는 피 말리는 승부, 이곳의 모든 것이 영호와 함께 공존해 있었다.

예시장 가까이 다가간 영호는 사람들에 둘러싸인 타원형으로 된 예시장을 죽 훑어보다가 낯 익은 친구의 모습을 발견하고 손을 번쩍 들어보였다. 저쪽에서도 이미 영호를 지켜보았는지 시선이 마주치자 웃으며 손을 흔들어 보였다. 영호와 동갑내기인 수철이다. 영호는 그에게로 다가갔다.

"일찍 왔어?"

"아니, 나도 조금 전에 도착했어."

"어제 꿈 어땠어?"

"개꿈이지 뭐, 돼지꿈을 꿔야 대박을 할 텐데…."

영호는 계속해서 예시장을 도는 말들을 둘러보며

"어때? 말 컨디션은 살펴봤어?"

"지금 막 보고 있는 중이야, 하긴 뛰어봐야 알겠지만."

"그건 그렇지."

예시장에는 많은 사람들이 경주에 참가할 말들을 지켜보고 있었다. 첫 경주에 8마리가 선보이고 있었다. 출주마들이 자신의 몸매를 자랑하듯 번호표를 달고 따가닥 따가닥 발굽소리를 내며 걷고 있었다.

예시장에는 말 그대로 경주를 시작하기 전에 출주마의 건강상태, 걸음걸이 등을 관찰하여 우승 예승마를 선정하는데 참고하도록 하기 위하여 출주할 말들을 미리 선보이는 장소다. 발주 30분 전부터 선보이기 시작한다. 동시에 이때부터 마권 구입도 가능하다.

이때 핸드폰 벨소리가 울렸다. 벨소리가 똑 같았기 때문에 이 둘은 서로가 자기 것인가 해서 급급히 꺼내보았으나 수철의 핸드폰에서였다.

"여보세요?"

"응, 나야!"

"오, 태식이구나…."

수철의 이맛살이 순간 찌푸러졌다. 태식이란 소리를 듣는 순간 영호

역시 시선이 수철의 얼굴로 쏠렸다. 이들과 마찬가지로 태식 역시 한 고향사람이기 때문이다. 소음 때문에 상세히 들을 수 없었지만 돈 소리를 하는 것 같아 전화가 끝나기 바쁘게

"뭐래?"

영호가 이렇게 물었다.

"뻔하지 뭐. 돈 좀 꿔 달래."

"얼마나?"

"100만원."

"그 자식 보나마나 마작 판에서 돈 다 잃었을 거야. 그래, 꿔주기로 했어?"

"단솥에 물 붓긴데 어떻게 또 꿔 줘. 그 자식 이제 진짜 여권밖에 안 남았대. 골칫거리야, 그러니 마누라도 도망갔지."

"아직 안 들어 왔대?"

"허구 헌 날 마작판에 빠져있으니 누군들 좋아하겠어. 마누라 일하는 식당에 찾아가니 진작 그만두고 그 자리에 없더래. 어디로 갔는지는 모른다고 하고, 아무리 서울이 좁다지만 숨을 자리 하나 없겠어."

"사실 저번에 나한테 와서 50만원 가져갔어. 나중에 밀린 돈 받으면 그때 갚는다면서…."

"자식, 벌써부터 돈 떨어지면 이 겨울 어떻게 지내려고 일할 땐 열심히 하고 남 놀 때 같이 놀아야지…."

서로가 이렇게 말은 했지만 내심 걱정스런 얼굴이었다.

지금이 11월 말이다. 이곳 한국으로 치자면 아직 추운 한겨울은 아니지만 오늘은 제법 겨울나운 날씨 같다. 다들 말할 때마다 입김이 부옇게 뿜어져 나왔다.

그 둘은 곧 관람 객장으로 자리를 옮겼다. 예시장의 말들이 금방 경

주로로 출장했기 때문이다. 이때가 바로 발주 12분 전이 된다. 시간은 항상 정확하게 지켜진다.

실내 모니터 화면 앞마다 사람들이 몰려 배당률을 지켜보고 있었다. 여자들의 머릿수도 점점 불어나는 추세지만 무엇보다 거동이 불편한 노인들까지 취미를 붙인 듯 여기저기 눈에 띄었다. 그들의 손에는 지팡이가 쥐어져 있었다.

첫 경기는 오전 11시부터다. 지금부터 서서히 마권 구입을 결정할 때다.

"어때, 결정했어?"

"몇 번 찍을 거야?"

"돈은 얼마 걸었어?"

이들은 초반에는 주로 이러한 대화들을 나눴지만 언제부턴가 생략하고 각자 예상지를 꼼꼼히 검토한 후 나름대로 추리하는 것도 경마의 한 재미라는 걸 터득했다.

경마는 기본적으로 출전마에 대한 정보를 많이 알수록 좋은 결과를 내는 '두뇌스포츠'라 할 수 있다. 그러나 우승 요인은 어디까지나 마칠인삼(馬七人三)이기 때문에 기수에 대한 정보도 어느 정도 파악해야 했다. 어느 말에 어느 기수가 달리는가도 중요하기 때문이다.

예상지에는 그동안 출주마들에 대한 정보뿐만 아니라 기수성적에 대한 통계도 나와 있다. 최근 1개월부터 1년 전까지 통산 전적이 얼마, 승률이 몇%인가도 자세히 나와 있다.

첫 경주에 우승마 예상번호는 1착이 1번마, 2착이 2번마, 3착이 8번마, 4착이 4번마, 5착이 7번마로 되어 있었다. 모니터화면에 보여주는 배당률을 보면 그 말의 인기를 가늠할 수가 있는 것이다. 배당률이 낮으면 낮을수록 그만큼 많은 사람들이 그 말을 우승마로 꼽고 있다는 증거이며, 그 반대로 배당률이 높으면 높을수록 그만큼 출주마의 우승 확률이 낮다는 것을 의미한다. 그러니까, 사람들에게 인기가 좋은 말은 적중이 되어도 따는 돈이 적을 수밖에 없다. 오늘 예상지에 제시한 첫 경주에 우승 예상마인 1번이 아닌 게 아니라 배당률이 제일 적게 나와 있었다. 단승식은 2.5배, 연승식은 1.3배, 복승식은 11.3배.

이제 경주 시작 8분 전이 되었다. 영호는 슬그머니 사람들 틈을 비집고 유리벽 쪽으로 다가갔다. 경마장 중앙관람대 맞은편에 대형 배당률 게시대를 한눈에 관찰하기 위해서다. 게시대에 단승식, 연승식, 복승식의 현재 매출액과 출주마들의 배당률이 빨간 숫자로 표시되어 있었다. 사람들은 경주가 시작되기 30초전까지 계속 마권을 구입하기 때문에 배당률 또한 따라서 시시각각 변하므로 이를 수시로 체크해봐야 했다.

영호는 늘 그렇듯 안전하고 확률이 높은 단승식과 연승식을 택하기로 한다. 그러나 배당률이 적은 출주마는 일단 배팅에서 제외시킨다. 마권을 사봐야 이겨도 본전이거나 그보다 조금 더 많은 소득이어서 돈을 걸어도 재미가 없기 때문이다. 영호는 그래서 단승식만큼은 꼭 배당률이 높은 것만 돈을 건다. 적중률이 적지만 항상 기적 같은 요행을 바라는 것이다. 앞서 잘 달리던 말이 기수의 실수로 엎어지는 수도 있고, 또한 1, 2등으로 잘 달리던 말이 결승선에서 규칙을 어겨 판정 때 순위에서 종종 밀려나는 때도 있었으므로.

어느 날 자신이 지목했던 말이 예상치 못했던 판정으로 우승했을 때, 영호는 그 자리에서 아이처럼 팔짝팔짝 뛰었다. 순위가 뒤바뀌면서 우승했을 때의 그 감격이란 맛보지 않은 사람은 아마 모를 것이다. 광경을 지켜보면 매번 이긴 사람은 좋아서 환호성을 지르고 진 사람은 의자를 걷어차는 등 쌍욕도 서슴지 않았다.

영호는 마권을 구입하기 위해 장소마다 편리하게 비치해둔 마권 구매 표를 유리박스로부터 뽑아들었다. 이제 경주 시작 5분 전이 되었다. 장내 아름다운 목소리의 안내원이 수시로 방송을 통해 시작 전 남은 시간을 알려준다. 지금부터 서둘러야 할 때다. 조금 지나면 구매창구 앞에 긴 행렬이 이어지기 때문에 그때는 복잡하다.

영호는 여권 크기 만한 마권 구매표를 예상지 위에 올려놓고 표기하기 시작했다. 경마장, 경주번호, 승식 및 마번과 금액을 표기한 다음에야 마권을 구입할 수가 있다. 영호는 옛날과 달리 지금은 표기속도가 빨랐다. 지정 컴퓨터용 검은 사인펜으로 해당(장방형으로 되어있다.) 안에 일직선으로 진하게 그으면 되었다.

그는 마권 구매표를 들고 판매 창구로 갔다. 건너 줄 한가운데 서있던 수철이 영호를 보고 씩 웃으며 몸을 흔들거린다.

영호의 차례가 되었다. 마권 구매표를 창구로 내밀자 담당직원이 받아 이내 그것을 자기 앞에 설치된 기계에 꽂아 넣자 지하철의 자동검표기처럼 위로 툭 소리를 내며 마권이 솟아오른다. 그것을 직원이 재빨리 뽑아 잔돈과 함께 영호에게 건네준다. 익숙한 손놀림이다.

영호는 이번 첫 장에 6,000원을 투자했다. 단승식과 연승식 각각 3,000원씩을 걸었다. 단승식에도 세 마리, 연승식에도 세 마리, 그러나 같은 마 번호를 찍었기 때문에 마의 머릿수는 똑같은 세 마리다.

연승식은 1, 2등에 상관없이 3등 안에 들어오면 되지만 단승식은 그게 아니다. 꼭 1등으로 우승해야 배당액을 지급 받을 수가 있다. 그래서 영호는 분산시켜 마권을 구입하는 한편 여러 출주마를 선택해서 베팅한다.

발매 마감을 알리는 부저소리와 함께 창구의 유리문 닫히는 소리가 들렸다. 노약자나 추워서 남아있는 사람들을 제외하곤 한꺼번에 많은 사람들이 유리문을 열고 밖의 관람대로 나갔다.

이윽고 경주 시작을 알리는 진중한 나팔소리와 함께 장내 아나운서의 마필소개가 이어졌다. 1번마 '폭풍'(말이름) 2번마 '속달'….

말과 기수가 아나운서의 소개대로 나란히 세워져 있는 철제 발주기 속으로 속속 들어갔다.

발주기란 바퀴가 달려있어 쉽게 이동시킬 뿐만 아니라 칸칸마다 분리가 돼 있어 꼭 한 필의 말이 들어서 있게끔 해놓은 장치다.

이윽고 탕! 하는 발마신호와 함께 발주 문이 활짝 열렸다. 8마리의 말들이 일제히 튕겨 나오듯 경주로를 향해 쏟아져 나왔다. 앞의 좌석에 앉아있던 사람들이 일제히 일어서는 바람에 영호의 시야가 완전 차단되었다. 영호는 급히 몸체를 옆으로 이동시키며 까치발을 했다.

대형 모니터에 눈 깜짝할 사이에 순위가 보여지더니 맨 앞서 달리는 말이 영호가 찍은 '왕초' 8번 말이 아닌가! 저 멀리 보이는 말과의 시선거리가 너무나 떨어져 있기 때문에 '왕초'가 달리는 모습을 직접 볼 수 없는 게 안타까웠다.

단거리 경주에선 일단 스타트가 빠른 선행마가 입상에 유리한 것이다.

남자 아나운서의 중계 목소리가 점점 빨라지고 있었다. 자신이 찍었던 말이 선두에 달리고 있었지만 그러나 영호는 몹시 불안했다. 그 뒤의 말들이 바짝 뒤쫓고 있었기 때문이다.

"이제 '철마산' 3번마가 속도를 높이고 있습니다. 6번마 '질주'를 제치고 8번마 '왕초'의 뒤를 바짝 따라붙고 있습니다…."

3코너를 돌자 아나운서의 목소리가 한껏 고조되었다. 관중석도 따라서 술렁거리기 시작했다. 어느 누구도 현 단계에선 마음을 놓을 수 없는 것이다. 초반에 선두 그룹에 달리다가도 중반이나 막판에 뒤쳐지는 경우가 많기 때문이다.

"아, 안 돼!"

영호는 저도 모르게 짧은 외침이 나갔다.

'왕초'가 어느새 4위로 밀려났기 때문이었다. 관중들은 저마다 자신이 구입한 마권의 마번호나 말 이름을 외쳐댔다.

"이런 젠장!"

영호는 안절부절 몸을 흔들며 달리는 8번마를 뒤쫓았다. 순위를 가늠하기 어렵게 달리는 말들이 이제 4코너를 지나 직선주로에 들어서고 있었다.

"왕초야, 제발 힘내!"

영호는 '왕초'가 이제 3등으로라도 달려주길 바랬다.

관중들은 3-6 3-1… 막판에 뛰는 말들을 향해 열띤 응원을 하기 시작했다.

그때까지 '철마산' 3번마가 선두에 달리고 있었다. 6번마가 그 뒤를 바짝 뒤쫓고 있었고 1번마 '폭풍'이 폭풍처럼 무서운 속도로 맹추격하고 있었다. 후위 그룹의 말들도 뒤쳐질세라 끈질기게 바짝 그 뒤를 이었는데 영호가 찍은 마번호들이 다 후위에서 달리고 있었다. 배당률이 높은 만큼 우승마가 아님을 여지없이 드러내는 꼴이었다.

관중석에서 와! 하고 함성이 터져 나왔다. 아나운서의 중계소리가 숨이 턱에 닿을 듯이 빨라지더니 경주마들이 쏜살같이 결승선을 통과하고 말았다. 영호의 마권이 동시에 휴지 조각으로 변하는 순간이었다.

1,200m의 첫 경주는 이렇게 끝이 났다.

경주시간이 1분 남짓 소요되었을 뿐이었다. 그래서 경마는 1분의 승부라고 말한다. 장거리 경주도 있지만 대부분 1,000m~1,800m 안팎인 것이다.

영호는 담배를 피워 물고 한 모금 깊숙이 빨았다. 기대가 큰 것은 아니지만 아쉽게도 첫 장부터 그의 체면을 무너뜨려버렸던 것이다. 흐뭇해하는 사람들도 있었지만 대부분 기분 나쁜 표정들로 거친 말을 내뱉었다.

이윽고 전광판에 확정 등이 밝아지면서 도착순서대로 마번이 새겨져 나왔다. 이번 경주는 육안으로도 쉽게 판별할 수 있는 착순이었다. 단연히 영호가 찍은 마번은 없었다.

"어쩔 수 없지, 다음을 기대해야지."

영호는 담배연기를 피워 올리며 먼 산을 보듯이 경주로를 바라보았다. 다음의 경주를 위해서 트레일러가 어느새 나와 있었다. 트레일러 3대가 나란히 서서 천천히 모래로 된 경주로를 써레질하듯 평평하게 고르고 있었다.

영호는 피우던 담배를 끄고 객장 안으로 들어갔다. 추운까닭에 많은 사람들이 한꺼번에 발매장안으로 몰려들어 장내는 또 다시 시장 바닥처럼 시끄러웠다.

수철은 그새 들어와 있었다.

"땄어?"

영호가 다가가 장난기 섞인 웃음으로 물었다.

"잃었어, 넌?"

"나도 마찬가지지 뭐."

초반이라 이들에게 아직까지 이러한 대화를 주고받을 여유가 있었다.

잠시 후 이 둘은 다시 습관처럼 예시장으로 나갔다. 예시장 둘레엔 많은 사람들이 몰려 출주마들의 컨디션을 점검하는 중이었다.

"콧구멍은 클수록 좋대, 산소 섭취량이 많아 지구력이 있다잖아. 알고 있어?"

어디서 주워들은 얘긴지 수철이가 아는 척을 했다.

영호도 지기 싫다는 듯이

"일리 있는 소리야, 하지만 말의 볼기짝도 커야 박차고 나가는 힘이 좋다고 했어. 저기 좀 봐, 저 말 어때?"

사실 이들의 대화 내용이 틀리진 않지만 이 정도 지식은 경마장을 몇 번 드나들었던 사람이라면 의례 상식적으로 알게 되는 것들이다.

"봤지?"

"응, 확인했어. 가자!"

영호 옆에 섰던 사내들이 갑자기 돌아서서 눈짓으로 뭔가를 교환하는 듯하더니 그 길로 예시장을 떠나갔다. 어떤 정보를 입수했는가보다.

"몇 번 말인 거 같어?"

"모르겠어."

수철이가 어리둥절해하며 고개를 저었다.

"하긴 믿을 수가 없어."

영호는 혼자 중얼거렸다.

이곳엔 말(馬)도 많고 말(言)도 많은 곳이다. 소문에 출전하는 기수들이 예시장에 나와 가끔 어떤 동작으로 '특정인'에게 정보를 제공한다고 했다. 일반인들에겐 아주 자연스런 행동으로 보여지지만 미리 짜놓은 '특정인'들에겐 그것이 곧 신호를 뜻하므로 곧장 마권 구입으로까지 이어진다는 것이다.

가령 말의 목을 한번 어루만져준다든가, 아니면 등어리를 살짝 친다든가, 꼬리를 만진다거나… 여하튼, 이러한 소문들을 영호는 수도 없이 많이 들었다. 귀 기울여보면 경마장 곳곳에서 '특정 말'에게 '간다' 혹은 '안 간다'고 속삭이는 사람들이 있었다. 뒤늦게 알았지만 '간다'는 말은 이긴다는 뜻이고 '안 간다'는 말은 그 반대였다. 맞으면 정보이고 틀리면 곧 루머가 된다. 소문 여부에 따라 배당률이 오르내릴 수 있기 때문에 '특정인'들이 우정 정보를 조작해서 흘린다는 소문도 있었다. 근거 없는 헛소문이 많이 나돌고 있다는 것을 알고 있지만 행여나 하는 마음 때문에 영호는 어떨 땐 현혹되기도 했다. 그러나 한 번도 적중된 적은 없었다.

잠잠하던 날씨가 한바탕 회오리 같은 바람을 일으켰다. 찬바람이 서서히 불어 닥치기 시작했다. 영호는 머리를 파카속으로 숨기듯 목을 잔뜩 움츠렸다.

오늘 같은 날 말과 기수의 컨디션도 중요하지만 날씨가 끼치는 영향도 경주에서는 무시할 수 없는 것이다. 날씨에 따라 경주에 변수가 뒤따르기 때문이다.

두 번째 경주는 11시 30분에 시작된다. 추위 때문에 영호와 수철은 다시 발매장 안으로 들어갔다. 이제는 제법 한국인처럼 자동커피 발매기로부터 동전을 넣어 커피도 뽑아 마실 줄 안다. 이들은 한 잔씩 커피를 마시고 다시 모니터 화면 쪽 방향으로 가서 한쪽 옆에 붙어 섰다.

거기엔 붙박이 의자들이 촘촘히 놓여있지만 빈 자리는 늘 없다. 당장 사람이 앉아있지 않더라도 먼저 앉았던 사람들이 마권 구매표에 싸인 펜으로 크게 '주인 있음'이라고 적어놓고 자리를 뜨기 때문에 누구도 감히 그 자리를 넘볼 수 없다. 이 바닥에 주먹이 쎈 거친 사람들이 너무 많기 때문에 앉을 엄두조차 못 낸다. 법 같은 '주인 있음'이 이곳 어디서나 다 통한다.

유리벽 한쪽에 중년의 사내들이 신문지를 쭉 깔아놓고 앉아 예상지를 들춰보며 베팅 전략에 열심이다. 모니터화면에 어느새 경주시작 12분 전으로 되어있고 출주마의 배당률이 나와 있었다.

영호는 각 마번의 배당 현황을 우선 살펴보았다. 마권을 사기엔 아직 이른 시간이었다.

조금 전까지만 해도 그런대로 괜찮은 날씨가 조금씩 어두워지기 시작했다.

바깥 날씨로 보아 뭔가 내릴 조짐이다. 당연히 눈이 내리겠지만 비가 오는 수도 있었다.

그동안 다녀본 바로 경마는 매주 토요일과 일요일이면 어김없이 실시되었다. 비가 오나, 눈이 오나, 어떠한 악천후에도 경주를 하지 않으면 안 되는 모양이었다.

경주로엔 유도마 유도로 출전마들이 결승선 직선주로를 평보로 통과하고 있었다. 방송으로부터 장내 아나운서가 관중석을 지나 이제 막 발주기로 향하고 있는 말과 기수들에 대한 소개를 시작했다.

"1번마 '망나니' 기수 전춘식, 2번마 '말괄량이' 기수 박세현…"

영호는 문득 아침에 본 주간 경마신문이 떠올라 웃었다. 오늘의 운세란에 자신의 행운 숫자가 음력 생일날로 6이 나와 있었다. 거기에 이렇게 쓰여 있었다. '적게 자주 배팅하라. 티끌모아 태산을 이룰 듯.'

영호는 미신적으로 6번을 찍어보기로 했다.

어느새 마권 구매할 때가 됐다. 제2 경주는 1,000m에 총 9필의 말들이 뛴다. 영호는 이번에는 12,000원을 걸었다. 6번의 단 한 마리 말에 각각 6,000원으로 단승식과 연승식을 걸었다. 마권을 구매한 후 바로 밖으로 나와 담배를 꺼내 붙었다.

스치는 바람이 한결 차가운 느낌이다. 파카깃을 올려 세우고 영호는 주위를 돌아보았다. 주위는 온통 담배연기로 자욱하다. 담배로부터 초조함을 달래려는 듯 관중들은 저마다 담배연기를 피워 올린다. 그들의 코와 입은 마치 굴뚝처럼 연기들을 쉼 없이 토해내고 있었다. 객장 안에서는 흡연금지가 돼 있기 때문에 관람석에 나오면 누구나 담배를 경쟁하듯 피워댄다. 바람이 부는데도 좌석 주위엔 공기가 탁했다.

발주시간이 다가왔는지 경주마들이 발주기 쪽으로 천천히 모여들었다. 조금 뒤 기다렸다는 듯이 경주시작을 알리는 나팔소리가 울려 퍼졌다. 언제 다가왔는지 수철이가 옆에 와 있었다. 꺼칠한 모습이 오늘따라 더 야위어 보인다.

이윽고 이들의 시선이 일제히 대형 모니터로 쏠렸다. 탕! 하는 소리가 났기 때문이다. 저 멀리 말들이 일제히 뛰기 시작했다. 앞의 사람들이 속속 자리에서 일어났다. 영호는 목을 있는 대로 쭉 빼고 자신이 찍은 6번마를 뒤쫓았다.

질주하는 말들을 보면 영호는 이상하게 숨통이 확 트이는 느낌이다. 모니터 순위에 아직까지 영호가 찍은 6번은 없었다. 후위 그룹에서 달리고 있었다.

달려라! 달려라! 영호는 안타까운 심정으로 속으로 이렇게 외쳐댔다.

말들이 빠른 속도로 3코너를 돌고 있었다. 장내 아나운서의 목소리도 뛰는 말들과 함께 흥분되기 시작했다.

"선두를 달리고 있는 3번마 '번개' 그 뒤를 바짝 뒤쫓고 있는 5번마 '왕중왕' 1마신 차이로(1마신은 2.4m) 맹렬한 속도로 2위와의 격차를 좁히며 달리고 있는 7번마 '홍성장군' … 아직은 순위 변동 없이 진행되고 있습니다. 아직은 여유 있게 달리고 있지만… 아! 후미에 처져있던 9번마 '주말돌풍'과 6번마 '동아줄'이 서서히 추격의 고삐를 당기며 도약을 시도하고 있습니다…."

초조했던 영호의 눈빛이 어느새 반짝거리기 시작했다. 6번마가 어쩌면 정말로 오늘의 행운 숫자일지도 모른다는 생각이 들었다. 그러자 저도 모르게 주먹이 쥐어지며 호흡이 가빠지기 시작했다.

찬 공기를 가르며 쾌속 질주하는 경주마들이 이제 4코너를 지나 결승선을 달리고 있었다.

그때였다. 선두에서 달리던 말들이 순위 변동이 일기 시작했다. 7번마가 돌연 선두를 제치고 1위로 달리기 시작한 것이다. 그 뒤를 3번마가 그리고 제 3위가 5번마인가 싶더니 어느새 뒤처지면서 9번과 6번이 서로 엇갈리며 순위 다툼이 벌어지고 있었다. 그러다가 6번이 눈 깜짝할 사이에 5번과 9번을 단숨에 제치고 3번을 위협하며 맹렬히 뒤쫓고 있었다.

영호의 입술이 바짝바짝 타들어갔다. 한치 앞을 내다볼 수 없는 승부가 펼쳐지는 가운데 관중들은 저마다 자신이 찍은 마번이나 말 이름을 외쳐댔다. 손에 땀을 쥐게 하는 박진감 넘치는 경주였다.

아나운서의 중계가 숨 넘어 갈 듯 빨라지고 마침내 1분의 승부는 끝나버렸다. 하필이면 마지막 그 순간에 영호의 두 눈이 애써 참은 보람도 없이 그만 깜빡거려졌다. 그 사이 두 눈을 너무 부릅뜬 탓이었다. 영호는 다시 정신을 가다듬고 두 눈을 크게 떴다.

1위를 제외하곤 그 뒤의 3, 5, 6번이 거의 동시에 결승선을 통과했기 때문에 육안으로 순위가 모호했다. 서있는 위치에 따라 보는 각도가 달라지기 때문에 영호로서는 현재 순위 판별이 어려웠다. 간간이 관중석에서 7, 3, 6번이라고도 하고 7, 5, 3번이라는 소리도 들렸다. 껌을 짝짝 씹던 중년의 여인이 옆에서 "그럴 리가…" 하면서 믿을 수 없다는 표정을 지었다.

착순 게시대에 사전심의라는 녹색 표시등이 켜졌다.

사전심의란 착순 판정실에서 최첨단 기계 고속카메라를 이용해 결승선에 들어오는 말들의 차이를 0.1mm, 1,000분의 1초까지 찾아낸다. 때문에 사람들의 두 눈은 속여도 착순 카메라에 찍힌 사진은 절대로 속일 수가 없는 것이다.

초조히 지켜보고 있으려니 전광판에 곧바로 착순이 새겨져 나왔다. 1착은 두말할 것 없이 7번마가 그 주인공이고, 2착은 3번마가 아니라 9번마, 3착이 5번마였다. 4착이 자신이 찍은 6번마… 전광판에는 언제나 5착까지 새겨져 나온다.

행여나 했는데 역시나 3착 5번마와 코 끝 차이로 순위에 밀려났다.

코 차이란 콧구멍 끝의 차이(1~24cm)를 말한다.

대형 모니터화면에 2경주의 마지막 결승선을 통과하는 장면이 슬로모션으로 연속 보여주고 있었다. 3위를 결정짓는 5번마와 6번마가 거의 머리통을 나란히 한 채 결승선을 통과하고 있었다. 코 끝 차이로 승부가 갈린 것이다. 그리고 3번마가 아슬아슬하게 그 뒤를 이었다.

"까짓 거 1위를 못할 바에야… 연승식 그깟 돈 얼마 된다고…."

스스로를 이렇게 달래보지만 영호는 적중될 뻔한 연승식의 배당을 생각하곤 아쉬움에 한숨을 푹 내뱉었다. 역시 바라던 행운이 따라주질 않았다. 그는 다시 담배를 빼물었다.

경주가 끝난 관람석은 썰물이 빠져나간 듯 많은 사람들이 자리를 떠나고 없었다. 그 빈자리 밑으로 한순간 소중히 간직했던 마권들이 여기저기 쓰레기로 버려져 있었다. 허리 굽혀 한 노인이 부지런히 버려진 마권들을 줍고 다녔다. 처음엔 무심코 청소를 하나보다 했는데 아니었다. 원래 1층엔 초보 경마 팬들이 많이 모이는 곳인데 그들이 실수로 버려진 적중 마권을 골라내 상금을 대신 타낸다는 것이었다. 그것도 아무나 주울 수 있는 게 아니라 자기영역이 다 정해져있다고 한다.

초보자라면 의례 한 번씩 있는 일이니만큼 영호도 어느 날 복승식 마권을 구입했었는데 적중된 것도 모르고 아깝게 버렸었다.

복승식은 단승식과 연승식과는 달리 말 두 필을 적중시켜야 하는데 선 후착에 관계없이 1~2등 안으로 들어오면 되는 것이었다. 그것도 모르고 영호는 1, 2착이 순서대로 들어와야 되는 줄 알고 그만 버렸던 것이다. 배당률이 얼마인지 기억이 뚜렷이 없지만 괜찮은 액수라고 생각되었다. 누구라도 놓친 고기는 원래 큰 법이다.

영호는 담배를 비벼 끄고 객장 안으로 들어섰다. 그는 친구를 찾기 위해 주위를 두리번거렸다. 그러다가 어느 시선과 정면으로 마주쳤다. 외면하려했지만 때는 이미 늦었다.

"어이! 영호 자네였군. 어쩐지 저쪽에서부터 눈에 익더라 했어."

자신에게 손짓하며 다가온 익숙한 목소리의 주인공을 영호가 모를 리 없었다. 그는 현장에서 함께 일했던 한국인으로 나이는 50대 후반이다. 그는 아저씨 호칭대신 모두에게 자신을 '형님'이라 부르게 했다. 그러나 다들 안 듣는 데서는 그를 '찰거머리'라고 불렀다. 주독이 코끝까지 배어있는 그는 아주 반갑다는 태도로

"그동안 잘 지냈지? 전화도 좀 하지 그랬어. 그러잖아도 일자리 생기면 바로 연락해주려고 했었지."

그가 이렇게 말하며 손을 내밀어 악수를 청했다.

그리고 덧붙이길

"어때, 돈은 좀 땄나?"

슬쩍 영호의 눈치를 살피며 물었다.

영호는 잡힌 손을 빼면서 대답 대신 피씩 웃기만 했다.

오늘은 악수(握手)지만 평소 돈을 꿔달라고 내미는 저 손짓거리가 눈

에 선하기 때문이다. 수많은 교포들로부터 꾼 돈을 그가 갚았다는 소문은 한 번도 못 들었다.

그가 다시 능글맞은 목소리로

"돈이 그리 쉽게 따지나? 어때, 나한테 중요한 소스(정보)를 갖고 있거든 한번 믿어봐! O번과 O번이야. 확실하니까 일단 마권을 넉넉히 사 두는 게 좋을 거야!"

갑자기 코가 간지러운지 그는 자신의 코끝을 잡고서 이리저리 비틀어댔다.

딸기 같은 빨간 코가 더더욱 붉어졌다.

"내손에 돈이 있다면 혼자서 크게 해보는 건데 오늘 그렇지 못해서 아쉽긴 한데… 그래서 이렇게 부탁하는 거야, 나 아무나 해주는 거 아니라구…."

그는 조금 전에 마구 비틀어서 붉게 된 살찐 콧망울을 실룩거리며 애써 생색을 냈다.

속셈이 뻔했다. 경마를 즐기고 싶은데 경마할 돈은 없고 정보를 빌미로 경마할 돈을 좀 뜯자는 수작이었다. 영호는 금방 돈이 떨어졌다고 따돌릴 생각을 하다가 귀찮아서 밥 한 끼 사준다는 생각으로 그의 말을 들어주기로 했다. 어차피 한번쯤은 그렇게 해줘야 나중에라도 편할 것 같았다.

그는 영호가 건네주는 만 원권 3장을 재빨리 호주머니에 넣으며 소문을 내면 배당률이 떨어지니 입 조심하라며 말하곤 어디론가 사라졌다.

그가 사라지자 수철이가 슬그머니 나가왔다. 수철은 우정 '형님'을 피했던 것이다. 대한민국에서 '형님'을 모르면 중국교포가 아니다, 라는 말이 나돌 정도로 많은 중국교포들이 '형님'을 싫어했다. 그는 현장

마다 일자리를 옮겨 다니며 중국교포들을 상대로 '좀도둑'질을 일삼았다. 그가 중동 건설 붐을 타고 번 거액의 돈을 뚝섬경마장(과천경마장이 생기기 전)에 다니면서 다 탕진했다는 사실은 교포들 사이에 모르는 사람이 없을 정도였다. 물론 본인이 무용담처럼 하도 얘기해서 알게 된 것들에 불과하지만.

그는 쩍하면 해외에서 일할 때 크게 고생해봐서 중국교포들의 고생을 너무나 잘 알고 있다면서 제법 이해와 위로를 해주는 척하며 거머리처럼 달라붙어 술 얻어먹고 때에 따라 이런저런 제출해야 되는 서류를 해준답시고 착수금조로 용돈을 뜯어갔다.

"저 새끼 뭐래?"

수철이가 물었다.

"돈이 궁해서 그런 거지 뭐, 그 버릇 어디 가겠어! 담배까지 가져갔다니깐."

"저 자식 피하려면 오늘 하루 종일 숨어 다녀야 되겠는 걸."

"술래잡기라도 해봐, 그거 아주 재미있겠는데…."

영호는 돈을 뜯기고도 재미있다는 듯이 차아를 활짝 드러내며 웃었다.

"개자식! 우리가 이 땅을 떠날 때 저놈부터 잡아다 반쯤 죽여줘야지."

"죽일 놈은 따로 있어, 저놈은 그래도 인간이야. 우리 교포들을 신고하지 않았잖아! 여지껏 한 번도 없었어."

"그건 그래!"

"화장실 안 가?"

"조금 전에 다녀왔어."

화장실 갈 생각을 하자 영호는 참았던 요의가 급히 느껴졌다. 그는 그 길로 화장실로 갔다.

화장실은 경마를 끝내고 볼일 보러 들어온 사람들로 몹시 소란스러웠다. 소변기 앞에서도 길게 줄이 늘어서 있었다.

늘 듣는 말이지만 볼일을 보려는 사람들은 화장실 안에서도 경마에 대한 얘기들을 끊임없이 하고 있다. 돈을 조금이라도 딴 자는 기분이 좋아 얼굴이 싱글벙글이고 잃은 자는 하나같이 딱딱하고 심기 불편한 얼굴이었다.

때마침 누구를 향해 하는 소린지 한 사람이 큰소리로 떠들었다.

"씹팔 좇같은 새끼, 믿는 도끼에 발등 찍혔어. 그 자식 농간을 부려도 유분수지, 막판에 왜 채찍질을 그만 둔거야!…"

모 기수에 대한 욕을 퍼붓다가 그는 이내 자신이 찍은 말을 똥말이라고 불렀다.

또 다른 한 사람은 아는 사이인지 바로 뒤의 사람에게 오늘도 승부를 못 보면 쪽박 차고 동냥 가게 생겼다고 너스레를 떨었다.

영호는 볼일을 보고 나오면서 문득 자기도 언젠가 쪽박 차게 될지도 모른다는 생각이 들었다. 얼핏 계산해도 그동안 경마장에 갖다 바친 돈이 족히 3백만 원은 될 것 같았다. 하루 전 경주를(11회) 만원 단위로 흘짝흘짝 베팅하다보면 자신도 모르는 사이에 10만원을 훨씬 넘겼다. 간혹 적중할 때가 있었지만 그것은 늘 새발에 피였다.

그래도 매 경주를 빠뜨리지 않고 경마를 하게 되는 것은 재미도 재미려니와 은근히 대박을 꿈꾸기 때문이었다. 이러한 꿈은 영호뿐만이 아닌 경마 팬 모두가 같은 마음일 것이다.

마사회가 경마 팬들을 끌어당기기 위한 한 작전인지는 알 수 없으나 경마장에 가끔 한 번씩 초고액 배당이 터진다. 초고액 배당이 터진 날이면 언론부터 앞장서서 흥분한다. TV에서는 이 소식을 저녁뉴스로 내보내고 여러 일간지 신문에서도 이튿날이면 어김없이 대박소식이 실린다.

지난 10월 29일 일요일 마지막 진행된 경주에서 단돈 1만원을 베팅한 사람들이 5,551배의 배당률로 무려 5,551만원이라는 거액을 움켜쥔 사람들이 있었다. 적중의 행운을 누려 그야말로 돈벼락을 맞은 셈이다.

이렇게 경마장에서 떼돈 벌었다는 소문이 퍼지면 한몫 잡으려고 덤비는 사람들이 부지기수로 늘어나고 너나할 것 없이 부푼 기대감을 가지게 되는 것이다.

제3경주는 조금 전에 끝이 났다. 총 12필의 말이 뛰었고 경주거리는 최단거리 1,000m였다.

'형님'이 권한 두 마번은 우승에서 제외되었다. 영호는 이번에도 만원을 걸었기 때문에 부담스럽지는 않았고 그냥 그러려니 했다. 물론 혹시 '형님'을 만나게 되면 할 말이 생겨 마권을 버리지 않고 보관해 두었다.

"가자! 밥 먹으러, 오늘은 내가 내지."

수철이 웃으며 다가왔다.

"딴 모양이구나, 축하한다."

"오랜만에 3번 말이 내 체면을 살려줬어."

"어쩐지 좋아하더라니⋯."

그들은 에스컬레이터를 타고 3층으로 올라갔다. 3층 관람대 끝 지점에 식당이 있었다. 3경주가 끝나면 곧바로 점심시간이어서 50분간의 시간이 주어진다. 이들은 가끔은 빵으로 한 끼를 때우지만 기분이 좋을 때는 식당 밥을 꼭 사먹었다.

식당 입구에 벌써부터 사람들이 줄지어 차례를 기다리고 있었다. 점심때면 항상 그랬다.

밥 먹을 때만은 사람들은 경마 얘기를 안 하는 것 같았다. 빨리 먹고 자리를 비워내야 하기 때문인 모양이었다.

이곳의 음식은 바깥의 일반 식당보다 맛도 떨어지고 게다가 일이천 원 더 비싸지만 경마장에서 소리치고 애간장을 태운 탓인지 다들 별미처럼 쩝쩝거리며 맛있게 먹는 모습이다.

오늘 이 둘은 똑 같은 메뉴 5,000원짜리 육개장을 사먹었다. 더운 국물이 얼큰해서 영호는 등어리에 땀이 다 났다.

식사를 마친 이들은 사람들을 비집고 식당의 좁은 통로를 겨우 빠져나왔다.

이들은 이번에 계단을 걸어서 천천히 내려왔다. 그러나 붐비기는 마찬가지였다. 언제나처럼 밥을 물 마시듯 빨리 먹었기 때문에 다음 경주까지 아직 시간적으로 여유가 있었다.

이들은 여기저기 기웃거리다가 예시장 쪽 유리창가로 갔다. 거긴 바깥을 나가지 않아도 예시장을 한눈에 바라 볼 수가 있는 곳이다. 예시장에 말이 나와 있지 않아 주변 풍경이 썰렁했다. 고작 몇 사람만 나와 있을 뿐이다.

수철이가 커피 두 잔을 뽑아 와서 영호에게 건네주었다. 커피를 마시던 영호가 갑자기 생각난 듯 수철에게

"타조가 빠르겠냐, 말이 빠르겠냐?"

뚱딴지같이 이런 질문을 던졌다.

"글세 그건 잘 모르겠는데, 아마 비슷하지 않을까? 아니, 타조가 더 빠른가?"

"정확하게 말해야지."

"모르겠어."

"그럼, 그건 두고 토끼하고는?"

"토끼? 그야 두말하면 잔소리지. 말이 당연히 빠르지."

"아니라면?"

"아니면 내가 저녁에 막걸리 대접할게!"

"막걸리 마시는 거다!"

"그렇게 하자구!"

사실 '알고 즐기면 더 재미있는 경마' 란 책자를 어느 날 우연히 경마장 무료 배포대에서 뽑아본 적이 있었는데 거기에 놀랍게도 말이 토끼보다 더 늦다고 적혀 있었다. 경주마는 시속 65km 속도로 달리는 반면 토끼는 시속 70~80km였다. 그 책자를 안 봤더라면 솔직히 영호 그자신도 말이 훨씬 빠른 줄로 알고 있었다.

"토끼가 더 빨라, 이건 내가 아는 사실이야."

"말도 안 돼, 토끼 놈이 제아무리 빠르다고 해봤자 광야에 내달리는 말과 비교가 되겠어?"

"책에서 봤다니까."

"잘못 봤어, 믿을 수가 없어."

"진짜라니까…."

"시끄러워! 좀 조용히 못해! 여기가 어딘데 니들이 떠들어."

40대로 보이는 가죽잠바 차림의 한 남자가 느닷없이 영호네를 향해 이렇게 소리쳤다. 그는 영호네와 2m남짓 사이를 두고 있었다.

따지고 보면 영호네 목소리가 큰 것도 아니었다. 장내 분위기로 본다면 어디서나 그 정도는 시끄러울 수가 있었다. 하지만 그 자의 말투부터가 완전 시비조였다.

특히 그 자가 "니네들"이라고 말한 것은 영호네가 이미 중국교포들이라는 사실을 알고 우정 염두에 둔 소리였다.

텃세를 부려보겠다는 건지 아니면 경마에 돈 잃고 그 분풀이를 하겠다는 건지 영호와 수철은 어이가 없어 잠시 서로를 쳐다보다가 눈짓으로 가자는 뜻을 교환했다. 그리고 바로 그 자리를 떴다. 시비를 걸어오는 상대자와 도리를 따져봤자 현시점에서 아무것도 득될 게 없다는 판단에서였다. 아닌 게 아니라

"중국새끼들, 거지처럼 돈 벌러 왔으면 고분고분 일이나 할 것이지, 여기가 어딘데 와서 함부로 까불고 지랄이야…."

영호와 수철은 못 들은 척 문둥이 환자 피하듯이 한참 떨어진 6구역까지 부지런히 피해갔다.

참다 참다 그때서야

"어이구, 저놈의 새끼 장 끝나고 잡아다 모가지를 확 비틀어 줄까보다."

성격이 욱하는 수철이 분을 이기지 못해 연신 입술을 실룩거렸다.

"똥이 더러워서 피하지, 무서워서 피하는 게 아니잖아. 경마를 다니려면 조심하고 참는 수밖에 없어. 어쨌든 참는 게 상책이야…."

말은 이렇게 했지만 속에선 분노 같은 그 뭔가가 울컥울컥 치밀었다.

영호가 한국 와서 제일 많이 듣던 소리가 중국거지였다. 공사판에서 일하다보면 많은 한국인 노동자들이 항상 중국교포들 위에 군림하려 들었다. 늘 함부로 대하였고 그러다가 뭔가 마음이 안 든다 싶으면 쌍욕도 서슴지 않았다. 거지같은 놈들이니 비라질 하려면 똑바로 하라느니… 같은 동포라는 마음보다 불법체류자라는 이유 하나로 마음대로 낄보고 얕보았다. 아마 많은 중국교포들이 이 땅에서 돈을 벌어 간다고 해도 힘들었던 한국생활, 특히 한국인으로부터 받은 수모와 냉대를 잊지 못할 것이다.

한국경제가 경마장 같으면 얼마나 좋을까 싶을 만큼 아직도 정문으로부터 사람들이 계속해서 밀려들었다. 그중에는 토요일 근무를 마친 회사원이나 공무원들도 적지 않을 것이었다.

사회에서는 경마를 부정적으로 보고 음지 문화로 인식하지만 이곳에서는 그렇지가 않다. 누구나 경마장에 들어섰다하면 그 태도가 당당하고 거침이 없었다. 2000년도 한해만 해도 매출액이 4조 2,648억 원이라고 한다. 한해 관람객수가 1,155만 4,788명, 그러니까 하루 평균 12만 명이 입장했다는 통계다. 이중 영호와 수철 그리고 수많은 중국 교포들도 톡톡히 한 몫을 한 것이다.

경마가 시작되자 영호와 수철은 조금 전의 불쾌감은 씻은 듯 잊어버렸다.

경마장에서만큼 시간이 빨리 흐르는 곳도 없다. 매 경주마다 예시장을 둘러보고, 우승예상마를 추리하고, 그 다음 마권을 구입해서 경마를 지켜보다보면 한 경주 당 30분이 금방 지나간다. 이렇게 반복이 되지만 매 경주마다 새로운 기대와 희망을 바라볼 수 있기에 그 중독성 또한 강했다.

이곳 경마장엔 하루에도 몇 번이고 미아 소식을 전한다. 이제 또 잃어버린 아이를 미아보호소에 보관하고 있으니 어서 찾아가라는 방송이 들린다.

영호는 오늘 모처럼 9경주에 3만원 남짓 땄다. 어쩌다 이렇게 한번 맞는 재미 때문에 부슬비에 옷 젖는 줄 모르고 계속 경마에 빠져드는 건지도 모른다. 그러나 오늘 잃은 것을 빼면 정작 딴것은 아니었고 손해만 봤다. 아까 3만원 떼인 돈까지 계산하면… 영호는 저도 모르게 자조적인 미소를 지었다.

이제 마지막 11경주가 남았을 뿐이다.

우중충한 날씨가 이어지는 가운데 가느다란 눈발이 날리기 시작했다. 지갑이 거덜 난 사람들이 많이 귀가한 탓인지 주위에 조금씩 자리 여유가 생겼다. 마지막 경주를 앞두고 사람들은 조금 전의 상심과 허탈감 따위는 잊어버린 듯 그 눈빛들이 자못 진지해 보인다. 마지막 판에 새로운 기대와 각오로 번뜩거리고 있다.

영호는 현찰이 간당거려 밖으로 나갔다. 10만원짜리 수표를 현금으로 바꾸기 위해서다. 경마장 정문 입구에 가면 여러 아줌마들이 서성거리고 있다. 그녀들은 이른바 무허가 환전상이다. 경마장 내부에도 은행창구가 있지만 주말이라 수표조회가 힘들다는 이유로 발행 일주일이 넘은 수표는 아예 바꿔주지 않는다. 그러나 이들 아줌마들은 현금을 바꿔주고 그 대신 수수료 명목으로 3,000원씩을 챙긴다. 단 중국교포들에겐 모험비조로 7,000원을 더한 만원을 떼고 준다. 그것도 유일하게 김씨라는 아줌마만 취급해준다. 그녀는 중국교포들에게 신분증대신 핸드폰 연락처를 남기게 했다.

영호는 발매마감 1분 전쯤에서야 아슬아슬하게 마권을 구입할 수 있었다. 영호는 이번엔 3만원어치 샀다. 마지막 경주에는 누구라 할 것 없이 심리적으로 항상 돈을 더 많이 걸게 된다.

곧 경쾌한 음악소리와 함께 말과 기수들이 남자아나운서의 소개를 받으며 발주기 칸으로 속속 들어갔다. 뒤이어 탕! 하는 총소리와 함께 총 7필의 말이 일제히 발주기로부터 뛰어나왔다.

한꺼번에 출발한 말들이 초반부터 치열한 선두다툼을 벌이더니 3코너를 돌면서부터 순위가 명확해졌다. 대형 모니터에 영호가 선택한 마번은 없었다.

영호는 조마조마해졌다. 그는 줄곧 초조한 눈빛으로 달리는 말들을 뒤쫓았다. 사람들은 일어서서 자기가 선택한 마번을 외쳐대며 마지막

남은 열기를 발산하고 있었다. 어느새 4코너를 돌아 막판 주로에 들어서고 있었다. 그때, 영호가 찍은 3번말이 외곽을 돌면서 선두를 쫓는 듯하다가 다시 뒤쳐지고 있었다. 이때쯤 선두권에 나서지 못하면 단거리경주에서는 우승하기가 힘들다.

"달려라! 달려!"

수철이가 옆에서 소리쳤다.

영호는 안타까웠다. 곧이어 달리는 말과 함께 아나운서의 중계도 빨라지고 관중들의 함성도 따라 더 높아만 갔다.

이윽고 경주마들이 쏜살같이 결승선을 통과해버렸다. 제일 꽁무니에 달리는 말이 영호가 찍은 마번호 중에 하나였다. 영호는 깊은 한숨을 내쉬었다. 그는 이어 담배를 꺼내 물었다.

착순 게시대에 곧바로 순번이 새겨져 나왔다. 착순을 확인하는 순간 사람들은 곧바로 마권을 아무렇게나 내던졌다. 이와 동시에 위층으로부터도 아무짝에도 쓸모없이 변해버린 마권들이 마구 흩어져 내렸다. 마지막 경주가 끝나면 습관처럼 성난 경마팬들이 욕설과 함께 아래층으로 마권들을 아무렇게나 뿌려댄다.

뿌려진 마권들이 한동안 제자리를 못 찾고 스산한 눈바람에 휩쓸려 이리저리 흩날렸다. 하루종일 스승으로 모신 예상지들도 이제 그 운명을 다하고 아무렇게나 버려져 저마다 한 많은 발자국들을 맞고 바닥에 나동그라져 있었다. 그것도 부족해 성난 발길에 걸리면 공처럼 마구 차 던져지기도 했다.

썰물 빠져나가듯 개미군단이라 일컫는 경마팬들이 무리지어 서서히 경마장을 떠나갔다. 그 속에 영호와 수철도 함께 있었다.

내일도 경마는 어김없이 진행될 것이다.

[ 신동아 제36회 논픽션 공모 최우수작 ]

# 길림댁은 등나무처럼 살고 싶다

# 길림댁은 등나무처럼 살고 싶다

늘 얕잡아봤던 한국의 겨울날씨가 오늘따라 내게 반항하기라도 하듯 몹시도 춥다.

문밖을 나서 종종걸음으로 버스정류장까지 나갔더니 아직 이른 새벽이어선지 기다리는 사람은 몇 되지 않았다.

나는 몸을 웅송그리며 초조한 마음으로 버스를 기다린다.

오늘은 버스가 좀 빨리 오려나.

운전기사 아저씨는 배차간격이 20분이라고 했지만, 시간은 거의 지켜지지 않았다. 눈비가 올 때는 40분에서 한 시간씩 기다려야 겨우 버스를 얻어 타곤 했다.

내가 사는 곳은 경기도 남양주시 덕소. 가는 곳은 서울 천호동이다. 그전에는 일반과 좌석, 두 가지 버스노선이 있었지만, 승객이 줄어 타산이 안 맞는다며 버스회사가 일방적으로 한쪽 노선을 없애버렸다. 그

바람에 천호동 쪽으로 가려면 하는 수 없이 값비싼 좌석버스를 타야 했다.

천호동까지 가는 데 걸리는 시간은 빨라야 한 시간. 그래서 나의 아침은 언제나 숨 가쁘다.

다행히 오늘은 좀 더 일찍 서두른 덕분에 다른 날보다 이른 시간에 버스를 탈 수 있었다.

오늘도 나는 버스를 내리기가 무섭게 다시 찬바람을 맞으며 줄달음을 쳤다. 간발의 차이로 순번이 매겨지기 때문에 마음은 늘 이렇게 급하다.

이른 아침이라 차도 행인도 뜸해 천호시장 거리는 한낮과는 달리 한산하다 못해 스산하기까지 하다.


## 직업안내소 풍경

그렇게 숨을 헐떡거리며 뛰어 들어간 곳은 ○○○직업안내소.

이때부터 나는 또 다른 초조와 불안에 부대낀다. 과연 오늘은 내게 일이 주어질까, 그렇다면 무슨 일이 얻어 걸릴까, 내가 할 수 있는 일일까? 교통편도 좋아야 할 텐데….

이 같은 걱정들은 직업소개소에 있는 동안 계속 이어진다.

"안녕하세요!"

인사를 건네자 전화기를 들고 있던 소장이 눈알만 돌리며 아는 체를 한다.

"덕소 아줌마! 그 먼 데서 빨리도 왔네."

그 새 낯익은 길동 아줌마가 반갑다고 소리친다.

여기서는 누구든지 사는 곳이 호칭으로 불린다.

길동 아줌마는 옛날 같으면 '할머니'로 불릴 60대 노인이었다. 화장을 짙게 했지만 안타깝게도 나이를 가려주진 못했다. 자신의 한 평생이 '파출부 인생'이었다는 그녀는 목소리가 굵고 수다스러운 편이지만, 친절하고 정도 많은 사람이었다.

나는 그녀가 내준 자리에 앉아 하릴없이 일거리를 기다리기로 한다.

"젊은 사람이 얼굴이 이게 뭐여? 가꿔야지, 화장기가 너무 없으니까 병색이 나잖아…."

길동 아줌마가 식구처럼 핀잔을 준다.

그때서야 얼굴 살갗이 당기듯 죄여 옴을 느낀다.

나는 주머니에 넣어간 스킨로션 샘플을 꺼내 뻣뻣한 얼굴에 쓱쓱 문질러 발랐다.

사람들이 하나 둘 직업소개소로 얼굴을 들이밀었다. 어느새 아침 8시가 됐다.

그새 속속 모인 사람들로 이미 안내소 대기실은 만원이다. 앉을 의자가 모자라 다들 꾸부정하게 서 있다. 이때쯤이면 항상 그랬다. 제멋대로 앉거나 서 있는 것처럼 보이지만, 순서는 누구랄 것 없이 철저히 잘 지켰다. 서로를 감시하는 눈초리가 사납기 때문이다.

오늘 나는 4번이다. 그동안 지켜본 바로는 10번 안에만 도착하면 일자리가 날 희망은 있다.

"아이구, 속 터져. 일거리 준다는 사람은 없는데, 달라는 사람만 난리들이니 낸들 어떡하란 말이야…."

누군가의 전화를 받고 소장이 툴툴거렸다. 그녀는 회전의자를 이리저리 돌리면서 잔뜩 이맛살을 찌푸리고 우리를 둘러본다. 일자리는 적은데, 일을 달라는 사람은 구름떼처럼 모여드니 나름대로 스트레스가 심한 모양이다.

이런 소장도 처음 가입하는 사람들은 아주 살갑게 반긴다. 이들과 전화 상담을 할 때는 그렇게 사근사근할 수가 없다.

"어서 오세요. 일자리요? 물론 있지요. 그럼요. 요즘 많이 힘들지요?…"

그리고는 정이 넘치는 목소리로 소개소 찾아오는 길을 상세히 알려준다.

사실은 들어온 일거리가 적은데도 일이 많이 있다면서 사람들을 계속 끌어들인다. 나도 그렇게 이 직업소개소에 발을 들여놓게 되었다.

가입비 5만 원을 내던 날 소장은 내게 따끈한 커피 한 잔을 건네줬다. 뒤에 알고 보니 커피는 새로 가입한 사람에게만 주어지는 그날만의 특혜였다.

## 아줌만 일을 너무 골라

불황이 이어지다 보니 일자리가 흔치 않아 더 많은 사람들이 직업소개소로 찾아 들었다. 그래서인지 다들 소장한테 잘 보이려고 애를 썼다.

'연세보다 젊고 세련돼 보인다'느니

'젊었을 때 대단한 미인이었겠다'느니

'대학교수 타입인데, 이런 곳에서 아깝게 썩고 있다'느니 아첨을 떨어댔다. 그런 분위기다 보니 비리라면 비리라고 할 만한 일도 없지 않았다.

가령, 적당히 '뇌물'(담배나 음식)을 건네면 좀 더 가까운 곳, 좀 더 깨끗한 일, 좀 더 쉬운 일이 떨어지곤 했다.

"잠실! 잠실! 이번엔 누구 차례요? 숯불갈비집 저녁 11시까지…"

소장이 손짓을 했다. 소장이 여성이어서 목소리가 크진 않지만 다분히 권위적인 목소리다.

나보다 훨씬 늦게 온 아줌마가 일거리를 받아 나갔다.

사람들은 그새 여관, 다방, 단란주점 등 여러 일자리를 찾아 떠나갔다.

얼마 전까지만 해도 일거리를 골라서 갔다지만, 지금은 너나없이 살기가 빠듯한데다 일거리도 줄어 다들 닥치는 대로 일하는 형편이다.

오늘 나는 여느 날보다 훨씬 일찍 도착했는데도 적당한 일이 떨어지지 않는다. 내게 맞는 일은 건물 청소나 식당일 같은 비교적 '건전한' 현장노동인데, 이건 내 원칙이 아닌 남편의 뜻이었다.

남편은 내게 여관이나 다방, 단란주점 같은 유흥업소엔 절대로 못 나가게 했다. 식당으로 가더라도 손님들을 접대하는 홀보다는 주방일을 맡으라고 했다.

문제는 내가 할 수 있는 일들이란 게 밤늦게 끝나는 경우가 많아서 일을 마칠 때쯤이면 집으로 가는 버스가 끊기기 십상이라는 것이다.

나는 촛불처럼 타들어가는 조바심을 억누르며 탄식하듯 긴 한숨을 내쉰다. 벌써 11시가 가까웠다. 꼴찌로 도착한 사람들은 일자리가 돌아올 가능성이 없음을 깨닫고 하나둘 떠나가기 시작했다. 나와 몇 사람만이 줄곧 버티고 남아 있다. 행여나 늦게라도 일거리가 주어질 요행을 기다려보는 것이다. 오래 기다리다 보면 실제로 뜻밖의 일이 생길 때도 있었다.

소개소 한쪽 벽에는 '25일은 회비 내는 날입니다'는 글이 쓰여 있다. 바로 내일이라고 생각하니 괜히 속이 상한다. 이곳에서 파출부 일을 얻으려면 가입비 5만 원을 내고 나서 매달 회비 3만 원을 내야 한다. 그래서 이미 낸 돈이 아까워서라도 매일 출근하다시피 해서 일자리를 기다리는 것이다. 그것도 1~2분 차이로 순서가 정해지기 때문에 누구든지 집을 나섰다 하면 한시라도 빨리 이곳에 도착하려고 안간힘을 쓴다.

난로 옆으로 자리를 옮긴 소장은 멸치꾸러미를 헤쳐 놓고 내장을 발라내면서 문득 나를 향해 말을 걸었다.

"아줌만 일을 너무 골라. 가뜩이나 일거리가 적은 요즘에 그러면 일 못해!"

나는 변명처럼 얼버무리며 대꾸했다.

"그게 아니라 형편이…."

소장은 내가 일찍 나왔으면서도 며칠째 허탕을 친 게 좀 안됐다는 눈치다.

이곳 회원들은 한 사람이 한 달 평균 15일 정도 일하면 일을 많이 얻는 편이었다. 이런 형편에 소장은 15일 이상 일하는 것을 달가워하지 않는다.

어떤 회원들은 번번이 늦게 도착하는 바람에 일 얻는 날이 한 달에 열흘도 못 됐는데, 이런 회원들은 일이 적다며 다른 소개소로 옮기는 경우가 자주 있었다. 소장으로선 회원관리 차원에서 이런 데도 신경을 써야 하는 것이다.

즉 '기본 일수'는 채워줘야 하기 때문에 일을 많이 한 사람에겐 일찍 나와도 일을 주지 않고 "좀 쉬라"며 사정하기도 한다.

## 여인네들의 反中 감정

새벽같이 자리에서 일어나 부지런을 떨며 식구들 아침 식탁 차려놓고 달려오듯 도착했건만, 오늘도 공칠 것이 분명한 것 같다. 그러나 억울한 마음에 나는 조금 더 기다려보기로 한다.

한쪽에선 된장찌개가 보글보글 끓고 있다. 구수한 냄새에 나도 모르게 침이 넘어간다.

그러고 보니 새벽에 콩나물국에 밥 한 술 말아 훌훌 마시다시피한 게 전부다. 갑자기 배가 고파왔다.

"덕소 아줌만 애가 몇이유?"

나는 순간 멈칫하다가

"둘이에요."

하고 짧게 대답했다.

이런 말을 하는 자체가 몹시 두렵다. 누군가와 대화를 하다 보면 부지불식간에 신분이 노출될 위험이 있어 나는 가능하면 누구와도 말을 하지 않으려 한다. 피치 못해 얘기를 나눌 경우에도 아주 짧게 말을 끝낸다.

이곳에선 아직 누구도 내가 중국동포인 것을 모른다. 눈치 채지도 못한 것 같다.

내가 죄인도 아니고, 내 신분이 부끄러운 것도 아니지만 나에 대해선 철저하게 감추고 싶다. 신분이 드러나 공연히 불이익을 당하는 일은 다시 겪고 싶지 않기 때문이다.

전에 다른 직업소개소에 다닌 적이 있었다. 그때 본의 아니게 중국동포란 사실을 말했다. 이쪽 실정을 너무도 몰랐던 탓이었다.

피부도 같고 생김새도 같았지만 그곳 사람들은 그때부터 단지 중국에서 왔다는 이유 하나만으로 나를 노골적으로 따돌렸다. 워낙 일거리가 적다 보니 사람들의 인심이 사납기도 했지만, 텃세까지 심해지자 나는 늘 '왕따' 당하는 기분이었다.

어느 날, 어느 한 교포가 전화로 소장에게 일자리를 부탁하는 모양이었다. 옆에서 대화내용을 들어보니 소장이 가짜 신분증도 좋으니 일단 제출할 수 있는 신분증이 있어야 된다고 했다.

"신분증도 없이 일자리를 찾아줬다가 재수 없이 단속에 걸리기라도 하면 벌금은 물론 문을 닫게 될지도 모르는데 그 책임을 누가 지겠어?"

따지듯 주위를 향해 내뱉자 입심이 센 몇몇 아줌마들이

"우리 일자리도 모자라서 안달인데 그깟 중국여자들한테까지 줄 일이 어디 있어?…."

"말도 마, 지금 식당이고 어디고 업소마다 교포년들이 한둘씩은 다들어가 있더라구. 골치야 골치…."

"까놓고 말해 IMF가 빨리 온 것도 다 외국 사람들 탓 아니겠어? 달러가 외국으로 막 새나가잖아…."

"아무개네 집에서 중국 며느리를 얻었다는데, 반찬이 죄다 중국식이래. 아무데나 기름 콸콸 부어다 볶아댄다는 거야. 찌개에다가도 식용유를 얼마나 부었는지 느끼해서 못 먹겠대…."

"거기는 사람 살 곳이 못 된다며? 여기보다 한 30년은 후지다는데…."

내 귀를 겨냥하듯 저마다 힐끔힐끔 나를 쳐다보며 말했다. 마치 중국 사람들로부터 숱한 피해를 본 것처럼 '반중감정'이 대단했다.

불법체류 동포들이 위조한 주민등록증이나 위장결혼으로 취득한 신분증을 지니고 일자리를 찾으러 직업소개소에 들락거린다는 사실을 그때 처음 알았다.

실제로 나는 그곳에 일자리를 찾으러 온 중국동포를 더러 볼 수 있었는데, 그녀들이 나간 등 뒤로는 반드시 무시와 경멸의 말이 뒤따랐다. 머리 모양이 어떻다는 둥 말투가 이상하다는 둥 뙤놈 냄새가 난다는 둥 하면서 드러내놓고 무시하는 한국 아줌마들의 눈초리가 무서워 나는 결국 그곳에서 한 달을 채우지 못했다. 그리고는 지금까지 입조심을 하고 있다.

## 나는 왜 여기에 있나

어느새 오후 2시가 다 돼 간다. 함께 기다리던 두 사람은 30분쯤 전에 돌아갔고 이젠 나만 남았다. 마침내 나도 일어섰다.

이쯤에서 더 기다려본들 일이 생긴다는 보장도 없는데다 소장이 점심 채비를 하고 있어 눈치가 보였다. 무엇보다 배가 고파서 더 이상 앉아 있을 수도 없었다.

아까부터 배가 고프다 못해 아픈 듯했다. 오늘따라 소장이 끓인 된장찌개가 왜 그리도 맛있어 보이는지, 허둥거리며 계단을 내려오는데도 찌개냄새가 유혹하듯 뒤쫓아 오는 듯했다.

아무리 공친 날이지만 오늘은 뭔가 사 먹어야 할 것 같다.

다른 날 같으면 아무리 늦어도 허기를 참았다가 집에 돌아가서야 점심을 차려 먹었다. 일도 얻지 못했는데 밥까지 사 먹을 순 없는 노릇이었다.

어쩐지 새벽보다 날씨가 더 추워진 느낌이다. 파카를 입었는데도 온몸이 으스스 떨렸다.

평소 시장 노점상들이 파는 음식이 미더워 보이지 않았지만, 여기저기 살펴보니 전에 먹어본 호떡집이 눈에 띄었다.

한 개만 사서 허기만 면할 요량이었는데, 하나는 안 팔고 1,000원에 세 개씩 판다고 했다. 하는 수 없이 1,000원짜리를 내주고 호떡봉투를 받아들었다.

길거리를 걸어가면서 먹기가 뭣해 나는 한쪽으로 비켜서서 호떡 하나를 꺼내 물었다. 급한 마음에 크게 한 입 베어 물었는데, 입에 채 들어오기도 전에 뜨거운 단물이 턱밑으로 주르르 흘러내린 듯 따가웠다. 호떡 아줌마한테서 화장지를 얻어 끈적이는 턱을 얼른 닦아냈다.

날씨도 추운데다 물도 없이 빨리 먹으려니까 자꾸만 목이 메었다.

가까운 슈퍼마켓에 들어가 우유를 한 통 샀다.

구석진 곳으로 찾아들어가 우유를 몇 모금 꿀꺽꿀꺽 마시는데, 그런 내 모습이 한없이 처량하게 느껴졌다. 모르는 사람들은 내가 이곳에서 한국남편 만나 늦게나마 호강하며 잘 살고 있을 거라고 부러워할 것이다.

가게를 나오다 보니 마침 입구에 전신 거울이 있었다. 나도 모르게 잠깐 걸음을 멈추고 비춰 보니 내 피부는 이곳 여인네들보다 10년은 더 늙어 보일 만큼 거칠었다. 영양상태가 좋지 않아 안색도 엉망이었고, 입성도 어설프고 촌스럽기 짝이 없었다.

낯설게 변한 내 모습에 순간 설움이 치솟아 눈시울이 뜨거워졌다.

만약 그이(전 남편)가 죽지 않았더라면 나는 지금의 남편을 만나지 않았을 뿐더러 재혼해 이곳에 정착하는 일은 없었을 것이다.

그이가 살아 있다면 나는 지금쯤 중국 땅 어디엔가 그이가 마련해준 보금자리에서 예나 다름없이 밥 짓고 빨래하고 랄랄라 사랑 노래 부르면서 행복하게 잘 살고 있었을 것이다.

귀국하는 배표까지 끊어놓고도 왜 나는 돌아가지 못하고 이곳에서 한국남자와 결혼하게 됐을까. 그때 중국으로 돌아갔다면 나는 과연 어떤 모습으로 살고 있을까?

## 이들이 내 민족인가

8년 전, 내 마음속엔 아름다운 섬 하나가 자리하고 있었다. 바로 한국이라는 나라였다. 한국은 중국보다 부유한 나라이면서도 나와 같은 핏줄의 한민족이 살고 있는 곳이고, 무엇보다 둘도 없는 고국 땅이어서 나는 자나 깨나 나의 아름다운 섬, 한국에 나오고 싶어 안달을 했다.

천신만고 끝에 나는 한 친지의 도움으로 요란스레 출렁거리는 배를 타고 천리길도 마다하지 않고서 그토록 꿈에 그리던 내 마음속의 섬에 닿았다. 1992년 6월 2일이었다.

인천항을 거쳐 서울역에 도착한 나는 긴긴 뱃길의 피곤함도 잊은 채 아름다운 분위기에 흠뻑 젖어 한참을 감격에 빠져 있었다.

여기저기 눈에 띄는 까마득한 고층건물, 물결처럼 흐르는 자동차 행렬, 활보하는 행인들의 깨끗한 옷차림….

어렸을 적에 그림에서 봤던, 중간 가리마 양편으로 탐스런 머리칼을 곱게 빗어 넘긴 아리따운 여인네의 모습이나 한복을 곱게 차려 입고 수줍게 미소를 머금은 실눈의 얼굴들, 코고무신 위로 치맛자락을 나풀거리며 사뿐사뿐 걷는 모습은 볼 수 없었지만, 화사하고 대담한 미니 스커트에 울긋불긋한 컬러 머리 같은 다양한 차림새와 세련된 모습이 상상 외로 예쁘고 아름다웠다.

더욱이 귀에 들어오는 말은 딱딱하고 높낮이가 심해 거북살스러운 중국어가 아니라 하나같이 부드러운 조선어 우리말들이었다. 그들이 말하는 우리 조선말은 아름답다 못해 신기하게까지 들렸다.

그러나 이 모든 감상도 잠깐, 나는 여느 중국동포들과 마찬가지로 침식이 가능한 일자리부터 구해야 했다. 동서남북조차 분간하기 어려운 서울에서 비싼 택시를 타고 물어물어 찾아다닌 끝에 마침내 침식을 제공하는 어느 식당에 주방 일자리를 구할 수 있었다.

하지만 한국은 내가 생각했던 한국이 아니었다. 겨우 몸을 풀고 일을 시작한 그날부터 나는 이방인 취급을 당했다. 못사는 나라에서 왔다는 단 하나의 이유 때문에 나는 함께 일하는 사람들과는 비교할 수 없는 임금을 받았다. 그것까진 좋았다.

그때 주방에선 나 말고도 네 사람이 일했는데, 그들은 틈만 나면 흘에 나가 고스톱을 치거나 의자에 걸터앉아 쉬었다. 하지만 나는 하루 종일 다리를 쉴 틈이 없었다. 화장실 가는 일조차 부담스러워 변비가 생길 정도였다.

그들은 편히 앉아 쉬면서도 혼자 주방에서 일하고 있는 내게 자기네 몫의 일까지 시켰다. 그러고도 모자라 개인적인 바깥 잔심부름까지 시키는 경우가 허다했다.

그러다 보니 정작 '설거지 담당'인 내가 씻어야 할 그릇들은 싱크대에 어지럽게 쌓여 있을 때가 많았다. 그런 사정을 모르는 주인은 그때마다 나를 못마땅하게 여겼다. 식당주인은 걸핏하면 내가 중국동포라는 사실을 일깨웠다. '주제를 알라'는 뜻이었다. 그렇다고 시시콜콜 일러바칠 수도 없는 노릇이라 나는 밀린 그릇들을 한꺼번에 씻어내느라 혼자 부산을 떨어야 했다.

특히 주말이나 휴일에 많은 손님들이 일시에 들이닥치면 주방 여기저기서 내게 소리를 질러댔다. 나보다 한참 어린 종업원까지도 강아지 부리듯 '아줌마!' '아줌마!' 하면서 반말 투로 일을 시켰다. 나는 그들이 시키는 대로 고기도 썰다가, 채소도 다듬다가, 국수사리도 삶아내다가, 홀에 나가 빈 그릇도 날라 오고, 물 컵도 내가는 등 정신없이 뛰어다녔다.

그런 날이면 주방 일꾼들이 간혹 인심 쓰듯 설거지를 도와줄 때가 있는데, 별반 도움이 되지 못했다. 세제로 닦은 그릇을 내가 일일이 깨끗하게 헹굴라치면 그들은

"그럴 필요 없어. 그렇게 해서 언제 다 씻어?"

하면서 내 앞에서 그릇 씻는 시범을 보였다. 세제를 많이 붓고 씻은 그릇을 그저 싱크대 개수통에 받아놓은 물에다 덤벙덤벙 담갔다가 건져내는 게 고작이었다. 그러니 마지막으로 헹궈낸 물에도 세제거품이

허옇게 떠 있었다.

그렇게 씻어 내놓은 그릇은 하나같이 세제가 그대로 묻어 있어 몹시 미끄러웠다. 모르는 사람들 눈엔 깨끗하게 보일지 모르지만, 사정을 아는 나로서는 마치 독이 묻은 그릇처럼 여겨져 꺼림칙했다. 그래서 내가 다시 한 번 헹궈내면

"더러운 똥돼놈 나라에서 살다온 것이 어지간히 깨끗한 척한다."

면서 대놓고 비웃으며 모욕을 줬다. 그런 말을 듣고도 타향살이 하는 처지라 아무 대꾸도 못하고 치솟는 울분을 삼킬 수밖에 없었다.

그러면서도 그들 자신은 세제를 어지간히도 조심했다. 세제를 만질 때는 피부가 상한다면서 반드시 고무장갑을 꼈고, 자기들이 먹을 음식을 담을 때는 이미 씻어 엎어놓은 그릇들을 손수 다시 헹궈서 사용했다. 이런 사람들에게서 어떻게 민족애 같은 것을 기대할 수 있겠는가?

### 3년만 고생하면 갑부?

그렇게 힘겨운 나날을 보내면서도 법적 체류기간은 빨리도 흘러갔다. 귀국일자가 어느새 하루하루 다가오는 것이었다.

황급히 법무부로 달려가 체류기간을 한 달 더 연장했다. 그러고 나서 또 다시 한 달을 더 연장했지만, 서울 생활은 물 흐르듯 빨리 지나갔다.

하는 수 없이 체류 마감일에 맞춰 중국으로 돌아가는 배표를 끊었다. 하지만 한국으로 오기 위해 보낸 너무도 길고 힘겨웠던 수속기간을 생각하면 정말이지 이렇게 일찍 귀국하는 것이 너무나도 아깝고 억울했다.

그 무렵엔 내가 알기로도 수많은 중국동포들이 불법체류자로 남아 있었지만, 나는 날마다 안절부절못했다.

그때가 마침 불법체류자 단속기간이기도 해서 운 나쁘게 단속에 걸려 법무부로부터 강제 추방된다면 그것처럼 불명예스러운 일도 없을 것 같아서 나는 고된 식당일을 하면서도 피곤함조차 느낄 여유가 없는 신경과민증에 시달렸다.

자정쯤 일이 끝나 모두 돌아가고 식당 현관셔터가 철커덕 내려지면 나는 꼼짝없이 갇힌 신세가 되어 외로이 잠자리로 찾아들었다.

식탁 두 개를 맞붙여 놓은 '침대'에서 나는 가뜩이나 짧은 밤의 절반을 걱정과 한숨으로 지새웠다. 아직 63빌딩이며 자연농원이며 민속촌도 구경 못했는데, 김동건의 '가요무대'도 못 가봤는데, 이렇게 고생만 하다 쫓겨나면 어쩌나 하면서 뒤척이다 보면 어느새 날이 밝아왔다.

그때 경기도 일산 신도시 건설현장이 비교적 안전한 곳이라는 소문이 들려왔다. 그러잖아도 배표를 쥐고 돌아갈까 말까 망설이는 중이었는데 잘됐다 싶었다. 무작정 한번 찾아가 보기로 했다. 만약 그곳까지도 단속의 손길이 미친다면 배를 타는 수밖에 없다고 생각했다.

그 길로 나는 일하던 식당을 빠져나와 일산의 건설현장으로 향했다. 황급히 뛰쳐나오다 보니 밀린 월급도 얼마간 떼였다. 억울해 할 겨를이 없었다.

현장에 이르자 다행히 어느 함바식당에서 쉽게 일자리를 구할 수 있었다.

소문대로 그곳은 복잡한 서울과 달리 구석지고 조용해서 얼마 동안은 피신처가 될 수 있을 것 같았다. 실제로 나처럼 단속을 피해 그곳으로 몰려오는 교포가 적지 않았다. 그들 중에는 한국에 온 지 1~3년째 되는 교포도 더러 있었는데, 용케도 단속을 피해가며 버텨온 악착같은 사람들이었다. 그렇지만 불안한 마음은 여전했다.

그 무렵 '수상하면 다시 보고 의심나면 신고하자'라는 표어가 유난히 내 눈에 잘 띄었다.

그렇게 단속 걱정을 하는 나에게 한 교포가 픽 웃으며 한마디 던졌다.

"오장육부가 그렇게 콩알만해서 어떻게 딸라를 벌어가요? 우리가 무슨 강도짓을 하는 것도 아닌데 버티는 데까진 버텨서 열심히 돈을 벌어야지요…."

그는 이미 상당한 액수의 돈을 저축해 놓았는지 우쭐대는 여유마저 보였다. 그가 부러웠다.

그에 비해 나는 거지나 다름없었다. 돈이 인생의 전부는 아니지만 살아가는 데 없어서는 안 되는 게 또 돈이 아닌가.

나는 한껏 용기를 내서 한국에 있는 기회를 최대한 이용하기로 마음먹었다. 게다가, 이곳 함바식당의 월급은 60만 원으로, 서울에서 일하던 식당보다 10만 원이 더 많았다. 1년이면 720만 원, 2년이면 1,440만 원, 3년이면 2,160만 원이란 얘기다. 중국 돈으로 따져보면 가히 천문학적인 거금이었다. 중국 돈으로 환전하면 지게로 지고도 남을 액수였다.

돈을 벌기도 전에 산수놀음부터 하기 바빴다. 3년 동안 벌 수 있는 돈을 머릿속에 떠올리자 잠시나마 갑부가 된 듯한 기분에 입이 좀처럼 다물어지지 않았다.

### 함바식당의 여름나기

그러나 이곳에서의 나날은 결코 평탄하지 않았다. 함바식당의 일 역시 끝이 없었다. 새벽 5시에 일어나면 밤 10시가 넘어야 겨우 잠자리에 들 수 있었다. 매일같이 식사하는 일꾼이 70명 남짓 됐지만, 주방 일꾼은 주인아줌마와 나 단 둘뿐이었다.

우리는 하루 종일 된 머슴살이 하듯 부지런히 몸을 움직여야 했다. 더욱이 주인아줌마는 말 그대로 '주인'인 몸이라 시장 보러 읍내에 자주 다녀와야 하기 때문에 아줌마가 없는 동안은 나 혼자서 정신없이 손발을 놀려대야 했다.

함바식당의 하루 세 끼 식사시간은 일정했으나 간식시간은 그렇지 못했다. 일꾼들 마음대로 와서 챙겨먹는 것 같았다. 금방 부산하게 아침 먹여 보낸 듯한데 어느새 삼삼오오 무리지어 몰려와서는 또 간식을 달라고 야단들이었다. 그때까지 우리는 설거지는 물론 아침밥도 뜨는 둥 마는 둥 하고 있었다. 특히 현장 간부들은 꼭 뒤늦게 와서 식사하는 버릇이 있었다.

그런데 주인아줌마는 한결같은 모습으로 그들의 직함을 일일이 챙겨 부르며 친절하게 손님맞이를 했다. 그러니까 그들은 현장의 소장님, 과장님, 대리님, 반장님들인데, 이 사람들은 하나같이 팔자걸음으로 들어와서는 식당 안방에 양반처럼 앉아 밥상 들여 주기만 기다렸다.

밥을 기다리는 그들에게 주인아줌마가 웃음을 날리며 말벗노릇을 해주는 등 서비스를 제공하는 동안 부엌에 있는 나는 미리 주인아줌마로부터 하달 받은 영대로 별식을 장만하느라 여념이 없었다. 이건 꼭 즉석에서 장만해야 하는 음식이고, 또 그래야만 별미여서 미리 해놓고 기다릴 수도 없었다.

서둘러 밥상을 차려 올리고, 식사수발을 하고, 잔심부름에 마지막 커피까지 끓여 바치다 보면 설거지 따위는 뒷전으로 밀리게 마련이다. 그 시간쯤이면 밥 먹을 생각조차 없어지고 만다.

일꾼들도 간식으로 빵과 우유를 찾으면 쉬울 텐데, 일부러 애먹이려는 듯 너도나도 라면만 외쳐댔다. 그것도 지금 당장 끓여달라고 성화

여서 그 와중에 우리는 설거지 마치랴, 간식 챙겨주랴, 점심식사 준비
하랴, 머리가 돌고 두 손 두 발이 모자랄 지경이 된다.

게다가, 야식이나 회식까지 있는 날이면 자정을 넘기기 일쑤였다.

뒤늦게 고단한 몸을 누이고 잠시 잠들면 어느새 알람시계가 새벽수
탉처럼 홰를 쳤다. 정말 그때는 제대로 식사 한 끼 챙겨먹기는커녕 잠
한 숨 푹 자보는 게 간절한 바람이었다.

고작 네댓 시간 잠드는 짧은 밤에 모기는 왜 그리도 많은지, 잠들기
전에 살충제를 안개처럼 뿌리는데도 한밤이면 모기가 극성이었다. 판
자로 된 허름한 창문 틈새로 모기놈들이 떼로 들어와서 앵앵거리며 달
려들었다. 시달리다 못해 가끔 자리에서 일어나 사정없이 모기를 후려
치곤 했는데, 아침에 일어나 보면 모기가 죽은 자리엔 내 것인지, 모기
것인지 모를 피가 벌겋게 묻어 있었다.

여름 더위도 여간 고통스러운 게 아니었다. 찜통 같은 삼복더위에
작은 선풍기 하나만 틀어놓고 열기 가득한 주방에서 일하다 보면 땀이
샘물처럼 흘러내렸다. 선풍기조차 하루 종일 쉴 새 없이 고개를 저으
며 바람을 불어내느라 힘에 겨워 비실비실 넘어갈 듯했다.

끈적거리는 날씨 때문에 가뜩이나 짜증스러운데 일꾼들은 시도 때
도 없이 얼음물 달라고 아우성이었다. 행여 얼음물이 떨어지기라도 하
면 큰일이었다.

일꾼들은 오후 2~3시쯤에 한꺼번에 몰려올 때가 많았는데, 확 트인
식대 창구로 얼음물을 달라고 장대 같은 손들을 들이밀면 위협적인 느
낌마저 들곤 했다.

식당에는 냉장고가 두 대 있었지만 용량이 작아서 필요한 만큼 얼음
을 준비해 두기엔 모자랐다. 오이냉국이나 미역냉국, 비빔국수 같은
여름 음식에는 얼음이 꼭 들어가야 하기 때문에 정작 홀에 놓아둔 물

통에는 얼음을 적게 넣을 수밖에 없었다. 그러니 얼음을 넣은 냉수라 해도 금방 미지근해지곤 했다.

문제는 주인아줌마가 깡패처럼 생긴 몇몇 일꾼에게 얼음물을 몰래 만들어 준다는 데 있었다. 그 바람에 그런 사정을 아는 다른 일꾼들이 툭하면 주방에 들어와 얼음물을 훔쳐 마셨다.

## 얼음봉변

그러던 어느 날 마침내 비상용 얼음까지 떨어지고 말았다. 그런데 하필이면 그때 깡패같이 생긴 아저씨가 헐레벌떡 주방에 뛰어 들어와 서는 다짜고짜 내게 손을 내밀며 맡겨놓기라도 한 듯 얼음을 내놓으 라는 것이었다. 겁이 덜컥 났지만 얼음이 떨어졌다고 사실대로 말하는 수밖에 없었다. 그랬더니 그는 두 눈을 부라리며 "뭐야?" 하고 버럭 소 리를 질렀다. 왜 자기가 먹을 얼음을 남겨두지 않았느냐는 것이었다.

기가 막혔다. 실은 주인아줌마가 시장에 간 사이 일꾼 몇이 몰래 주 방에 들어와 얼음물을 먹는 걸 보고도 모른 척했다. 나 자신도 힘들지 만 그들 또한 한여름 땡볕 아래서 힘든 일 하는 게 측은해 보여서 그냥 내버려둔 것이었다.

어쨌든 나는 죄인 아닌 죄인이 되어 주눅 든 표정으로 꼼짝없이 서 있었다. 그는 거칠게 나를 밀치며

"얼음쪼가리 하나라도 나오면 가만두지 않겠다!"

면서 냉장고 문을 마구 열어젖혔다. 그 바람에 냉장고에 들어 있던 음식이며 반찬재료들이 주방 바닥에 나뒹굴었다. 보다 못한 내가 떨어 진 물건들을 집으면서 쏘아붙였다.

"아저씨, 왜 내 말을 못 믿으세요? 없으니까 없다는 것 아니에요?"

그러자 그는 두들겨 패기라도 할 기세로 욕설을 내뱉었다.

"뭐가 어째? 이년이 여기가 어디라고 지 마음대로 지껄여. 니 나라 쫑국으로 당장 가버려! 니 년이 왜 여기 왔어. 니네 때문에 우리가 이 모양 이 꼴이란 말이야. ××년, 당장 꺼져!"

사천왕 얼굴에 서슬이 시퍼랬다. 한마디라도 더 대꾸했다간 큰 봉변을 당할 듯한 살벌한 분위기였다.

마침 주위에 구경꾼이 모이고 주인아줌마도 돌아왔다. 그는 주인아줌마에게 내 '죄상'을 말해주고 "당장 잘라라"고 명령하듯 말했다. 그러자 주인아줌마는 고개를 끄덕거리며

"내가 얼음을 잘 간수했다가 드리라고 했는데, 왜 없앴느냐?"고 나를 나무랐다.

순간 정신이 멍해 왔다. 주인아줌마가 내게 그런 말을 한 적이 없었기 때문이다.

서럽고 분했다. 그러나 무능하고 힘없는 불법체류자 신세에 찍소리 한 번 못 내고 그저 울기만 했다. 웬 눈물이 그렇게도 많이 흐르는지, 두 다리는 떨리고 눈앞은 뿌옇기만 했다.

뒤늦게야 주인아줌마가 내게 사과했다. 어차피 나는 돌아갈 몸이고 자기는 장사를 계속해야 하니까 그렇게 해서라도 넘어가지 않으면 안 된다는 얘기였다. 그러니 서운하더라도 이해해 달라고 했다.

눈물을 훔치고 다시 일을 하면서 나는 생각했다. 과연 나는 어느 나라 사람일까? 어찌 보면 한국사람도 중국사람도 아닌 어중간한 '조선사람'에 불과했다.

중국땅에서 중국인들과 섞여 살다 보면 조선인들은 잦은 충돌과 마찰을 겪는다. 그럴 때면 항상 우리 조선인늘이 먼저 양보해야 했고, 그럼으로써 정신적으로는 물론 물질적으로도 손해를 보는 경우가 많았다. 그러면서도 중국인들은 불편을 느낄 때마다 우리더러 '고려××'라

고 욕하면서 "너희 나라로 당장 물러가라"고 떠들어댔다. 그럴 때면 우리는 그저 나라 없는 설움에 애꿎은 타향살이 신세를 한탄하며 아픔을 달랬었다.

그런데 내 조국인 한국에 와서도 똑같은 말을 듣게 되다니…. 그는 그냥 가라는 것도 아니고 "니네 똥되놈의 나라로 기어가라"고 호통 치듯 말했다. 비슷한 말을 중국에서 들었을 때는 이렇게까지 서럽진 않았다.

## 서두른 결혼

그렇게 하루하루 흘러가는 가운데 변비증세가 심해졌다. 변을 정상적으로 보지 못한 것은 서울 식당에 있을 때부터였지만, 그 즈음엔 이틀을 넘기고 사흘에 한 번 보는 변이 염소똥만 했다. 그것 내놓는 것도 아이 낳을 때만큼이나 힘에 겨워 나중엔 화장실 가는 것조차 두려워졌다. 늘 일에 쫓기다 보니 제때 화장실에 다녀올 수 없었던 데다, 그나마 많은 사람들이 드나드는 공동화장실이라 마음 편히 화장실에 머물러 있을 수도 없었다.

지금은 모르지만 그때만 해도 건설현장의 화장실 환경은 엉망이었다. 불결한 것은 말할 것도 없고 칸막이도 베니어합판으로 대충대충 만들어 엉성하기 짝이 없었다. 몰래카메라 없이도 마음만 먹으면 옆 칸을 얼마든지 훔쳐볼 수 있을 정도였다.

변비가 심해지자 밥을 먹는 것도 싫고 만사가 귀찮아졌다. 아랫배는 늘 더부룩했고, 왼쪽 배 밑으로는 뭔가 딱딱한 게 만져지곤 했다.

언제까지 이 고생을 계속해야 하나 하고 한숨을 내쉬고 있는데, 이런 내 마음을 주인아줌마가 헤아리기라도 한 듯 어느 날 내게

"이렇게 고생할 것 없이 아예 이곳 남자와 결혼해 주저앉아 사는 게

어떻겠느냐?"고 물었다.

나는 대답 대신 피식 웃기만 했다.

한국에 나오기 전 주변의 많은 사람들이 한국에 가거든 돌아오지 말라고 했다. 잘사는 한국에서 좋은 남자 만나 결혼하라고 했다. 그러나 부모 형제와 자식을 남겨두고 이곳에 와서 산다는 것은 상상조차 할수 없었다. 더욱이 재혼할 마음은 추호도 없었다.

주인아줌마는 함바식당을 철거할 때까지 자신이 책임지고 좋은 남자를 소개해 주겠다고 장담했다. 주인아줌마로선 내가 필요했기 때문에 자기 곁에 붙잡아 두려는 속셈도 있었지만 인간적인 호의도 있었다.

고생은 계속됐지만 아무튼 시간이 흐르면서 손에 들어오는 돈이 조금씩 많아지자 중국으로 일찍 돌아가지 않은 게 백번 잘했다 싶었다. 그런 의미에서 고국은 역시 희망과 꿈의 땅이었다. 부지런히 일만 하면 중국에서는 상상조차 하기 어려운 목돈을 벌 수 있었으니 말이다.

한국에서 가난하게 산다는 것은 오직 게으름 때문이라는 생각도 들었다. 그러면서 마음이 조금씩 흔들리기 시작했다. 여생을 혼자 고생하며 사느니 함바식당 주인 말대로 이곳에서 결혼을 하면 어떨까도 싶었다.

가만히 보면 한국은 참 살기 좋은 나라였다. 집집마다 전화가 있어 편리한 것은 물론이고, 집 안팎 어디라 할 것 없이 중국보다는 너무나도 깨끗했다.

중국에서 자전거를 타고 나다닐 때는 어디에서 가래침이 날아올지 몰라 전전긍긍할 때가 많았다. 거리를 오가다 난데없이 가래침 벼락을 맞고 자전거를 멈춘 채 울상을 짓는 사람을 수도 없이 보아왔기 때문에 한국의 청결함이 무엇보다 내 마음에 들었다.

경제적인 면에서도 매력적이었다. 하루 노동의 대가로 똑같은 크기의 달걀을 산다고 가정할 경우 중국에선 15알 정도를 살 수 있지만, 한국에선 200알도 더 살 수 있었다. 이것뿐만이 아니었다. 모든 면에서 똑같은 노력의 대가가 중국에서 얻는 것보다 훨씬 많았다.

이처럼 살기 좋은 조건 때문에 많은 사람들이 한국에 나오고 싶어하며, 나왔던 사람들 또한 계속 머물러 있기를 원하는 것이다.

그 무렵, 남편이 있는 한 교포여성이 한국을 떠나지 않기 위해 중국에 있는 남편에게 비싼 돈을 지불하고 어렵게 이혼수속을 밟은 후 한국남자와 결혼했다는 소문도 있었다. 중국에선 그녀를 다들 '미친년'이라고 욕한다고 들었다. 하지만 나는 미망인이기에 한국남자를 남편으로 선택할 자유가 있었다. 그런 생각에 나는 한국에서 결혼할 의향이 생겼고, 그러자 마음도 조급해졌다.

일에 지치고 불법체류에 시달린 몸을 남편이라는 사람에게 의지하고 싶은 게 솔직한 심정이었다.

석 달 남짓 불법체류를 하던 무렵 어느 중매쟁이를 통해 모험하는 기분으로 서울남자를 만났다. 나이가 아홉 살이나 차이 났지만, 외모에서 가정적인 조건까지 여러 모로 나보다 나아보였다. 그런데도 그는 의외로 내게 몇 가지만 간단하게 물어보고서 결혼할 의향을 비쳤다. 결혼이 너무 쉽게 이뤄지는 것 같아 의구심도 들었으나 내 처지가 처지인데다, 도적놈도 제 마누라 밥은 먹이고 위한다는 생각에 그와 결혼하기로 했다.


## 남편이 낯설게 느껴질 때

스스로를 위안하는 말인지는 몰라도 나는 운명에 몹시 약했다. 나는 과거의 모든 일을 늘상 운명으로 돌렸으며, 그래서 한국에서의 결혼도 운명으로 받아들였다.

　남편될 사람의 전처와 나의 전남편이 모두 위암으로 세상을 떠났으며, 그러므로 우리는 살아남은 자로서 똑같은 아픔을 겪었다는 게 그 이유였다.

　나는 그와 결혼함으로써 7년간의 과부생활을 마감했다. 피차 재혼이었기 때문에 우리는 누구도 예식장 같은 데 얼씬거릴 생각은 하지 않았고, 혼인신고 하던 날 동대문시장에서 남편이 골라준 투피스 한 벌과 구두 한 켤레를 결혼선물로 받고서 얼씨구나 승용차 타고 남편 따라 집으로 들어간 것이 그대로 결혼식이 됐다.

　그날 저녁, 없는 반찬에 밥 지어 먹었지만 마냥 기쁘고 행복했다. 이튿날 아침 잠에서 깨어났을 때의 날아갈 듯한 기분을 잊을 수는 없다.

　그때 나는 여자로 태어난 것을 천만다행으로 여겼고, 여자로 태어나 덕을 본 것도 그때가 처음이 아니었나 싶다. 수많은 중국교포들이 한국에 남고 싶어하지만, 여자는 한국에 시집와서 정착하는 게 가능해도 남자가 이곳에서 장가드는 것은 정책적으로 불허했기 때문이다.

　여하튼, 결혼한 날부터 한동안은 시름을 잊고 지냈다. 그러나 어느 날부터인가 또 다른 걱정이 이어졌다. 다름 아닌 그리움과 외로움이었다.

　중국에 있을 때는 늘 한국을 생각했으나, 정작 한국에 정착하고 나서부터는 중국 생각뿐이었다. 꿈조차 중국 꿈을 꿨고, 잠에서 깨면 옆에 누운 남편 모습이 낯설어 순간적으로 놀랄 때가 있었다. 모습뿐 아니라 사는 것도 그랬다.

　남편과 처음 얼마 동안은 같은 조선말을 써서 그렇게 편할 수가 없었지만, 어느 순간부터 갑자기 대화가 어려워졌다. 마치 외국어를 배울 때 기초단계에선 멋모르고 쉽게 배우다가 갈수록 어려워져 난감해

하듯 남편과의 사이도 그러했다.

결혼 초기부터 한국남자를 우러러본 탓인지 나는 남편 앞에서 뭘 하든 늘 조심스러웠다. 남편이 있을 때는 걸음도 살금살금 내디뎠고, 설거지를 할 때도 행여 소리가 날세라 계란을 다루듯 조심조심 닦았다. 양치질 할 때도 소리를 안 내려고 조심하다가 양치물을 삼킨 일이 여러 번 있었다. 오죽했으면 안방에 누워 있던 남편이 부엌에 있는 나에게 바깥 날씨를 묻자 "비가 내리네요" 하면 될 것을 "지금 바깥에 비가 내리시네요"라고 했을 정도였겠는가.

그렇듯, 남편의 마음에 드는 말과 행동을 하려고 어지간히 애를 썼다.

무엇보다 힘들었던 것은 남편의 불같은 성미였다. 남편은 맞선을 볼 때와는 전혀 딴판이었다. 남편 스스로 자신이 다혈질이라고 인정할 정도였다. 그만큼 감정의 기복이 심했다. 그래서 남편 옆에 있으면 나는 앉으나 서나 불안했다.

남편은 1분, 아니 단 몇 초의 여유도 없는 사람처럼 매사를 독촉하고 다그쳤기 때문에 나는 늘 초조해하고 허둥대며 살았다. 그런 삶 또한 불법체류자의 그것 못지않게 피곤했다.

## 가정은 긴장의 연속

결혼 초의 일이었다. 남편을 따라 시아버님과 할머님 산소가 모셔져 있는 망우동 공동묘지에 갔다. 그런데 눈앞에 펼쳐진 수많은 봉분들을 보니 생각했던 것처럼 무섭지 않았고, 묘지라기보다는 뭐랄까, 마치 공원 같은 느낌이었다. 그러고 보니 나들이를 나온 것처럼 산책로를 따라 오가거나 묘지 옆에 돗자리를 깔아놓고 도시락을 먹으며 웃고 떠드는 사람들도 있었다.

중국에서는 매장문화가 이미 사라지고 없어서 생소한 느낌도 없지 않았으나, 이내 처음 가졌던 긴장감은 없어지고 곧 소풍 온 기분으로 벌초를 끝냈다.

산소에서 내려오는데 길섶에 많은 사람들이 아름드리나무 한 그루를 에워싸고 빨간색 열매를 따먹고 있었다. 호기심에 물어보니 벚나무 열매인 버찌라는 것이었다. 중국에서는 생전 볼 수도 없었고 먹어보지도 못한 것이라 내친 김에 몇 알 따서 입에 넣어보니 색깔만 예쁜 게 아니라 맛도 아주 좋았다. 그래서 남편이 가자고 재촉하는데도 사람들 틈에 끼여 잠깐 열매를 따먹다가 아차 싶어서 부랴부랴 뛰어 내려가니 잔뜩 화가 난 남편은 벌써 차를 몰고 주차장을 나서고 있었다. 기다려 봤자 기껏 5분도 안 되는 시간일 텐데도 말이다.

멀어져가는 남편의 자줏빛 승용차가 가물가물 아득히 보였다.

집으로 가는 버스편이 있었겠지만 그 당시는 길을 전혀 몰랐기 때문에 나는 남편의 차를 쫓아가지 못하면 끝장인 줄 알고 죽기 살기로 뒤쫓아 갔다.

그때 일이 아직도 어제 일처럼 기억에 생생하다. 버찌를 먹으면 입에 붉은 물이 든다는 사실을 알 리 없었던 나는 입 언저리가 검붉게 퍼져 흉측스럽게 된 것도 모르고 소리를 치며 달렸으니 모르긴 해도 행인들에게 볼 만한 구경거리가 됐을 것이다.

남편은 말하자면 전형적인 성질 급한 한국인이었다. 그래서 그 급한 성질만큼이나 결혼도 서둘러 후닥닥 치렀는지 모른다. 그런 남편이니 그와 함께 외출할 때는 한 번도 속 편하게 대문 밖을 나서지 못했다.

남편은 늘 전화 한 통 없이 갑자기 집으로 쳐들어와서는 다짜고짜 떠날 일이 생겼다며 나가자고 했다. 그래도 여자가 집에 있던 행색 그대로 나가기가 뭣해 1~2분이라도 눈치껏 거울을 마주하고 얼굴에 뭐

라도 좀 찍어 바를라치면

"네 얼굴 쳐다볼 사람 대한민국에 아무도 없으니 빨리 나와!"

하면서 냅다 소리를 지르고는 그것도 모자라 문밖에서 빵빵빵 하고 자동차 경적을 울려댔다.

그러면 나는 윗도리를 걸친 듯 만 듯하고 허둥지둥 가방을 집어 들고 신도 아무렇게나 꿰신고 뛰쳐나갔다. 달리는 차 속에서 가스 밸브는 제대로 잠갔는지, 전등은 끄고 나왔는지, 수도꼭지는 잘 잠갔는지 생각하다 보면 마치 피해망상증에 걸린 듯 걱정이 쌓여 몸을 움직이지 않아도 숨이 차고 가슴이 두근거렸다.

가정생활이라는 게 그렇듯 전혀 가정적이질 못하고 군대처럼 무조건 명령하고 복종하는 식이었다. 남편은 내게 오직 충성만을 요구했다. 음식도 당연히 남편 위주로 장만해야 했다. 그래서 찌개며 밑반찬들은 하나같이 짜고 매워야 했다.

남편이 먹는 고추는 여느 고추가 아닌 맵디매운 청양고추였다. 김치와 고추장은 모두 청양고추로 담가야 했다. 또한 남편은 생강 고추냉이 후추 생마늘 같은 아주 자극적인 양념만 좋아했다. 요령껏 가려서 먹는데도 나는 늘 목구멍이 따끔거리고 속이 쓰렸다. 도무지 남편의 식성에 적응할 수가 없었다.

자영업자인 남편은 직업상 바깥보다 집에 있는 시간이 더 많았으므로 하루 세 끼 식사를 꼭 집에서 했는데, 식사시간도 아침은 정확히 6시, 점심은 12시, 저녁은 6시라야 했다. 조금만 늦거나 일러도 불호령이 떨어졌다. 제시간에 칼같이 식탁을 차려놔야 하기 때문에 그 시간만 되면 늘 긴장에 떨었다. 식사준비를 한 시간 전부터 하는 데 비하면 정작 식사시간은 너무나 짧았다.

가뜩이나 음식이 맵고 짠데, 이걸 빨리 먹기까지 해야 하니 뜨거운 음식들을 급히 삼키느라 입천장을 데기도 했다. 무얼 하듯 그렇게 항상 대기상태로 준비하고 있어야 가정의 평화가 유지되는 듯싶었다..

그런 분위기였기 때문에 결혼 초부터 남편의 뜻대로 남편이 집안 살림을 주도했고, 나는 남편이 알아서 던져주는 몇 푼 안 되는 돈으로 두부나 콩나물 같은 값싼 식료품이나 살 수밖에 없었다. 그나마 일일이 가계부에 기록해 남편의 결재를 받아야 했다.

## 소시지=수세미, 오뎅=우동

부모님의 영향으로 일찍부터 근검절약하는 습관이 몸에 밴 나는 누가 봐도 궁상떤다고 할 만큼 알뜰하게 살림을 꾸렸다. 동네 미장원에서 머리 커트하는 것도 아까워 나중에는 서툴게나마 거울을 보고 혼자 머리를 잘랐다. 더욱이 남편은 내가 바깥에 혼자 나다니는 걸 아주 싫어했기 때문에 어지간히 급한 일이 없으면 온종일 집 안만 맴돌다시피 살았다.

남편은 행여 내가 마음대로 밖으로 나돌까 봐 걸핏하면 겁을 줬다. 문 밖 도처에 강간, 강도, 살인사건이 끊이지 않는다는 것이었다. 두 눈을 부릅뜨고 그런 말을 했기 때문에 기겁을 한 나는 공포심에 간이 졸아 정말이지 어딜 함부로 다니질 못했다.

그렇게 집에만 붙어 있는데도 남편은 내가 세상 물정을 잘 모른다고 화를 내곤 했고, 내가 만드는 음식이 자기 입에 잘 맞지 않는다고 나무랐다. 영어 같은 외래어를 못 알아듣는다며 짜증을 부리기도 했다.

그때마다 남편이 타인처럼 느껴져 부엌에서 숨죽여 서럽게 울었다.

미국도 중국도 아닌 내 고국땅 한국에서 언어 때문에 어려움을 겪게 되리라곤 생각지도 못했다. 어디에서나 조선말만 할 줄 알면 만사형통일 것이라 생각했다 중국에서는 중국말을 못하면 살아가기 어려웠다. 중국말을 잘 못했던 내 부모님은 가는 곳마다 불편함을 겪는 것을 넘어 업신여김을 당하기까지 했다.

어머니는 손에 돈을 쥐고도 물건 하나 마음대로 살 수가 없었다. 벙어리마냥 눈으로 이것저것 확인한 다음 "어, 어…" 하면서 손짓 발짓으로 물건을 사고 돈을 주고받았다. 사고 싶은 물건이 있어도 당장 눈에 띄지 않으면 지레 체념하고 돌아설 수밖에 없었다.

하루는 가까운 도시로 가려고 기차역에서 표를 사다가 매표원이 "발음이 똑똑하지 않다"며 돈을 내던지는 수모를 당하기도 했다. 분통이 터진 어머니는

"내 나라 내 땅에 가서 내 말 하고 살았으면 이런 설움은 안 당할 텐데…."

하면서 한탄했다. 이제라도 좋으니 내 나라 땅에 가서 조선말 실컷 하면서 살아보는 게 어머니의 마지막 소원이었다.

그에 비하면 내가 고국땅에서 겪는 불편함은 아무것도 아닐 것이다. 하지만 갓 유치원에 들어간 어린이처럼 새로 배워야 할 것이 너무나 많았다.

무엇보다 한국은 미국문화의 영향을 많이 받아서인지 일상생활에서 영어가 많이 쓰이고 있었다. 거리의 간판에서부터 상점에 진열된 상품들까지 엄연히 우리말이 있는데도 굳이 영어를 사용하는 경우가 많다. 그래서 천지가 영어투성이다. 이웃끼리 나누는 대화에서도 심심찮게 영어 단어가 튀어나오기 때문에 벙어리처럼 행동해야 할 때가 많다.

처음에는 동네 슈퍼마켓에 장을 보러가기도 겁났다. 촌닭처럼 여기저기 기웃거리기만 할 뿐 감히 물건을 살 엄두를 내지 못했다. 나는 꽤

오랫동안 '소시지'('소세지'라고 발음하니까)와 '수세미'를 혼동했고 '오뎅'과 '우동'을 구분하지 못했다. 어느 날엔 남편이 케첩을 사오라고 했는데 치즈를 사왔고, 카레를 산다는 게 그만 참치를 사와서 남편한테 어린 아이처럼 야단을 맞기도 했다.

이런 일도 있었다. 어느 날 아침 남편이 문밖을 나서다 말고 "아차" 하더니 자동차 키를 갖다 달라고 했다. 알파벳도 잘 모를 때였으니 '키'라는 말이 무슨 뜻인지 알아들을 리가 없었다. 안으로 들어와서 허둥대다 하는 수 없이 도로 나가 물으니 남편은 "아직 키도 모른단 말이야?"라며 한심해 죽겠다는 표정을 지었다. 그리고는 동네가 떠나갈 듯한 목소리로 "열쇠!"라고 소리쳤다.

무슨 학문적인 것도 아닌 외래어 하나 모른다고 무식하다는 소리를 듣는 것도 속상했지만, 일상용어가 돼버린 그런 말들을 못 알아들어 다른 사람의 생활에까지 지장을 주는 것이 더 마음 아팠다.

## 죽은 전처가 살고 있는 집

남편에게 딸린 아들도 내 속을 끓였다. 한창 사춘기여서 그런지 내가 묻는 말에 대답조차 잘 하지 않았고, 어쩌다 하는 대답도 건성이었다. 기분 내키는 대로 함부로 행동했고, 제 아빠가 내게 그러듯 어른인 내게 이것저것 지시하고 명령하듯 굴었다. 말 한 마디를 해도 그렇듯 매정하게 내뱉을 수가 없었다. 나를 향한 시선도 항상 쏘아보는 듯한 눈초리였다. 뭔가 제 마음에 안 든다 싶으면 시위하듯 내 면전에서 쾅 소리가 나게 방문을 닫아걸거나 발길질을 했다. '엄마'라고는 실수로도 단 한번 부르지 않았다. 그 아이에게 나는 줄곧 불청객 같은 존재였다. 처음부터 아버지가 새엄마를 데리고 온 데 대해 반발심을 보였다. 집에서 뭐든 좀 불편한 게 있으면 무조건 새엄마에게서 원인을 찾았다.

그보다 더 속상했던 것은 남편이 나와의 결혼생활을 전처와의 그것과 비교해서 만족의 기준으로 삼는 것이었다. 아마 아이를 의식했기 때문이기도 한 듯했다.

남편의 태도는 늘 그랬고, 더러는 자기 입으로 그렇게 말할 때도 있었다. 남편은 자신이 정해놓은 그 기준에 어긋나면 냉정하게 내게서 등을 돌렸다.

이혼한 사람 후처되는 것보다 상처한 사람 후처되는 게 더 어렵다는 말이 내겐 백번 해당되는 말이었다. 애당초 과거를 꽉 붙들고 살아가는 남편에게 나를 품어줄 가슴이 없는 건 당연했다. 그래서 나는 추웠고 외로울 수밖에 없었다.

집 안 곳곳에 전처의 손때 묻은 흔적들이 그대로 남아 있었고, 깊이 배어든 냄새처럼 고인의 숨결과 취향이 집 안 가득 감돌고 있었다.

내가 아무리 집 안에 정을 붙이고 손때를 묻히려 해도 남편과 아이는 하나같이 '이건 안 돼!' '저건 건드리지 마 ' '내가 알아서 할 테니 간섭할 것 없어!' 하는 식으로 선을 그어댔다. 그러니 밤낮으로 사는 집이 남의 집같이 서먹할 때가 한두 번이 아니었다.

남편이 전처와 다정한 모습으로 찍은 사진 액자들이 아직도 여기저기에 놓여 있고, 한때 아이 엄마가 취미 삼아 만들었다는 지점토 공예품들도 곳곳에 장식돼 있었다.

남편과 전처가 오랫동안 사용한 가구며 이부자리, 그릇들은 진즉에 낡고 닳았지만, 남편은 지금껏 애지중지 써서 애착이 간다며 치우지 못하게 해서 그대로 쓰고 있다. 전처가 쓰던 액세서리들도 안방 화장대 서랍 안에 안방마님의 위세로 늠름하게 자리를 차지하고 있었다.

피붙이 하나 없는 한국에서 내겐 남편의 사랑만큼 소중한 것도 없을

것이다. 그래서 이런저런 불평이라도 할라치면 남편은

"로마에 가면 로마법을 따르라 했어. 여기는 한국이야, 가부장제도 몰라? 중국과는 비교할 생각도 하지 마!"

하고 무 자르듯 말했다. 그런 남편에 할 말을 잃고 무력해질 수밖에 없다. 현실이 한국인 것을….

그러던 어느 날 문득 오기 같은 게 발동했다. 남편의 자식을 낳아보면 어떨까 하는 생각이 들었다. 내 처지에 좀 무리가 되겠지만, '우리 아이'를 가지면 재혼의 부작용도 다소나마 줄어들고, 남편이며 시집 식구들의 사랑과 믿음을 받을 수 있지 않을까 싶었다. 무엇보다 외롭지 않아 좋을 것 같았다.

## 산부인과를 전전하며

어렵게 마음을 먹고 남편에게 뜻을 비쳤다. 그러자 남편은 콧방귀를 뀌며

"이 나이에 무슨 자식이야, 집어치워!"

하고 잘라 말했다. 나는 사정하듯 매달렸다.

"늘그막에 딸자식 하나 두는 것도 나쁘지 않아요. 삶의 활력소가 될 거예요. 나도 더 열심히 살게요."

남편은 그제서야 마지못해

"재간 있으면 낳든지 해봐." 하고, 성의 없이 허락했다.

남편은 내가 아이를 가질 수 없을 것으로 알았다. 나이도 많은 데다 그 무렵 산부인과 계통에 문제가 있어 약을 자주 먹었기 때문이다. 자궁 안에 들어 있는 루프가 문제였다.

10여 년 전 산아제한 정책으로 중국에서 강제로 피임하면서 집어넣은 루프가 한국에 온 후 자주 염증을 일으켜 골칫거리가 된 것이다.

임신을 하려면 10년 넘게 장기(臟器)처럼 넣고 다녔던 루프부터 빼내
야 했다. 집 근처의 산부인과를 찾았다. 물론 사전에 중국에서 피임한
루프에 대해 자세히 설명했고 의사선생님께서는 알아들었다고 했다.

누워 검사를 받은 후 나는 수술을 위한 마취주사를 맞았다.

얼마나 지났을까. 잠에서 깨어난 나는 의사로부터 어처구니없는 얘
기를 들었다. 자궁 속의 루프가 빠져 나가고 없어 임신예방 차원에서
다시 새 루프를 끼워 넣었다는 것이다.

"그럴 리가 없어요."

내가 다시 자초지종을 설명했더니 의사는 그때서야 초음파 검사를
해보자고 했다. 오랜 시간이 흐르면서 루프 주위에 얇은 막이 형성되
어 진찰로는 만져지지 않았다는 것이다. 초음파 검사부터 먼저 했다면
새 루프를 끼워 넣는 일은 없었을 텐데.

어쨌든, 그날은 하는 수 없이 또 다른 루프 하나를 반지처럼 끼고 돌
아와야 했다.

며칠 뒤에야 병원으로 가서 의사께서 임의대로 새로 넣은 루프를 빼
냈다. 그러나 중국에서 넣은 루프를 꺼내는 데는 실패했다. 종합병원
에 가보면 어떻겠냐고 물으니 의사는 가봤자 방법이 없을 것이라고 했
다. 그러면서 루프가 조만간 문제를 일으킬 수 있으며, 그때는 자궁 전
체를 들어내야 될지도 모른다고 했다. 임신을 포기해야 한다는 뜻이었
다.

집으로 돌아온 나는 무섭기도 하고 한스럽기도 해서 밤새 울었다.

그 후 우연히 한 중국동포로부터 귀가 번쩍 뜨이는 얘기를 들었다.
자신이 중국에서 넣은 루프를 P산부인과에서 빼냈으니 그리로 찾아가
보라는 것이었다. 그녀는 루프를 꺼낸 것은 물론 아이까지 낳았다고
했다.

떨리는 손으로 그 병원에 전화를 걸었다. 병원측에서는

"많은 중국동포들이 우리 병원에서 루프를 빼냈으니 안심하고 오라"
고 했다. 내 나이(당시 38세)에 아이를 갖는 것도 얼마든지 가능하다고
했다.

밤새 잠을 설치다가 이튿날 남편에게 빌다시피 사정한 끝에 "이번이
마지막"이라는 다짐을 하고서야 P산부인과를 찾을 수 있었다.

남산만한 배를 자랑스레 내밀고 진찰을 기다리는 예쁜 색시들이 그
렇게 부러울 수가 없었다.

진찰을 받고 마취주사를 맞자 어느 결에 깊은 잠에 빠져들었다.

얼마 후 잠에서 깨어난 순간 남편의 화난 얼굴이 눈에 들어왔다. 또
다시 실패했음을 알아차렸다.

순간 세상이 빙빙 도는 것 같았다. 그 동안 루프 때문에 들인 돈이
얼마인데…. 더욱이 몇 번씩이나 진찰대에 다리를 벌리고 누워 검사와
수술을 받는다는 건 또 얼마나 고역인가.

그 무렵 피를 많이 흘렸기 때문인지 늘 어지러웠고, 그 후유증으로
자궁 염증이 더 자주 생기는 것 같았다.

남편은 두 번 다시 루프 때문에 병원 가는 일은 없을 것이라고 못을
박았다.

### '노동력'이 사랑의 척도?

그러던 어느 날 아랫배가 또 아파왔다. 참다못해 버스를 타고 또 다
른 산부인과를 찾았다. 의사는 내 설명을 조용히 듣고 나서 진찰을 하
더니 "루프가 손에 만져진다."며 가망이 있겠다며 시도해 보자고 했다.
나는 염증치료가 목적이고 수술은 안 된다고 고개를 저었지만, 그는
지금까지 만난 의사들과는 달리 대놓고 중국 의술을 비웃지도 않았고,

무엇보다 그간의 내 아픔을 헤아린 듯 너무도 친절해서 믿음이 갔다. 그래서 수술을 받겠다고 했다. 나도 모르게 임신에 대한 욕구가 다시 치솟아서였는지도 모른다.

그날 의사의 지시에 따라 잠깐이면 된다고 해서 마취주사도 맞지 않고 수술대에 올랐다.

나는 두 주먹을 불끈 쥐고 의사선생님의 "조금만 참으세요."를 연신 들으며 이를 악물고 버텼다.

5분, 10분, 15분…. 진땀과 함께 아랫배와 허리가 동시에 뒤틀리면서 순간순간 송곳으로 찌르는 듯한 통증에 온몸이 떨렸다. 참는다고 참았지만 잇새로 울음 같은 신음이 새 나갔다.

잠시 후 금속기구 소리가 멎는가 싶더니 의사의 손놀림도 그쳤다.

해냈을까? 지옥 같은 아픔을 참고 천국에 온 듯한 표정으로 결과를 물었지만, 이번에도 실패였다. 수술실 바닥에는 내 몸에서 빠져나간 선혈이 낭자했다. 갑자기 세상이 노래지면서 현기증이 일고 구토증세까지 생겼다.

간호사는 급히 나를 건너편 침대에 데려가 뉘었다.

의사께서는

"최선을 다했지만 실패해서 미안하다"며 고개를 숙였다. 그리고는 진찰비는 물론 시술비도 한 푼 받지 않았다.

죽을 고생을 했지만, 그날 의사로부터 결정적인 말을 듣게 되어 얼마나 위로가 됐는지 모른다.

의사 말로는 내가 중국에서 넣은 루프는 한국에는 드문 링 형태인데, 이것은 링을 빼는 기구만 있으면 어렵지 않게 뺄 수 있다는 것이었다. 물론, 중국에는 그런 기구가 있을 테니까 한번 다녀오는 게 좋겠다는 얘기였다.

뒤늦게 집에 돌아온 나는 아무 일도 없었다는 듯 태연하려 애썼지만 한 번 소파에 허물어진 몸을 도저히 일으켜 세울 수가 없었다. 저녁밥을 지을 수 없게 돼 결국 남편에게 들키고 말았다.

눈물이 비오 듯했다. 아파서 때문만은 아니었다. 남편은 아픔을 위로해주기는커녕 공연한 짓을 했다며 벌컥 화부터 냈다.

"우리 사이에 무슨 자식이 필요해! 지금 제정신이야! 우리 나이가 얼만데. 무식한 여편네 같으니라구…."

아무리 내가 잘못했지만 그 순간 오만 정이 다 떨어지고 찬 서리가 내리는 듯했다. 그런 남편을 보면서 이따금 나는 과연 저 사람 몸속에 흐르는 피도 뜨거울까 하는 뚱딴지 같은 의문을 가져보기도 했다.

그렇게 냉정한 남편이지만 가끔은 사람 좋아 보일 때도 있었다. 전처의 제사상을 차릴 때 남편과 나는 의좋은 부부처럼 함께 있었다. 그렇다고 남편이 음식 마련하는 일을 거들어주는 것은 아니고, 남편의 진두지휘 아래 나 혼자 바삐 움직였지만 남편은 제사상에 오를 음식이 만들어지는 과정을 끝까지 너그러운 표정으로 지켜봤다.

남편은 노동의 양과 강도로 사랑을 측정하는지, 내가 일을 많이 하는 날에만 드물게 미소를 보여줬다. 오죽하면 우리 집에 다녀간 고향 친구가 농담 삼아 이런 말을 했을까.

"네 남편, 소문보다 훨씬 잘생겼더라. 널 얻은 것도 네 노동력 때문이 아닐까? 일 잘하는 널 마구 부려먹을 수 있을 테니 말이야."

친구 앞이라 웃어 넘겼지만, 나도 모르게 눈물이 왈칵 솟았다.

듣고 보니 틀린 말이 아니었다. 남편은 잠깐 외출할 때도 숙제를 내주듯 여러 가지 일거리를 만들어 시키고 나갔다. 나를 믿을 만한 가정부쯤으로 생각하는 듯싶었다. 미신이라는 걸 알면서도 손바닥에 잔금들이 가득한 것을 볼 때면 내 인생항로도 그렇듯 순탄치 못할 것 같아

우울했다.

## "중국산은 못써먹겠어"

이웃 부인네들을 보면 부럽기 그지없었다. 경제권이 있는 그녀들은 남편을 출근시키고 아이들을 학교에 보낸 뒤 나머지 시간을 자유롭게 만끽하는 듯했다. 먹고 싶은 음식도 탕탕 시켜먹고, 입고 싶은 옷도 보란 듯이 사서 입었다. 동창회니 또 무슨 친목계 모임이니 하면서 밖에서들 만나 외식도 하고, 노래방에 가서 목청껏 노래 부르며 신나게 스트레스도 풀고, 쇼핑도 마음대로 즐겼다. 남편에 매이지 않고 가정에 구속되지 않은 독립된 몸으로 살고 있는 것 같았다.

그네들의 삶과는 딴판으로, 나는 봄부터 가을까지는 틈만 나면 남편을 따라 등산을 가야 했다. 말이 등산이지, 산나물과 약초를 캐기 위해 산을 오르는 것이니 즐겨 할 일이 못 된다.

남편은 산에 가면 평소의 거칠고 야성적인 성미를 여지없이 드러냈다. 높은 산을 평지처럼 마구 휘젓고 다니면서 산나물과 약초를 캤다. 그럴 때면 나도 짧은 안짱다리로 종종걸음을 치며 그 뒤를 따랐다.

취나물, 둥글래, 삽주, 층층잔대, 세신… 무릇 건강에 좋다는 약초는 뭐든지 다 캐야 했다. 제법 굵은 산더덕을 발견했을 때 나는 산삼이라도 발견한 듯 시야에 멀어진 남편을 소리쳐 부르며 기뻐하기도 했다.

몇 시간을 그렇게 남편 뒤를 쫓으며 산행을 하다 보면 기진맥진 에너지가 소진되어 집으로 돌아올 무렵이면 걷기조차 힘들었다. 지칠 대로 지쳤어도 산나물을 삶아 말리고 약초뿌리를 다듬는 일은 고스란히 내 몫이었다. 그러다 보니 손톱이 자랄 틈이 없었다.

게다가 남편과 아들이 둥글레 차를 유별나게 좋아하기 때문에 번거롭지만 1년 내내 식수로 마실 둥글레차를 미리 장만해야 했다.

둥글레 차를 만드는 게 힘든 일은 아니지만, 차를 만드는 과정에 이래저래 손이 많이 갔다.

우선 둥글레 뿌리에 촘촘히 난 잔털을 일일이 뜯어내고 깔끔하게 씻어서 솥에 넣고 쪄야 한다. 그다음 쪄낸 둥글레는 다시 꺼내 말린다. 꼬들꼬들해질 정도로 말린 둥글레는 팥알만한 크기로 잘라 다시 하루쯤 더 말린다. 그렇게 알알이 된 둥글래를 솥에 넣고 타기 직전까지 볶아내야 한다. 그런 날이면 하루 종일 집안 전체가 둥글레 향으로 가득하다.

캐온 약초들을 남편이 마치 한의사처럼 '동의보감'을 참고해가면서 보약을 짓고 일일이 저울에 달아 알맞은 양으로 정확히 해서 계절에 맞게 내가 직접 집에서 달이는데, 부족한 한약재는 경동시장에 가서 사온다. 더러는 중국산 한약재도 사오는데, 남편은 '중국산' 마누라를 데리고 살면서도 "중국산은 뭐든지 못써먹겠다"며 내게 시비 걸 듯 말한다.

번마다 나쁘다면서 굳이 왜 중국산을 사오나 싶다.

꽃노래도 하루 이틀이지, 벌써 몇 년째 똑같은 말을 듣고 사니 지겹다.

남편은 내가 못나고 보잘것없는 중국교포여서 그런지, 공식적인 자리에 나갈 때는 거의 혼자 다녔다. 여러 사람이 모이는 자리에 나와 함께 다니는 걸 부끄럽게 여기는 것 같았다. 나는 화가 나기도 했지만, 그에 앞서 스스로 부끄럽기도 하고 한편 편한 마음 때문에 별 내색을 하지는 않았다.

가끔은 남편의 부당한 대우에 항의하기도 하고 조금씩 권리를 주장하기도 했지만 못난 것이 못나게만 군다는 소리나 듣기 십상이었다.

남편은 특히 술만 마시면 내 못난 탓을 했다. 그럴 때 마음속으로는

'못생긴 나무가 산을 지켜요. 잘났으면 이 집에 붙어살 여자가 어디 있겠어요!'

하고 외치기도 했다. 그러면서도 남편 몰래 예뻐지려고 애쓰기도 했다. 한동안 식초가 피부미용에 좋다고 해서 설탕 넣은 식초를 음료수 마시듯 하기도 했다.

## 풍요 속의 빈곤

남편은 술을 무척 좋아했다. 소주잔으로는 성에 안 차 물 컵에다 술을 부어 물마시듯 마셔댔다. 좀 마셨다 하면 소주 두세 병은 '기본'이었다. 과음한 날은 안하무인으로 행패를 부리기도 했는데, 그 후유증 또한 감당하기 벅찼다.

결국, 누군가 나의 이런 한국살이를 중국의 친정에다 일러바쳐서 친정에서 장문의 편지가 날아오기도 했다.

"거지처럼 노예처럼 살 것 없다. 이혼하고 적당히 돈 벌어서 집으로 돌아와라. 자식새끼도 엄마가 돌아오기를 기다리고 있다. 병신도 아니면서 왜 천대받고 사느냐…"

술에 취한 남편이 어느 날 고향친구가 보는 앞에서 거친 말을 내뱉으며 소란을 피웠는데, 그런 행동이 바다 건너 친정식구들의 귀에 들어간 모양이었다.

이곳 한국에선 술주정에 대해 사회적으로 너무나 관대했다. 때와 장소를 가리지 않고 어떠한 술주정에도 사람보다 술탓을 먼저 하는 경향이 있었다. 그래서 누구라도 취중 실수는 쉽게 용서가 되는 것 같았다.

더구나 가정은 주취폭력의 사각지대라 할 수 있었다. 사회적으로 부부싸움은 부부 당사자들 문제로만 여기기 때문에 이웃에 도움을 청한들 외면당하기 십상이다.

남편의 술주정 때문에 나는 많은 날을 실의에 빠져 살았다. 남편이 두려워질 때마다 어디론가 멀리 도망가서 숨고 싶었다.

남편은 술을 마시면 자신의 그림자도 못 밟게 했다. 나의 결점을 꼬투리 잡아 시비를 걸다가 격한 감정으로 완력을 휘둘렀고, 그러다 나를 문 밖으로 마구 떠밀어냈다. 인정사정 봐주지 않았다.

"미친년" 어쩌고 하면서 욕설을 퍼부으며 내 옷가지와 소지품을 문 밖으로 내던지고는 철커덕 문을 잠가버렸다.

한국에서의 재혼이 고작 이런 건가? 절망스러운 나머지 미칠 것만 같았다. 그럴 때 내 모습은 누가 봐도 미친 여자였다. 머리는 헝클어졌고, 옷은 자락이 안 맞았으며, 울며불며 내지르는 말은 짐승의 신음소리 같았을 것이다.

가끔씩 오시는 시어머니는 이런 사실을 잘 알고 있었지만, 같은 여자이면서도 남편과 똑같이

"여자 고집은 매로 다스려야 한다."느니

"자식 내팽겨 쳐 두고 혼자 나와 사는 년이 잘났으면 얼마나 잘났느냐."며 아픈 데를 꼬집었다. 오히려 내가 두들겨 맞는 게 당연하다고 남편을 부추겼다.

그렇게 쫓겨날 때면 부끄러운 건 둘째 치고 나 자신이 너무나 초라하고 비참하게 여겨져 빌어먹을망정 다시는 남편 집으로 들어가지 않겠다고 맹세하지만 얼마 견뎌내지 못했다. 고작 골목 구석진 곳에 거지처럼 쭈그리고 앉았다가 어두워지면 고개를 푹 숙이고 들어갈 수밖에 없었다.

천대받고 사느니 차라리 홀가분히 혼자 돈 벌며 마음 편히 살아볼 생각도 해봤지만, 텔레비전 같은 데서 중국교포의 위장결혼을 여러 차례 보도하는 것을 보니 차마 행동으로 옮길 수 없었다. 나만은 위장결

혼했다는 얘기를 듣고 싶지 않았다.

옛말에 자식 밥은 서서 먹고 남편 밥은 누워 먹는다고 했다. 그만큼 편하다는 뜻일 것이다. 그러나 나는 죽을 때까지 천상 엄마처럼 육신으로 일해서 밥 먹고 살아야 할 팔자 같다. 그 엄마에 그 딸이라고 하지 않던가?

남편 덕을 보겠다고 애당초 재혼한 것부터가 무모한 욕심이 아닌지 모르겠다. 아마 조강지처가 아니어서일까? 솔직히 나는 넓은 중국 땅에 있을 때보다 좁은 한국 땅에 살면서 더없이 좋은 시설을 누리며 살아왔으나 마음만은 전혀 편하지가 않았다.

중국에 있을 때 주변 사람들은 한국에 다녀오기가 무섭게 전화도 놓고, 냉장고며 컬러 TV도 들여놓았다. 자가용차는 없었지만 걸핏하면 손짓으로 택시를 불러 탔다.

그들을 보면서 나는 어느 천 년에 냉장고를 가져보나, 언제 집에다 전화 놓고 살아보나, 언제 TV를 사서 볼 수 있을까, 자가용은 감히 상상조차 할 수 없었다.

그러다 뒤늦게 한국남자와 재혼으로 마침내 내 집이라는 것도 생겼고, 전화는 물론, TV 냉장고 비디오 오디오 등 모든 것이 더불어 생겼다. 심지어 자가용까지 타고 다니는 신세가 됐다. 한국남편으로 말미암아 이 모든 것이 순식간에 이뤄졌으나 이 또한 내겐 무용지물일 때가 많다.

'풍요 속의 빈곤'이라는 말은 이럴 때 쓰는 것일까. 솔직히 말해 나는 남편이 모는 자가용보다는 바깥에 나가 버스 타는 게 더 편했다. 전화도 집에서 걸기보다는 카드를 사서 공중전화 부스에 가서 걸 때가 많다.

내게 속하는 모든 것이 내게 속하지 않은 것보다 더 불편하고 소용

없는 것 같았다. 내 집이란 것도 전에 중국에서 혼자 셋방살이할 때보다 훨씬 불편하고 부자유스러웠다. 무엇이든 남편 마음대로인 집이니 내겐 임시거처 노릇을 할 뿐 내 집이라고 할 수도 없었다.

소문을 들으니 많은 교포들이 한국남자와 결혼하기 바쁘게 중국 친정으로 돈 봉투며 옷 보따리며 귀한 선물을 만들어 보내준다는데, 나는 선물은커녕 남들 다하는 부모님 초청도 마음대로 할 수 없는 처지였다.

## 내려지지 않는 뿌리

당초 내가 이곳에서 결혼한다는 소식에 누구보다 기뻐한 것은 어머니였다. 그러나 지금껏 자식으로서 부모님을 위해 무엇 하나 제대로 해드린 것이 없다. 그래서 늘 빚진 마음이다. 더구나 어머니가 과거엔 그러지 않는데, 요즘 들어선 자식들한테 나약한 모습을 보여 가슴이 아프다.

가끔 큰맘 먹고 국제전화로 부모님의 안부를 물으면 어머니는 다짜고짜 한국으로 초청해 달라고 매달린다. 처음엔 사정조였지만 나중엔 "네가 내 딸 맞냐? 남들은 다 부모를 한국으로 초청하고 난리들인데 너는 왜 한 번도 못하나. 초청만 하면 에미는 네 신세 하나도 안 진다. 내 몸 꼼지락거려 돈 벌어다 네 신세 갚을 테니 제발 초청만 해라"고 분통을 터뜨린다.

"엄마, 여기엔 노인들 일자리가 없어….."

"아이도 볼 수 있고 설거지도 얼마든지 한다!"

"그 연세에 일할 생각은 아예 말아. 형편 나아지면 아버지랑 꼭 한번 모실게. 그때 오셔서 고향산천 실컷 구경하면서 편히 계시다 가셔….."

"맏딸이라는 게 에미 속마음을 이렇게 몰라주니… 이만 끊자!"

전화가 철커덕 끊긴다. 두고 온 자식의 생일도 못 챙겨 혼자 끙끙거리는 형편에 어떻게 부모님 초청할 엄두를 내겠는가.

솔직히 내 몸 하나 지탱하기도 벅찬 실정이었다. 식물도 자리를 옮겨 심으면 뿌리를 내리는데 오랜 시간이 걸린다고 한다. 중국 출신인 나는 온전한 씨앗으로 한국에 뿌리 내리지 못하고, 모종으로 한국 땅에 옮겨져 새 땅에 새 뿌리를 내리려니 몸살을 앓지 않을 수 없었다.

특히, 이곳에서의 차별대우와 인격모독은 생각보다 심했다. 한국 땅에 발붙이고 사는 텃세 값을 나는 톡톡히 치러야만 했다. 중국이 못사는 나라로 인식돼 있는 한국에서 나는 늘 이방인이라는 느낌을 지울 수가 없었다.

"여기가 어딘 줄 알아? 니네 중국땅이 아니야. 한국이야, 한국! 주제를 알아야지…."

"중국년들 때문에 한국 홀애비 노총각들 씨가 마르겠다. 다 하나씩 꿰차고 사니…."

"너른 만주 벌판에서 활개 치며 살 일이지, 뭐 얻어먹겠다고 우리 살기도 좁은 한국에 와서 뭉그적거리는지. 중국놈들 때문에 한국이 만원이야, 만원."

욕인지 농담인지 얼른 분별이 안 가 그냥 애매하게 웃고 넘겼지만, 돌이켜보면 지금껏 살아오면서 한국에서만큼 참을성이 필요했던 시기는 없었다.

몇 년 전 IMF사태의 영향으로 남편이 하던 장사가 갑자기 곤두박질쳐 모처럼 분양받아 살고 있던 아파트를 매물로 내놓을 위기에 처했다. 그때 나는 간병인 일을 하기로 했다. 일은 힘들지만 수입이 괜찮다는 얘기를 들었기 때문이다.

생활정보지를 뒤적이다 마침 간병인 모집광고가 눈에 띄기에 전화를 걸었더니 먼저 일주일 동안 교육을 받아야 하며, 교육비도 얼마를 내야 한다고 했다.

집에서 먼 거리였지만, 그래도 한번 가보기로 하고 준비물을 챙겨 어렵사리 찾아갔다. 그런데 담당직원이 나를 보자마자 대뜸

"혹시 중국교포 아니세요?"

하고 물었다. 내 억양이 이상했던 모양이었다. 조금 당황스러웠지만 그렇다고 대답하자

"중국동포는 안 됩니다"라고 잘라 말하는 것이었다. 하도 어이가 없어 그냥 되돌아 나오다가 이유라도 알고 싶어서 수치심을 참고

"중국교포는 왜 안 됩니까?" 하고 물었다.

"하여튼 중국교포는 접수하지 말라고 했어요. 위의 지시에 따른 거니까 이유는 나도 몰라요."

"제가 중국교포라는 걸 부인하지는 않아요. 하지만 지금은 저도 한국사람과 다를 게 없잖아요. 한국인임을 증명하는 주민등록증도 있어요."

"그래도 안 돼요. 다들 한국인인 양 신분증을 갖고 오지만, 그게 진짜지 아닌지 우리가 어떻게 압니까? 그리고 환자 가족분들도 중국교포들을 원치 않아요…."

되돌아 나오는데 괜히 눈물이 그렁해졌다.


### "거기 중국집이죠?"

줄곧 느낀 거지만 나는 결코 한국사람이 될 수 없었다. 애써 노력해도 누구 하나 나를 한국인으로 대해주지 않았다. 내게도 남들처럼 이름 석 자가 있는데도 주위에선 유별나게 중국을 강조하면서 내 별명을 즐겨 부른다. 그것도 때와 장소를 가리지 않고 말이다.

매번 나를 찾는 전화도 거침없이

"거기 중국집이지요?" 하는 사람들이 있었다. 처음엔 영문도 모르고 "아니에요" 하면서 수화기를 놓았다. 그러면 똑같은 전화가 다시 걸려온다.

"거기 중국집 아니에요? 맞지요?"

하면서 이번에는 전화번호를 하나하나 대며 확인한다. 그래서

"번호는 맞지만 여긴 짜장면집 아니에요. 가정집인데 잘못 거셨어요"

하고 나면 그제서야 상대방은 소리를 내며 웃었다.

나를 찾는 전화인데, 내가 중국 출신이어서 나는 중국사람이고, 우리집은 중국집이라는 얘기였다. 당사자인 나는 몰랐지만 주위에선 다들 나를 중국인으로 취급하고 있었던 것이다.

과부한테 과부라고 하면 괜히 불쾌한 것처럼 나 역시도 처음엔 이런 대우가 낯설고 서운했다. 하지만 시간이 지나니 차차 예사로 여겨졌다.

나는 누구든지 나를 '중국집' '길림댁' '쭝국아줌마' 등등으로 불러도 다 응해줬다. 이런 이름들은 어쩌면 평생 동안 따라다닐 내 그림자일지도 몰랐다.

이제 와서 이런 게 무슨 대수랴. 중요한 것은 나를 바라보는 주위의 따뜻한 시선이 아니겠는가. 지금은 이곳 생활에 애써 적응하는 내게 관심과 사랑을 보내주는 분이 많다.

특히 나의 한국살이를 지켜본 이웃분들이 가끔 나를 불러내 맛있는 음식과 차를 대접하면서 그동안 받은 상처를 위로해 주기도 한다. 나를 대하는 태도가 한결 긍정적이다.

처음에 그들은 나를 같은 주부로서 동등하게 대하기보다는 중국사

람이라는 생각에 은근히 나를 깔보고 무시하려는 경향이 있었다. 어쩌다 눈이 마주치면 도도한 표정을 지으며 얼굴을 딴 데로 돌렸고, 슈퍼마켓을 오가다 만나도 내가 먼저 인사를 건네야 건성으로 인사를 받는 정도였다. 상황이 여의치 않아 인사말을 먼저 못할 때는 상대방쪽에서도 그냥 쑥 지나쳤다.

반상회나 쓰레기 분리수거 할 때도 자기네끼리 뭔가 속닥거리다가 내가 다가가면 흠칫하며 말을 멈추곤 했다. 어떨 때는 무안할 만큼 내 면전에서 까르르 웃음을 터뜨리기도 했다.

그래서 그나마 좀 가까워진 이들에게 내가 겪는 불편을 호소할라치면 한국사람이 되려면 많은 것을 감수해야 한다는 투였다. 요는 중국이 한국보다 한참 못사는 나라인데, 나는 여기에 와서 운 좋게 영주권 얻어 선진문화를 누리며 살고 있으니 뭐든 감지덕지해야 마땅하다는 거였다.

하여튼, 과거에야 어떠했든 지금 그네들이 보내는 따뜻한 눈길이며 말 한마디가 중국교포로서 이 땅에서 살아가는 데 얼마나 큰 힘이 되고 있는지 모른다. 나 혼자만의 노력으로 이곳에서 뿌리를 내린다는 건 거의 불가능하다고 생각한다.

### '한국병' 앓는 동포들

요즘도 나는 어린 자식을 중국에 남겨두고 홀로 나와 살아야 할 만큼 내 삶이 가치 있는 것인지 종종 반문한다. 하지만 생각하면 할수록 죄책감만 더할 뿐이다. 보고 싶은 가족들이 내 가까이에 없다는 사실이 늘 나를 허전하게 한다.

시도 때도 없이 불끈불끈 치솟는 자식에 대한 그리움을 어느 누구와도 나누지 못하고 혼자 가슴으로 삭인다는 게 그렇게 고통스러울 수가 없다.

남편은 물론, 시어머니를 비롯해서 시집 식구들 누구도 중국에 있는 내 아이의 안부를 물어본 적이 없다. 형식적으로라도 한마디 해줬으면 너무나 고마워했을 텐데, 한 번도 그런 적이 없었다.

연휴 때 시댁 큰집에서 만나면 다들 던지는 인사말이 전처 차례상은 잘 차려놨느냐는 것이다. 오직 죽은 자의 안부에 관심을 가질 뿐이었다. 비행기로 두 시간만 날아가면 가족들을 만나볼 수 있지만, 해마다 연말만 다가오면 결국 올해도 못 가고 마는구나 싶어 눈물이 핑 돈다.

몇 년 전 모처럼 중국 친정엘 다녀온 적이 있다. 몇 년 만에 나선 길이었지만 물질적으로 이렇다 하게 챙긴 게 없어 친정식구들 앞에서 죄를 지은 심정이었다. 그래도 가족들은 날 반갑게 맞아줬고 힘겨운 내 재혼생활을 위로했다. 하지만 그렇지 않은 이들도 있었다. 내 딴엔 성의껏 준비한 선물이지만 하찮고 보잘것없어 보였는지 섭섭한 표정이 역력했다. 특히 입심이 좋은 올케언니가 대놓고 누구는 한국에 시집가서 친정을 떼부자로 만들어줬다느니, 또 누군가는 부모를 초청해 지금 서울에서 잘살고 있다는 말을 해대는 바람에 가뜩이나 주눅 들어 있던 나를 더욱 난감하게 만들었다.

일부 교포들이 무리를 해서 푸짐한 선물들로 자주 금의환향 하는 바람에 그 때문에 내게 친정 길은 하나의 부담거리가 되지 않을 수 없었다. 난들 왜 남들처럼 금의환향하고 싶지 않겠는가! 그래도 부모님과 자식을 만난다는 게 내겐 더없는 위로가 된다.

요즘 보면 고향사람들의 사고방식이 옛날과는 많이 달라졌다. 돈을 기준으로 성공과 출세를 논하는 게 당연시됐고, 그러니 화제도 온통 돈 얘기였다. 그런 내 고향 마을에는 지금 '한국병'에 걸려 신음하는 사람들이 부지기수라고 한다.

개혁·개방정책의 영향으로 많은 이들이 더 나은 삶을 위해 대도시로 나가거나 필사적인 노력으로 한국에 나온다고 한다. 실제로 중국에 살 때는 그렇게 만나고 싶어도 못 만났던 사람들을 한국에선 너무도 쉽게 만나는 경우가 많았다. 그들은 내가 알려주지 않아도 자기네끼리 수소문해 내 주소를 알아내곤 용케도 잘도 찾아왔다. 가끔은 김포공항으로 인천부두로 그들을 마중 나갈 때도 있었다.

고향사람들을 만나는 게 무척 반가운 일이긴 하지만, 너무 자주 만나다 보면 부담스러울 때도 있다. 남편이 싫어하는 것도 그 이유지만, 그들을 만나면 만날수록 내 삶이 그대로 노출된다는 걱정이 앞서기 때문이다.

그들은 나를 보는 순간 반가움에 앞서 깜짝 놀라는 경우가 대부분이었다. 전과 많이 다른 내 몰골에 첫 인사가 "어디 많이 아프냐?"는 것이었다.

또한 교포들이 찾아오는 날은 하필이면 무슨 일이나 시간에 쫓길 때가 많았다. 그래서 좀 미안한 얘기지만 귀찮을 때도 있었다.

다들 나를 찾아오는 것은 내가 보고 싶어서이기도 하지만, 대부분은 일자리를 찾거나 기거할 셋방을 찾는 데 내 도움을 바라서였다. 나는 남편의 눈치를 보면서 요령껏 틈을 내 지역정보지 같은 것을 찾아보고 그들이 원하는 일자리나 셋집을 알아봐줬다.

그러다 보니 일주일이면 2~3일씩은 고향사람들의 부탁이나 심부름 같은 신경 쓸 일이 생겼다. 그들은 마치 내가 무슨 상담원이라도 되는 것처럼 무슨 일만 있으면 다들 우리집으로 전화를 걸어댔다. 이를테면, 월급을 떼였다든지, 몸 어디가 이상스레 아프다든지….

## 나는 중국동포의 119

어느 날 지방에 있는 먼 친척에게서 시외전화가 걸려왔다. 버스터미널 근처에서 경찰한테 불심검문을 당했는데 주머니에 있는 30만 원을 몽땅 털어주고서야 풀려났다는 것이다. 남들이나 당하는 일인 줄 알았는데, 자기가 당하고 보니 숨이 탁 막히더라는 것이다.

그래도 사정을 털어놓고 돈이라도 빨리 건네줬으니 망정이지, 하마터면 경찰서로 끌려가서 추방당할 뻔했다는 것이다. 그러니 30만 원이 아니라 300만 원을 털어가도 어쩔 수 없지 않느냐며

"아직 갚을 빚이 태산인데… 이제 밖에 나다니기조차 겁난다."며 허탈한 웃음을 보냈다.

나중에 들으니 남자 교포들은 불심검문에 대비해서 늘 현금 30만~50만 원을 비상금으로 지니고 다닌다고 했다. 또한 건설현장에서 월급을 타는 날엔 꼭 10만 원씩 꿔달라는 한국사람들이 있다고 했다. 돈을 빌려주고 한참이 지나도록 갚지 않아 달라고 하면

"그깟 술 한 잔 값을 갚으란 말이냐! 그 동안 보살펴 준 은혜도 모르느냐!" 하면서 오히려 화를 낸다고 한다.

'그동안 보살폈다'는 것은 경찰서나 법무부에 신고를 안 했다는 뜻이다.

극소수이겠지만 정말 이런 저질스런 사람에게 밉보이면 신고를 당해 추방당할 위험이 있고 실제로 있었다고 한다. 그래서 이런 내막을 아는 사람이면 무조건 "술 한 잔 하쇼" 하면서 5만원이나 10만원쯤 쥐어준다고 한다. 이래저래 가랑비에 옷이 젖는 격이라고 한다.

다들 불법체류자 단속기간이 되면 경찰복 비슷한 복장을 한 사람이 잠깐 쳐다보기만 해도 가슴이 철렁 내려앉는다고 한다. 동포들은 셋집에 도둑이 들어도 신분이 드러날까 봐 피해신고조차 할 수 없고, 몸이

아파도 웬만큼 중병이 아니면 진통제나 사 먹고 그냥 버틴다고 한다. 길을 가다가도 파출소가 보이면 괜히 멀찍이 빙 돌아서 다닌다고 했다.

이태 전만 해도 우리 집은 고향사람들의 정거장 구실을 했다. 이것도 가정불화의 한 원인이 됐다. 그러잖아도 남편, 자식 눈치 보며 사는 것도 힘겨운데, 내가 무슨 예수님이라고 고향사람들 십자가까지 다 져야 하나 싶었다. 그러나 나를 필요로 해서 찾아오는 만큼 막상 닥치면 일일이 도와주지 않을 수 없게 된다.

이들은 대부분 처음엔 일정한 거처 없이 철새마냥 여러 일터를 전전한다. 그래서 가끔은 피난민처럼 올망졸망한 보따리에 소지품을 싸서 내게 맡기는데, 그렇게 황급히 떠나가는 이들의 뒷모습을 보노라면 마치 지난날의 내 모습을 보는 듯해서 가슴이 뭉클했다. 그럴 때면 어려운 고향사람들을 위해 이 정도 수고쯤은 당연하다는 생각이 들었다.

그들에게 나는 119 같은 존재였다. 나는 그들과 은행으로, 우체국으로, 병원으로, 불법체류 외국인 수용소까지 불려 다니며 함께 웃고 함께 울었다.

우리 고향사람들이 모였다 하면 즐겨 부르는 노래가 있다. '타향살이'와 '꿈에 본 내 고향', 그리고 '아리랑'이다. 그런데 저마다 가사를 자기네 심정에 맞게 제멋대로 바꿔 불렀다.

이런 식이다.

"타향살이 몇 해던가 손꼽을 필요 없어. 고향 떠난 몇 년 만에 청춘이 병 들었네…."

"고향이 그리워도 못가는 신세. 저 하늘 바다 건너 가까운 거리. 언제나 외로워라 고국에서 우는 몸. 꿈에 본 내 고향이 마냥 그리워…"

"아리랑 아리랑 아라리요. 아리랑 우리가 넘어간다. 청천하늘엔 별도 많고요, 동포의 가슴엔 설움도 많다…."

반세기 넘게 중국땅에서 보낸 우리네 부모님들이 한반도 고향땅을 그리며 즐겨 흥얼거리던 노래들이 어느새 이곳 불법체류자들의 애창곡이 되어버렸다.

## 등나무처럼 살고 싶다

한국살이도 어언 9년째에 접어들었다. 시간이 흐르면서 나의 한국생활에도 많은 변화가 있었다. 무엇보다 나에 대한 남편의 태도가 예전과 달리 많이 부드러워졌다는 사실이다. 전에 없이 내 건강에 관심을 보이는가 하면, 요즘은 내 입맛을 염려해줄 정도가 됐다.

특히 지난해부터 음주량을 많이 줄여 무엇보다 다행으로 생각한다. 다 나에 대한 배려라고 믿고 싶다. 뒤늦게나마 마음 편히 잠잘 수 있게된 것도 기쁜 일 중의 하나다.

세월만큼 좋은 약은 없을 듯싶다. 수없이 갈등하며 부딪치며 살아오는 동안 우리는 어느새 미운 정, 고운 정이 푹 들어버렸다. 남편의 천성적으로 자상하지 못한 성격 때문에 여느 부부처럼 따뜻한 대화를 자주 나누지는 못하지만, 그간 변해온 행동거지를 보면 나에 대한 사랑을 어느 정도는 짐작할 수 있게 한다. 더 나은 내일이 오리라는 희망도 가져본다.

나는 언제부턴가 집 근처 놀이터에 있는 등나무를 유심히 살펴보는 버릇이 생겼다. 서로 몸을 배배 꼬면서도 의좋게 함께 올라가는 등나무를 보면 왠지 사랑스럽고 믿음직스럽다.

우리 부부도 남은 생을 등나무처럼 등을 비비고 의지하면서 살고 싶다.

# 김노 작가의 작품세계에 대한 소고(小考)

**이 시 환**(시인/문학평론가)

# 김노 작가의 작품세계에 대한 소고(小考)

## 이 시 환(시인/문학평론가)

　김노(金奴 : 1956~　　) 작가의 작품들 가운데, 나는「중국여자 한국남
자」·「중국아내」·「밀항자」·「지하생활」·「개팔자 상팔자」·「불법체
류자」·「길림댁은 등나무처럼 살고 싶다」·「꼭두각시」·「주인과 하
녀」·「가자! 경마장으로」등을 읽었다. 읽는 내내 마음은 우울했다. 작
품 속 주인공들이, 자신과 대척(對蹠) 관계에 있는 사람들과의 관계에
서 원천적으로 불평등하며, 삶의 조건이나 생활환경 등이 극도로 열악
한 가운데에서 불안·따돌림·멸시·차별대우·폭언·폭력 등을 받
으며 살 수밖에 없는 사회적 약자(弱者)들이기 때문이다.

　그들은 오로지 돈을 벌기 위해서 혹은 서울생활에 적응하며 인간답
게 살려고 고군분투(孤軍奮鬪) 하듯 노력하지만 그들 앞에 놓인 현실은
결코 녹록치 않다. 작품 속 주인공들은 중국 조선족으로서 한국의 서

울로 온 여성들이 많지만 남성도 더러 있다. 그들의 입국은 불법적인 밀항으로부터 합법적인 비자를 받아 들어오긴 했지만 대개는 그 과정에서 진 빚을 갚고 돈을 벌어서 돌아가기 위한 노동생활로 체류기간의 일방적인 연장이 불가피하고, 그로 인해서 불법체류자 신분이 되어 불안스럽게 살아가는 사람들이다.

작품 속의 여성들은 대개 식당이나 남의 집 가정부나 봉제공장 등에서 단순노동을 한다. 그 가운데에는 한국 남자와 재혼하여 사는 소수의 사람도 있지만「중국아내」의 아내,「중국여자 한국남자」의 송희,「꼭두각시」의 나 ], 부부가 함께 들어와 사는 사람도 있다「지하생활」의 희숙과 그 남편,「개 팔자 상팔자」의 그녀와 그녀 남편 ]. 반면, 남성들은 일용직 근로자로서 건설현장을 전전하다가 산업재해를 입는 불행한 경우도 있다「불법체류자」의 현수 ].

그러나 어느 누구도 정상적인 인간 대접을 받지는 못한다. 아니, 이용당하고 빼앗김을 당하기도 하는 처지이다. 그 이유인 즉 대개가 불법체류자 신분이고, 낯선 서울생활에 적응하는 과정에서 노출되는 언어 소통의 부자연스러운 문제, 생활 문화적 관습의 차이, 중국과 조선족에 대해 갖는 내국인의 부정적인 편견, 노동의 질(質)의 격차 등이 작용하기 때문이다.

김노(金奴) 작가의 작품들의 형식을 보면, 논픽션과 픽션이 구분되지 않을 정도로 '사실적'이다. 이미 있었거나 지금 있는 현실사회 속의 조선족 삶의 이야기가 대부분이기 때문이다. 그래서 없거나 있을 법한 새로운 이야기가 만들어지는 측면은 거의 없어 보인다. 이 점은 작가의 개인적인 직간접의 경험이 작품의 소재와 제재가 되고 있다는 반증이기도 하다. 그래서 대개의 작품들은 독자의 상상력을 자극하거나 흥미 내지는 재미를 크게 유발시키지는 못한다.

그러나 우리 사회의 밑바닥 생활에 숨겨진 이야기를 겉으로 드러내어 고발(告發)하는 그것으로써 인간 부조리와 사회 불합리를 간접 비판하고, 그 곳에서 짓눌려 신음하는 약자들의 삶을 그려내어 조용하게 폭로(暴露)하는 자세를 견지하고 있다. 그래서 주인공들과 대척관계에 있는 우리의 '현실'을 진지하게 되돌아보게 하며, 특히, 인간 삶의 조건이나 양태, 다시 말해, 인간존재 양식에 대하여 새삼 심각하게 생각게 한다. 이런 면에서 작품 「꼭두각시」는 단연 으뜸이다.

이러한 관계로, 김노(金奴) 작가의 작품들은 사건의 발달, 전개, 절정, 결말 등의 어떤 긴장구조 속에서 이야기가 직조(織造)되기보다는 한 가지의 유사한 이야기가 끝없이 전개되는 가운데 진행형으로 끝이 나는 형식 곧 단선구조를 취하는 경향이 있다. 그래서 그 끝이 공소하거나 시니컬한 느낌을 주는 것도 사실이다. 이 공소함과 냉소적인 느낌은 오히려 완강한 현실을 있는 그대로 반영한 결과로서 리얼리즘 문학이 갖는 한 단면을 엿보게 하는 것으로 이해된다. 그저 목소리를 크게 내지름으로써 독자의 눈과 귀를 기울이게 하는 것보다는 현실의 특정 부위 상황을 확대하여 보여줌으로써 문제를 환기시켜 동시대인들의 진지한 반성과 고민을 이끌어내는 쪽에 서 있다는 뜻이기도 하다.

그러나 언제까지 이런 이야기만을 되풀이할 것인가? 마땅히 실현되어야 한다고 믿는 작가의 이상세계는 작품 속에서 가공되어지는 인물들의 삶을 통해서 적극적으로 보여줘야 하고, 또한 그것으로써 작가의 메시지가 세상 밖으로 전해져야 한다. 무관심한 사람들에게 관심과 흥미를 불러일으키면서 말이다. 어차피, 세상 사람들은 자신의 치부(恥部)를 들여다보는 일을 몹시 싫어할 뿐만 아니라 심각하게 고민하거나 반성하기를 싫어하는, 배부른 기득권자들의 속성을 가지고 있기 때문이다.

따라서 소설을 잘 쓰려면, 엄살을 부리듯 과장하라. 그리고 단순한 사실에 상상력이란 무기를 가지고서 적극적으로 개입하여 그 사실을 왜곡하고 조작하라. 그리고 부각시켜라. 그리고 숨길 것은 철저히 숨길 줄도 알아라. 그리고 인간세상을 손금 보듯이 내려다보라. 특히, 인간의 치부(恥部)와 모순(矛盾)과 사실에 입각한 진실(眞實)을 공략하라. 이것이 내가 소설을 읽으며 터득한 비법이라면 비법이다. 무식한 자들은 입심 좋은 작가들을 대단하다고 호들갑을 떨며 말하지만 인간적으로는 어설픈 시인만 못하다. 시인은 자신의 솔직한 이야기밖에 할 줄 모르기 때문이다. 그렇다고 없는 이야기를 있었거나 있는 것처럼 만들어 내는 소설가들의 능력을 결코 폄하(貶下)하고 싶지는 않다.

한 마디로 말해, 김노(金奴) 작가는 소설을 더디게 썼으나 시인의 마음으로 썼다고 본다. 이제 환갑을 맞이하는 그녀의 잔칫상을 받아들고 나는 우울했고 또 울었다. 아니, 분노가 치밀었다. 그러나 그 분노를 잠재우는 그녀만의 인내와 눈물을 보았다, 그녀의 문장 이면에 숨겨졌거나 생략된 의미들을 통해서.

-2015. 12. 24.

김노 창작집

# 중국여자 한국남자

**초판인쇄** 2016년 01월 25일 **초판발행** 2016년 01월 30일

지은이 **김 노**
펴낸이 **이혜숙** 펴낸곳 **신세림출판사**
등록일 **1991년 12월 24일 제2-1298호**

**100 015 서울특별시 종구 충무로5가 19-9 부성B/D 702호**
전화 **02-2264-1972** 팩스 **02-2264-1973**
E-mail : shinselim72@hanmail.net

정가 **15,000원**

ISBN **978-89-5800-165-2, 03810**